INHALTSVERZEICHNIS

berg im Gespräch über Europa • Kurze Philosophie der Geschichte Europas nach Yaakov Zur • Initiativen in Frankreich, die Judenfrage zu klären • Ein französischer Professor plädiert für „die Rechte des menschlichen Wesens" • Der Jesuitenpater Bogdan Podskalski legt Zeugnis über seine Rettung ab und entfaltet sieben Thesen über Europa • Der internationale Kongress der Psychiater in Berlin: Dr. Frank Schneider entschuldigt sich das erste Mal öffentlich für die unrühmliche Rolle vieler Psychiater in der NS-Zeit • Ein letztes Gespräch zwischen Walter Böckle und Ferdinand Klingenberg • Russland gehört zu Europa

seine Tochter, tröstet ihn ● Kann sich die Geschichte wiederholen?
● Otto, der Sohn von Ferdinand Klingenberg, ist Optimist ● Ein
langes Nachwort: Der Aufstieg Europas fordert Opfer

1 Befehlsverweigerung
(März–Mai 1945)

● Divisionskommandeur Franz Klingenberg und sein Adjutant Walter Böckle ● Die erste existenzielle Entscheidung von Klingenberg ● Böckles Naivität ● Drittrangige Garnitur um den Führer ● Bad Tölz und die Junkerschule ● Der frühe Tod von Franz Klingenberg ● Walter Böckle trifft seine Entscheidung ● Die Nachricht von Hitlers Tod löst in Böckle kein Trauergefühl aus

Der 31. März 1945 erwies sich im Leben des Divisionskommandeurs Franz Klingenberg als fatal. Den winzigen Rest seines Glaubens an den „Endsieg" hat er, nach der Schlacht von Stalingrad, endgültig verloren. Der Prozess der Auflösung seiner Illusionen begann aber viel früher, als er, Ende September 1939, die sinnlosen Massaker in Polen miterleben musste. So hat er sich seine militärische Karriere, nachdem er seinen Lehrerberuf aufgegeben hatte, nicht vorgestellt. Jetzt aber spürte er, dass es aus ist. Es ist aus mit dem Wahn des tausendjährigen Reiches. Und er wünschte sich sehnsüchtig, die Alliierten mögen sehr bald der Mordorgie ein Ende setzen. Im Grunde seines Herzens, an seine Frau Isabelle und zwei Kinder, Johanna und Ferdinand, denkend, die er zuletzt Mitte Dezember 1944 in München sehen konnte, hat er seine Entscheidung getroffen: er werde sich in wenigen Stunden den Amerikanern ergeben.

Der Befehl lautete an jenem Tag, die Truppe über den Rhein zu führen, da die Alliierten jeden Tag näher rückten. Klingenberg befand sich irgendwo bei Germersheim, in einem einsam gelegenen verlassenen Haus, nicht mehr weit vom Rhein, und, in einer kleinen Feuerpause, unterhielt er sich gegen Abend mit Walter Böckle, seinem 22 Jahre jüngeren Adjutanten, der ihn verehrte und zu ihm aufschaute. Dieser, noch naiv gläubig und ein Hitzkopf, merkte, dass Klingenberg völlig erschöpft ist. Seine Augen sind dick geschwollen und er blinzelt nur noch wie ein irrtümlich an die Erdoberfläche geratener Maulwurf. Der Jüngere, für die weltanschauliche Erziehung der Truppe zuständig, früher der „Oberlehrer" in der Junkerschule in Bad Tölz und Herausgeber der Propagandazeitschrift „Die eiserne Faust", fragte ihn, wann er denn die Truppe über den Rhein führen wolle, schließlich habe man nicht mehr viel Zeit, „höchstens fünf bis sechs Stunden", und zu viel Heldentum sei auch nicht gesund.

Klingenberg schwieg eine ganze Weile. Plötzlich geht ein Geschoß unmittelbar an der Hauswand nieder, der Putz rieselt in dichten Vorhängen von der Decke. Die zwei Männer können sich sekundenlang nicht mehr sehen. Walter Böckle, der Jüngere, der Hitzkopf, wird ungeduldig. Wir sollten uns in den Keller verziehen, meint er, und schon geht er voraus. Klingenberg folgt ihm langsam. Dann sitzen sie sich beim Schein einer Kerze auf irgendwelchen Kisten und Kasten gegenüber. Es ist kurz vor Mitternacht.

Müde und erschöpft klingt die Stimme von Klingenberg: „In Tölz haben wir wie auf dem Mond gelebt, wir haben über ein besseres Europa geträumt, und hier, seit November 1944 werden wir langsam, aber sicher ausgelöscht. Wer kann noch in diesem Krieg einen Sinn erkennen?" Und dann, nach einer Pause, sagt er dem Jüngeren: Er habe die letzte Ausgabe „Die eiserne Faust" gestern durchgeblättert, mit sehr gemischten Gefühlen. Er habe sich die Titelseite angeschaut, diese Riesenzange, die auf einer Karte vom Baltikum bis zum Plattensee prangt und dabei ist, die russischen Armeen in Ostdeutschland abzukneifen und damit den Vorstoß auf Berlin abzuwehren. Und er habe sich dabei eine bestimmte Frage gestellt.

„Und, worauf wollen Sie hinaus? Vielleicht stellen Sie jene bestimmte Frage auch mir?" Klingenberg antwortet, jedes Wort betonend: „Glauben Sie eigentlich selbst noch, was Sie da geschrieben haben?"

Was heißt hier „glauben", antwortet der Jüngere aufgeregt. Seine Stimme geht in ein heiseres Krächzen über, wie immer, wenn Wut oder Ärger in ihm hochsteigen. Vom Typus ein Choleriker, fällt es ihm nicht leicht, mit Ärger, Zorn und Wut in sich umzugehen. Er muss sich sehr zurückhalten, schließlich spricht er gerade mit seinem so hochgeschätzten Divisionskommandeur, den er – vaterlos aufgewachsen – wie einen tollen Ersatzvater verehrt. Meines Erachtens, sagt der Jüngere, sich sichtlich beherrschend, sei die dort aufgezeigte Lösung die einzig mögliche, „und solange es überhaupt noch eine solche Möglichkeit gibt, vorausgesetzt sie beruht auf Tatsachen, muss ich mich daranhalten."

Tatsachen, ach ja, und Lösung, ach ja, denkt sich Klingenberg. Jetzt, wo die Wehrmacht vom Westen und vom Osten eingekreist wird, jetzt will dieser großgewachsene naive Idealist Walter Böckle eine Lösung haben. Oh, Götter! Oh, sancta simplicitas, oh heilige Einfalt, denkt sich Klingenberg. Bevor er antworten kann, fügt der Jüngere noch hinzu, als würde er spüren, dass irgendeine Rechtfertigung notwendig sei: Gerne wüsste er, auf welcher Seite „das Recht" sei, „und wenn ich das wüsste, dann würde ich noch in dieser Nacht auf diese Seite gehen. Allerdings sind die Amerikaner diese Seite des Rechts nicht."

In einem ruhigen Ton, gesammelt und konzentriert, spricht Klingenberg die Sätze:

„Vielleicht ist es so, wie Sie sagen. Nur, dass wir Deutschen, nicht auf der Seite des Rechts stehen, ist eine Tatsache und so gewiss, wie unser Gespräch hier im Keller dieses verlassenen Hauses gewiss ist in dieser Mitternachtsstunde. Mit welchem Recht denn haben wir Russland angegriffen, nachdem ein Nichtangriffspakt in Geltung war?" Klingenberg hält inne.

Walter Böckle fällt blitzschnell eine frühere Rede von Himmler ein, in der der „Reichsheini" feurig, aber auch voller Illusionen sagte: Es gäbe immer Aufgaben, die dem Reich und besonders der Schutzstaffel bevorstünden. Zwischen dem Atlantik und Wladiwostok werde immer etwas für die SS zu tun sein. – „Schwachsinn, wir wollen das gar nicht! Wir wollen nach Hause!" – ruft in jenem Augenblick ein SS-Mann dazwischen, wonach Himmler, aus den Wolken seiner „Visionen", die W. Böckle als Illusionen bezeichnete, auf den Boden der Tatsachen zurückkehrt und empört in den Saal hinein brüllt: Wer war das? Der Zwischenrufer wird, trotz Himmlers Wut, nicht identifiziert, Gott sei Dank, denkt sich Walter Böckle, denn: „Der Reichsheini" hat in Wirklichkeit keine Ahnung, zu welchem Publikum er spricht und wer seine 500 Zuhörer sind: Leute, die gerade in Russland den fürchterlichsten Winter seit Napoleon (1812) überstanden und sich gefragt haben: „Warum hat man uns in Sommeruniformen nach Russland gelassen? Welche Art Führung haben wir eigentlich?" Hierüber solle Himmler reden und nicht über illusorische Aufgaben, sinniert weiter Walter Böckle. Schwachsinn hat aber auch der Reichssprecher Dr. Dietrich Ende November 1941 im Rundfunk verkündet: Der Gegner sei besiegt und werde nie wieder auf die Beine kommen. Worauf W. Böckle hätte aufschreien können: Schwach- und Wahnsinn! Lüge und Propaganda! In Wirklichkeit ging es erst einige Tage später so richtig los. Moskau im Winter 1941 – dort wurde Böckle das erste Mal verletzt. Dort fiel ihm auf, wie viele seiner Kameraden durch manche sinnlosen Befehle gefallen sind. Dort nahm er wahr, dass auch einige Hundert Franzosen auf der Seite der Deutschen gegen den bolschewistischen Stalinismus gekämpft haben. Und kurz darauf stand er, Ende Januar 1942, vor seiner ersten existenziellen Entscheidung: Er müsse die letzten Häuser in einem Geländeabschnitt von zwanzig Kilometer Länge und fünf Kilometer Tiefe niederbrennen. So lautete der Befehl, den er letztlich nicht ausgeführt hat. In den wenigen Häusern wohnten Zivilisten, alte Menschen und Frauen mit Kindern. Was er auftragsgemäß tun *musste*, wusste er, aber – angesichts der Zivilisten – wusste er nicht, was er tun *solle*. Es war eine verdammt heikle Situation. Ein ganz blödes Gefühl steigt in Walter Böckle auf an jenem sehr kalten Wintertag. Viele Stunden zögert er, den Befehl auszuführen. Sein Unterführer hat zuletzt die rettende Idee: „Die nassen Dächer brennen einfach nicht", sagt er und wirft ein halb abgebranntes Streichholz in den Schnee. In jenem Augenblick entscheidet W. Böckle, den Befehl zu ignorieren. Zum Bataillon zurückgekehrt, ist keine Gelegenheit mehr da, den Vollzug zu melden, denn es tobt gerade ein fürchterlicher Kampf und die deutschen Soldaten müssen den Rückzug antreten. – Das alles fällt Walter Böckle beim Stichwort „Russland" ein, während er mit Klingenberg spricht. Dieser fährt nun fort:

„Wir haben einen schrecklichen Zivilisationsbruch verursacht, und wenn Sie in Ihrer Naivität immer noch nicht erkennen, dass unserer Mordmaschinerie Millionen zum Opfer gefallen sind, ist Ihnen nicht mehr zu helfen. Wozu eigentlich haben wir gekämpft? Wussten Sie schon, dass in Auschwitz und in anderen Lagern Juden, Sinti und Romas systematisch, kalt und präzise vergast worden sind?"

„Aber was reden Sie denn da?" schleuderte Walter Böckle ihm heftig die Frage entgegen. „Haben wir nicht noch vor einer Woche darüber gesprochen, dass…"

Franz Klingenberg weiß, was sein Adjutant meint. Zwei Tage davor werden Amerikaner gefangen genommen. Sie ergeben sich sofort und werden, auf Befehl von Klingenberg, verhört. Böckle verhört einen jungen amerikanischen Soldaten, der fließend deutsch spricht. Er sei Jude und er sei mit seinen Eltern 1934 aus Deutschland geflohen. Und dann spricht er noch den Satz: Er habe fürchterliche Angst, denn in Deutschland werden alle Juden umgebracht. Walter Böckle, in seiner unheilbaren Naivität, bezeichnet das Gehörte als Unsinn und erzählt später Klingenberg von den amerikanischen Propagandamärchen. Klingenbergs Antwort: Die Amerikaner hätten auch ihre Goebbels, „genauso wie wir". Er wollte in jenem Moment seinem Adjutanten nicht alles sagen, was er schon längst wusste.

Jetzt aber wird Klingenberg energischer. Er spricht weiterhin leise und doch sehr klar. So klar, wie Böckle ihn noch nie sprechen hörte.

„Jetzt hören Sie mir einfach zu, ganz ruhig. Wussten Sie, dass die Wehrmacht in Polen vom 01. September bis 20. Oktober 1939 mehrere zehntausende Zivilisten, darunter Kinder, Alte und Kranke, ausgerottet hat? Ich war dabei und habe Schreckliches gesehen. Und, zumindest in den ersten drei Wochen, habe ich selber viele Menschen, jedenfalls Soldaten, getötet. Zivilisten waren nicht mein Ziel. Auch Juden nicht. Dass sie zu tausenden erschossen wurden, konnte ich nicht verhindern und war fassungslos. Wie alt waren Sie damals? 17 oder 18? Jedenfalls ein naiver Anfänger. Einer, der im Mai 1940 freiwillig sich verpflichtet hat, nicht wahr? Sie konnten es nicht wissen, worauf Sie sich einlassen. Man hat Sie indoktriniert und vergiftet mit Ideologie. Auch ich ließ mich Jahre hindurch zu sehr beeinflussen, obwohl ich es hätte wissen können, weil mich u. a. auch mein Vater gewarnt hat. Er sagte damals: Der Angriff auf Frankreich sei keine gute Sache. Und als der Führer im Juni 1941 die Sowjetunion angreifen ließ, da sagte mein Vater: Das sei „der absolute Wahnsinn eines Wahnsinnigen und der Anfang vom Ende."

Klingenberg hielt ein Moment inne und fuhr dann fort: „In Polen konnte ich einen 8-jährigen Knaben vor der Erschießung retten, nachdem seine Eltern und – vermutlich – sein Großvater getötet wurden. Ob er noch lebt? Bogdan Podskalski war sein Name." Klingenberg machte wieder eine Pause. Dann fuhr er fort: „Für mich ist dieser Krieg vorbei. Es ist aus. Ich weiß, dass Sie mich verehren, dass ich für Sie eine Art Idol bin. Vielleicht habe ich für Sie Ihren Vater ersetzt, den Sie gar nicht kannten?... Wie auch immer. Nun aber ist meine Zeit als Divisionskommandeur abgelaufen. Ich fühle mich total erschöpft. Einen Sinn in diesem Kampf vermag ich nicht zu erkennen und ich kann nur noch an meine Familie denken, die auf mich wartet. ... Was ich und wir bisher taten, angeblich für das tausendjährige Reich, war gänzlich sinnlos, unvorstellbar brutal und ein abgrundtiefes Verbrechen."

Der Jüngere ist schockiert. Atemlos. Erschüttert. Noch nie hat er sein Idol so reden hören. Vor einer Woche, nein, vor zwei Tagen noch, sagte er, die Sache mit Auschwitz sei bloß amerikanische Propaganda. Walter Böckle konnte nicht einmal ahnen, dass Klingenberg mehr wusste als er nach außen preisgab. Böckle konnte nicht wissen, dass ein Cousin Klingenbergs, ein höherer Offizier, Ende 1943, beruflich bedingt, einmal in Auschwitz zu tun hatte und ihm, Klingenberg, berichtet hat, was er da gesehen hat. Walter Böckle hat noch weniger geahnt, welche wahre Absicht Klingenberg hatte, als er ihn, im Herbst 1944 ins Führungshauptquartier schickte, um, so lautete die offizielle Begründung, „dort den Führer bei der Arbeit und in seiner ganz persönlichen Umgebung zu erleben, um dann den Junkern in der Junkerschule Bad Tölz zu berichten: so und so arbeitet der Führer und reibt sich auf zum Wohle der deutschen Nation" usw. In Wirklichkeit hatte Klingenberg die Absicht, Böckle, seinem Adjutanten, durch persönliche Erfahrungen in Rastenburg die Augen zu öffnen, ihn wach zu rütteln. Das alles konnte Böckle nicht wissen.

Er fuhr hin als begeisterungsfähiger junger Mann, um sich erneut durch Hitler begeistern zu lassen und kehrte dann, nach einer Woche, ziemlich enttäuscht, desillusioniert und skeptisch geworden nach Bad Tölz in die Junkerschule zurück. Die in Rastenburg versammelte Mannschaft erlebte er als eine schwache dritte Garnitur und den Führer als oft abwesend, unkonzentriert, nervös und gereizt. Zu einem Gespräch mit ihm über die europäischen Junker von Tölz und über die Vision eines neuen Europas zum Weitersagen kommt es nicht. Nach jener Woche erlebt sich Böckle immer weniger begeistert, tut aber trotzdem, was er meint, „freiwillig" tun zu müssen. Die schönen Monate in Tölz sind bald vorbei.

Gegen Ende des Jahres 1944 wird Klingenberg als Divisionskommandeur an die amerikanische Front im Saargebiet versetzt. Auf seinen Wunsch geht W. Böckle mit ihm, um im Divisionsstab die Aufgaben zu übernehmen, die da heißen: „Führer für politische Führung, Truppenbetreuung, Gräberoffizier."

15

Die Nähe zu seinem verehrten Kommandeur, den er sehr bewundert und verehrt, bedeutet ihm viel. – –

Jetzt aber sucht Walter Böckle nach den passenden Worten, beruft sich auf die militärischen Tugenden, auf den Treueid, auf die militärische Pflicht … Klingenberg merkt, dass jede weitere Argumentation in den Sand verläuft. Er fühlt sich furchtbar müde und er hat für sich schon eine kristallklare Entscheidung getroffen. Nach einer Pause sagt er ganz leise und sehr betont:

„Ich werde die Division nicht mehr über den Rhein führen."

Der Jüngere fährt jetzt auf. Was soll das heißen? Er verstehe ihn nicht. Und dann heftig, aufgeregt, aggressiv: „Wenn Sie den Befehl bekommen, die Division über den Rhein zu führen, dann werden Sie die Division auch über den Rhein führen. Und der Division kann gar nichts Besseres passieren als so schnell wie möglich über den Rhein geführt zu werden."

Langsam und jedes Wort betonend, wiederholt Klingenberg: „Ich werde … die Division … nicht mehr … über den Rhein führen."

„Und was werden Sie tun?"

Franz Klingenberg antwortet ruhig: „Ich werde mich, sobald es hell ist, den Amerikanern ergeben. Es ist meine ganz persönliche Entscheidung. … Und Sie, was werden Sie jetzt tun? Mich der SS verraten?"

Walter Böckle ist sprachlos. „Nein, nein, das sicher nicht, aber …" Böckle schweigt wieder und fühlt, wie sein bisheriges Weltbild sich aufzulösen beginnt.

Für den Fall, dass er nicht überleben werde, habe er eine letzte Bitte, sagt Klingenberg. „In dieser kleinen Ledertasche, die ich immer bei mir trage, bewahre ich ein Heft mit Aufzeichnungen für meine Frau und für meine zwei Kinder auf. Sie wissen, dass mein Sohn, Ferdinand, gerade vier Monate alt ist. Für ihn habe ich ein eigenes Tagebuch geführt. Sollte mir etwas passieren, was ich nicht hoffe, bitte geben Sie diese Aufzeichnungen meiner Frau. Und sagen Sie ihr, bitte, falls mir etwas passieren soll-

16

te, dass ich sie liebe und dass sie der wichtigste Mensch meines Lebens war und ist und bleibt."

Walter Böckle ist so berührt, dass ihm keine Worte mehr über die Lippen kommen. Er nickt nur. Um die heftige Regung seiner Seele nicht zu intensiv spüren zu müssen, versucht er, nach minutenlanger Stille, das Gespräch in eine andere Richtung zu lenken. „Woran erinnern Sie sich gerne, zum Beispiel aus Ihrer Studienzeit? Ich weiß, dass Sie in Marburg auch Philosophie studiert haben und da gab es sicher spannende Dinge zu erleben."

Klingenberg antwortet prompt, und ein Augenblick ist von seiner Müdigkeit nichts mehr zu sehen.

„Oh ja, da gab es wunderbar spannende und tiefe philosophische Gespräche mit Hannah. Eine außerordentlich begabte und sehr hübsche Studentin. Sie war Jüdin und hieß Hannah Arendt. Allzu gerne wüsste ich, was mit ihr passiert ist, ob sie überlebt hat oder …"

Klingenberg starrt lange vor sich hin, ohne Worte. Walter Böckle hält sich auch still. Dann fragt ihn sein Chef: „Und woran denken Sie, wenn Sie sich an angenehme, erfreuliche Dinge Ihres Lebens erinnern?"

„Oh", antwortet Walter Böckle, „mir fällt immer wieder Sieglinde ein. Meine erste Liebe im Gymnasium. Wie hübsch sie war und wie brillant sie sich gab, wenn es um die lateinische Grammatik ging."

Klingenberg lächelt. Plötzlich spricht er von Edith, von seiner Mutter. Sie sei eine milde, sanfte und herzensgute Frau, ursprünglich aus Ungarn, aus der Stadt Sopron stammend. „Meine mütterlichen Großeltern konnten in Sopron im Sommer 1944, während wir noch in Bad Tölz waren, einige jüdische Familien retten. Das hat mir meine Mutter erzählt, als ich meine Frau Isabelle zuletzt in München in unserem Haus besuchen und dabei auch mit meinen Eltern sprechen konnte. Mein Großvater, Dr. Schaffhauser, ein ungarischer Schwabe, ist ein berühmter Professor für Botanik. Und meine Großmutter,

Julianna, ist Gärtnerin. ... Wundern Sie sich darüber, was ich Ihnen gerade erzähle?"

„Ja und nein", antwortet Walter Böckle. Er wisse schon um die hohe Bedeutung der Mutter und des guten familiären Hintergrundes im Leben eines Menschen. Er habe zu seiner Mutter ebenso eine „relativ gute Beziehung." Und zu seinen mütterlichen Großeltern. Nebenbei wolle er anmerken, fügt Walter Böckle hinzu, auch er habe in Russland Zivilisten verschont und einen bestimmten Befehl, bestimmte Zivilisten zu töten, nicht ausgeführt. „Das war wenige Tage bevor Sie mein Kommandant wurden. Eine gute Wende in meinem Leben in diesem Krieg."

Franz Klingenberg sinniert weiter über seine Mutter, als bräuchte er in jenem Moment eine besondere mütterliche Geborgenheit. Latein sei nicht ihre Stärke gewesen, aber als er 1936 zur Wehrmacht gegangen sei, habe sie ihm einen Spruch mitgegeben: *Quidquid agis, prudenter agas, et respice finem.*

„Sie kennen den Spruch, nicht wahr? Was du auch machst, tue es klug und bedenke das Ende. Ich stelle fest, Herr Böckle, dass mich dieser Licht-Spruch unterbewusst begleitet hat und darin die Schwingung der Sanftheit meiner Mutter. Jetzt aber, ..." Ermüdet stöhnt er und schweigt. Die beiden versuchen, ein wenig zu schlafen.

Zwei Stunden später, inzwischen ist es vier Uhr in der Früh, entfernt sich Klingenberg aus dem Keller, um ein physiologisches Bedürfnis zu befriedigen. Plötzlich schlägt eine Granate ein und verletzt ihn schwer. Er blutet.

Verzweifelt, wie noch nie, fleht ihn der Jüngere an: „Halten Sie durch, mein Kommandant, halten Sie durch. In einer halben Stunde bin ich mit dem Sanitäter zurück." Doch der Weg zum nächsten Lazarett ist länger als er dachte.

Als Walter Böckle anderthalb Stunden später mit dem Sanitäter im Keller eintrifft, fühlt sich Klingenberg schon sehr geschwächt. „Wir bringen Sie sofort ins nächste Lazarett, da werden Sie aufgebaut", sagt der Jüngere mit angestrengtem Optimismus in der Stimme.

Klingenberg deutet an, der Sanitäter möge sich entfernen und er, Walter Böckle möge nähertreten. Dann flüstert er seinem Adjutanten ins Ohr:

„Was ich Ihnen jetzt sage, ist für den Fall, dass ich nicht überlebe. Klar?" W. Böckle nickt und fühlt in seinem Magenbereich ein komisches Zittern. Also, fährt nun Klingenberg fort:

„Hoffen wir, dass Deutschland noch eine Zukunft hat. Tun Sie etwas Vernünftiges für dieses Land und für unsere Kultur. Und tun Sie etwas für Europa. Nehmen Sie Ihr Studium der Geisteswissenschaften an der Uni München wieder auf. Sie waren ja schon als Student im Fernstudium immatrikuliert, nicht wahr?" Böckle nickt und schaut ihn angespannt an.

„Jetzt aber müssen Sie sich selbst helfen und den Junkern in Bad Tölz, die womöglich immer noch von einem großgermanischen Europa träumen. Daraus wird nichts, gar nichts. Wir alle haben uns gewaltig geirrt, uns vom Führer verführen lassen und schwere Schuld auf uns geladen." Nach einer Atempause sagt Klingenberg noch:

„Ihren Rückmarschbefehl habe ich unterschrieben. Sie müssen über Berlin fahren, Sie wissen warum. Und dann müssten Sie bis Bad Tölz durchkommen, sofern noch die Züge fahren. Retten Sie dort, was noch zu retten ist. Das ist ein Befehl."

Walter Böckle merkt sich jedes Wort als würde er das Testament seines Idols einsaugen. Mit schwacher Stimme fährt Generalmajor Klingenberg fort, sich wiederholend:

„Wenn alles vorbei ist, es wird nicht mehr lange dauern, höchstens vier oder fünf Wochen, und wenn ich nicht überleben sollte, gehen Sie, bitte, zu meiner Frau in München. Sagen Sie ihr, dass ich sie sehr liebe. Geben Sie ihr das Heft mit meinen Aufzeichnungen, und später, wenn mein Sohn größer wird, sprechen Sie mit ihm. Bitte!" Walter Böckle ist in der Seele berührt. Das Wort „Bitte" klingt aus dem Munde seines Idols nicht einfach höflich, sondern magisch. Stärker als ein Befehl. Walter Böckle kämpft mit seinen Tränen.

„Noch etwas. Was Sie bisher nicht wissen konnten, weil ich es verschwiegen habe: Ich habe, wenn auch auf einer weniger vordergründigen Ebene, meinen kleinen Anteil an dem Attentat gegen den Führer am 20. Juli 1944 gehabt. Sozusagen als Verbindungsperson und keineswegs als Held. Staufenberg allein hatte den Mut, das Attentat durchzuführen. Anscheinend sollte es nicht sein, dass der Führer getötet wird. Aber wir, ich meine über 200 Offiziere, die da involviert waren, haben es versucht. Wir wollten Deutschlands Ehre retten. Wir wollten der Welt zeigen, dass es noch anständige Deutsche gibt. Erzählen Sie später meinem Sohn, bitte: Kein Krieg kann Probleme zwischen Menschen und Nationen lösen. Geben Sie ihm mein Tagebuch, das ich bis gestern geführt habe!" Nach kurzer Pause fährt Klingenberg fort:

„Ihnen und meinem Sohn sage ich noch bei vollem Bewusstsein: Verachtet sei hinfort jeder Krieg! Frieden und Verständigung zwischen den Nationen in Europa wird es nur dann geben, wenn eine ernsthafte Rückbesinnung auf die Grundwerte Europas in Gang kommt. Wenn jeder Mensch in dem Anderen den Mitmenschen erkennt und anerkennt, jenseits jeder Rasse und Klasse. Vielleicht wird sich mein Sohn dafür einsetzen. Sagen Sie ihm später, ich dachte sehr viel und lieb an ihn. Und jetzt bringen Sie mich schnell ins Lazarett! Vielleicht hilft noch eine Operation."

Eine Stunde später liegt Klingenberg auf dem Operationstisch des Arztes. Er ist, zum Glück, ein Chirurg. Die Operation bringt vorübergehend Linderung. Klingenberg schläft ein und scheint ruhig zu atmen. Einige Stunden später, am 01. April 1945 gegen Mittag stirbt er. Mit seinem Tod stirbt in der Seele von Walter Böckle eine ganze Welt, eine seit sechs Jahren aufgebaute illusorische nationalsozialistische Trugwelt. Was er schon am 20. Juli 1944 geahnt hat, dass der Krieg verloren ist, begreift er nun nach dem Tod von Klingenberg blitzartig und definitiv.

Das ist der Untergang des Abendlandes, denkt er sich und rennt hinaus, und dann in den Wald hinein, und beginnt zu brüllen und zu heulen, zu heulen und zu brüllen … Plötzlich ist *alles,* woran er zehn Jahre seines jungen Lebens geglaubt hat, nichtig, null, wertlos. Über seine in wenigen Minuten in Scherben geschlagene Welt wird er noch 60 Jahre später reflektieren, ohne mit ihr fertig zu werden.

Es bleibt ihm nicht mehr viel Zeit, um die Junkerschule zu retten. Walter Böckle muss deshalb den Umweg über Berlin nehmen, um von der höchsten Stelle die Genehmigung für die Auflösung der Junkerschule zu bekommen. Alles hat ja seine Ordnung. Mag die unheilvolle NS-Hierarchie bald zusammenbrechen, an jenen Tagen besteht sie noch und Walter Böckle muss die „Genehmigung von Oben" haben, schriftlich, mit Stempel, um ungehindert handeln zu können. Von Germersheim nach Berlin braucht er zwei Tage. Während der Fahrt kommen ihm Erinnerungen aus der Junkerschule hoch. Einen Tag vor dem Attentat gegen den Führer meldet sich bei Walter Böckle, Sturmbannführer Urban Wegener, ein grober und rabiater Mann, ebenfalls Weltanschauungslehrer, und schleudert ihm die Frage ins Gesicht:

„Können Sie mir noch einen einzigen vernünftigen Grund nennen, warum ich hier die Junker verdummen soll?" Er spricht von der Landung der Alliierten, von dem Vormarsch der Russen und von dem Wahn, einen Zweifrontenkrieg gleichzeitig zu führen. Deutschland werde teuer dafür bezahlen, sagt er mit düsterer Miene. Und dann zitiert Wegener aus „Mein Kampf": Es sei jedermanns Pflicht, die Regierung abzuservieren, wenn sie ihr Land ins Unglück stürze. Er wolle „diesen Unsinn und diesen Wahnsinn" nicht mehr mitmachen. Er werde zu Generalmajor Klingenberg gehen und verlangen, von allen Aufgaben entbunden zu werden. Walter Böckle wird bei diesen Worten nachdenklich, fühlend zutiefst in seiner Seele, dass Wegener Recht hat. Wegener solle tun, was er für richtig halte, lautet seine Antwort und gleich wendet er sich von ihm ab, um nicht in seine intensiv fragenden Augen zu schauen.

Einen Tag später, es ist der **20. Juli 1944,** sitzt Walter Böckle im Führerheim der Junkerschule. Gerd Delitsch, Sturmbannfüh-

21

rer und Ritterkreuzträger, sitzt auch in einer Ecke und starrt vor sich hin. Die Musik im Radio wird kurz vor 18 Uhr unterbrochen. Ein Sprecher informiert, dass eine gewissenlose Clique von Offizieren im Führungshauptquartier ein Attentat auf den Führer verübt habe. Und dann: „Das Attentat hat jedoch fehlgeschlagen, der Führer lebt!"

Was danach Walter Böckle hört, findet er „ungeheuer", denn Delitsch sagte: „Das hätte man mich machen lassen sollen, dann hätte das wenigstens geklappt." Was, was, was hat er gesagt? Böckle fordert ihn auf, langsam und deutlich zu wiederholen, was er gerade gesagt habe. Delitsch schaut ihn kalt und verächtlich an und wiederholt, langsam und im vollen Wortlaut den Satz: „Das hätte man mich machen lassen sollen, dann hätte das wenigstens geklappt."

Walter Böckle ist total durcheinander an jenem 20. Juli. Gestern sprach Wegener und heute Delitsch – gegen den Führer. Ja, er wisse, so Walter Böckle, dass nach Hitlers eigenen Worten eine Regierung beseitigt werden müsse, wenn sie ihr Volk in den Untergang führe. Aber, er sei immer noch der Führer, fügt Walter Böckle hinzu, spürend, dass er selber nicht mehr so gänzlich überzeugt ist. Schon mehrmals hat er, wenn auch nicht den Führer, so doch die Führung verflucht. Manchmal auch laut und deutlich. Die Nachrichten von der West- wie von der Ostfront sind Ende Juli 1944 alarmierend. Böckle aber wähnt, bildet sich immer noch ein, dass ausgerechnet dieser Führer, der das Attentat überlebt hatte, dafür sorgen werde, dass Deutschland mit einem blauen Auge davonkommen werde. Walter Böckle spricht diesen seinen *Glauben* auch aus, worauf Gerd Delitsch verächtlich anmerkt:

„Mann, oh Mann, wie blöd sind Sie denn?" ... Und Böckle muss zugeben, nach innen, nur vor sich selbst, dass er noch „so blöd" sei... Und schrecklich naiv.

In Berlin angekommen, es ist der **07. April 1945,** begibt er sich zum Amtssitz von Himmler. Er sei auf Nimmerwiedersehen abgehauen, sagt ihm ein beinamputierter Schreibstubenhengst.

Himmlers Stellvertreter, Obergruppenführer Heinz Berger, fordert ihn auf, Hermann Göring und Martin Bormann zu erschießen. Er sei nicht dafür geeignet, antwortet ihm Walter Böckle. Und Berger: „Nun gut, dann werden wir untergehen in Dummheit und Würde." Er gibt ihm die Blankoformulare mit Himmlers Originalunterschrift. Damit kann W. Böckle in Tölz die von Klingenberg gemeinte Aufgabe hoffentlich bald durchführen. Auf einer der Blankovollmachten mit Himmlers Unterschrift schreibt er noch mit einer Schreibmaschine: „Walter Böckle reist in meinem persönlichen Auftrag und ist von keiner Dienststelle in Anspruch zu nehmen, es ist ihm vielmehr jede erdenkliche Hilfe zu leisten." Dieses Papier braucht Böckle unbedingt, um Berlin überhaupt verlassen und nach Tölz fahren zu können.

Bevor er das Büro Bergers verlässt, deutet dieser auf das Fenster. „Hören Sie? Das ist die russische Artillerie. Noch einige Tage und die Russen sind im Reichstag. Das haben wir alles unserer gottverdammten Scheißführung zu verdanken." Dann aber verabschiedet er sich von Walter Böckle mit den Worten: „Jetzt gehen Sie. Heil unserem geliebten Führer Adolf Hitler!" Verblüfft entfernt sich W. Böckle aus dem Büro, die Frage nur in seinem Inneren denkend: Gehört Berger nicht etwa zu der gottverdammten Scheißführung? Und er, W. Böckle, gehört er nicht auch als SS-Offizier einer Führungsebene an, die mehr verführt als sinnvoll geführt hat? In seinem Willen ist er felsenfest entschlossen, den „heilen Rest" – sich selbst und die Junker in Bad Tölz – zu retten.

Walter Böckle braucht dann weitere vier Tage, um in Tölz anzukommen. Er fährt nachts, da am Tage zu fahren, wegen der Jagdbomber zu gefährlich ist. Er hat Zeit, nachzudenken: Versehrteninspektion, nichtdeutsche Freiwillige in Tölz, die Vision über ein neues Europa, Klingenbergs letzte Worte … Irgendwann stellt er bitter fest: *Nichts, aber auch gar nichts habe ich in diesem Scheißkrieg mit meiner ständigen Freiwilligkeit zustande gebracht.* Berger kommt ihm in den Sinn. Zwei seiner Söhne seien gefallen, sagte er larmoyant. Ob er erst angesichts dieser Katastrophe die Sinnlosigkeit des Scheißkrieges erkannt hat?

Die Junkerschule in Bad Tölz wimmelt von zivilen Flüchtlingen als Walter Böckle ankommt. Es ist der 22. April 1945. Er trifft seine letzte, existenzielle Entscheidung wie vor ihm Klingenberg sie getroffen hatte, als er, drei Wochen davor, sich weigerte, die Truppe über den Rhein zu führen und sich den Amerikanern ergeben wollte.

Walter Böckle braucht noch sechs Tage, bis sein Plan so steht, dass er zur „Durchführung" schreiten kann. Die letzte Legitimation für seinen Schritt, sieht er darin, *die Freiheit,* die er von Anfang an suchte, nicht nur für sich allein, sondern auch für die Junker zu erringen. Darin, dass er sich irgendwo zusammenschießen lässt, sah und sieht er keinen Sinn. Seine Lösung, die er einigen „Eingeweihten" zuflüstert, ohne die Einzelheiten zu verraten, lautet „Geheimauftrag hinter den feindlichen Linien". Genau dabei spielen die Himmler-Blankos mit. Walter Böckle besorgt für seine geheime Truppe die nötigen Papiere: Personalausweise mit Zivilfoto, Kleidung, Waffen, Auto. Dann, endlich, ist es soweit. Mit seinen Leuten fährt er zum ersten Marschziel: Lenggries. Seine Leute wissen immer noch nicht, dass Walter Böckle sie in die Freiheit entlassen will. Auf der Fahrt fällt ihm auf, dass Jüngere und Ältere aus seiner kleinen Truppe, alles, buchstäblich *alles* für möglich halten und jeden Blödsinn glauben. Mehr noch: sie gehorchen *jedem* Befehl.

Jetzt sind sie am Ziel, im Wald bei Lenggries in einer Jagdhütte. Walter Böckle hat alles parat: Zivilausweise aus Salzburg, Lazarettentlassungsscheine aus Tölz, Papiere für entlassene Rüstungsarbeiter einer österreichischen Firma, in der seine Leute – angeblich – gearbeitet hatten. Alles Fälschungen, klar.

Niemand stellt irgendeine Frage. Noch immer herrschen Vertrauen in die Führung, die hier und jetzt Walter Böckle verkörpert. Das Prinzip von Befehl und Gehorsam funktioniert tadellos. Das ganze Dritte Reich bestand und funktionierte

24

nur, weil Befehl und Gehorsam ein transethisches Bündnis bildeten. Nur ein Hauptsturmführer, den Walter Böckle nicht so gut kennt, wie die anderen, stellt Fragen und leistet scheinbar Widerstand. Er glaube an keinen Geheimauftrag, sagt er. Endlich, denkt sich Böckle, endlich einer, der Widerstand anmeldet. Doch nach außen hin herrscht Böckle ihn an: Dann solle er verschwinden, aber sofort. Schließlich unterschreibt er als letzter den Zivilausweis, nachdem alle anderen schon „gehorcht" haben. Walter Böckle schickt noch seine letzte Meldung an Delitsch nach Tölz: „Sturmbannführer, ich melde mich ab. Wir sehen uns im Himmel oder in der Hölle der SS!"

Dann befiehlt er seiner Truppe, ihm zu folgen. Langsam dringen sie in die Nähe der Straße vor, die nach Kochel führt. Jetzt ist der Zeitpunkt da, die Uniformen über der Zivilkleidung abzulegen und die Waffen zu entsorgen. Alle gehorchen.

Erst in diesem Moment gibt Walter Böckle seinen Männern bekannt, dass sie sich nach und nach, vorsichtig, langsam und in größeren Abständen auf die Straße begeben und in Richtung Norden durchschlagen sollen. Schockiert hören seine Männer den Befehl: „Der Geheimauftrag lautet: Ab nach Hause. Ihr seid entlassen. Hier endet meine Verantwortung für euch!"

Walter Böckle fühlt sich für einen Augenblick erleichtert. Doch einige seiner Leute heulen auf wie geprügelte Hunde, wie verlassene Babys. Die meisten stehen starr, geschockt da und rühren sich nicht. Realisieren sie nicht, dass es vorbei ist? Es ist gar nicht so leicht, nicht nur einen Krieg, sondern auch noch seinen naiven Glauben und vielleicht sogar seine Selbstachtung zu verlieren. Seine Leute, und vermutlich die Mehrheit der Deutschen, haben sich bisher an dem Führer orientiert. Sie haben gehorcht, ohne zu denken. Befehl ist Befehl, lautete die Devise, die Walter Böckle allzu gut bekannt war. Er schiebt nun seine Leute in Richtung Straße, die nach Kochel führt. „Los, geht, haut ab, verschwindet! Es ist vorbei!"

Er geht als letzter den Berg hinab. Sein letzter Akt der Führung ist die Verführung zur Fahnenflucht. Vermutlich ohne

Wissen und gegen den Willen der Mehrzahl der Betroffenen. Es waren 19 an der Zahl. Dass die von ihm initiierte „Verführung" sinnvoll war, wird er sechzig Jahre später immer noch denken. Und sooft er das tut, taucht in ihm auch sein Idol auf, Klingenberg. Wie dieser nicht mehr gewollt und *seine* Entscheidung getroffen hat und zu den Amerikanern überlaufen wollte, so fasste auch Walter Böckle an jenem 29. April 1945 *seinen* Entschluss. Seinen urpersönlichen Entschluss. Wenigstens die etwa zwanzig Männer, die in der Junkerschule seiner Verantwortung zugeordnet waren, sollten eine Chance bekommen. An jenem Tag weiß Böckle nicht, dass irgendwo in Berlin ein Franzose, *Eugène Vaulot*, von der Waffen-SS-Division „Charlemagne" mit dem Ritterkreuz dekoriert wird, um nur drei Tage später in dem gänzlich sinnlosen Kampf um den Führerbunker zu sterben. Und selbst dann, wenn Walter Böckle gewusst hätte, dass die letzten Verteidiger des Führers in Berlin Franzosen waren, hätte diese Tatsache *seine* Gewissens-Entscheidung nicht mehr tangiert.

Dann geht er in Richtung München. Immer langsam und vorsichtig, damit er von den Amerikanern nicht geschnappt wird. Drei Tage später, in einem Straßengraben bei Freimann, hört er, wie jemand sagt: Hitler sei tot, er habe sich angeblich erschossen. Und ein anderer Mann sagt zwei Mal hintereinander: Gut so, gut so! Und Böckle denkt, ohne ein Gefühl der Trauer: ja, so ist es gut. Es ist der **02. Mai 1945** und man schreibt den 11. Mai als Walter Böckle, endlich, zu Hause ankommt. In Halberstadt lebt seine Mutter. Sie weint vor Glück als sie ihren Sohn umarmen darf. Sie will ihn gar nicht mehr loslassen. Ende Juni 1945 kann und will er sich nicht mehr verstecken. Er stellt sich den Amerikanern.

Es vergehen noch drei Jahre bis Walter Böckle als Minderbelasteter eingestuft und dann, endlich, entlastet und in das Zivilleben entlassen wird. Im Sommersemester 1953, nachdem er ein Grundstudium Philosophie in Münster bei Professor Josef Pieper absolviert hat, nimmt er in München seine Studien – Soziologie, Pädagogik und Journalismus – wieder auf. Jetzt erst kann er sich auf die Suche nach Klingenbergs Frau begeben, die irgendwo in Schwabing in der Türkenstraße wohnt. Er will ihr, dem letzten Willen seines Idols entsprechend, die Ledertasche mit den Aufzeichnungen von Franz Klingenberg übergeben.

2 Rückblick auf Franz Klingenberg
(1901–1945)

• Der familiäre Hintergrund • Studium in München und Heidelberg • Begegnung mit Hannah Arendt • Lehrer in München und Heirat • Bei der Wehrmacht • Im Lazarett in St. Ottilien und „das deutsche Wesen" • Die erste Nachricht über Auschwitz • Umkehr • Entscheidung • Begegnung mit Carl Friedrich Goerdeler • Im Saargebiet • Ein letztes Gespräch mit dem Adjutanten Walter Böckle • Der frühe Tod

Am Ende des Ersten Weltkrieges war er 17 Jahre alt. Sein Vater, Dr. Cyrill Klingenberg, Jg. 1877, Abkömmling einer bürgerlich-bildungsorientierten französischen Hugenottenfamilie, im Kaiserreich sozialisiert und ein gemäßigter deutscher Patriot mit demokratischer Gesinnung, der auch Französisch konnte, kam aus dem Krieg schwer verwundet nach München in das bürgerliche Haus zurück. Als Arzt hat er den Verwundeten gedient, fallweise auch Franzosen behandelt, bis er selbst verwundet wurde.

Seine fromme katholische Frau, Edith, die Mutter von Franz Klingenberg und von Beruf Grundschullehrerin, Jg. 1882, war die zweite Tochter eines Professors für Pflanzenkunde: Prof. Dr. *Béla Schaffhauser*. Dieser war mit seiner Frau Julianna – einer Ungarin aus Temeschburg – in Sopron (Ungarn) zu Hause und gehörte der höheren sozialen Schicht der Stadt an, in der die westungarische Universität für Garten- und Pflanzenkunde seit 1840 untergebracht worden war.

Unter hohem Risiko und schon im fortgeschrittenen Alter sorgte das Ehepaar Schaffhauser dafür, im Mai 1944 zwei jüdischen Familien mit je einem Kind in Sopron Versteck zu bieten. Die Bitte, diese Familien zu retten, erreichte Dr. Schaffhauser telefonisch aus Budapest. Sein Freund, Mester Miklós, dessen universitäre Laufbahn am Anfang er, Dr. Schaffhauser, wohlwollend begleitet hatte, war ein hoher Ministerialbeamter der ungarischen Regierung. Er stammte aus dem ungarisch-sprachigen Gebiet von Siebenbürgen, auch Transsilvanien genannt. Dieses Gebiet gehörte bis 1918 der Österreich–Ungarischen Monarchie an, danach wurde es Rumänien zugeteilt. *Mester Miklós,* der in Budapest studiert und dort in Geschichte promoviert wurde, war ein Mann von humanistisch-christlicher Gesinnung und trat für die Verständigung der verschiedenen Nationalitäten ein. In den Monaten März bis Oktober 1944 konzentrierte er sich auf die Rettung der jüdischen Intellektuellen, die, in Budapest lebend, alle eine bedeutende Rolle im Kulturleben von Ungarn gespielt haben und seit 1920 in Ungarn nicht beliebt waren. Die zwei hier gemeinten Familien haben den Krieg überlebt und konnten in die USA auswandern.

Franz Klingenberg wächst in der Atmosphäre einer gutbürgerlichen christlichen Familie auf, in der der Hass auf Juden keine Rolle spielt. Seine Mutter erzieht ihn liebevoll streng. Ihre Milde und Sanftheit, ihre Herzensgüte und Friedfertigkeit gepaart mit energischer Tatkraft in der Haushaltsführung, beeindrucken den Jungen unterbewusst immer wieder und prägen ihn. In der Weimarer Republik leben viele Arme und so gibt sie den hungernden Bettlern Almosen, wenn sie vorbeikommen und um ein bisschen Geld oder Brot betteln. Edith kennt noch den Begriff der christlichen Barmherzigkeit und versucht, Funken davon ihrem Sohn zu vermitteln. Dieser bewundert die Hingabe, mit der seine Mutter Edith ihren aus dem Ersten Weltkrieg schwer verwundet zurückgekehrten Ehemann, den Vater von Franz Klingenberg, umhegt und umsorgt. Diese mütterliche Liebe und die gütige, barmherzige, wohlwollende Haltung der Mutter, die auch fremden Menschen zu helfen bereit war, prägen sich tief in die Seele des jungen Franz Klingenberg ein und werden ihn unsichtbar, aber fühlbar begleiten.

Ob es auch mit der Frömmigkeit seiner Mutter zu tun haben mag, dass Otmar, sein zwei Jahre älterer Bruder Priester im Jesuitenorden und Luise, seine ein Jahr jüngere Schwester Nonne bei den Franziskanerinnen wird?

Von seinem Vater, Dr. Cyrill Klingenberg, der seine Konsequenz aus dem Grauen des Ersten Weltkrieges gezogen hat, bekommt Franz andere Werte mit, die ihn später, als er Offizier der Wehrmacht wird, tragen werden. „Ritterlichkeit" sei das Wichtigste, erzählte ihm sein Vater nach dem Ersten Weltkrieg. Das bedeute, sagte er dem Jungen, dass Machtausübung nicht im Machtrausch sinnlos werde und nicht in Tötungsorgien ausarte; dass die Menschenwürde auch des Wehrlosen und des Feindes respektiert werde; dass der Starke sich selber in Zucht nehme und seinem Hass auf den Feind Grenzen setze. Hass sei eine schlimme, fürchterliche Zerstörungskraft, sagte ihm der Vater, und mahnte den Jungen mit dem Hinweis: „Andere mögen anders sein als du, hassen musst du sie trotzdem nicht."

Später, als Franz Klingenberg in Russland, von Juni 1941 bis Ende Januar 1943, das furchtbare Grauen des Zweiten Weltkrieges selbst miterlebt, erinnert er sich an einen Schlüsselsatz seines Vaters. Dieser kam eines Abends, im Februar 1920, ganz aufgeregt nach Hause und sagte in einem aufgewühlten Ton: Er habe im Hofbräuhaus auf einer Veranstaltung eine Rede gehört, bei der die anwesende Masse, etwa 1500 Menschen, stürmisch gejubelt habe, während ihm kalt über den Rücken lief; denn der Redner, ein Adolf Hitler, hat so viel Hass gegen die Juden und so viel Aggression und Hetze gegen den Versailler Vertrag, der sicher nicht rechtens sei, gespuckt, dass er etwas Dämonisches gespürt habe. Dr. Cyrill Klingenberg fügte hinzu: „Dieser Mann ist ein gefährlicher Agitator, dessen Redestil nichts Gutes verspricht. Er ist ein Verführer, total von sich selbst benommen. Und die Leute feierten ihn mit stürmischem Beifall. Unfassbar, unfassbar", wiederholte Dr. Cyrill Klingenberg sehr aufgeregt. Er wird den verführerischen, drängenden „Redner" nach dem 30. Januar 1933 noch öfters hören und jedes Mal körperlich ungute Zuckungen fühlen, da ihm sehr schnell klar wird: Dieser Verführer führt Deutschland in den Abgrund. Und er wird auch seinen Sohn, Franz Klingenberg warnen, der aber doch einen anderen Weg geht, den er selbst gewählt hat.

Dr. Cyrill Klingenberg jedenfalls sagte seinem Sohn einen Tag nach seiner Abiturfeier: Deutschland werde in Europa nur bestehen können, wenn die jeweilige deutsche Regierung ganz besonders mit Frankreich und Russland den Frieden suchen werde. –

Zwei Jahre nach dem Abitur, beginnt Franz Klingenberg in München Latein, Geschichte und Philosophie fürs Lehramt zu studieren. Als am 24. Juni 1922 zwei Rechtsextremisten Walter Rathenau, den jüdisch-stämmigen Außenminister der Weimarer Republik ermorden, erlebt er seinen Vater erneut außer sich. Es sei ein alarmierendes Zeichen für eine junge Demokratie, sagte Dr. Cyrill Klingenberg seinem Sohn, wenn kaum vier Jahre nach dem Krieg ein Politiker ermordet wird. Und als am 28. Oktober desselben Jahres in Italien Benito Mussolini und seine faschistische Bewegung an die Macht kommt, fühlt sich Dr. Cyrill Klingenberg buchstäblich von apokalyptischen Bildern geplagt. Gerade mal vier Jahre nach dem Ersten Weltkrieg scheint es so, als würde sich in Italien eine totalitäre Diktatur etablieren. Nur ein Jahr später wird im November 1923 Adolf Hitler im Bürgerbräukeller in München eine weitere Hetzrede halten und die nationale Revolution ausrufen. Dr. Cyrill Klingenberg hört die Rede nicht, er spürt nur ihre Auswirkungen. Nach weiteren zehn Jahren wird München der Ausgangspunkt der braunen Diktatur werden. Erst danach wird Dr. Cyrill Klingenberg zweifelsfrei erkennen, dass das Deutsche Reich einen totalen Irrweg eingeschlagen hat, und wird Franz, seinen Sohn, vor einem unüberlegten Schritt erneut warnen.

Nach vier Semestern Studium in München wechselt Franz Klingenberg an eine andere Universität. Im Herbst 1924 zieht der Name Martin Heidegger viele junge Leute magisch an. Franz Klingenberg ging, wie viele andere, nach Marburg. Dort, in einem Studentenkaffee, begegnete er Hannah. Sie saß alleine an einem Tisch und las ein Buch. Klingenberg war sofort von der ungewöhnlichen Schönheit der Studentin fasziniert. Er fasste Mut und sprach sie an.

„Ich bin Hannah Arendt und besuche die Vorlesungen von Professor Heidegger, in Philosophie, und von Professor Bultmann, in Theologie. Mein Schwerpunkt ist die Liebe, die Wahrheit und das Recht. Außerdem bin ich fest entschlossen, in Philosophie eine Doktorarbeit zu schreiben. Und was ist dein Interesse, was bewegt dich in der Philosophie?"

Klingenberg ist beeindruckt von der offenen, direkten und natürlichen Art der jungen Frau. Er heiße Franz Klingenberg und er sei erst im fünften Semester, noch Anfänger sozusagen. Bisher habe er am meisten Interesse für Platon, Pascal und Kierkegaard gespürt. Von dem Wenigen, was er bei diesen Philosophen gelernt habe, sei er begeistert. Immerhin habe er das erste große Werk von Sören Kierkegaard *Entweder – Oder* schon gelesen, wenn auch nicht ganz. „Im Übrigen auch Thomas von Aquin hat mich angesprochen", fügte er hinzu. „Ich kann von ihm sogar einen Satz zitieren. Magst du es hören?"

„Oh ja, aber dann bitte auf Latein."

„Natürlich. Also, Der Aquinate sagt: *In hominibus non solum est memoria, sed reminiscentia.*"

Hannah übersetzt prompt. „Sehr schön formuliert. Das heißt doch so viel wie: Im Menschen ist nicht allein Gedächtnis, sondern auch Erinnerung. – Stimmt es?"

Hannah schaute ihn schelmisch lächelnd und intensiv an. Ihm wurde warm. Ein kleines Feuer loderte plötzlich in seinem Leib. Er empfand die dunklen, leuchtenden Augen von Hannah wunder- und geheimnisvoll. Sie wollte jetzt wissen, was genau er bei den zwei anderen Philosophen für sich gelernt habe, welche Gedanken in ihm Resonanz gefunden hätten.

Franz Klingenberg ist sehr bemüht, das Gespräch im Fluss zu halten und versucht, sich unaufgeregt und natürlich zu zeigen. Zugleich fühlt er, wie gerne er sich der faszinierenden Gegenwart dieser jungen Frau aussetzt.

„Also, fangen wir mit Platon an. In *Gorgias* spricht er bzw. Sokrates aus, dass es eine größere Macht sei, Unrecht zu erleiden, als Unrecht zu tun."

„Ach ja", unterbricht ihn Hannah. „Du interessierst dich also für ethische Fragen und wie die Ethik die Macht zu begrenzen hat, oder verstehe ich dich falsch?"

„Nein, nein, genau so kann man sagen. Und, wenn ich fortfahren darf, Platon lehrt auch in *Der Staat,* dass die Gesellschaft durch die Philosophen geführt werden solle, die alt und erfahren genug sind, um die Politik aus der Sicht der Weisheit und zum Wohle der ganzen Gesellschaft zu gestalten." Mit Blick auf das *bonum commune,* fügt er hinzu.

Klingenberg macht eine Pause und Hannah lächelt. In ihm entfacht das Gefühl, als sei er im dritten Himmel. Er will sie beeindrucken und greift den Gesprächsfaden wieder auf: „Ach ja, noch etwas hat mich bei Platon eigenartig berührt. Gerade weiß ich leider nicht, in welcher Schrift dieser Gedanke zu lesen ist, aber jedenfalls heißt es: „Die Seele sei ungeworden, *agénetos,* auf Griechisch."

Klingenberg wünscht sich inständig, bei der schönen Doktorandin zu punkten. Beglückt nimmt er Hannas Reaktion wahr.

„Was für ein schönes Wort, *agénetos,* ja, ja", antwortet Hannah prompt. „Diese Formulierung müsste in *Phaidros* zu finden sein. Das heißt, in der Tat: ungeworden, nicht geworden, nicht einem Werden und Entstehen unterworfen, immer schon seiend, ein ontologisches Apriori, oder auch: uranfänglich mit ihrem kreatorischen Ursprung, mit dem Ewigen in Verbindung stehend."

„Oh, Hannah, du hast das so wunderschön gesagt", bricht die Begeisterung aus Franz Klingenberg hervor.

„Danke. Im Übrigen: Vor Platon hat schon Heraklit über die Weite und das Geheimnis der Seele gesprochen. Ich meine den Satz: *Die Grenze der Seele kannst du nicht ausfinden, auch wenn du gehst und jede Straße abwanderst; so tief ist ihr Sinn.* Als ich das las, kam mir die Assoziation des Meeres. Die Seele ist wie ein Meer, stets bewegt, tief und geheimnisvoll. Was meinst du?"

Bevor Franz Klingenberg antworten kann, setzt Hannah hinzu: „Entschuldige, bitte, jetzt muss ich leider gehen. Bitte habe Verständnis dafür. Eine Besprechung über das Thema meiner Doktorarbeit steht bevor."

„Und wann, … wann sprechen wir noch darüber, was mich bei Sören Kierkegaard und Blaise Pascal beeindruckt hat?"

„Bald, hoffentlich sehr bald."

Klingenberg nickt. Ja, er habe volles Verständnis, dass sie gehen müsse und denkt schon an eine Fortsetzung des Gespräches mit Hannah. Noch einige Male kann er im Lauf des Studiums in Marburg ihre Gegenwart genießen, ihre philosophische Brillanz bestaunen und sich von ihren leuchtenden Augen beeindrucken lassen. Es wird ihm nach kurzer Zeit klar, dass Hannah unter den biederen Studenten eine Ausnahmeerscheinung ist, dass ihre Suche nach dem Wesentlichen, ihre Zielstrebigkeit und denkerische wie gefühlsmäßige Intensität, und ebenso ihre Schönheit ihn unheimlich anziehen. Er verliebt sich in Hannah, nicht wissend, dass sie mit Professor Heidegger eine geheime Liebesbeziehung hat. 1928 verliert er sie aus den Augen endgültig, da Hannah zunächst nach Freiburg und dann nach Heidelberg wechselt, um dort bei Professor Karl Jaspers zu promovieren.

1930 trifft Klingenberg seine spätere Frau, Isabelle. Sie ist eine in Colmar geborene Deutsch-Französin aus einer gutbürgerlichen Familie. Sie spricht fließend Deutsch, fühlt sich aber eher der französischen Geisteskultur verbunden und malt sehr schön. Vor allem Blumen und Landschaften. Sie war vor ihrer Heirat im Alsatia-Verlag in Colmar als Lektorin tätig. Ihre väterliche Großmutter war Jüdin. Klingenberg weiß das zum Zeitpunkt seiner Heirat, Ende August 1932, noch nicht. Später, am Anfang seiner militärischen Karriere, wird ihm die jüdische Großmutter seiner Frau manche Probleme bereiten.

Er wird Lehrer an einem Gymnasium in München und kann eine geräumige Wohnung in der Türkenstraße, in München-Schwabing, nicht allzu weit vom Haus seiner Eltern beziehen. Nach dem 30.01.1933 beeindrucken ihn die Reden von Hitler über ein starkes Deutschland. Als er seinem Vater davon erzählt, warnt dieser ihn eindringlich. Mit der aggressiven Rhetorik Hitlers gegen die Juden kann Franz Klingenberg allerdings nichts anfangen. Es verstört ihn, dass Goebbels am 10. Mai 1933 öffentlich Bücher verbrennen lässt, die angeblich einen „Ungeist der Vergangenheit" verbreiten. Von nun an solle man aus dem „neuen, frischen, dynamischen, germanischen Geist" Kulturgüter hervorbringen, so Goebbels.

Der Lehrer Franz Klingenberg ist nicht der einzige, dem Goebbels Propaganda missfällt, er kann aber nur begrenzt dagegen etwas tun, durch die Weise, wie er die Jugend unterrichtet. Drei Jahre später stellt er fest, dass die humanistische Bildung, seine Fächer im Gymnasium, von den neuen Machthabern nicht unterstützt werden. Dabei war er so stolz auf seine an namhaften deutschen Universitäten erworbene deutsche und abendländische Bildung. Als ein guter Kenner der lateinischen Wurzeln der europäischen Kultur, fand er es sinnwidrig, dass die Nazis die humanistischen Grundlagen der Kultur angegriffen haben. Dass auch die Bücher von Stefan Zweig, den er sehr schätze, verbrannt wurden, machte Franz Klingenberg wütend. Goebbels ist der Barbar und nicht Stefan Zweig, fällt er sein Urteil.

Im Frühjahr 1935 streut er vor allem im historischen Teil des Unterrichtsstoffes die aus seiner Sicht notwendigen Kurskorrekturen ein, erwähnend, dass die Staaten Europas immer wieder aufeinandergehetzt und schließlich, im Ersten Weltkrieg, sich gegenseitig in den Abgrund geführt haben. Er verwendet wenig Zeit, auch noch breit über „Germanen" und über „das Dritte Reich" zu faseln. Der junge Lehrer Franz Klingenberg redet lieber über Europa, über den christlichen Kontinent, auf dem jüdische, griechische, römisch-lateinische, germanische sowie slawische, skandinavische, ungarische und sogar arabisch-islamische Kräfte und „Einflüsse" zwischen dem 9. und 18. Jahrhundert eine vielfältige Kultur – mit Kathedralen, philosophischen Systemen, Malerei, Literatur und Musik – aufgebaut haben, deren geistige Bindekraft das Christentum ist. Und das Christentum sei der jüngere Bruder des Judentums, fügt Franz Klingenberg hinzu.

Seinen 17- bis 18-jährigen Schülern gefällt es gut, was sie da hören. Der Lehrer Klingenberg, ein Glücksfall für die wissensdurstigen Schüler, versteht es, die Aufmerksamkeit der Jugendlichen zu fesseln. Nur ein NS-Inspektor rügt ihn stark, als er gerade dann Franz Klingenberg zuhört, als dieser im Unterricht, in einem kleinen Exkurs, mit riskanter Offenheit über die Bedeutung des christlichen Elementes für Europa und davon redet, dass die jüdische Bibel, das von den Christen sogenannte Alte Testament, zahlreiche Kunstwerke inspiriert habe, die zu den geistigen Schätzen Europas gehören. In Anwesenheit des NS-Inspektors im Unterricht legt er dar, dass das Christentum als „die transnationale Bindekraft" Europas nicht den Hass, sondern die Nächstenliebe lehre und dann erzählt er von Erasmus von Rotterdam, der im 16. Jahrhundert schon für Toleranz plädierte. Er solle lieber die NS-Weltanschauung den Schülern beibringen, sagt ihm der Inspektor nach dem Unterricht in einem barschen Ton und sorgt bald dafür, dass Franz Klingenberg sein Lehrerdasein beenden muss.

Es ist die scheinbar friedliche Phase des Nationalsozialismus in den Jahren 1935 bis 1938. Nach einigen Wochen Überlegung, mit Blick auf die materielle Sicherung seiner Familie und von einem Gefühl des Patriotismus motiviert, meldet sich Klingenberg im Juni 1936 bei der Wehrmacht. Es ist das Jahr der Olympiade. Die NS-Regierung ist sichtlich bemüht, sich dem Ausland gegenüber von der „humanen" Seite zu zeigen. Antijüdische Plakate verschwinden von der Straße. Das Hetzblatt „Der Stürmer" ist, zumindest vorübergehend, öffentlich nicht zu kaufen. Manche Journalisten aus dem Ausland schreiben lobend über die „so gut geordneten Verhältnisse" in Deutschland, berichten von der deutschen Gastfreundlichkeit und dem brillanten Organisationstalent der Veranstalter. Selbst der sehr skeptisch auf das NS-Regime blickende *André François-Poncet*, der französische Botschafter in Berlin, – und in seinem Herzen ein tiefes Misstrauen gegenüber Hitler hegend, – schreibt nach der Eröffnung der XI. Olympischen Spiele nach Paris: Er sei tief beeindruckt von dem großartigen und anmutigen Ereignis der Eröffnungsfeier.

Und Franz Klingenberg, gerade seit zwei Monaten bei der Wehrmacht, ist es auch. Er versteht seinen alten Vater nicht ganz, der ihn erneut zu warnen versucht, als er ihm darlegt: Nachdem er kein Lehrer mehr sein könne, wolle er in der Armee dienen. Sein Vater aber wiederholt beharrlich: Die Zeichen würden seit 1933 auf einen Krieg hindeuten. Franz solle sich nicht voreilig in der Wehrmacht verpflichten. Doch die allgemeine Begeisterung im ganzen Land, das direkte Miterleben der Olympischen Sommerspiele, die wiederholte Versicherung des Führers, „nur den Frieden" zu wollen und der Gedanke, ein reguläres Einkommen zu haben, stärken Franz Klingenbergs Motivation, in der Wehrmacht Karriere zu machen.

Schon im Herbst 1938 ist Franz Klingenberg Major über ein Bataillon in Bayern, später wird er Generalmajor. Dass inzwischen Österreich und bald auch das Sudetenland und der Rest der Tschechoslowakei zum Reich gehören, veranlasst ihn zu glauben, nun sei alles gut: die Schmach von Versailles sei nun getilgt, der Ausgleich sei wiederhergestellt und der Friede in Europa sei gerettet. Chamberlains Besuch in München am 30. September 1938 scheint diesen Eindruck zu bestätigen und der Sommer 1939 scheint auch in München und in ganz Bayern voll von heiteren Vergnügungen zu sein. Die Leute lachen nur, wenn *Karl Valentin* auf dem Viktualienmarkt die Passanten anspricht mit der Frage: „Entschuldigung, wissen Sie, wo ich hin will?" Die meisten Leute haben nur gelacht und nur selten haben einige Wenige die prophetische Mahnung dieses „Volkskomikers" herausgehört. Denn das, was er, scheinbar witzig formuliert, eigentlich meinte, war: „Wisst ihr Leute, wohin ihr tendiert?" Den Komiker Karl Valentin, der ein Massenpublikum begeistern konnte, erlebt auch Franz Klingenberg ein einziges Mal irgendwann im Frühsommer 1939, und merkt sich einen Satz, der vorgetäuscht wieder so spontan, aus Valentin hervorsprudelte: Es sei schon Vieles und von Vielen gesagt worden, aber „wo finden wir den springenden Punkt?"

Franz Klingenberg kennt noch die soldatischen Tugenden. Er kann Befehle aussprechen, stellt aber seine hierarchische Macht nicht zur Schau. Vor allem hütet er sich davor, die Untertanen mit sadistischen Praktiken zu quälen, wie manche seiner Kollegen dies tun. Und er wird von seinen Untertanen geschätzt und gemocht. Die Nazipropaganda ist ihm allerdings zuwider. Das sich häufende Unrecht gegen die Juden stört ihn sehr, doch er kann nichts dagegen tun. Er hat sich dem Führer verpflichtet. Im August 1939 wird seine Tochter geboren: Johanna.

Zwei Wochen später, am 01. September 1939, entfacht der Führer den Zweiten Weltkrieg. Franz Klingenberg muss nach Polen.

Im Polenfeldzug, dann in Holland und Frankreich, erlebt er seine ersten Erschütterungen. Unsagbar zuwider ist ihm die bestialische Art vieler Soldaten der Wehrmacht, wie sie die Zivilbevölkerung – Kinder, Frauen, Greise, Juden und Geistliche – massakrieren. Da ist keine Spur von der Tugend der „Ritterlichkeit" zu sehen, die Klingenberg von seinem Vater als Wert verinnerlicht hat. Es gelingt ihm in Polen, in der Nähe von Krakau, einen 8-jährigen jüdischen Knaben vor der Erschießung zu retten, nachdem seine Eltern und sein Großvater ermordet wurden. Er merkt sich seinen Namen: Bogdan Podskalski.

Im Herbst 1941 wird Klingenberg an die Ostfront beordert. Er lernt die Hölle auf Erden kennen und sieht sich mit dem gähnenden Abgrund des Bösen konfrontiert. Sechzehn unendlich lange Monate muss er ausharren, schießen, frieren, kommandieren, Tote begraben lassen, soweit möglich. Nach dem Höllenschreck von Stalingrad befindet er sich mehrere Monate im Lazarett in Südbayern, in St. Ottilien, einem Benediktiner-kloster. Auch Walter Böckle ist in den ersten drei Wochen dabei. Er ist sein Adjutant. Beide wurden in Russland ziemlich schwer, aber nicht tödlich verletzt. Ende Januar 1943, kurz bevor General Paulus aufgibt, werden sie mit dem letzten Flug ausgeflogen. Die Genesung dauert bis Mitte August. In jenen Monaten in Sankt Ottilien lernt Klingenberg verschiedene Leute kennen und kommt erneut mit seinen christlichen Wurzeln in Berührung. Vor allem die Gespräche mit Pater Anselm und die Gregorianischen Choräle bedeuten ihm viel.

Am 18. Februar 1943 hört er sich die Rede von Joseph Goebbels im Radio an. Der Minister für Volksaufklärung und Propaganda ruft den „totalen Krieg" aus. Tosender Beifall der etwa 15 000 Besucher unterbricht ihn immer wieder. „Ja, wir wollen den totalen Krieg," brüllt die Masse. Franz Klingenberg fühlt sich angewidert. Es ist ihm zum Kotzen. Dieser wahnsinnige Propagandist, der noch nie an der Front war, dieser dämonisch glänzende Volksredner … der Teufel soll ihn holen. Klingenberg versucht, sein Denken auszuschalten. Die Schmerzen seiner Verletzung quälen ihn. Noch mehr quält ihn in der Seele das erlebte Grauen von Stalingrad. Nachts hat er Albträume und nur selten kann er einige Stunden durchschlafen.

Mit Arnold, einem etwa 20-jährigen jungen Mann, der in der Gärtnerei des Klosters arbeitet, ergibt sich einige Wochen später ein Gespräch, das ihn zutiefst erschüttert. Was er von Arnold erfährt, ist dieses: Er sei freiwilliger Hilfsfahrer im nationalsozialistischen Kraftfahrer-Korps (NSKK) gewesen. Er habe hinter der Front gearbeitet und fast nur Juden gefahren. Er musste sie in den Wald fahren und dort seien sie alle erschossen worden. Er habe es selbst, „mit eigenen Augen" gesehen, wie sie erschossen wurden. „Danach kriegte ich jedes Mal ein schrecklich komisches Gefühl. Sie waren doch alle Zivilisten, darunter viele Kinder, Frauen und alte Menschen, die kaum mehr gehen konnten", erzählte ihm Arnold. Franz

Klingenberg war auch in Russland, hatte aber keine Kenntnis von den Genoziden an den Juden und Zivilisten. Jetzt weiß er es. Und bald darauf hört er noch von seinem Cousin, der ihn in St. Ottilien besucht, den Namen Auschwitz. Es sei eine längst beschlossene Sache, die jüdische Rasse gänzlich auszulöschen und in Auschwitz laufe die Mordmaschinerie seit über einem Jahr. Die Juden werden in ganz Europa gejagt und in Gaskammern ermordet, sagt ihm der Cousin, leise flüsternd. Franz Klingenberg fühlt, wie ihn das Grauen packt.

Zeitweilige Linderung für sein Gemüt bringen eine Ordensschwester, die ihren Dienst um die Kranken ruhig und stets heiter versieht, sowie seine Frau Isabelle und seine Tochter Johanna, die ihn in Ottilien öfters besuchen. Sie müssen von München über Augsburg fahren, um in dem kleinen Bahnhof Sankt Ottilien anzukommen. Isabelle spricht ihm gut zu und baut ihn auf. Irgendetwas sei in Bewegung, sagt sie an einem Tag im Juni 1943. Nach Stalingrad sei die Stimmung im Land spürbar gekippt. Die Westmächte wollen die bedingungslose Kapitulation Deutschlands anstreben. Die NS-Führung habe sogar von Studenten Angst, die an der Uni in München Flugblätter verteilt hätten und …

Franz Klingenberg unterbricht seine Frau: „Ich weiß Isabelle. Sophie und Hans Scholl wurden inzwischen hingerichtet. Neben dem Rundfunk habe ich hier, zum Glück, noch andere Informationsquellen. Du weißt, dass auch der Afrikafeldzug inzwischen verloren ist." Und leise murmelt er vor sich hin: „Gott sei Dank."

Jedenfalls, so Isabelle weiter, die Leute glauben dem Führer nicht mehr alles. „Du sollst lebend zu uns zurückkommen, wenn der Krieg, hoffentlich bald, vorbei ist", beschwört ihn Isabelle. Beim Abschied umarmt er seine „zwei Frauen" und hat Tränen in den Augen, nachdem sie gegangen sind.

Manchmal erinnert sich Klingenberg an Hannah Arendt, an die philosophischen Gespräche mit ihr. Kalt läuft es ihm den

Rücken herunter bei der Vorstellung, dass Hannah vielleicht auch in Auschwitz endete. Er wird nie erfahren, dass Hannah die Flucht über Frankreich in die USA gelungen ist.

Dann wiederum quält ihn die Frage: Welcher dunklen Macht hat er sich verpflichtet?

In seinem Inneren ist Klingenberg immer noch Soldat, auch Patriot, aber kein Nazi. Die ideologische Grundlage des deutschen Weltherrschaftsanspruchs bezeichnet er als Wahnsinn kranker Gehirne. Durch seine Frau hat er in seiner tieferen seelischen Schicht eine Sympathie für Frankreich. In Russland hat er einfache, aber herzensgute Bauern kennengelernt, und überall, wo er nur konnte, die Zivilisten verschont. Seines Vaters Wort taucht in seinem Bewusstsein auf: *Deutschland müsse mit Frankreich und Russland den Frieden suchen, sonst werde es mit Europa nicht gut aussehen.*

Ja, ja, ja, sagt sich Klingenberg wiederholt im Sommer 1943. Aber wie denn? Und: Wie konnte er sich dieser teuflischen Ideologie verschreiben? War er überhaupt ein überzeugter Nazi? In Ottilien denkt er viel darüber nach. Nein, war er nicht. Er wollte freiwillig seinem Vaterland dienen. Vielleicht wollte er auch ein Großdeutschland. Doch Völkermord und Genozid waren seine Sache nicht. Ein bisschen NS-Ideologie hat er freilich eingesaugt und sie dann wieder ausgespuckt. Die Nachricht, dass alliierte Truppen am 10. Juli an der Küste Siziliens gelandet sind, nimmt er mit Erleichterung zur Kenntnis. Kann sich ein deutscher Patriot wünschen, dass die Alliierten das Naziregime besiegen und der grauenvollen Diktatur ein Ende setzen?

Klingenberg zögert nicht lange und sagt sich nach innen: Ja, das kann ich. Deutschland ist nicht Hitler und Hitler ist nicht einmal ein Deutscher. Eine mörderische Diktatur abzulehnen, ist definitiv die Sache eines Patrioten. Im Gespräch mit Pater Anselm, einem alten weisen Benediktiner, hört Klingenberg den Satz:

„Patriot sein heißt im Grunde: sein Land, seine Kultur, seine Sprache wertzuschätzen und zu ehren. Das alles aber bedeutet beileibe nicht, die anderen Sprachen, Kulturen, Rassen, Länder hassen zu müssen. Diversität und Pluralität gehört zu dieser Welt. Darüber hinaus sind wir, zumindest hier in Europa, immer noch durch das Christentum geprägt. Dieses aber schließt alle europäischen Länder ein, von Russland bis England und von Norwegen bis Sizilien. Ich habe in Rom studiert und dort die Universalkirche kennengelernt. Ein weiser Professor sagte uns öfters: *Das Christentum schließt alle Menschen und Nationen ein, die sich ihm zugehörig fühlen wollen. Man dürfe aber niemanden mit Gewalt zum Christentum bekehren wollen, auch wenn das früher, leider, oft der Fall war.* Das gilt auch für unsere aktuelle Situation in Europa. Eine forcierte Germanisierung, noch dazu durch Angriffskriege, ist letztlich kontraproduktiv. Zurzeit gehen wir im Deutschen Reich einen schrecklichen Irrweg."

Klingenberg hört Pater Anselm gerne zu. Dieser spricht leise, konzentriert und seine Stimme klingt wohltuend mild. Was er aber sagt, ist sehr klar und er strahlt Zuversicht aus. Pater Anselm pflegt ein kurzes Gebet zu sprechen, bevor das Gespräch beendet wird: *Durch Christus, unseren Herrn, erkennen wir unser eigenes **Ich im Licht**. Amen.*

Der Spruch »Ich im Licht« hat eine eigene Lautmagie. Klingenberg fühlt eine aufbauende und ordnende Kraft in diesem Spruch, den er täglich nach innen, zu seiner Seele zu sprechen versucht. Es hilft ihm.

Manchmal, wenn sie in der Abteikirche leise miteinander reden, macht ihn Pater Anselm auf mancherlei Symbole und Bilder aufmerksam und erklärt ihre Bedeutung. „Fast alle Bilder und Symbole bezeugen in Essenz die Sehnsucht aller Menschen nach dem Heil, nach dem heilen Ur-Sprung im Ewigen", sagt P. Anselm, wobei dieses religiöse Wort nun wahrlich nicht mit „Heil Hitler" verwechseln werden dürfe, fügt er leise flüsternd hinzu. Im Mittelgang der Klosterkirche zeigt er auf eine Bodenplatte: Hier sei der Prophet Jona zu sehen, wie er aus dem Fischrachen steige. „Kreuzförmig breitet er seine Arme aus.

An dem seinen Leib umschlingenden Linnen hängen Krebse, Schnecken und Seetang. Ein Schriftband kündet seine Hoffnung und Zuversicht. Kannst du den verschwommenen Text entziffern, Franz? Du warst doch früher Lateinlehrer." Franz Klingenberg kann nur mit Mühe buchstabieren:

Et sublevabis de corruptione vitam meam. „Ja, sehr gut", sagt Pater Anselm und fügt hinzu: *„Heraufheben wirst Du mein Leben aus dem Verderben.* Ein Satz aus dem Buch Jona, Kapitel 2", ergänzt noch der Pater.

„Welch eine Aktualität diese Botschaft hat!" ruft jetzt Franz Klingenberg aus. „Das können wir doch alle brauchen!"

So verweilen, der Generalmajor und der Pater, immer wieder in der Abteikirche. Sie sind vorsichtig, da auch dort zeitweise ein Spion der Gestapo lauert.

Eines Morgens wacht Franz Klingenberg auf und die Frage starrt ihn an: Was denn, zum Kuckuck nochmal, „deutsch" daran sei, eine ganze Rasse verschwinden zu lassen? ... Diesem Wahn muss ein Ende gesetzt werden.

In jenen Monaten sind für Klingenberg, neben den Gesprächen mit Pater Anselm, einige Bücher aus der reich ausgestatteten Bibliothek des Klosters wie eine stärkende und das Gemüt erhellende Trostquelle. In einem Buch, das vom *Gespenst der Freiheit* handelt, liest er ein Kapitel über den *Schlagwortwahn.* Klar wird ihm dabei, „dass wir im Dritten Reich einem fürchterlichen Wahn des Schlagwortes zum Opfer gefallen sind." Später entdeckt Franz Klingenberg auf einem zusammengefalteten Blatt einen Text, der ihn sofort fesselt: Jemand, wahrscheinlich ein Mönch, hat den handgeschriebenen Text im Buch vergessen. Klingenberg fällt sofort das rundliche, ausgewogene Schriftbild auf. Eine ordnende und warnende geistige Kraft fühlt er beim Lesen dieses Textes: „Das Deutsche Wesen."

Was »Deutsches Wesen« sei,
Das wird von manchem Deutschen
Immer wieder definiert
Und säuberlich analysiert ...

Ach, – dieses nimmermüde Reden!
Fast könnte es schon heißen:
Es sei »deutsches Wesen«
Am Zer-reden aller Dinge
Sich als Deutscher zu erweisen ...

Oh, redet lieber nicht in einemfort
Vom »Deutschen Wesen«, sondern seid,
Was ihr nun einmal sein könnt, –
Aber seid es recht, –
Denn deutschen Wesens
Bleibt der Deutsche allerwege,
Ob er tüchtig sein mag oder schlecht!

Viel zu viel Wesen macht man leider
Um das »Deutsche Wesen«! –
Ist es euch aber nicht Natur,
Dann wird gewiss die Welt
Am »Deutschen Wesen«
Nimmermehr »genesen«!

Klingenberg liest mehrmals den Text. Irgendwann entdeckt er ganz rechts unten einen kaum lesbaren Vermerk, mit dem Bleistift geschrieben: J. A. Schneiderfranken, 1930. Das wird wohl der Autor des Textes sein. Unglaublich, unglaublich, welch eine erhellende Kraft im Text steckt. Demnach hat jemand schon 1930 so klar, so zutreffend, so scharfsinnig, so prophetisch gesprochen? Klingenberg schreibt für sich den Text auf und fügt das Blatt in sein Tagebuch ein. Wiederholt liest er: ... „dann wird gewiss die Welt, am Deutschen Wesen, nimmermehr genesen." Finis Germaniae? Und dann liest er in einem Buch von Bô Yin Râ *Das Gespenst der Freiheit* (1930 veröffentlicht) folgende Sätze:

44

»Voll Ehrfurcht müssen wir *das Wirkliche* in uns ergründen, um den „Grund" zu einer *Willenswandlung* zu erfühlen, die aller Erdenmenschheit *unerläßlich* bleibt, will sie nicht in rapider Rückbildung zu einem Schuttgezücht des Tiergestaltungswillens dieser Erde werden.

Der blutbesudelte, vom Schlammschleim der Verwesung überspülte Weg zu solcher Rückbildung in eine Tierart, der die Urwaldaffen dermaleinst als hohe „Götter" gelten müssten, ist leider heute schon von Scharen selbstbetörter Erdenmenschen längst *beschritten,* so dass es wahrlich an der Zeit ist, laut vor der Gefahr zu *warnen,* die durch kein Verlachen aus dem Munde tollen Irrmuts aufzuhalten ist!« – –

Franz Klingenberg ist bis in den Knochen hinein erschüttert. Der Autor des Buches hat schon 1930 die Warnung ausgesprochen: Achtung Leute, ihr seid auf dem Weg der Verwesung, auf dem Weg der rapiden Rückbildung zu einem Schuttgezücht des Tiergestaltungswillens... Ja, das ist schon, leider, schreckliche Realität geworden. Warum habe ich die Warnungen meines Vaters ignoriert? Franz Klingenberg spürt, wie er sich nach Erlösung sehnt. An jenem Tag kann er nicht wissen, dass des Buches Autor mit einem asiatisch klingenden Namen im Februar 1943 gestorben ist und in einem Brief, einige Wochen vor seinem Tod geschrieben, gesagt hat: Das, was jetzt auf der Erde passiere, diese Dämonie, sei von so vielen bösen Einzelwillen generiert worden, dass keine geistige Hilfe mehr die in den Abgrund führende tödliche Dynamik aufhalten könne.

Einige Tage später, es ist schon Ende Juli 1943, faselt ein Gauleiter, ein Propagandist, im Rahmen eines Vortrages über den Endsieg. Er sei beim Führer gewesen, so der Gauleiter Schömmer, und er habe von ihm persönlich gehört, dass eine bestimmte Wunderwaffe dem Deutschen Reich sehr bald den Endsieg bringen werde, usw. usf. Klingenberg fühlt sich erneut angewidert und verlässt den Vortragsraum nach zehn Minuten.

In den Tagen danach macht er sich eigene Gedanken über das, was eventuell »das deutsche Wesen« ausmachen könnte. Ist es nicht die Sprache, in der eine Nation lebt? Hat aber nicht jede Nation eine eigene Sprache? Was berechtigt eine Nation, eine andere Nation anzugreifen oder gar zu vernichten? Dass dieser Krieg ein Vernichtungskrieg ist, wird ihm mit jedem Tag erneut bewusst und er spürt in seinem Oberkörper einen Druck. Ihn quält die Gewissensnot.

Die Informationen über Auschwitz lassen ihn nicht mehr los. Wie kann er aussteigen? Die Frage drängt sich ihm oft auf und sie treibt ihn zeitweise in die Verzweiflung. Nach weiteren Wochen, als er im Zimmer von Pater Anselm sehr diskret angesprochen wird, ob er bereit sei, bei der Vorbereitung des Attentats gegen den Führer mitzuwirken, sieht er einen Ausweg. Der ihn also Ansprechende ist ein höherer Offizier, den Cyrill, Franz Klingenbergs Vater, seit der Jugend kennt. Cyrill habe ihm empfohlen, seinen Sohn zu kontaktieren. Generalmajor Franz Klingenberg stimmt, ohne lange zu zögern, zu. Er willigt ein, kleinere, aber wichtige Kurieraufgaben zu übernehmen. Nach seiner Entlassung aus dem Lazarett, es ist schon Ende September 1943, darf er ein halbes Jahr in der Militärverwaltung im Allgemeinen Heeresamt in Berlin arbeiten und wird dann nach Bad Tölz in die Junkerschule versetzt, wo er seinen früheren Adjutanten, Walter Böckle, den jungen 185 cm großen Hitzkopf, wiedersehen und ihn gewinnen wird, ihm erneut als sein Adjutant beizustehen.

Franz Klingenberg lernt im Herbst 1943 auch Carl Friedrich Goerdeler, den früheren Oberbürgermeister von Leipzig, kennen. Bis zur Begegnung mit ihm, verfestigt sich in Klingenberg die Überzeugung, dass der Führer verschwinden muss. Nicht nur wird dieser als der größte Verführer aller Zeiten genannt, sondern in höheren militärischen Kreisen werden seine abenteuerlichen Befehle als „schrecklich dumm und vernichtend für die Wehrmacht" bezeichnet. Ein Teil der Verschwörer, – Klingenberg lernt einige kennen und sehr schätzen, – plant ein Attentat gegen Adolf Hitler.

Doch Carl Goerdeler will den Führer verhaften und vor Gericht bringen lassen. Tötung sei nicht seine Sache. Sein christliches Gewissen, so Goerdeler, verbiete es ihm, jemanden zu ermorden. Er verstehe aber, dass der Kreis um Stauffenberg das alles anders sehe. – Franz Klingenberg ist positiv beeindruckt, als er Goerdeler, während eines geheimen Treffens mit vielen Verschwörern, zuhört. Carl Goerdeler führt an jenem Tag, im **Oktober 1943,** im Wesentlichen aus:

Man müsse für die Zeit nach dem Krieg vorausdenken, egal ob Adolf Hitler ermordet oder verhaftet, vor Gericht gestellt und verurteilt werde. Es käme darauf an, „die einfache anständige Menschlichkeit" in Deutschland wiederherzustellen. – Seitdem Hitler im Dezember 1941 das Oberkommando übernommen habe, sei als sicher anzunehmen, dass die Wehrmacht bis zum bitteren Ende zu kämpfen habe. Es sei bekannt, wie schwer die Niederlagen von Stalingrad und Tunis gewesen seien. Eine gewissenlose Führung, „eine Bande von Verbrechern", habe dem deutschen Volke eingeredet, dass entscheidende Gründe verlangt hätten, Armeen zu opfern. Die Zahl der bisher Geopferten – Männer, Frauen und Kinder der verschiedenen Völker sowie die russischen Kriegsgefangene – übersteige weit eine Million. Die Art und Weise ihrer Beseitigung sei ungeheuerlich und bestialisch, und habe mit Ritterlichkeit, Menschlichkeit, ja, mit den primitivsten Anstandsbegriffen wilder Völker nichts zu tun. … Es sei absolut an der Zeit, unverzüglich zu handeln. Der Führer müsse verhaftet werden. …

„Eine Bande von Verbrechern:" diesen Ausdruck betont Carl Goerdeler besonders stark. Und er wiederholt: „Wir müssen uns vergegenwärtigen, dass wir es mit Gangstern der schlimmsten Sorte zu tun haben. Der Führer ist längst zum Verführer geworden, der jeden Morgen zum Frühstück ein neues Opfer braucht. Er muss festgenommen und vor Gericht gestellt werden."

Franz Klingenberg ist nun überzeugt und entschlossen, nach dieser mutigen, klaren Rede eines mutigen Mannes alles zu tun, was in seiner Macht steht, damit dieser Wahn ein Ende hat. Seine vorgesehene Aufgabe war es, das Kommando in der Junkerschule im Sinne der Attentäter zu übernehmen und eine gereinigte Vision über Europa zu lehren. Doch die Dinge nehmen einen anderen Verlauf. Auch seine Kurierdienste tragen letztlich nicht dazu bei, den Führer zu beseitigen. Am Tag der Landung der Alliierten in der Normandie, 06. Juni 1944, befindet sich Franz Klingenberg schon seit drei Monaten in der Junkerschule in Bad Tölz und wird dort bis Ende November die angenehmste Zeit seines Lebens in diesem gottverdammten Krieg erleben. Die Nachricht, dass am 15. Mai 1944 Adolf Eichmann die Deportation der ungarischen Juden nach Auschwitz begonnen hat, beunruhigt ihn zutiefst. Am 20. Juli 1944 hört Generalmajor Franz Klingenberg im Radio in seinem Zimmer, dass das Attentat gegen Hitler fehlgeschlagen ist. Ein dunkles Gefühl und eine furchtbare Enttäuschung breiten sich in seinem Inneren aus. Er braucht einen ganzen Tag, um sich wieder zu sammeln und die Rolle der Leitung der Weltanschauungsschule für Junker in Tölz scheinbar „gut" weiterzuspielen.

Walter Böckle steht ihm zur Seite, scheint aber immer noch fest überzeugt zu sein, „dass wir auf irgendeine Weise schon mit einem blauen Auge davonkommen werden". Er hat keine Ahnung, was sein „verehrter Kommandeur" im Allgemeinen Heeresamt getan hat. Während die Verschwörer noch am selben Tag, kurz vor Mitternacht, in Berlin hingerichtet werden, trauert Generalmajor Franz Klingenberg den mutigen Helden nach und hofft in seinem Innersten, dass die Rache von Hitler ihn nicht erfassen wird.

So kommt es auch. Er bleibt im Amt, da ihn niemand beschuldigt. Für Franz Klingenberg ist es noch möglich, oh Wunder, in den Wochen nach dem Attentat mit Walter Böckle und einigen Junkern in München eine Wagner-Oper zu besuchen; drei Tage bei seiner Frau Isabelle und Tochter

Johanna zu verbringen, auch seine alten Eltern noch einmal zu sehen, und in der Junkerschule, durchaus aus einem inneren Protest gegen die primitive, dunkle Nazi-Ideologie, europäisch angelegte kulturelle und künstlerische Veranstaltungen zu organisieren. Bei der Auswahl der Themen lässt er Walter Böckle, seinem Weltanschauungslehrer, weitgehend freie Hand und unterstützt Konzerte, Lesungen, Theater, musikalische Bildung und vielfältige, auch philosophische Themen, über die in der Junkerschule offen, leidenschaftlich und locker diskutiert wird. Zum Beispiel auch über die Russlandpolitik der NS-Regierung. Zum Beispiel über die zukünftige Gestalt Europas und über die wahren Werte, die, so drückt er sich einmal öffentlich aus, „nicht verhandelbar sind." Die Diskussionen darüber sind in der Junkerschule heftig und kontrovers. Manchmal ungewöhnlich liberal.

Nur zwei Themen gelten als Tabu: das Judentum und die Kirche. Diese liberale kulturelle Bildung, deren Förderung dem Divisionskommandeur, dem humanistisch geprägten Franz Klingenberg, dem früheren Lehrer tiefe Freude und Befriedigung bereitet, wird Ende Oktober 1944 von Goebbels brutal verboten. Der Mann ist ein Ungeheuer, denkt sich Klingenberg und wünscht ihn zum Teufel. Nach alldem, was schon Geschichte ist – Nordafrika, Stalingrad, der totale Krieg, die Landung der alliierten Truppen in der Normandie am 06. Juni 1944, die Verluste an der Ostfront, – faselt er immer noch ungerührt, fanatisch vom „Endsieg". Goebbels findet noch Zeit, zwei Beauftragte des Rasse- und Siedlungshauptamtes nach Bad Tölz zu schicken, um an deutschen wie nichtdeutschen Junkern, – viele dort sind Nicht-Deutsche, und einige sind Russen, die gegen Stalin kämpfen, – sogenannte Schädelmessungen vorzunehmen. Der Rassenwahn blüht noch. Generalmajor Klingenberg agiert sehr energisch und gibt den „Beauftragten" genau drei Minuten Zeit, das Gelände der Junkerschule auf ihren eigenen zwei Beinen zu verlassen.

Bevor er nur zwei Wochen später an die Westfront beordert wird, darf Franz Klingenberg noch einmal nach Hause, um seinen Sohn Ferdinand, gerade mal ein Monat alt, seine Frau Isabelle und seine Tochter Johanna zu sehen. Er weiß an jenem Tag, an dem er sich auch von seinen Eltern verabschiedet, nicht, dass dies die letzte Begegnung mit seiner Familie ist. Sowohl seine Eltern wie seine Frau Isabelle beschwören ihn, alles zu unternehmen, um gesund zurückzukehren, denn, so sagt ihm sein Vater, „der Krieg ist in spätestens fünf Monaten vorbei. Der Führer hat uns zugrunde gerichtet. Doch deine Familie lebt."

Im Saargebiet begegnet Generalmajor Franz Klingenberg jeden Tag dem Tod, der Zerstörung, der Verzweiflung und einer kopflosen, sinnlosen Führung, der er nichts entgegensetzen kann. Er fühlt, wie seine Kräfte langsam, aber sicher schwinden. Der Gedanke an seine Familie stärkt in ihm die Motivation zu überleben und alles, was er militärisch unternimmt, dient allein dem Überleben. Die scheinbare Hoffnung seines Adjutanten Walter Böckle, „dass der Führer uns irgendwie doch noch herausholen wird", beachtet er nicht. In seiner Naivität erkennt er in manchen Momenten seine eigene Naivität, mit der er 1936 sich der Wehrmacht verpflichtet hat.

Anfang Februar 1945 erreicht ihn die Nachricht, dass Carl Friedrich Goerdeler in Berlin hingerichtet wurde. Franz Klingenberg spürt einen Stich in seinem Leib. Blitzartig wird ihm klar, dass das Ende des „tausendjährigen Reiches" nahegekommen ist. Die Entscheidung zu desertieren, hat er für sich getroffen, wartend auf den günstigen Augenblick. Jeden Tag hat er das Gefühl, dass seine Kräfte ihn mehr und mehr verlassen.

Die Kämpfe an der Westfront zermürben ihn. Dem abgrundtiefen Sinnlosigkeitsgefühl, das sich in seinem Inneren ausbreitet, kann er kaum mehr etwas entgegensetzen. Er sieht nur einen Ausweg: sich den Amerikanern zu ergeben, zu desertieren. In all diesen Wochen schreibt er ein Tagebuch für seinen Sohn Ferdinand. Und in einem anderen Heft hält er Gedanken für seine Frau Isabelle fest.

Etwa sieben Wochen später, am 31. März 1945, vielleicht zwei Stunden bevor er zu den Amerikanern hinübergehen wollte, weil ihm der Zeitpunkt günstig erschien und er den Verrat von Walter Böckle nicht fürchten musste, wird Generalmajor Franz Klingenberg ziemlich schwer verwundet und stirbt einige Stunden nach der Operation im Lazarett, in der Nähe von Germersheim. Davor sprach er seinem naiven Adjutanten, Walter Böckle gegenüber, die ungemein klaren Worte: „Ich werde die Division … nicht mehr… über den Rhein führen. … Ich werde mich den Amerikanern ergeben."

Bis zu seinem Tod im Jahre 2014 wird sich Walter Böckle daran erinnern. Und er wird mit dem Erbe des Zweiten Weltkrieges – wie viele andere auch – in seiner Seele nicht fertig werden.

3   Walter Böckle: Studium in München
1953–1958

- Studium und Albträume • Ein Seminar über Schlagwortwahn • Professor Dr. Heribert Schneider hält eine spannende Einführung • Was Gustave le Bon zu sagen hat • Was Hannah Arendt zu sagen hat • Freundschaft und lange Gespräche mit dem ungarischen Juden Samuel Mátrai und dem Franzosen Jean-Pierre Solignac • Walter Böckle stellt sich seiner Naivität über die Judenfrage • Unterschied zwischen Wahrheit und Ideologie • Charles de Gaulle und die Résistance

Nachdem er in Münster vier Semester „Grundstudium Philosophie" bei Professor Josef Pieper absolviert und eine Menge dazugelernt hat, setzt Walter Böckle sein Studium im Sommersemester 1953 an der Uni München fort. Er wird dort sechs Jahre bleiben und eine Doktorarbeit schreiben. Seine Fächer sind: Soziologie und Pädagogik sowie, als Nebenfach, Psychologie und „deutsche Literatur zwischen 1800 und 1918".

Er wohnt in Untermiete, im ersten Stock, in einem kleinen Zimmer in München-Schwabing. Die Vorlesungen beginnen am 02. Mai 1953. Die Bayerische Hauptstadt, das frühere Zentrum der braunen Bewegung, ist noch sehr deutlich von den Spuren des Krieges gekennzeichnet, wenn auch die Gegend um die Uni und der Stadtteil Schwabing einigermaßen als „wiederhergestellt" wirken.

Endlich kann er dem letzten Willen seines früheren Kommandanten, Franz Klingenberg, entsprechen und die Ledertasche seiner Ehefrau übergeben. Die Aufzeichnungen, die Franz Klingenberg seinem Sohn Ferdinand geschrieben hat, hat Walter Böckle – oft mit Tränen in den Augen – gelesen. Das andere Heft, an die Ehefrau bestimmt, hat er nicht geöffnet.

In der gesuchten Wohnung, in der Türkenstraße, wohnt ein sehr altes Ehepaar: Andreas und Ida Maier. Von Klingenbergs Frau und Kinder keine Spur. Herr Maier meinte zu wissen,

Frau Klingenberg sei mit den Kindern Anfang April 1945 in die Nähe von Frankfurt gezogen, und sie würden irgendwann wieder zurückkommen. Bis dahin dürfe er mit seiner Frau in der Wohnung bleiben. Gut, denkt sich Walter Böckle, ich werde öfters mal vorbeischauen, schließlich werde ich noch einige Jahre in München sein.

Frau Isabelle Klingenberg taucht aber in München nicht mehr auf. Walter Böckle lässt sie durch das Rote Kreuz suchen und bald hat er ihre Adresse. Mit einem Begleitschreiben schickt er ihr und ihrem Sohn „das Erbe von Franz Klingenberg", den Wunsch äußernd, sie bald besuchen zu dürfen. Es wird noch einige Jahre dauern, bis er sie und ihren Sohn persönlich treffen wird.

Sein Studium in München erlebt er als sehr spannend. Eine hübsche Kommilitonin, mollig und blond, fesselt immer wieder seine Aufmerksamkeit. Sie weckt in ihm, ohne Absicht, einfach durch ihre Gegenwart in den Seminaren, die Sehnsucht nach dem Weib. Er initiiert einige Gespräche mit ihr, doch eine dauerhafte Beziehung wird daraus nicht.

Im Spätherbst 1952, sich noch in Münster aufhaltend, liest Walter Böckle in der Zeitung, dass ein Professor und Psychiater, namens *Ernst Rüdin* gestorben sei. Angeblich sei er, so heißt es in dem kurzen Artikel, für die Sterilisation der „Schwachsinnigen" und der „Degenerierten" in der NS-Zeit zuständig gewesen. Das Wort „Schwachsinnigen" hat Walter Böckle schon einmal gehört. In der psychiatrischen Klinik in Haar. Im Sommer 1944, anlässlich eines Besuches dort mit seinen Junkern aus Bad Tölz.

Walter Böckle muss sich immer wieder zwingen, die langen Schatten der Vergangenheit abzuwehren, um seine Studien vorantreiben zu können. Er nimmt sich vor, mit 33 Jahren in die Arbeit einzusteigen, vielleicht bei einem Verlag oder bei einer Zeitung, und mit 68 Jahren, wenn er denn noch lebe, ins Rentendasein einzutreten. Und so wird es auch kommen, doch ein weiteres Ereignis, gekoppelt mit einem glücklichen und einem dunklen Faktor, wird ihn wieder auf das Thema „Auschwitz und die Juden" zurückwerfen. Diesmal nicht in München, sondern in Frankfurt. Zunächst aber ereignet sich etwas in ihm in München, angestoßen durch viele Gespräche mit zwei Kommilitonen und durch philosophische Impulse eines Professors, den er verehrt und bewundert.

Im Sommersemester 1954 besucht Walter Böckle ein Seminar in Soziologie. Das Thema des Seminars lautet: »Schlagwortwahn und Propaganda in den Jahren 1900 bis 1945. Soziologische, psychologische und philosophische Aspekte«.

Professor Dr. *Heribert Schneider* ist ein brillanter Kopf seines Faches und, wie Walter Böckle für sich feststellen wird, auch philosophisch sehr begabt. Prof. Dr. Schneider war früher Mitglied der Zentrumpartei und überzeugter Gegner des NS-Regimes. Er studierte in Heidelberg, Lyon und Paris und wurde promoviert mit einer Arbeit in Soziologie. Wegen eines kritischen Artikels über die soziale Frage, wurde er von der Gestapo mehrmals verhört. Um Haaresbreite wäre er in „das Umerziehungslager Dachau" gekommen, doch ein hoher Beamte des NS-Regimes, der ihm wohlgesonnen war, konnte diese Gefahr abwenden. In den Jahren der Diktatur durfte der hochgebildete Professor Dr. Heribert Schneider als Hilfsarbeiter in einer Fabrik arbeiten. Nach dem Untergang des Dritten Reiches wurde er von den Alliierten sehr bald rehabilitiert.

Bevor der Professor die einzelnen Themen für die Hausarbeit und Kurzreferate austeilt, hält er eine ungemein dichte Einführung. Inzwischen seien neun Jahre nach der bedingungslosen Kapitulation Nazideutschlands vergangen, und, „ganz wichtig", betont Dr. Schneider, „in diesen Tagen sind es zwei Jahre her, dass die BRD am 27. Mai 1952 den Vertrag über eine Europäische Verteidigungsgemeinschaft (EVG) unterzeichnet hat. Das verpflichtet uns zu etwas." Und dann beginnt er seine Darlegung. Unter anderem sagt er:

Was der Begriff Schlagwortwahn bezeichne, sei ein neuzeitliches Phänomen. Napoleon habe damit begonnen, reales Geschehen zu verdrehen, indem er die Zeitungen als Propagandamittel für seine Interessen eingespannt habe. Worte, die Halb- oder Vierteilwahrheiten transportieren, seien geeignet, die Masse – ein ganzes Volk – zu verblenden bzw. zu erschlagen. In der jüngsten Zeit seien es vor allem Goebbels, aber auch Stalin, der Anfang März 1953 gestorben ist, die man als „Meister" des Schlagwortes bezeichnen könne. Das Wort sei in Anführungsstrichen gesetzt, denn was es besage, sei keineswegs eine Meisterschaft im eigentlichen Sinne, – wie dies z. B. bei Dante, Meister Eckhart, Pascal oder Goethe der Fall sei, – sondern es handle sich da um eine dämonische Intelligenz, welche ungeheuren Schaden im menschlichen Gemeinschaftsleben anrichte.

Diese Mißgeburt aus Denkträgheit und interessegeleitetem Überredungswillen, als welche sich das Schlagwort letztlich entpuppe, hindere alle, die ihm hörig seien, zu eigener Selbständigkeit im Denken zu kommen.

Im Lande der Denker und der Philosophen, sei es zum schrecklichsten Genozid gekommen, durch Lähmung sinngerechten Denkens und durch eine Denkbequemlichkeit Vieler, die zum Himmel schreie. Wo waren denn unsere großen Denker zwischen 1933 und 1945? Sind wir wirklich ein Land der Dichter und Denker? – fragt Professor Schneider in einem ungewöhnlich energischen Ton. Und er fügt dann hinzu:

„Meine Damen und Herren, ich verrate Ihnen, wann und in welchem Kontext die scheinbare Erfolgsgeschichte dieser Lobesformel eigentlich begann. Nachdem Bismarck das Deutsche Reich 1871 gewaltsam gegründet hatte, verwies er mit ironischem Unterton auf die Kluft, die zwischen den kulturellen Ansprüchen des neuen Gemeinwesens und der eher traurigen Realität in breiten Kreisen der damaligen Gesellschaft bestand. Diese Formel wurde dann in unterschiedlichsten Zusammenhängen strapaziert und hatte, bis zum Ausbruch des ersten Weltkrieges, durchaus Erfolg.

Heute, im Mai 1954, müssen wir diesen Mythos verabschieden. Schließlich haben auch andere Nationen Denker und Dichter. Während meiner Studien in Lyon und Paris konnte ich französische Philosophen und Dichter kennenlernen. Sie sind für ein neues Europa nicht weniger wichtig als Goethe oder Kant. Ähnliches trifft zu, wenn man an England, Italien, Spanien oder Russland denkt. Im Übrigen: Die europäische Philosophiegeschichte ist als Einheit zu betrachten. Es war immerhin Schelling, der seine Vorlesungen in diesem altehrwürdigen Gebäude unserer Universität »Zur Geschichte der neueren Philosophie« im Jahre 1827 mit dem Satz auf den Punkt gebracht hatte: *Die wahrhaft allgemeine [universale] Philosophie könne unmöglich das Eigentum einer einzelnen Nation sein, und solang irgendeine Philosophie nicht über die Grenzen eines einzelnen Volkes hinausgehe, dürfe man mit Zuversicht annehmen, dass sie noch nicht die wahre sei.* – Tja, meine Damen und Herren, diese Worte von Schelling sind gültig und aktueller denn je.

Weder nationale Stereotypen noch Schlagworte bringen uns weiter. Womit wir wieder bei unserem eigentlichen Thema wären. Wir haben erlebt, wie sich das ganze öffentliche Leben in Nazideutschland 12 Jahre hindurch gängeln ließ – durch Schlagworte. In diesem Seminar sind Sie diejenigen, die diesen Wechselbalg, Schlagwort genannt, aus verschiedenen Perspektiven, soziologisch, psychologisch und philosophisch, erörtern werden.

Der Schwerpunkt, aus meiner Sicht, soll auf die Frage gelegt werden, wie die Täuschungswelt des Schlagwortwesens durchschaut und überwunden werden kann. Im Übrigen weise ich darauf hin: Auch unsere junge Bundesrepublik kennt dieses Phänomen. Und ebenso unser Bruderland: Die Deutsche Demokratische Republik (DDR). Darüber werde ich zum Abschluss dieses Seminars noch einige Worte verlieren.

An dieser Stelle erinnere ich Sie alle daran, dass bald, am 23. Mai 1954, unser Grundgesetz fünf Jahre alt wird. Es lohnt sich, in den Geist unseres Grundgesetzes hineinzudenken und sich die Quintessenz zu Gemüte zu führen. Ich bin mir sicher, dass dieses Grundgesetz die beste und hellste Verfassung ist, die je auf deutschem Boden entstanden ist. In seinem Zentrum steht das Individuum mit seiner Menschenwürde, die unantastbar und nicht verhandelbar ist. Hoffen wir, dass sich die Praxis danach richtet. Und nun an die Arbeit!"

Walter Böckle empfindet eine Art Erhellung, aber auch Schrecken als er diesen einleitenden Vortrag von Professor Schneider hört. Urplötzlich tauchen in ihm Schlagworte auf, die er in seiner Jugend gehört, gesungen und verinnerlicht hatte. In der Hitlerjugend hieß es: *Deutschland, Deutschland über alles, über alles in der Welt, wenn es stets zum Schutz und Trutze brüderlich zusammenhält.* Oder: *Deutschland und Hitler sind* *eins: Ihr seid viel Tausend hinter mir, und ihr seid ich, und ich bin ihr* (Baldur von Schirach). Oder:

> *Ein junges Volk steht auf zum Sturm bereit,*
> *reißt die Fahnen höher Kameraden!*
> *Wir fühlen nahen unsere Zeit,*
> *die Zeit der jungen Soldaten.*
> *Und vor uns marschieren mit sturmzerfetzten Fahnen*
> *Die toten Helden der jungen Nation*
> *Und über uns die Heldenahnen –*
> *Deutschland, Vaterland – wir kommen schon!*

Das war auf der Kundgebung auf dem Quedlinburger Markt-platz, erinnert sich Walter Böckle, und seine nächste Erinne-rung erschüttert ihn, während er noch im Seminar bei Professor Schneider sitzt. Ab 1936 klang in den patriotischen Liedern ein neuer Ton auf. Ein ganz neuer Rhythmus war da, der sich phy-sisch-körperlich gar nicht gut anfühlte. Der Ton klang in Moll und der Rhythmus war das Dröhnen der Landknechtstrom-meln – und nicht der heilende Rhythmus der Klassik, und auch nicht die Molltonarten von Bach, Haydn und Mozart, die innerlich die Seele erhellen und aufbauen, auch wenn sie „in Bedrängnis" klingen. Keiner von der Hitlerjugend hat da-mals begriffen, wohin diese die Gefühle der Heranwachsenden vergiftenden Lieder eines Tages führen werden: direkt in den sinnlosen Tod von mindestens zwei Millionen jungen deut-schen Soldaten, die kaum 30 Jahre alt geworden sind. Es gibt Momente, so auch jetzt, in denen Walter Böckle die gesamte Führung des NS-Regimes aus tiefster Seele verflucht. Er muss aufpassen, nicht laut brüllend zu fluchen. Die Gesichter der um ihn herum gefallenen Kameraden verfolgen ihn jetzt, oft auch tagsüber und noch öfters im Traum, und sie werden ihn auch später, und immer wieder, bis zu seinem Tode verfolgen.

Jetzt aber muss er sich für eine Haus- oder Seminararbeit bei Professor Dr. Heribert Schneider entscheiden.

Der Zufall will, und er stimmt ihm zu, eine Hausarbeit über die „Psychologie der Massen" nach Gustave Le Bon (1841–1931) zu schreiben. Er leiht das Buch aus der Bibliothek aus, aber nicht das französische Original, *„Psychologie des foules"*, – so weit reichen seine im Gymnasium angeeigneten Französischkenntnisse doch nicht, – sondern die deutsche Übersetzung aus dem Jahre 1911, und stürzt sich in die Lektüre.

Je mehr er liest, desto mehr Erschütterungen breiten sich in ihm aus. Was sich ihm erschließt, lässt ihn heulen und reifen und fluchen. Seine eigene Freiwilligkeit, damals, 1940 in den Krieg gezogen zu sein, wird durch dieses Buch erneut und radikal in Frage gestellt.

Im Kapitel 3 über „Die Führer der Massen und ihre Überzeugungsmittel" liest Walter Böckle:

In den menschlichen Massen spielt der Führer eine hervorragende Rolle. Sein Wille ist der Kern, um den sich die Anschauungen bilden und ausgleichen. Die Masse ist eine Herde, die sich ohne Hirten nicht zu helfen weiß.

Sehr oft war der Führer zuerst ein Geführter, der selbst von der Idee hypnotisiert war, deren Apostel er später wurde. Sie hat ihn so sehr erfüllt, dass neben ihr alles verschwand und dass ihm nun jede gegenteilige Anschauung als Irrtum und Aberglaube erscheint. So z. B. Robespierre, der von seinen wunderlichen Ideen so hypnotisiert war, dass er sich zu ihrer Verbreitung der Mittel der Inquisition bediente.

Als würde dieser Gustave Le Bon von Hitler sprechen, den er gar nicht kannte, da er sein Buch 1895 schon veröffentlicht hatte, denkt sich W. Böckle. Erschütternde Erhellung, aber auch Verzweiflung und Wut spürt er, während er weiterliest:

Meistens sind die Führer keine Denker, sondern Männer der Tat. Sie haben wenig Scharfblick. Man findet sie namentlich unter den Nervösen, Reizbaren, Halbverrückten, die sich an der Grenze des Irrsinns befinden. Persönliches Interesse, Familie, Nation, alles wird geopfert. Sogar der Selbsterhaltungstrieb ist bei ihnen ausgeschaltet. –

Genau so hat es Hitler mit uns gemacht, er hat die Nation für seine Wahnidee geopfert, denkt sich W. Böckle erschüttert und liest die ganze Nacht durch. Das Buch klärt ihn ungemein auf und konfrontiert ihn mit Erfahrungen, die er durch seine Freiwilligkeit in der NS-Zeit gemacht hat. Bilder seiner Kindheit und Jugend kommen in ihm, dem 30-Jährigen, hoch. Seine Mutter und die Großeltern. Die Indoktrination in der Hitlerjugend. Das Gefühl eines Mangelns. Wer sein Vater ist, weiß er nicht. Die Mutter hat es ihm nicht verraten. Er lebt mit der Vaterwunde. Bewusst ist ihm aber die Faszination, die das ganze Geschehen im Jungvolk und in der Hitlerjugend und später der Führer selbst auf ihn ausübten. Sein freiwilliger Eintritt in die Waffen-SS, die Jahre im Krieg ..., vor allem die Widerfahrnisse in Russland und später in Frankreich, dann der Tod seines verehrten Divisionskommandeurs, – mit all dem ist er in sich noch lange nicht fertig. Wie denn auch? Man schreibt Mitte-Ende Mai 1954 und der Krieg endete – im Außen – neun Jahre zuvor, aber nicht in seinem Inneren. In seiner Seele tobte noch der Krieg, nach außen unsichtbar. Die gespeicherten Bilder des gottverdammten Krieges holten ihn in seinen Albträumen immer wieder ein.

Während der Seminarsitzungen bei Professor Dr. Schneider freundet sich W. Böckle mit zwei Studenten an: Samuel Mátrai ist ein ungarischer Jude. Und Jean-Pierre Solignac ist ein Franzose. Wenn sie abends in einer Studentenkneipe in Schwabing ein Bier getrunken haben, lösen sich ihre Zungen und sie erzählen frei und offen, was sie gerade denken und was sie innerlich bewegt.

So erfährt W. Böckle, dass Samuel, Sohn eines jüdischen Elternpaares aus Sopron, durch die Hilfe eines dort lebenden Mannes, namens Béla Schaffhauser, vor der Gaskammer gerettet wurde und mit seinen Eltern in die USA auswandern konnte. „Mein Vater war Professor für neuere Geschichte und hebräische Literatur in Budapest gewesen, meine Mutter arbeitete als Dolmetscherin", ergänzt Samuel. Im Grunde sei er aus New York nach München gekommen, um Soziologie und Geschichte zu studieren. Er wolle verstehen, was in Europa, vor allem nach Napoleon, geschehen sei und wie es dazu kommen konnte, „dass die Deutschen mit ihrer hohen Kultur" eine ganze Rasse auslöschen konnten. Und, so Samuel Mátrai, er sei freier Mitarbeiter in der ungarischen Abteilung bei Radio Liberty im Englischen Garten, „das vor Kurzem seine Sendetätigkeit aufnahm und zunächst in fünf Sprachen in den Ländern des Ostblocks sendet." Dass er auch für den israelischen Geheimdienst arbeitet, erwähnt er nicht.

„Fein, sehr gut. Dann bist du schon eine Art Rundfunkjournalist. Und wie ist deine Geschichte Jean-Pierre? Wie bist du in München gelandet?" – fragt ihn Walter Böckle.

„Mein Vater war hier, schon vor dem Krieg. Während des Krieges arbeitete er als Ingenieur für die Kriegswirtschaft. Nach dem Krieg lebte ich mit ihm und meiner Mutter kurze Zeit in Colmar. Im März 1950 zogen wir nach München, bedingt durch den Beruf meines Vaters. Im Übrigen will ich durch mein Studium einen Beruf ausüben, in dem es mir möglich sein wird, zwischen Frankreich und Deutschland zu vermitteln. Vielleicht schaffe ich es, eine Art Kulturattaché zu werden. Oder zumindest ein Mitarbeiter des Französischen Institutes in München, das demnächst entstehen soll."

Walter Böckle staunt nicht wenig darüber, wie gut Samuel und Jean-Pierre Deutsch sprechen. Beim Letzteren spürt man den französischen Akzent, ansonsten spricht er sehr differenziert Deutsch. Noch mehr staunt Walter Böckle, als er hört, dass sowohl Samuel als auch Jean-Pierre noch zwei weitere Sprachen ziemlich gut beherrschen.

Das wird ihn motivieren, nicht nur sein Schulfranzösisch erheblich zu verbessern, sondern, darüber hinaus, auch Englisch zu lernen, auch wenn er die Angloamerikaner nicht besonders mag. Ein Rest des alten Feindbildes wirkt noch in ihm nach, doch den Marshall-Plan bejaht er.

Seine Kommilitonen interessieren sich auch für seine Geschichte. Walter Böckle erzählt offen über Stationen seiner Sozialisation im Dritten Reich: Dass er mit Mutter und Großeltern aufgewachsen sei; dass er sieben Jahre in der Hitlerjugend gewesen sei; dass er ein humanistisches Gymnasium besucht habe mit viel Latein und wie er dann, gänzlich „freiwillig", aus Überzeugung, seinem Vaterland zu dienen, in den Krieg gezogen sei.

Dann erwähnt er auch lobend den Namen Franz Klingenberg und skizziert Fragmente aus dem Leben seines „verehrten Divisionskommandeurs." Im Übrigen, ergänzt Böckle, sei er ein echter Soldat, Offizier und Europäer gewesen. Unter seiner Leitung seien keine Mordorgien passiert. Irgendwie übe der familiäre Hintergrund auf uns Menschen doch einen ziemlich großen Einfluss aus.

„Ich meine, dass Klingenbergs Eltern und Großeltern aus gutbürgerlichen Familien stammten und christliche Werte hatten. Sein Vater kam aus einer Hugenottenfamilie, die nach Deutschland eingewandert ist und seine Mutter kam aus Sopron."

Beim Hören des Namens dieser ungarischen Stadt wird Samuel, ansonsten eher ein ruhig wirkender Typ, sprunghaft sehr lebendig. Er wolle wissen, wie diese Frau, die Mutter von Franz Klingenberg heiße.

Walter Böckle: „Nun, sie heißt, glaube ich, Edith und ist die Tochter eines Professors …, wie hieß er nochmal? Ach ja, Dr. Béla Schaffhauser, Professor für Pflanzenkunde in Sopron."

Aufgeregt antwortet Samuel:

„Oh, dann haben wir sie, meine Retterin: Frau Julianna Schaffhauser. Sie hat mich versteckt, während ihr Mann, Béla Schaffhauser, meine Eltern versteckt hat. Ich meine, vor den Nazis. Im September 1944, als Adolf Eichmann die letzten Juden aus Ungarn nach Auschwitz transportieren ließ. Ich war gerade 12 Jahre alt und habe Todesängste ausgestanden. Damals fragte ich das erste Mal meinen Vater: Was haben die Deutschen gegen die Juden? Sind wir nicht auch Menschen wie sie?" Sa-

muel hält hier einen Augenblick inne, dann sagt er: „Großartig war diese Frau Julianna Schaffhauser. Ich werde dich schützen, habe keine Angst, sagte sie mir. Meine Eltern und ich sind ihr und ihrem Mann unendlich dankbar. Ich würde nicht hier in München sitzen, hätte dieses Ehepaar nicht mutig gehandelt."
Nach einer Pause fügt er noch hinzu:

„Und hinter dieser Rettungsaktion stand ein hoher Beamter der ungarischen Regierung, namens: *Miklós Mester.*"

Samuel blickt in die Ferne und scheint, als würde er in Erinnerungsbildern baden und nach einer Gestalt suchen, die er nur vom Hören kennt.

Verblüffend, unfaßbar, unglaublich, denkt sich Walter Böckle. Die in Sopron lebenden Eltern der Mutter meines früheren Kommandanten haben also Juden gerettet, sinniert er nach. Aber ja, er selbst habe ihm das erzählt, an jenem Abend, Nähe Germersheim, wenige Stunden vor seinem Tod. Plötzlich versteht er intuitiv, warum Franz Klingenberg, sein Kommandant, in bestimmten Situationen sich als ein tugendhafter Soldat verhalten und Erschießungen von Zivilisten kategorisch abgelehnt hat. Wieder, schon wieder tauchen hier „die Juden und Auschwitz" auf, ein Thema, dem Walter Böckle bis zuletzt ungläubig und schrecklich naiv gegenüberstand.

Während der Nürnberger Prozesse befand er sich noch in amerikanischer Gefangenschaft und musste sich in Darmstadt einen Film ansehen. Der KZ-Film *Die Todesmühlen,* von den Amerikanern gemacht, zeigt die entsetzlichen Realitäten von Auschwitz und Bergen-Belsen. Böckle hat richtige Albträume danach. Einige Kameraden von ihm halten das im Film sichtbar werdende Grauen und die unsagbare Bestialität nach zweijähriger Nachkriegserfahrung mit den Amerikanern für Propaganda und sind schlichtweg nicht gewillt, das Schreckliche als Tat der Deutschen anzuerkennen. Nur Wenige und selten werden viele Jahre später anerkennen – und das auch nur in einem kleinen Kreis, – dass Freiwilligkeit das Wahrnehmungsvermögen trübt, und, dass man etwas schon deshalb für gut und richtig hält, weil man es eben freiwillig getan hat, freiwillig für „das Vaterland" in den Krieg gezogen ist.

Mit der Einschätzung der Waffen-SS durch ihre Freiwilligen ist das auch nicht anders gewesen, wird Walter Böckle später und immer wieder feststellen. Dieser Verein war keineswegs überall Erste Klasse gewesen. Da er sich aber freiwillig zu ihm bekannt hatte, bildete er sich ein, es sei gut und richtig, was er in diesem Verein tat, auch wenn er keine Juden getötet hat. Der Film über Auschwitz hat ihn zutiefst erschüttert. Zum wiederholten Male fühlte er, wie sein Selbst- und Weltbild ins Wanken geraten. Nein, nein, es war gar nicht gut, was da den Juden angetan wurde, hallte in ihm 1947 eine lautlose Stimme. Und sie tauchte in ihm wieder auf, als er anlässlich seines 90.-sten Geburtstags, im Gespräch mit einem Journalisten, erneut die Frage hören musste: „Wussten Sie eigentlich, Herr Böckle, was in den Jahren 1943/44 mit den Juden passiert ist?"

Nach seiner Entlassung begegnet ihm das Thema erneut und öfters als ihm lieb ist. In seinem Unterbewusstsein schämt er sich zutiefst, nicht genau wissend wieso und warum. Er weiß nur: Er will nicht, dass das Judenthema ihn weiterhin tiefer berührt. Er weiß nur, dass es ganz und gar nicht gut war, was die Nazis den Juden angetan haben.

Die dunklen, langen Schatten der NS-Vergangenheit verschwinden nur kurzweilig und werden ihn noch 60 Jahre später einholen. So auch der Schatten seines Besuches mit den Junkern aus Tölz in der psychiatrischen Krankenanstalt Egelfing-Haar im Sommer 1944. Es ist zehn Jahre her, dass Walter Böckle dort in einem Kurzvortrag von Professor Hermann Pfannmüller gehört hat, dass man die Kranken, „die Schwachsinnigen" zwar medizinisch versorge, aber durch Sterilisierung eine Fortpflanzung verhindern müsse, damit „der Volkskörper genetisch rein" erhalten werde.

So auch der kurz darauf stattgefundene Besuch im Konzentrationslager Dachau, taucht in Walter Böckles Seele als ein fürchterlich dunkler Schatten auf. Dort verbringt Walter

Böckle mit seinen Junkern insgesamt drei Stunden und kann alles anschauen, was ihn interessiert. Er geht in die Bibliothek und trifft auf einen polnischen Universitätsprofessor. In dem kurzen Gespräch mit ihm will er wissen, wieso und warum der Akademiker dort gelandet sei. Er solle doch seine Vorgesetzten fragen, antwortet ihm der Pole. Böckle fühlt sich erleichtert, das Lager wieder zu verlassen und fragt bei seinen Vorgesetzten nicht nach. Auch die Junker stellen keine Fragen. Weder zur Krankenanstalt Egelfing-Haar, noch zum KZ Dachau. Es wird geschwiegen, geschwiegen, geschwiegen. Auch noch Jahrzehnte später.

Und man wird den 26. November 2010 schreiben, bis es endlich gelingt, im Rahmen einer Gedenkveranstaltung in Berlin, an der auch der 87-jährige Walter Böckle in Begleitung teilnimmt, die unheilvolle Rolle der Psychiatrie in der NS-Zeit anzuerkennen, und sich öffentlich zu entschuldigen. Wie Prof. Dr. Dr. Frank Schneider – Präsident der Deutschen Gesellschaft für Psychiatrie, Psychotherapie und Nervenheilkunde (DGPPN) – an jenem Tag sinngemäß sagt: Die Nationalsozialisten haben am 14. Juli 1933 das „Gesetz zur Verhütung erbkranken Nachwuchses" erlassen. Als Folge davon seien über 360 000 kranke Menschen sterilisiert und letztlich getötet worden. Und dann wörtlich: „An diesen Aktionen und vielen anderen schrecklichen Taten waren deutsche Psychiater maßgeblich beteiligt. Kinder wurden getötet, Kranke ließ man absichtlich verhungern, an psychiatrischen Patienten wurden Versuche durchgeführt, bevor sie ermordet und ihre Gehirne untersucht wurden. Die Psychiatrie im Nationalsozialismus zählt zu den dunkelsten Kapiteln der Geschichte des Fachgebietes." Es folgte dann eine Erklärung von Prof. Schneider im Sinne von: *mea maxima culpa* (meine bzw. unsere große Schuld). „Wir sind auch beschämt, weil wir, die deutsche psychiatrische Fachgesellschaft, nicht einmal in der Zeit nach 1945, an der Seite der Opfer gestanden haben. Schlimmer noch: Wir hatten Anteil an ihrer erneuten Diskriminierung und Benachteiligung. Uns fehlen noch die Worte, warum eine Veranstaltung wie diese erst heute möglich sein konnte. Es hat fast 70 Jahre gedauert, bis sich die Fachgesellschaft, als deren Präsident ich heute hier vor Ihnen stehe, entschlossen hat, dieser Sprachlosigkeit ein Ende zu setzen und sich an ihre Tradition einer Aufklärung durch Wissenschaft zu erinnern." – Bis zu jenem Tag in Berlin wird Böckle immer wieder versuchen, das Thema „Mord der Zivilisten und Auslöschung der Juden in Europa" schweigend zu umgehen. Er wird öfters für sich feststellen, dass ihm dies nicht gelingt. Die Wirklichkeit erweist sich stärker als die Propaganda und stabiler als die viel später von den rechtsradikalen Neonazis und von manchen, negativ glänzenden Mitgliedern der AfD forcierte Geschichtsfälschung.

Doch in den Gesprächen mit Samuel und Jean-Pierre kann Walter Böckle nicht so tun, als würde er immer nur schweigen wollen. Der sieben Jahre jüngere Samuel stellt ihm in höfflicher Beharrlichkeit immer wieder Fragen. Ob er wirklich nicht gewusst habe, was mit den Juden im Dritten Reich passiert sei. Ob er sich keine Gedanken gemacht hätte darüber, dass eine rassistische Weltanschauung schon „als Gedankengut an sich" böse sei. Ob er das im humanistischen Gymnasium Gelernte leicht oder nur mit Gewalt habe mit der Ideologie des Nationalsozialismus vereinbaren können. Und dann erzählt Samuel, dass sein Vater eine Vortragsreihe in New York gehalten habe. Unter anderem habe er über ein Buch referiert, in dem der Autor, *Eugene M. Kulischer,* „im Übrigen ein aus Russland stammender, bedeutend Soziologe bei uns in den USA", die Flüchtlingsströme in Europa analysiert habe. Und Samuel fügte langsam, jedes Wort betonend, hinzu:

Dieser Kulischer, so sagte mir mein Vater, habe in einem der Vorträge einen direkten Zusammenhang zwischen den Weltanschauungen von Stalin und Hitler sowie den Flüchtlingsströmen nachgewiesen. Einerseits habe Stalin, aus einer Wahnvorstellung heraus, in den 1930er Jahren fürchterliche Umsiedlungsprogramme für mehrere Nationalitäten angeordnet und durchführen lassen. Andererseits habe Hitler durch seine NS-Rassenpolitik mehrere Millionen Menschen nicht nur umsiedeln, sondern auch verfolgen und systematisch töten lassen, darunter die Juden. – –

Samuel hält inne. Er wirkt sehr nachdenklich. Seine Augen verdunkeln sich. Böckle und Jean-Pierre schweigen auch.

Das Stichwort Weltanschauung regt Walter Böckle an, den Faden wieder aufzunehmen: Er wolle beim nächsten Treffen mehr dazu sagen. Es sei ihm inzwischen bewusst, dass die Weltanschauung der Genannten fürchterliches Verderben über Europa gebracht habe. Immerhin sei es eine gute Nachricht für Europa und die Welt gewesen, dass Stalin vor einigen Wochen gestorben sei. Aber, bitte, „lasst uns darüber das nächste Mal sprechen." Vielleicht könne er, sagt noch Böckle, auch die Fragen von Samuel beantworten. Samuel und Jean-Pierre stimmen zu.

Das Seminar mit Professor Dr. Heribert Schneider geht langsam seinem Ende zu. Der Professor lobt die Studierenden für die bisherigen Referate und erwähnt noch den Namen einer Philosophin.

Sie sei aus Nazi-Deutschland 1933 zunächst nach Frankreich und dann in die USA geflüchtet und ihr Name sei: Hannah Arendt. Beim Hören dieses Namens zuckt Walter Böckle zusammen. Was, was, wie? Hellwach lauscht er den Worten seines Professors.

„Ich durfte vor Kurzem einen Vortrag von ihr hören an der Universität in Heidelberg. Mich hat sie überzeugt. Meine Damen und Herren, ich mache Sie darauf aufmerksam, dass es sich lohnt, auf diese Philosophin zu hören. Und auch auf ihren Lehrer, Professor Karl Jaspers, der inzwischen nicht mehr in Heidelberg, sondern in Basel lebt und lehrt. Aber das nur nebenbei, denn über die Beiträge Jaspers zum Zeitgeschehen bereite ich im nächsten Jahr ein Seminar vor. Zurück zu Hannah Arendt. Es ging in ihrem Vortrag um Ideologie und Terror."

Lebhaft fragt Böckle an dieser Stelle, ob Professor Schneider ein paar Grundgedanken aus dem Vortrag von Hannah Arendt wiedergeben könnte. Er sei schon dabei, so Dr. Schneider, und dann: „Ich konnte sehr viel mitschreiben und habe meine Notizen dabei. Die zweifelsohne sehr beeindruckende, scharf und differenziert denkende Philosophin sagt darin:

Nach der Totalitär-Herrschaft von Stalin und Hitler scheint der totalitäre Glaube zu beweisen, dass alles möglich sei, dass alles zerstörbar sei, auch das Wesen des Menschen." Dr. Schneider blickte hier in die Runde, hielt kurz inne und fuhr fort, *Hannah Arendt* zitierend:

In ihrem Bestreben, unter Beweis zu stellen, dass alles möglich ist, hat die totale Herrschaft, ohne es eigentlich zu wollen, entdeckt, dass es ein *radikal Böses* wirklich gibt und dass es in dem besteht, was Menschen weder bestrafen noch vergeben können.

Als das Unmögliche möglich wurde, – ich meine hier die systematische Ausrottung von mehreren Millionen Juden in Europa, – stellte sich heraus, dass es identisch ist mit dem unbestrafbaren, unverzeihlichen radikal Bösen. Dieses Böse kann man weder verstehen noch erklären. Keine psychologisch relevanten Motive – wie Habgier, Neid, Eigennutz, Machtgier, Ressentiment – können dieses radikal Böse erklären. Nur eines lässt sich sagen: Das radikal Böse ist im Zusammenhang eines Systems – einer totalitaristischen Weltanschauung – aufgetreten. Das wäre der soziologisch-politische Aspekt, den man, bis zu einem gewissen Grad, durchaus analysieren und differenzieren kann. Die Konzentrationslager und Gaskammern haben ein Phänomen des radikal Bösen gezeigt, wofür die gesamte abendländisch-philosophische Tradition keinen Begriff hat. Die totalitäre Herrschaft, bei Stalin wie bei Hitler, hat Menschen überflüssig gemacht und Maßstäbe der Handlung ignoriert auf eine Weise, die dieses Böse mit Satan in Verbindung bringen lässt. Wobei, das muss man dazu sagen, die christliche Theologie *selbst Satan* noch einen himmlischen Ursprung zugestanden hat. Was jedoch die Nationalsozialisten an Ungeheuerlichkeiten generiert haben, ist so sehr radikal böse und so ungeheuer satanisch, – ein anderes Wort gibt es dafür nicht, – dass es Menschen nicht möglich sein wird, es zu bestrafen und noch weniger, es zu vergeben.

Die ungeheure Gefahr totalitärer Erfindungen, Menschen überflüssig zu machen, ist, dass in einem Zeitalter rapiden Bevölkerungszuwachses und ständigen Anwachsens der existenziellen Bodenlosigkeit und Heimatlosigkeit überall dauernd Massen von Menschen im Sinne utilitaristischer Kategorien in der Tat gänzlich „überflüssig" werden. Die Tendenz zur totalen Herrschaft, nicht nur durch manche Regierungen und Institutionen, sondern auch durch die Technik, könnte leicht die Dominanz erlangen und die meisten Menschen dieser Erde irgendwann wirklich „überflüssig" machen (Hannah Arendt).

Professor Heribert Schneider brillierte noch mit einer zusammenfassenden Reflexion über das stattgefundene Seminar, bedankte sich für die lebhafte Mitarbeit der überwiegend männlichen Studenten und den zwei Studentinnen und wünschte allen schöne Ferien: „Das heißt eigentlich *vorlesungsfreie Zeit*, in der Sie auch studieren dürfen. Auf Wiedersehen, Anfang November in diesen heiligen Hallen der Ludwig-Maximilians-Universität." Alle lachten und erwiderten seine Wünsche.

Es werden weitere Wochen vergehen, bis Walter Böckle im September 1955, sich den öfters gestellten Fragen von Samuel Mátrai stellt und ein zusammenhängendes Kapitel seiner persönlichen Geschichte offenlegt. Da sitzen sie die drei Studenten – Samuel, Jean-Pierre und Walter – in einem kleinen Biergarten in Schwabing wieder beieinander. Die Jüngeren hören dem 32-jährigen Walter Böckle zu. Er bittet um ihre Aufmerksamkeit, signalisierend, dass er nach etwa 15 Minuten aufhören und sich den weiteren Fragen seiner Kommilitonen stellen werde. Und dann legt er los:

Wir sind inzwischen Freunde geworden und ich schätze diese Freundschaft mit euch hoch. Es fällt mir nicht leicht, Dinge zu erzählen, die ich bisher nur für mich behalten habe. Inzwischen sind es zehn Jahre nach Beendigung des Zweiten Weltkrieges und vielleicht ist heute der Tag, euch etwas zu erzählen, was ihr nicht wissen könnt. Ich spreche jetzt von der Zeit von 1930 bis 1948, so wie ich sie erlebt habe. Ohne Beschönigung und ganz offen. Gehen wir davon aus, dass ihr auch Angst erlebt habt. Zu den ersten Erfahrungen meines Lebens gehört die Angst. Die Jahre um 1930 in Deutschland sind in meiner Erinnerung geprägt von der Angst vor Arbeitslosigkeit, vor der politischen Unsicherheit auf den Straßen und wohl auch in den Familien und Schulen, wo Kinder und Jugendliche mit besonderen Erziehungsmitteln diszipliniert wurden, wobei ich selbst zu Hause von meiner Mutter zwar viel Druck, aber keine körperliche Gewalt erlebt habe. Meinen Vater habe ich nicht gekannt, bis heute weiß ich nicht, wer mein Vater ist.

Am 30. Januar 1933 bin ich etwa zehn Jahre alt, und heute, zweiundzwanzig Jahre später, erinnere ich mich an jenen Tag als wäre er gestern gewesen. Die Bilder und sogar den Geruch jenes Tages habe ich noch in mir, so, als würde jener Tag nie zu Ende gehen. Es war ein dunkler Tag, aber die gute Nachricht jenes Tages, die von Vielen als eine befreiende Nachricht empfunden wurde, lautete: Adolf Hitler sei zum Reichspräsidenten von Hindenburg in das Reichspräsidentenpalais Unter den Linden gerufen, und ... (Böckle hielt hier einen Augenblick inne), ... und zum Reichskanzler ernannt worden. Bald bin ich Mitglied in der HJ, Abkürzung für Hitler-Jugend, und mache, langsam, aber sicher, Karriere. In dem 400 Jahre alten Gymnasium, das ich besuche, wird noch eine Weile jeden Morgen eine Andacht mit anschließendem Orgelspiel abgehalten, doch sehr bald erklingt und schwingt das teure, das einzigartige deutsche Vaterland als Hauptthema durch alle Unterrichtsstunden, in Latein ebenso wie in Geschichte und Literatur. Neue Begriffe werden Schritt für Schritt eingeführt, etwa: Gehorsam, Unterordnung, Korpsgeist. Damals ist das alles für mich neu, denn ich kannte und kenne keine Unterwerfung. In der Schule nicht und zu Hause schon gar nicht. Ich bin vaterlos aufgewachsen, zu Hause habe ich keine Konkurrenz, da ich Einzelkind bin. Ich bin schlau. Ich spiele meine Mutter gegen meine Großmutter aus, und meinen Großvater gegen sie beide. Und so mache ich, was ich will, wenn auch in Grenzen.

Erinnern tue ich mich genau an manche Sprüche, wie ,gelobt sei, was hart macht', oder ,was mich nicht umbringt, macht mich stärker', oder, so propagierte Hitler seine Vision von der neuen deutschen reinrassigen Jugend, wir sollen sein ,zäh wie Leder, hart wie Kruppstahl und flink wie die Windhunde.' Und das alles solle dem deutschen Vaterland dienen, dessen alte Größe, so hörte ich später, wiederhergestellt werden müsse.

Samuel Mátrai unterbricht kurz, kommentierend, dass die ungarische Sprache statt *Vaterland* das Wort *Mutterland* verwendet und er geneigt sei zu glauben, dass das mit diesen Worten eigentlich Gemeinte eine Geborgenheit bietende Schutzmacht sein sollte, weshalb er, Samuel, für sich das Wort *Mutterland* vorziehe. „Aber das nur nebenbei, entschuldige Walter für die nicht böse gemeinte Unterbrechung. Bitte erzähl weiter!" Böckle fuhr fort:

Zunächst habe ich mich begeistert für Adolf Hitler und dann auch für Großdeutschland. Dafür wollte ich kämpfen. Freiwillig und aus Überzeugung. Und ich tat es auch. Ich war ab Mai 1940 in Holland, Frankreich, Jugoslawien, Ungarn und Rumänien. Dann, nach einer Ausbildung in Bad Tölz im Sommer 1941, kam ich an die Ostfront in Russland. Dort wurde ich ziemlich schwer verletzt. Nach Monaten in Lazaretten, kam ich wieder an die Ostfront. Die russischen Zivilisten habe ich verschont. Das müsst ihr mir glauben. Mein Divisionskommandeur hat uns strengstens verboten, auf Zivilisten zu schießen. Nach meiner zweiten Verletzung, es war bei Stalingrad, kam ich wieder ins Lazarett. Danach hat man aus mir einen Weltanschauungslehrer in Bad Tölz gemacht. Zuletzt war ich an der amerikanischen Front im Saargebiet. Das sind in Kürze die Fakten.

Meine Geschichte beginnt im Dezember 1935. Mit 12 Jahren werde ich zum Jungenführer befördert. Vieles gefällt mir damals, manches nicht. Die Propaganda hat mich fest im Griff. Ich sauge alles auf und denke mir: So ist es. Begeistert singe ich mit: *Deutschland, Deutschland, über alles, über alles in der Welt, wenn es stets zum Schutz und Trutze brüderlich zusammenhält.* Ihr könnt euch die Wirkung der Propaganda nicht vorstellen.

Im Mai 1940 gehe ich zur Waffen-SS und werde dort im Oktober 1941, nach drei Monaten Bewährung in Russland, regulär befördert. Dann, bald darauf, erfriere ich fast in der Kälte. Der russische Winter ist gewaltig. Der Krieg dort auch, ohne Winterkleidung. Damals schon tauchte die Frage in mir auf: Welche Art Führung haben wir, dass sie uns ohne Winterkleidung nach Russland schickt? Ich gelte für manche Vorgesetzte als renitent, als bockig, ungehorsam und unangenehm. Oft kommentiere ich dumme Befehle, die zum sinnlosen Tod meiner Kameraden führen. Und jetzt hört mir bitte genau zu: Ich kämpfte in Russland gegen Soldaten, aber nicht gegen Zivilisten.

Diese habe ich immer verschont. Mit manchen russischen Bauern habe ich mich sogar angefreundet. Mit den Bolschewiki nicht. Meine Weltanschauung war zwar nationalsozialistisch, aber gegen den Bolschewismus und Stalin gerichtet und nicht gegen die Russen an sich. Und auch nicht gegen die Juden. Als Goebbels damals, ich glaube es war der 22. Juni 1941, durch den Rundfunk bekanntgab, dass die Wehrmacht in die Sowjetunion einmarschiert sei, lieferte er eine Begründung, die ich geglaubt habe. Goebbels sagte: Dies sei „zur Sicherung Europas und damit zur Rettung aller" notwendig. Ist es so weit klar? Kommt ihr mit?

Samuel und Jean-Pierre nicken, signalisierend, dass sie ganz und gar Ohr sind. Nach einer Pause redet Walter Böckle weiter.

Also gut. Nach mehreren Lazarettaufenthalten stoße ich in Berlin im Sommer 1943 auf ein wichtiges Schreiben eines sich in deutscher Gefangenschaft befindenden russischen Generals, der sein Schreiben an Hitler adressiert hat. Die Umstände, wie ich das Schreiben zu Gesicht bekam, sind jetzt nicht wichtig. Und darin las ich einige entscheidende Sätze, die ich jetzt sinngemäß zitiere: Deutschland müsse sich entscheiden, *mit* den Russen *gegen die Bolschewiki* oder *gegen Russland* zu kämpfen. Der Führer müsse sich jetzt entscheiden: entweder gegen Russland oder gegen die Bolschewiki.

Beim Lesen des ganzen Schreibens dieses russischen Generals, namens Wlasow, ging mir langsam auf: Russland ist größer als die Terrormacht der Bolschewiki. Nicht *die Russen* sind unsere Feinde, sondern der Bolschewismus als eine totalitäre Weltanschauung. Erst gegen Ende des Krieges dämmerte es in mir, dass letztlich auch der Nationalsozialismus eine totalitäre Weltanschauung war und dass Stalin nicht gegen *die Deutschen*, sondern gegen Hitler und den Hitlerismus gekämpft hat. Wie auch immer. Und jetzt sage ich es: Dieser Scheißkrieg, den ich, damals, freiwillig mitgemacht habe, war ein Krieg der Weltanschauungen. Ich meinte, nicht gegen das russische Volk gekämpft zu haben, sondern gegen den Bolschewismus.

Ich stand auf der deutschen Seite und bildete mir ein, dass *unsere* Weltanschauung die richtige sei. Erst als mein verehrter Kommandant, Generalmajor Franz Klingenberg, gestorben ist, wusste ich, dass meine jugendliche Freiwilligkeit mich in die Irre geführt hat. Jetzt bin ich da, habe euch die Essenz erzählt und stelle mich eueren Fragen.

Walter Böckle beendet seinen Bericht. Er blickt sehr ernst in die Ferne und schweigt beharrlich. Die anderen halten sich mit Fragen eine ganze Weile zurück. Irgendwann fragt Samuel:

„Was hast du gefühlt als dein Kommandant gestorben ist? Wie ging es dir dabei und danach?"

„Oh", – – – „oh" … Wie solle er das beschreiben? Und dann: Er habe aufgeheult wie ein Kind, seine aus Illusionen aufgebaute Welt sei in Sekunden zusammengebrochen. Er habe sich gänzlich verlassen gefühlt.

„Weißt du, Samuel, wenn du als junger, vaterlos aufgewachsener Soldat, auf einen gestandenen älteren Mann aufschaust, der als Soldat so tugendhaft war, der die anderen nicht demütigte und der vor deinen Augen wegstirbt, dann…" … „Mit dem Tod dieses Mannes, den ich verehrt habe, der wie ein Vater für mich war, starb alles in mir, was mich bis dahin aufrecht und gerade erhalten hat: Glaube, Hoffnung, Zuversicht, … alles, alles war schlagartig weg. Und ich spürte zutiefst in mir, und war darüber zugleich entsetzt und erleichtert, dass alles Weitere um mich herum, der ganze Scheißkrieg, mich gar nichts mehr anging. Mein freiwilliges Leben als Soldat war eine fürchterliche, eine schlimme Illusion. Ja: Zwischen meinem 12. und 23. Lebensjahr habe ich, so muss ich es sagen, in einer grauenvollen Trugwelt gelebt. Und mindestens vier Jahre hindurch habe ich selbst daran gebastelt."

Samuel Mátrai lässt sich ein wenig Zeit, bevor er erneut ansetzt: „Du hast also an die Richtigkeit des Nationalsozialismus geglaubt. Du hast getan, was du meintest, tun zu müssen und zu können. Und was glaubst du jetzt, sozusagen im Rückblick? Ich meine, ja, ich meine die Sache mit den Juden, den Holocaust. Und ich meine, wie du heute diese nationalsozialistische Weltanschauung beurteilst."

Walter Böckle atmet tief ein und antwortet zunächst ausweichend. Er habe öfters Albträume. Es sei schrecklich gewesen, mitzuerleben, wie seine Kameraden in Russland um ihn herum erschossen worden sind. „Viele Verluste wären vermeidbar gewesen. Aber ich war Soldat und habe, ‚freiwillig‘, durchgehalten. Mein erster Weltanschauungslehrer in Tölz, – er hieß Janus und verschwieg uns nicht, dass er bei den Jesuiten in die Schule gegangen sei, – empfahl mir, wissend, dass ich im Herbst 1941 nach Russland versetzt werde, zu studieren. Ich war ja schon immatrikuliert als Student im Fernstudium hier in München. Und ich hätte das machen können, ja. Und wisst ihr, was ich ihm sagte?“

„Was?“

„Dass ich mich von Anfang an für Deutschland, und eben nicht für die SS eingesetzt hätte, und zwar freiwillig, und ich wolle das auch in Zukunft tun, bis der Krieg vorbei sei.“

Böckle machte eine komische Handbewegung, als würde er etwas greifen wollen. Vielleicht wollte er unterbewusst sein eigenes wahres Selbst fassen, dessen Rätsel er für sein tieferes Empfinden noch nicht entschlüsseln konnte.

„Heute ist mir klar: Janus meinte es gut mit mir. Es war eine Chance. Aber leider habe ich das in jenem Augenblick nicht begriffen. Wie so oft in meinem jungen Leben. Und eine Woche später, Mitte September 1941, befand ich mich mit einem Dutzend anderer Oberjunker aus Tölz in Russland, direkt mitten im Krieg. Man sagte uns, spätestens in sechs Wochen sei es vorbei, denn Moskau sei schon so gut wie erobert und wir dürfen Weihnachten zu Hause feiern. In Wirklichkeit brach erst dann die Hölle los. Bei minus 40 Grad und in dünnen Lederstiefeln. Für die Lügen der Führung haben wir alle teuer bezahlt.“

„Was macht ein Oberjunker?“ – fragt Samuel. Und Böckle, als wäre er im Unterricht, hält plötzlich einen kleinen Vortrag über die militärische Hierarchie, erklärend, dass ein Oberjunker fünfzig Männer zu führen, zu betreuen und, wenn es sein muss, einzuschwören habe. Ironisch und dann sarkastisch klingt seine Stimme, als er hinzufügt:

„Die hier gemeinten Männer sind zugleich Soldaten, und Männer und Soldaten sind ein und dasselbe. Männer sind selbstlos, tapfer, hart, heroisch, unerschütterlich, angstfrei und auch eisern. Sie jammern nicht und verrecken nicht, wenn sie eine Granate zerreißt oder wenn sie im Schlamm versinken. Diese Männer sterben nicht einmal, Männer ‚fallen‘. Merkt ihr euch: Männer fallen! Man hat uns mit dem Lied gut indoktriniert: *Soldaten kann keiner danken, Soldaten krönt nicht der Krieg, und mögen die Siege auch wanken, Soldaten sind mehr als der Sieg.* Ein furchtbarer Text und ein schreckliches Lied. Ausdruck einer Weltanschauung, die, wie soll ich es sagen, verdunkelte Erkenntnis vermittelte und uns auf irre Wege führte.“

Böckle, dessen Stimme an dieser Stelle voller Zorn ist, wird in diesem Moment überflutet von inneren Bildern der Kriegsszenen, die er in Russland, ungewollt, in seinem ganzen Körper gespeichert hat und atmet jetzt heftig. …

Am nächsten Tag wird das Gespräch fortgeführt. Samuel beginnt erneut mit derselben Frage: „Walter, was glaubst du jetzt über den Nationalsozialismus? Und was denkst du über die Judenfrage?“

„Der Nationalsozialismus war eine totalitäre, inhumane und falsche Weltanschauung. Das ist heute mein Urteil. Und zur Judenfrage sage ich: Das war nicht gut, das war gar nicht gut, das war … das war ein Wahnsinn. Böse!“ Und er schäme sich für das, was den Juden angetan worden sei, aber er könne das einmal Geschehene, leider, nicht mehr ändern. Über seine Albträume schweigt er sich ebenso aus, wie Samuel darüber schweigt, dass er den Auftrag hat, ehemalige Nazis in München und ganz Bayern aufzuspüren, dem Mossad oder direkt an Simon Wiesenthal in Linz und später in Wien zu melden.

Walter Böckle wird in einem weiteren Gespräch noch sagen: Er wolle nach seinem Studium etwas Sinnvolles tun, was für Deutschland und Europa förderlich sei. Das Seminar bei Professor Heribert Schneider habe ihm in bisher ungeahntem Maße die Augen geöffnet. „Ihr erinnert euch noch, wie er ausführte: Zwischen *Ideologie, Glaube* und *Wahn* seien die Grenzen fließend. Der Einzelne verwechsele oft den Glauben an *das ethisch Gute*, an das ethisch Vertretbare mit der Wahnvorstellung einer Ideologie. Und genau das ist der springende Punkt in meinem

Fall. Meine Glaubenskraft habe ich einer zerstörerischen Ideologie und einem Führer, der ein Verführer war, zur Verfügung gestellt. Es fällt mir nicht leicht, das alles zuzugeben."

„Ja", sagt an dieser Stelle Samuel, „die Verführung war dämonisch und du warst ziemlich jung, nicht wahr? Im Übrigen: Professor Schneider begründete auch, für mich ganz überzeugend und kohärent, dass Frühprägungen während der Sozialisation wir nur schwer ablegen und überwinden können, auch wenn wir sie als *falsch* und verderblich erkennen. Denn wir müssten dann das eigene falsche Selbstbild aufgeben. In dir, Walter, sehe ich ein plastisches Beispiel dafür. Natürlich, wir alle haben unsere Prägungen. Wir alle wachsen in irgendeinem Glauben auf und eignen uns eine, wie auch immer geartete Weltanschauung an. Doch es komme darauf an, so erklärte mir mein Vater, die für sich als richtig erkannte Weltanschauung nicht mit allen Mitteln, nicht mit Gewalt und nicht fanatisch den anderen aufzwingen zu wollen. Ich finde das ganz gut, ganz okay. Außerdem ist für mich eine gesunde Liebe zum eigenen Vater- oder Mutterland durchaus in Ordnung. Und wie seht ihr das?"

Jean-Pierre nickt heftig und bejaht. „Mein Vater hat mich eines gelehrt, wobei er nicht als Philosoph, sondern als Ingenieur betont hat: In der Physik sind die Dinge sehr klar. Nicht auf Meinungen und Hypothesen, sondern auf die Fakten, auf die physikalischen Verhältnisse kommt es an, die genau erkannt werden wollen, wenn man, zum Beispiel, eine Brücke bauen will, die standhält. Merke dir mein Sohn, sagte er, es ist eine Sache, was ein Mensch sich in der Vorstellung schafft und ausdenkt, und es ist eine ganz andere Sache, was wirklich *ist,* wie es ist." Jean-Pierre fügt noch hinzu: „Dieses, was wirklich ist, zu erkennen, scheint mir der springende Punkt zu sein."

Walter Böckle fühlt den inneren Impuls, das Seine dazu zu äußern. Zunächst stelle er fest, wie sehr es ihn freue, dass Samuel, Jean-Pierre und er, hier in München und mittlerweile seit zwei Jahren miteinander so gut reden können. Unmittelbar zu diesem „was wirklich ist" wolle er aber gerne eine persönliche Erfahrung erzählen. „Bitte, wir hören", sagen gleichzeitig seine Kommilitonen.

Also, stellt euch vor: In der zweiten Hälfte des Jahres 1935 *scheinen* die Dinge im Außen besser zu werden. Die Zahl der Arbeitslosen sinkt erheblich, die Stimmung auf den Straßen ist gut, die Leute feiern euphorisch den Führer, und ich auch. Ein großes Ölportrait des Führers wird in der Aula unseres Gymnasiums aufgehängt als ich zwölf Jahre alt bin, und feierlich, wie ein Heiligendbild in der Kirche, eingeweiht. Das hat eine bestimmte Wirkung auf mich, die ich mit den Worten Bewunderung, Faszination und Ehrfurcht umschreiben kann. Das ist das eine.

Das andere ist dies: Kurz darauf wird ein jüdischer Angestellter meiner Mutter, die ein florierendes Textilgeschäft betreibt, von der Polizei abgeholt. Ich mochte den Mann. Jedes Mal, wenn er zu uns kam und Waren brachte, war er sehr aufmerksam zu mir und gab mir Schokolade, die er in der Schweiz extra für mich kaufte. Wieso sei er abgeholt worden und wohin gebracht, will ich von meiner Mutter wissen. Und sie sagt: Weil er angeblich mit einer „Arierin" im Hotelzimmer zusammen gewesen sein soll. Wohin er gebracht worden sei, wüsste sie nicht. Ich fühle in mir eine richtige Empörung. Es sei nicht gerecht, es sei eine Schweinerei, solch einen guten Mann einfach so abzuholen. Erst viel später erfahre ich, dass er nach Dachau gebracht wurde. So wie ich einerseits überzeugt war, dass dies eine Schweinerei, ein Unrecht sei, so war ich andererseits ebenso überzeugt, dass Hitler es gut mit den Deutschen meinte. In beiden Fällen hatte ich mir eine *Vorstellung* gebildet. Damals konnte ich als 12-Jähriger, und auch noch als 15-Jähriger, nicht unterscheiden zwischen der tatsächlichen *Wahrheit der Dinge* und der *propagandistischen Darstellung einer Ideologie*. Ich erlebte in den zahllosen Märschen und Kundgebungen bestimmte Emotionen in der Gruppe, in der Masse, die mich wie eine Lawine überflutet haben.

Meine Begeisterung für Hitler hat natürlich auch meine eher vorsichtige Mutter mitbekommen. Und sie hat sich wirklich bemüht, mir die Grausamkeit des Ersten Weltkrieges vor Augen zu führen. Aber Hitler wolle doch keinen Krieg, sagte ich ihr einmal in meiner Naivität als 15-Jähriger. Das war irgendwann im Sommer 1938, nach dem Anschluß. Den Rest habe ich euch schon erzählt. Als Fazit will ich festhalten: Ja, es ist ein gewaltiger Unterschied zwischen dem, was ist, wie es ist, und dem, was man als durch Indoktrination gespeiste Vorstellung in sich Jahre hindurch einsaugt und aufbewahrt. Ihr kennt ja den Witz: Nicht das sei wahr, was der Angestellte da draußen in Moskau, bezüglich eines bestimmten Gebäudes, das am Verfallen war, gesehen habe, sondern das sei wahr, was die *Prawda* schreibe.

„Den besagten Mann, das ist kein Witz, hat Stalin ermorden lassen, weil er es wagte, ihm zu widersprechen", sagt jetzt Samuel. „Wir haben darüber im Radio vor Kurzem berichtet."

„Tragisch, sehr tragisch", kommentiert Walter Böckle. Immer deutlicher werde ihm die Unterscheidung: *mit* den Russen *gegen Stalin* zu kämpfen, oder *gegen* Russland zu kämpfen.

„Du wolltest aber wissen, Samuel, was ich von nun an zu tun gedenke. Zunächst will ich mein Studium abschließen und dann eine Doktorarbeit schreiben. Seitdem ich bei Josef Pieper manche Vorlesungen in Philosophie gehört habe, sind mir Wahrheit und Wahrhaftigkeit, Werte, die auf Dauer gelten, sowie der Sinn und die Bemühung um Verständigung zwischen den Völkern Europas, gerade jetzt, wo schon wieder eine Art kalter Krieg zwischen Ost- und Westeuropa im Gange ist, ziemlich wichtig geworden. In diese Richtung will ich etwas tun, so gut ich es kann, vielleicht als Journalist, Autor oder Hochschullehrer."

Jean-Pierre merkt an: „Du wirkst auf mich wie ein Idealist. Das, woran du glaubst, das tust du, nicht wahr? Bist du inzwischen von Saulus zu Paulus geworden?" … Vielleicht, vielleicht auch nicht, meint Böckle.

Jean-Pierre: „Erlaube mir noch eine Frage: Hast du in dir so etwas wie Fanatismus schon wahrgenommen? Bitte habe Nachsicht mit mir, wenn ich dich so direkt frage."

„Frage nur, es ist in Ordnung. Sollte ich jemals ein Idealist gewesen sein, möglicherweise, war ich es ohne Fanatismus, ja. Und heute, seitdem ich auch durch das Studium an der Uni und durch die Gespräche mit euch enorm viel dazulerne, bin ich auf dem Weg, ein Realist zu werden. Ich möchte sagen: Ein tragisch-optimistischer Realist."

„Wie meinst du das?", fragt Jean-Pierre.

„Nun, ich meine das so: Nach alldem, was Europa im Ersten und im Zweiten Weltkrieg durchgemacht hat, und nachdem wir auch heute noch gefährliche Zeiten erleben, – denkt jetzt an den Krieg in Korea, denkt an das geteilte Deutschland, denkt an die Berichte über Repressalien in der Sowjetunion, in Ungarn, in Rumänien, in Polen usw. – hege ich die Hoffnung, dass uns ein Dritter Weltkrieg erspart bleibt. Mehr noch: Nach der ersten wichtigen Annäherung zwischen Deutschland und Frankreich wünsche ich mir eine Annäherung zwischen Deutschland und Polen, zwischen Deutschland und Russland bzw. der Sowjetunion. Ein Glück für die Russen, dass Stalin seit über zwei Jahren tot ist. Der neue Machthaber, *Nikita Chruschtschow*, wirkt, zumindest bisher, etwas humaner. Jedenfalls ist meine heutige Vision eine erweiterte Europäische Gemeinschaft, in deren Rahmen die Länder Europas, die sich früher bekämpft haben, nun in der engen Kooperation einen Sinn erkennen. Aber lasst uns jetzt noch ein Bier trinken und einen Spaziergang im Englischen Garten machen!"

Später erzählt Walter Böckle noch, wie Delitsch damals reagiert hat, als das Attentat gegen Hitler gescheitert sei. Stauffenberg, sagt Jean-Pierre, habe immerhin versucht, den Tyrannen zu ermorden. „Und bei uns in Frankreich, nun ja …"

„Wolltest du über die Rolle des Widerstandes, der *Résistance* in Frankreich etwas sagen? Ich könnte mir vorstellen, dass dieses Thema bei euch in Frankreich nicht gerne erörtert wird, oder?" Walter Böckle ist bemüht, den ironischen Unterton zu verbergen.

Hierzu legt nun Jean-Pierre seine Ansichten dar. Es sei ihm bewusst: Man habe in Frankreich nicht genug getan, um die Juden zu retten, aber … und dann kommt die hohe Wertschätzung von General Charles de Gaulle: Schließlich plädiere er für eine europäische Lösung und würde die Entspannung, *la détante,* vorantreiben. Er befürworte ein Europa vom Atlantik bis zum Ural und argumentiere für die Auflösung der Blöcke. Und das sei eine zukunftsweisende Vision „für uns alle in Europa", ergänzt seine Gedanken der Franzose.

Böckle spürt, dass Jean-Pierre stolz auf de Gaulle ist. Darf er ja, denkt er sich, denn, anders als früher in seinem Fall, als er Hitler verehrte, sprechen viel mehr Gründe dafür, die Rolle von Charles de Gaulle positiv und mit Stolz zu würdigen. Diesen Gedanken spricht er aber nicht aus. Böckle stellt noch fest:

„Glaubt man den Zeitungen, dann heißt es: Über elf Jahre sind nach dem Attentat auf Hitler vergangen, dennoch sind in der BRD noch viele Leute der Ansicht, dass Stauffenberg und seine Mitverschwörer im Grunde nur Verräter waren. Vermutlich leben in München etliche, die dieser Ansicht sind."

Den Gedanken, dass auch er eine Sekunde lang seinen verehrten Divisionskommandeur als Verräter apostrophieren wollte, als Generalmajor Franz Klingenberg ihm damals am 31. März 1945 bei Germering eröffnet hatte, sich den Amerikanern ergeben zu wollen, erwürgt er in sich sofort. Klingenberg hat aus geistiger Einsicht gehandelt, wie auch er, Böckle, aus seinem Gewissen gehandelt hat, als er die übriggebliebenen Junker aus Bad Tölz früh- und doch rechtzeitig aus dem Dienst entlassen hat. Das weiß und fühlt er zutiefst. Dieser Akt der Fahnenflucht erfüllt ihn mit Genugtuung. Es war seine Entscheidung.

Samuel hält noch fest: „Ja, das hört man heute öfters, gerade hier in München, im ehemaligen Zentrum der braunen Bewegung. Doch ich habe dazu eine andere Ansicht, wobei wir dieses Thema lieber ein anderes Mal erörtern sollten."

***

Im Sommer 1958 trennen sich die Wege der Drei. Davor stimmen sie überein, dass sie fünf Jahre später, im Sommer 1963 wieder zusammenkommen, um zu sehen, was alles in der Zwischenzeit mit ihnen passiert sei. Und so wird es auch geschehen.

4 Die Botschaft von Mester Miklós und Karl Jaspers (1963)

● Samuel Mátrai trifft seine Retterin in Ungarn ● Was Mester Miklós zu sagen hat ● Die Botschaft von Karl Jaspers ● Der deutsch-französische Freundschaftsvertrag

Fünf Jahre später, es ist Ende Juli 1963, sitzen sie erneut zusammen. Sie tauschen sich aus. In der Zwischenzeit ist jeder auf seinem Weg weitergekommen. Jean-Pierre erzählt als erster, wie er im Französischen Institut in München eine Stelle gefunden habe, die ihn herausfordere. Er sei eine Art „Brücke" zwischen Paris und Bayern und eine Art Mentor der deutsch-französischen Projekte, die seit 1960 langsam in Gang kommen und in dem im Mai 1963 abgeschlossenen Vertrag über die deutsch-französische Zusammenarbeit langsam konkretere Konturen annehmen. Unter anderem dadurch, sagt Jean-Pierre, dass ein Deutsch-Französischer Chor ins Leben gerufen wurde bzw. gerade sei er im Entstehen, und genau da habe er eine wichtige organisatorische Funktion. Später würde er mehr zum genannten Vertrag sagen. Ob das, was er tue, nicht ein Beitrag für Europa ist?

Doch gewiss, bestätigen Walter Böckle und Samuel Mátrai. Der Letztere berichtet über eine gerade absolvierte und äußerst komplizierte Reise nach Ungarn, über die Schikanen an der Grenze und wie er, fast Tag und Nacht, vom ungarischen Geheimdienst beschattet wurde. Dass er unter einer falschen Identität, mit einem vom Mossad ausgestellten Paß in Ungarn war, erwähnt er nicht.

„Ich fuhr dorthin, um den Retter unserer Familie zu treffen. Eigentlich muss ich in Plural sagen: die Retter, denn den Ausgangspunkt der Rettungsaktion bildete, – erinnert ihr euch noch? – Mester Miklós, den mein Vater gut kannte und sehr schätzte. Er schätzt und verehrt ihn bis heute, denn Mester Miklós empfahl uns damals, nach Sopron zu gehen, um der Deportation zu entkommen. Erinnert ihr euch noch? Professor Dr. Schaffhauser, der in jener Zeit meine Eltern versteckt hatte, lag, als ich kürzlich dort war, im Krankenhaus in Sopron. Ihn konnte ich, leider, nicht sprechen. Aber mit seiner Frau Julianna, mit meiner Retterin, war es mir gegönnt, zwei Stunden zu reden und ihr ein Geschenk unserer Familie – mit einem Dankesbrief meiner Eltern und von mir – zu überreichen. Mein Gott, ist diese Frau warmherzig, herzlich und gastfreundlich. Man merkt ihr die 88 Jahre nicht an." Samuel hielt inne und erzählte dann weiter.

„Von ihr erfuhr ich, dass Mester Miklós, der frühere Staatssekretär in Budapest, nach der kommunistischen Machtergreifung in Ungarn völlig degradiert und beinahe ins Gefängnis gesteckt worden wäre, hätte man nicht rechtzeitig entdeckt, dass er während des Krieges Menschenleben gerettet hatte. Aus der Sicht der Kommunisten war es passend, dass er gegen die Nazis opponierte, doch Mester Miklós war kein Kommunist. Seiner Abneigung gegenüber der marxistisch-leninistischen Weltanschauung gab er 1948 höflich, aber deutlich Ausdruck, ohne die Ungarische Kommunistische Partei direkt anzugreifen, weshalb man ihn, den Doktor der Geschichtswissenschaften, für mehrere Monate unter Hausarrest gestellt hatte."

Walter Böckle wendet ein: „In Ungarn wiederholt sich genau das, was die Nazis in der Zeit des Dritten Reiches mit den nichtkonformen Intellektuellen getan haben. Oder sehe ich das etwa falsch?"

„Nein, nein", antwortet Samuel. „In Ungarn, in Rumänien, in Polen, in der Tschechoslowakei, in Bulgarien, also im ganzen sogenannten Ostblock herrschen schlimme Diktaturen nach dem sowjetisch-stalinistischen Modell. Das wissen wir ja. Jedenfalls bekomme ich viel in der Redaktion bei Radio Freies Europa mit. Ein älterer Kollege von mir meinte neulich: Die osteuropäischen Diktaturen seien letztlich eine Folge des Zweiten Weltkrieges und eine Folge davon, dass die Alliierten weggeschaut hätten. Als diese darüber debattiert haben, wie Europa nach dem Zweiten Krieg aussehen soll, hat Stalin seine Einflusssphäre gegen Roosevelt und Churchill durchgesetzt. Die heute bestehende Nachkriegsordnung sei, so meinte ein Kollege von mir, Folge auch der Schwäche der Westmächte, die zu schnell den Vorschlägen Stalins zugestimmt haben. Vor allem Roosevelt sei sündhaft naiv gegenüber Stalin gewesen, meinte mein Kollege. In Ungarn allerdings scheint sich die Situation zurzeit zu entspannen. Der Parteichef, János Kádár, lässt den Leuten eine gewisse Freiheit, so wurde mir gesagt. Was aber nicht ausschließt, dass man als Ausländer, ich bin ja schließlich als US-Bürger nach Ungarn gefahren, von der Geheimpolizei beobachtet wird. Die ganz schlimme, stalinistische Phase sei allerdings vorbei, sagte man mir. Nun aber zurück zu meinem Bericht."

Samuel Mátrai atmete tief und beginnt zu erzählen.

„Jedenfalls konnte ich *Mester Miklós* unter abenteuerlichen Umständen treffen, etwa 40 km nordwestlich von Budapest, am Rande einer kleinen Ortschaft. Die Einzelheiten der Kontaktaufnahme mit ihm will ich jetzt nicht erzählen. Er kam als Straßenfeger getarnt, mit einem komischen Mini-LKW angefahren, begrüßte mich sehr freundlich und übergab mir später ein Manuskript von 50 getippten Seiten. Es sei eine Art Autobiographie von seiner Geburt bis 1963. Ich solle es seinem Sohn weiterleiten, der in Kalifornien lebe, sagte er. Danach erzählte er, ganz natürlich und ohne Allüren, über seine Freundschaft mit meinem Vater und wie er meine Eltern, und viele andere jüdische Persönlichkeiten in Ungarn, vor der Deportation gerettet hatte. Es sei für ihn keine Frage gewesen, dass er etwas für seine jüdischen Landsleute habe tun müssen." Samuel hielt kurz inne.

„Und was hat er noch gesagt?" fragen gleichzeitig Jean-Pierre Solignac und Walter Böckle.

„Über seine Probleme im kommunistischen System sprach er nur am Rande und ohne Groll. Man habe ihm verboten, als Hochschullehrer für Geschichte zu dozieren. Und so sei er

Hilfsarbeiter in einer landwirtschaftlichen Einheit, könne sich viel in der Natur aufhalten, was ihm guttue, und in der Freizeit kümmere er sich um seine Frau und seine Adoptivtochter und schreibe seine Memoiren in der Hoffnung, dass sie einmal erscheinen würden in Buchform."

Samuel konnte, während er all das erzählte, nicht ahnen, dass besagte Memoiren, 1971 abgeschlossen, erst 2012 als Buch, redigiert durch *Dr. Kollega Tarsoly István,* beim Verlag Tarsoly in Budapest erscheinen werden. *Habent libelli sua fata …*

„Gott ist das spannend, was du da erzählst. Hast du sein Manuskript gelesen?", fragt Böckle.

„Ja, Mester Miklós erlaubte es mir, es zu lesen, wenn ich wollte. Ich habe es gelesen, es sind fünfzig Seiten."

„Und was steht drin?" Die Neugierde von Walter Böckle und Jean-Pierre Solignac ist zu spüren.

„Nun, es ist auf Ungarisch geschrieben. Allerdings habe ich Teile daraus ins Deutsche übersetzt und lese euch in Auszügen vor. Wollt ihr hören?"

Die beiden bejahen. Samuel beginnt zu lesen.

Ich, Mester Miklós, stamme aus einer einfachen ungarischen Bauernfamilie aus dem ungarischen Teil von Siebenbürgen. Geboren wurde ich am 08. März 1906 in *Rugonfalva.* Das Abitur habe ich im Gymnasium der Unitarischen Kirche in *Székelykeresztúr* gemacht, und zwar in rumänischer Sprache. Dadurch habe ich zwei Sprachen und Kulturen – die ungarische und die rumänische – gut kennengelernt.

In Siebenbürgen sah ich für mich keine Zukunft, weshalb ich ein Stipendium beantragte, um in Budapest zu studieren. Dort wurde ich 1937 in Geschichte promoviert. Mein Schwerpunkt im Studium war Osteuropa und meine Dissertation wurde als Buch unter dem Titel *Kulturelle Autonomie in Siebenbürgen* veröffentlicht. Ich glaube, darin sachlich und ohne Vorurteile, die Beziehungen zwischen den in Siebenbürgen lebenden Nationalitäten analysiert und dargestellt zu haben, wobei ich die These vertrat, dass, nach dem Friedensvertrag in Trianon (1919), wie ungerecht er, aus ungarischer Sicht, auch gewesen sein mag, heute es nicht mehr um territoriale Fragen gehen kann. Die der Friedenserhaltung dienende politische Lösung bestehe darin, so habe ich in der Konklusion geschrieben, jeder Nation in Siebenbürgen – also den Ungarn, den Slowaken, den Deutschen, den Juden – eine kulturelle Autonomie mit allen Rechten und Pflichten zu ermöglichen, und jede Art von nationalistischer Aufheizung zu vermeiden. Damit ist gesagt, dass ich die Doktrin des Irredentismus – also die Lehre vom Anschluß abgetrennter Gebiete an das Mutterland, die manche Kreise in Ungarn und vermutlich auch anderswo noch vertreten – ablehne.

Im März 1944 wurde ich Staatssekretär im Ministerium für Bildung und Kultur in Budapest. Meine christlich-humanistische Haltung motivierte mich, aktiv an der Rettung meiner jüdischen Mitbürger teilzunehmen. Ich glaube, dass ich zwei Dutzend Personen vor der Deportation retten konnte. Meine Haltung und Überzeugung habe ich öffentlich kundgetan als ich im Mai 1944 in einer Rede vor der ungarischen Regierung festhielt: „Meinen Idealismus habe ich bisher ungebrochen bewahrt. Sollten in meiner Laufbahn die Wahrheit und die Politik in Konflikt geraten, so wähle ich, ohne zu zögern, die Wahrheit, unabhängig von den Konsequenzen, die diese Wahl mit Blick auf meine Person haben wird."

Im Sommer 1963, als ich diese Zeilen auf Papier bringe, bin ich Hilfsarbeiter. Meinen Beruf als Hochschullehrer für Geschichte darf ich nicht ausüben, da die kommunistische Regierung in Ungarn der Ansicht ist, dass ich kein überzeugter Marxist und Leninist sei. So arbeite ich intellektuell nur für mich und hoffe auf bessere Zeiten in dieser Epoche der Härte und der Unbarmherzigkeit.

Mein Motto, das ich von meinem Vater mitbekommen habe, lautet: *Dum spiro spero.* Solange ich atme, hoffe ich.

Ja, nach alldem, was ich nach dem Ersten und während des Zweiten Weltkrieges und danach in Ungarn erleben und erleiden musste, lebt die Hoffnung in mir, dass dieses Land, Ungarn, an dessen Zukunft ich glaube, und ebenso ganz Europa einer besseren, demokratischen und freien Epoche entgegenschreiten. Es sieht aber so aus, dass dies noch dauern wird und dass wir Europäer den „Preis" dafür bezahlen müssen. Die sehr gefährliche Konfrontation zwischen den Supermächten liegt zwar hinter uns, aber die Kuba-Krise im Oktober 1962 zeigte erneut, wie schnell es zu einem Krieg kommen kann. (...)

Möge es mir gelingen, das Schreiben meiner Memoiren zu vollenden. Das Manuskript, wenn es so weit ist, vertraue ich meinem Sohn an, der in der freien Welt, in Kalifornien lebt.

Samuel Mátrai beendet das Vorlesen des Textes und schaut erwartungsvoll seine Freunde an. „Und, was meint ihr?"

„Dieser Mann verdient Respekt." Walter Böckle will gleich weiterreden, aber Jean-Pierre unterbricht ihn, sagend: Er sei von der unaufgeregten Humanität und der Bescheidenheit dieser Persönlichkeit zutiefst beeindruckt. „Bisher wusste ich kaum etwas über die Menschen im Ostblock. Dieser Mann ist mir ein Vorbild. In allen Ländern und Nationen gibt es solche, wie soll man sie nennen, … leuchtende Gestalten vielleicht?"

„Oh ja", bestätigt Samuel. „Da fällt mir ein, dass Mester Miklós noch von einem katholischen Bischof, *Márton Áron*, gesprochen hat, der am 18. Mai 1944, nur drei Tage nach Beginn der Deportation der ungarischen Juden, in einer Predigt im Dom zu Klausenburg, auf Rumänisch Cluj, diese zutiefst inhumane Aktion mit deutlichen Worten verurteilt hat. Das sei eine sehr mutige Äußerung gewesen, bedenkt man, so sagte Mester Miklós, dass der höhere ungarische Klerus auf die Nachricht der Deportation der Juden eher zurückhaltend reagierte. Im Übrigen, gerne würde ich, wenn es denn möglich wäre, auch nach Rumänien fahren, um diesen Bischof Márton Áron persönlich zu treffen. Wie ich gehört habe, saß er zehn Jahre im Gefängnis. Nun aber, lassen wir den Kommunismus, den wir vorläufig nicht ändern können. Wie steht es mit dir Walter? Was hast du uns zu berichten? Was geschah bei dir in den vergangenen fünf Jahren?"

Mit einem gewissen Stolz erzählt nun Walter Böckle, dass er inzwischen promoviert sei und seit einem Jahr in Frankfurt bei einem Verlag arbeite, sozialkritische Bücher betreue und auch für Zeitungen schreibe. Er schreibe auch an einem Buch, in dem er das Thema „Führung" kritisch beleuchten wolle, da nicht nur im Krieg, sondern auch in der heutigen Bundesrepublik vielfach „unvernünftig, kurzsichtig und dumm" geführt werde. Außerdem sei er, ja, Vater geworden, nachdem er Ingrid, die für ihn passende Frau gefunden habe. Die Familie sei ein Ruhepunkt für ihn, ansonsten studiere er fleißig weiter, lese sehr viel über psychologische Themen, über die Geschichte Europas nach der Französischen Revolution, lerne auch Englisch und suche nach Antworten auf die Frage: Warum die Deutschen, warum die Juden? ...

Samuel deutet an, dass er reden wolle. Er ergreift nun das Wort. Er habe einen weiteren Text mitgebracht, der mit dieser Frage und „den Fragen unserer früheren Gespräche während des Studiums hier in München zu tun hat. Der Text, geschrieben im September 1953 in Basel, stammt von dem Philosophen Karl Jaspers und wurde 1957 veröffentlicht. Damals haben wir es alle wohl übersehen. Für dich, Walter, habe ich eine Kopie vorbereitet, doch gerne würde ich einige Gedanken selbst vorlesen. Eigentlich möchte ich euch einen kleinen Vortrag zumuten, so eine gute halbe Stunde. Seid ihr einverstanden?"

„Wenn es dir und euch nichts ausmacht, würde ich deinen Vortrag auf morgen verschieben, da wir im Anschluß daran, wie ich vermute, noch eine ganze Weile debattieren werden. Ich bin ab 18 Uhr frei, bis dahin muss ich in der Bayerischen Staatsbibliothek recherchieren", antwortet Walter Böckle. Der Vorschlag passt auch Jean-Pierre Solignac.

Es ist immer noch sehr warm am nächsten Tag und sie sitzen im Schatten eines Baumes im Englischen Garten. Bald beginnt der Jude Samuel Mátrai, sehr langsam und jede Phrase betonend, den Text von Karl Jaspers vorzulesen, zwischendurch eigene Kommentare einfügend.

„Also, **meine Freunde, Karl Jaspers** zufolge, der sich in diesem Zusammenhang auf den berühmten Soziologen Max Weber bezieht, sei es die politische Dummheit des Kaisers und seiner Kreaturen gewesen, die Deutschland in die Katastrophe des Ersten Weltkrieges hineintrieb. Der Gang des wilhelminischen Reiches war letztlich ein außenpolitisches Bramarbasieren, Ausdruck einer Unklarheit des politischen Denkens und letztlich der Gang in den Untergang, so Jaspers. Max Weber habe gesagt: Dieser Hysteriker, nämlich der Kaiser, ‚wird uns noch in den Krieg treiben'. Und er hatte leider recht, schreibt Jaspers.

Und dann, so schreibt er:

Gertrud, die Frau von Jaspers, war bzw. ist (sie lebt ja noch mit ihrem Mann in Basel) eine deutsche Jüdin und Max Weber meinte den Kaiser, der, und das ist jetzt meine Interpretation, an Großmannssucht litt. Und wenn ich das noch einfügen darf: Neulich stöbere ich in einer Zeitung bei uns in der Bibliothek des Radio Freies Europa und lese darin den Satz: *Großmannssucht sei eine der gefährlichsten Erkrankungen eines Volkes.* Und wisst ihr was? Dieser Satz wurde im April 1941, also noch vor dem Angriff auf die Sowjetunion, in der „Deutschen Rundschau" veröffentlicht.

Jedenfalls hatte Max Weber den springenden Punkt getroffen. Wie wir wissen: Ein Jahr später war es so weit. – Dennoch sah er die einzige große Leistung Deutschlands im Ersten Weltkrieg darin, dass es die russische Macht für diesmal aufgehalten habe, bemerkt Jaspers und fügt hinzu: Max Weber habe in der und für die Politik nicht den Willen zur Macht, sondern den Willen zur Wirklichkeit betont. Gemeint war, dass die Macht dem geistig-sittlichen Dasein unterstellt ist und nicht dazu dient, um jeden Preis das Territorium des Deutschen Reiches zu vergrößern.

„Heute kann ich dem zustimmen", sagt Walter Böckle, „aber ich habe früher auch von einem Großen Deutschen Reich geträumt und war Feuer und Flamme für das Dritte Reich. Inzwischen verabschiede ich langsam frühere Illusionen und Indoktrinationen. Es ist nicht leicht, glaubt mir." Jean-Pierre unterbricht ihn: „Lass uns weiter machen und Karl Jaspers zuhören. Samuel, bitte, lies weiter."

„Also: Jaspers wollte auch nicht, dass die Kommunisten die Herrschaft übernehmen, denn alles Totalitäre war ihm zuwider. Wirklich gemeinschaftliches Leben sei nur durch eine Politik gewährleistet, welche die Freiheit der Einzelnen hochhält."

Walter Böckle wollte wieder ein Kommentar einblenden, doch Samuel deutete an, er möge sich noch zurückhalten. Was danach noch bis 1939 geschehen ist, beschreibt Karl Jaspers, hier sinngemäß und wörtlich zitiert, so. Und Samuel liest langsam und feierlich den Text:

Das bedeutete den Verzicht vor der Realität brutaler Macht, der gegenüber der einzelne Mensch nichts mehr tun kann. Diese Einsicht entspricht der Tatsache, dass Deutschland vom Nationalsozialismus nicht durch sich selbst, sondern nur von außen, von den Alliierten, befreit werden konnte. Kein Totalitarismus kann von innen her überwunden, sondern allenfalls nur durch blutige Umwälzungen in einen anderen verwandelt werden. Das Ende *echter* Politik hebt das Interesse für Politik auf. Echte Politik ist aber nur möglich, wenn eine Wirkung durch Überzeugung der Anderen in Rede und Gegenrede, also durch Argumente Pro und Kontra, stattfindet, in der die Erziehung eines öffentlichen Bewusstseins durch freien Kampf der Geister sich vollzieht, die nicht darauf aus sind, sich gegenseitig zu vernichten.

Samuel schaut erwartungsvoll seine Freunde an. Sie deuten an, er solle fortfahren. Jaspers kommt nun auch auf die Vernichtung der Juden zu sprechen, aber er, Samuel wolle dazu nur anmerken: „Am besten solltet ihr sein Buch *Die Schuldfrage. Von der politischen Haftung Deutschlands lesen*, das im April 1946 erschienen ist." …

„Was jetzt noch kommt, fasse ich kurz zusammen. Das politische Denken von Jaspers wurde durch Max Weber geprägt, doch Jaspers konnte nicht viel anfangen mit der Größe Preußens und Bismarcks und ihm fehlte der soldatische Sinn, da er – ich sage dazu: Gott sei Dank! – nie Soldat war. Und noch etwas charakterisierte ihn: Jaspers, der ja auch psychiatrisch sehr gebildet war, wusste was Massenhysterie ist und hatte eine tiefe Aversion gegenüber dem Rausch der Massen. Ich erinnere euch hier an unser Seminar bei Dr. Heribert Schneider und an das Buch von Gustave Le Bon über die *Psychologie der Massen*. Ich meine mich zu erinnern, dass du, Walter, darüber eine Hausarbeit geschrieben hast. Oder?"

Böckle nickt zustimmend und wirkt sehr nachdenklich. Dann sagt er: Nicht nur eine Hausarbeit habe er geschrieben, sondern in seiner Doktorarbeit habe Gustave le Bon eine zentrale Rolle gespielt. Samuel fährt nun fort, Karl Jaspers wiederum wörtlich zitierend, und während er liest, schaut er immer wieder erwartungsvoll seine Freunde an.

Jedenfalls fehlte mir die Kriegsbegeisterung, die 1914 überall zu spüren war; sie „war mir fremd und unheimlich. Glücklich war ich, wenn ich die Einzelnen traf, die nicht daran teilnahmen, so einen jungen Oldenburger Bauern, dem eine Kaiserrede zum ‚Krieg für die deutsche Kultur' missfiel: ‚Ach was,' sagte er, ‚deutsche Kultur – die anderen sind auch keine Barbaren –, wir sind angegriffen und stehen unseren Mann, das ist alles.' Wiederum war [dann] diese Massenbewegung 1918 da, als der revolutionäre Rausch im Zusammenbruch zu der selbstgewissen Erwartung führte, nunmehr herrliche, menschliche Zustände zu schaffen. Und dann kehrte dieser Rausch grotesk 1933 noch einmal wieder *mit allen Zügen eines Massenwahns.* [Hier könnt ihr, sagt Samuel, den Psychiater und Arztphilosophen Jaspers vernehmen]. Immer fragwürdiger ist mir der Satz geworden: Volkes Stimme ist Gottes Stimme, sofern des Volkes Stimme durch Massen sprechen soll. Ich konnte mich nicht bezwingen, innerlich jeden zu verachten, der an solchen Rauschzuständen teilnahm."

Samuel unterbricht seinen Vortrag und blickt Walter fragend an. Ob er sich an etwas erinnert fühle. Ja, sagt Walter Böckle, „ich fühle mich erinnert an den Rausch meiner Jugend im Dritten Reich. Im Nachhinein und im Lichte des gerade Gehörten – einfach grauenvoll. Und auch dieser Spruch mit Volkes Stimme – Gottes Stimme, *vox populi, vox dei,* ist, nach meiner heutigen Überzeugung, ein fürchterlicher Irrtum. Pathetisch gesagt: Verdunkelte Erkenntnis geht hier irrsinnig irre Wege."

„Das kann man so sagen, ja", sagt Jean-Pierre, aber bitte fahre fort. Es ist so spannend, was dieser Jaspers sagt."

„Im Jahre 1930 wusste er einiges vom Faschismus in Italien, erzählt Jaspers, aber vom Nationalsozialismus habe er nur wenig gewusst, und als er dann dessen Wahnsinn, kurz vor der

Ernennung Hitlers zum Reichskanzler begriff, hielt er es für nicht möglich, dass solch eine Weltanschauung in Deutschland die politische Oberhand gewinnt.

Und dann holte dieser Wahnsinn auch Karl Jaspers und seine jüdisch-deutsche Frau ein. Genau darauf reflektierend, schreibt er 1953 im Rückblick, ich zitiere gekürzt:

Seit 1933 seien unerwartete Erfahrungen unumgänglich geworden. Gemeint sind diese: Ungeheuerlichkeit, Wahn und Treulosigkeit bei geistig Begabten und bei scheinbar guten Bürgern, Bosheit bei ordentlichen Menschen, erschreckende Menge an Gedankenlosigkeit und kurzsichtige Passivität … Das alles sei in einem Umfang wirklich geworden, „dass das Wissen um den Menschen anders werden musste." Das ist das eine. Und dann:

Neben der Dämonie während des Nationalsozialismus, so Jaspers weiter, „wurde auch die Unbeirrbarkeit Einzelner, die Treue liebender Menschen, die Kraft des Helfens, Wagens, Sichverschwendens, die Besonnenheit und Vorsicht in der Ohnmacht mit ihrem verborgenen Glanze des Einverständnisses sichtbar. Das alles wurde wie nie vorher gleichsam zu einer Garantie des nicht zu vernichtenden eigentlichen Menschseins. Es traten – zu spät, untüchtig, der Situation nicht gewachsen, und daher zweideutig – heroische Wagnisse auf [gemeint sind hier, bemerkt Samuel, die Menschen des Widerstandes], und man hörte vereinzelt, trotz der teuflisch erzwungenen Unsichtbarkeit Zahlloser, deren Tod kein Mund berichtet, von Menschen, die zu sterben vermochten in der demütigenden Würdelosigkeit der Qualen, der Foltern, verhungert und vergiftet bis zur Widerstandslosigkeit.

Unter den ermordeten Juden waren die, von denen erzählt wurde, dass sie entkleidet, wie Ungeziefer der Vernichtung ausgeliefert, im Äußersten fromm und Gottes gewiß waren, dass sie unter schlichter Bezeugung ihrer gegenseitiger Liebe (...) nackt den Tod empfingen. Und es waren andere unter den gegen das Regime aus sittlichem Ernst Widerstehenden (wir hörten vor allem von den Geschwistern Scholl und dem General von Tresskow), unter den durch ein unvorsichtiges Wort oder Tun in das Lager Gebrachten, unter den Gerichteten und Gehenkten, unter den Verschleppten und Ermordeten aus den vergewaltigten Völkern, die nicht weniger fromm gestorben sind." – Das ist das andere.

Bei diesem Rückblick auf die Jahre des Terrors zittert Karl Jaspers wegen seiner jüdischen Frau. Während das Unheil über jedem drohte, stand man fragend, hörend, nicht wissend, zitternd, wartend, – sagt er, und dann:

„Der Abtransport war für den 14. April 1945 vorgesehen, [doch zum Glück] wurde Heidelberg am 1. April von den Amerikanern besetzt. Ein Deutscher kann es nicht vergessen, dass er mit seiner Frau sein Leben den Amerikanern verdankt gegen Deutsche, die im Namen des nationalsozialistischen deutschen Staates ihn vernichten wollten."

Ja, zum Glück, ruft Walter Böckle dazwischen, „sonst hätten wir diesen Philosophen nicht, der die Dinge so ungemein präzise beim Namen nennt."
    „Auch in Frankreich gab es solche klar klingenden Stimmen, zum Beispiel *Simone Weil*, eine jüdische Philosophin, die leider zu früh gestorben ist, aber darüber reden wir vielleicht ein anderes Mal. Fahre fort, Samuel. Mir scheint, als würde Jaspers hier eine Aufklärung für ganz Europa betreiben", sagt Jean-Pierre Solignac.

Seine Grunderfahrung, so Jaspers, sei in all den Jahren *der Verlust der Rechtsgarantie im eigenen Staat,* die reale Preisgegebenheit und das Ausgeliefertsein, wobei er auch seiner Professur 1937 beraubt wurde und ab 1938 nichts mehr veröffentlichen durfte. Die kleine Minderheit der eigentlichen Deutschen, die gegen den Nationalsozialismus klar Position bezogen haben, habe das Gefühl der Zugehörigkeit bewahren können. Zugleich habe Jaspers nationalsozialistische Professoren erlebt, die sagten: im Prinzip sei das Vorgehen gegen die Juden zwar richtig, aber wenn es um seine (Jaspers' Frau gehe), sollte man doch überlegen, ob man für sie etwas erreichen könne.

Samuel unterbricht wieder seinen Vortrag und schweigt lange und starrt vor sich hin. Er spricht nun leiser und langsamer.

Nach der »Kristallnacht« (9. November 1938) wuchs die Angst bei den Jaspers. Die einzige Möglichkeit zu überleben, war, nicht aufzufallen! Dann aber wurde Jaspers zur Gestapo zitiert. Er solle sich am besten von seiner jüdischen Frau scheiden lassen, dann sei das Problem gelöst, sagte ihm ein junger Gestapobeamte, der von Berlin nach Heidelberg geschickt wurde, um einen Auftrag auszuführen. Jaspers antwortete ihm in jener Situation: Der Gestapobeamte solle nach Berlin melden, dass er, Jaspers, ein loyaler Staatsbürger sei, und er fügte noch hinzu:

„Natürlich kann ich Ihre Auffassung von den Juden nicht billigen, denn meine Frau ist Jüdin, das werden Sie verstehen, aber ich bin ein loyaler Staatsbürger. Sie können sich darauf verlassen, dass ich gegen diesen Staat nichts unternehmen werde."

In dieser Situation fand 12 Jahre lang, bei steigender Gefahr, dieses Zusehen in der Ohnmacht statt, sagt Karl Jaspers, der, trotz Publikationsverbot, weiterschrieb, weil das Schreiben ihm Freude machte und zur Klärung seiner Gedanken beitrug. Als Glück bezeichnet er die Freundschaft mit Heinrich Zimmer, dem Indologen, der bald auswandern musste, der aber zuvor ihm viel Literatur und Übersetzungen aus der chinesischen und indischen Welt brachte. Und nun, so Samuel, folgt eine fundamentale Reflexion. Bitte hört genau zu, denn ich glaube, hier schreibt Jaspers ‚kanonische‘, ich meine: maßgebliche Sätze! Also:

Die zwölf Jahre, 1933 bis 1945, „bedeuteten einen Einschnitt in das Leben von einer besonderen Art. Einerseits vollzog sich [in mir] die innere Distanzierung von Deutschland als politischem Gebilde. Mit verschwindend wenigen Ausnahmen begehrten die Deutschen, auch alte Freunde, den deutschen Sieg, während ich im Jubel der Siege *verzweifelt* Umschau hielt nach Zeichen einer möglichen Wendung, ermutigt durch Churchills Haltung und Reden im September 1940. Schon 1936 erhoffte ich den Einmarsch der Alliierten, den ich seit 1933 begehrt hatte. Jetzt ging alle Hoffnung auf die Besiegung und Austilgung Hitler-Deutschlands, damit die überlebenden Deutschen aus ihren *Wurzeln* neu und anständig ihr Dasein bauen könnten.

Das deutsche Selbstbewusstsein wurde zur Frage. Was heißt es, ein Deutscher zu sein? Andere Völker werfen uns vor, dass wir immer über das Deutschsein nachdenken, deutsch sein wollen, dass wir das Natürliche zu etwas Künstlichem und Gewaltsamen machen. Diese Konsequenz wäre nicht notwendig.

Das natürliche, fraglose Deutschsein, worin ich lebte, war Sprache, Heimat, Herkunft, war *die große geistige Überlieferung* [des Abendlandes], an der ich von früh an teilgewann. Nicht Macht als solche [und an sich], sondern Macht *im Dienst der sittlich-politischen* Idee war eine Aufgabe. Niemals hätte Max Weber, wie 1933 die Majorität der Bevölkerung des deutschen Reichsgebietes, die Seele des Deutschen verkauft für die Macht. Daher unsere Verzweiflung am Deutschen 1933 und all die Jahre nachher.

Was also ist deutsch? Wer ist deutsch? Wenn meine Frau, die als deutsche Jüdin durch Hitler-Deutschland verraten war, nun dieses Deutschland, das sie vielleicht mehr geliebt hatte als ich, verwarf, dann, antwortete ich 1933: Denke, ich sei Deutschland!

Meine völlige Distanzierung zum Deutschen Reich seit 1933 brachte mir doch zum Bewusstsein, wie ganz und gar und unausweichlich meine Frau und ich Deutsche seien. Die entstehenden Fragen blieben unlösbar."

„Eine Einladung an uns alle, nicht wahr? – sagt Samuel Mátrai und wiederholt sehr langsam die Frage: Was ist deutsch? Oder: Was ist jüdisch? Oder: Was ist französisch? Und was heißt es heute, 1963, und nach alldem, was im Zweiten Weltkrieg passiert ist, ein Deutscher, ein Jude oder ein Franzose zu sein? Und wie kann sich das alles in eine europäische Vision zusammenfügen?" ...

Minuten vergehen, jeder scheint bei sich selbst zu sein und wirkt nachdenklich. Er wolle das jetzt nicht vertiefen, nur das von Karl Jaspers Gemeinte noch einmal unterstreichen. Und dann nennt Samuel das Stichwort „SPIEGEL-Affäre". Sie zeige: Die BRD sei noch lange nicht frei von den Gespenstern der Nazi-Zeit und in der DDR herrsche eine neue Diktatur, die durch den Bau der Berliner-Mauer ihr wahres Gesicht nicht mehr verbergen könne, aber das sei nur nebenbei gesagt. Jedenfalls sei die Frage, was ist deutsch, nach wie vor aktuell. ...

„Zurück zu unserem Thema: Jaspers, vor Ohnmacht zitternd und gegenüber der Gestapo sich klug, aber passiv verhaltend, beobachtete den Lauf des Krieges und zählte sich zu den Wenigen, die seit 1939 mit Gewissheit wussten, dass dieser Krieg ‚Finis Germaniae‘, also das Ende Deutschlands bedeute. Und dann sagt er wörtlich: ‚Dass Hitler-Deutschland verlieren würde, war uns seit Herbst 1941 gewiß.‘ In anderen Worten: Jaspers hat erkannt, dass der Angriff auf die Sowjetunion den Anfang des Untergangs einleitete.“

Walter Böckle zuckt an dieser Stelle zusammen. Das ganze Grauen des russischen Winters vor Moskau aus der Zeit von Oktober 1941 bis Februar 1942 ist urplötzlich mit elementarer Gewalt präsent in seinem Körper.

Ein Wiener Kamerad taucht in ihm auf, der direkt neben ihm stehend von einem russischen Tankgeschoß zerfetzt wurde. Einige Sekunden später starb er in den Armen von Walter Böckle. Davor flüsterte er noch: „Das war's, ich sterbe mit 20 Jahren für das deutsche Vaterland.“

In diesem Augenblick, in dem die fürchterliche Szene in Böckle explosionsartig lebendig wird und ihn erzittern lässt, fällt ihm ein Wort ein, das er vermutlich in einer Schrift bei Sigmund Freud gelesen hat: *Das Erdenmenschentier.* Sein Gesicht verdunkelt sich, und er bittet Samuel um eine kleine Pause. Walter Böckle entfernt sich von der kleinen Gruppe einige Schritte und er wird gewahr, dass er unaufhaltsam zu heulen beginnt. Sein ganzer Körper zittert, eine unbeschreiblich heftige Kraft schüttelt ihn durch und er hört eine lautlose Stimme, die aus seinem Inneren hochsteigt: Mein Gott, was haben wir getan? Mein Gott, was haben wir, Erdenmenschentiere getan? …

Als er, zehn Minuten später, zu seinen Freunden zurückgeht, fällt diesen auf, dass Walter eine Art Katharsis durchgemacht hat. Sie stellen ihm aber keine Fragen. Samuel fährt fort: Worin besteht aber die deutsche Aufgabe, nach dem Untergang Hitler-Deutschlands? – fragte sich Jaspers erneut. Seine Antwort lautet:

„Jedenfalls keineswegs darin, den Reichsgedanken zu hegen und das Territorium zu vergrößern, denn „Deutschland ist seit tausend Jahren etwas anderes, Gehaltvolleres. Was deutsch ist, das ist zusammengehalten *nur* durch die deutsche *Sprache* und das in ihr sich kundgebende *geistige* Leben, die *religiöse und sittliche* Wirklichkeit, die in ihr sich mitteilt. Dieses Deutsche ist ungemein vieldeutig. Das Politische ist darin *nur eine* Dimension, und zwar eine unglückselige von Katastrophe zu Katastrophe gehende Geschichte. Was deutsch ist, das lebt in dem großen *geistigen Raum,* geistig schaffend und kämpfend, braucht sich nicht Deutsch zu nennen, hat keine deutschen Absichten und keinen deutschen Stolz, sondern lebt *geistig* von den Sachen, den Ideen, der weltweiten Kommunikation.

Wie darin etwas Haltbares und wahrhaft Politisches möglich sei, das hat sich im Mittelalter gezeigt in der im Abendland verbreiteten Freiheit. In Fortschritt und Verwandlung des Mittelalters ist sie in Holland und in der Schweiz bis heute da. Sie ist im preußisch-deutschen Gebiet seit dem 17. Jahrhundert verloren.“

„Das ist, leider, allzu wahr“, wirft Walter Böckle heftig ein. Samuel wartet einen Augenblick, aber Böckle deutet an, er solle fortfahren.

Nach den unerhörten inneren und äußeren Katastrophen, Jaspers meint hier die Jahre 1800 bis 1950, müsse Deutschland im Blick auf die Weltlage neu erschaffen werden, aber nicht im Sinne eines zentralistischen Machtstaates mit technisch-rationalistischem Charakter, sondern im Sinne des *Homo humanus.* Zuerst Mensch zu sein und dann aus diesem Ursprung des menschlichen Individuums einem Volke anzugehören – darin erblickt Jaspers das Wesentliche.

Die Katastrophe lehrt ihn, „eine über den Völkern stehende rechtliche Instanz zu postulieren, welche den Einzelnen, die der Willkür eines diktatorischen Staates ausgeliefert sind, rechtlich helfen kann.“

Jean-Pierre meldet sich zu Wort: „Wenn ich mich nicht täusche, war das eine Grundidee der Französischen Revolution, die freilich zunächst im Blutbad endete."

„Ja", sagt Walter Böckle, „und erst hundert Jahre später konnten sich die humanitären Ideen der Französischen Revolution durchsetzen, zumindest für eine kurze Zeit und nur in einigen Ländern Europas. Vielleicht ist es heute die UNO jene Instanz, die Karl Jaspers meint?"

Samuel merkt an, dass er bald mit seinem Vortrag zu Ende sei und fährt fort. Irgendwann fragt sich Jaspers: Was aber dann, wenn unmenschliches Unrecht geschieht und es keinen Schutz gegen den Staat gibt, der das Verbrechen begeht? Was tun gegen einen Staat, der von Verbrechern geführt wird? Und er antwortet: Es gäbe keine absolute Souveränität der einzelnen Staaten, die im Namen dieses Prinzips auch das Unrecht tun können, sondern gegen diese falsch aufgefasste absolute Souveränität stehe letztlich die Verantwortung aller Staaten.

Das heißt: Es sei die primäre Verantwortung aller Staaten, „die *Unmenschlichkeit* und die *Rechtlosigkeit* in keinem Staate tatenlos dulden zu dürfen, weil ein jeder auf die Dauer mitbedroht ist durch das, was als solches Verbrechen irgendwo geschieht. –

Solche Überlegungen kamen mir zuerst, als der Vatikan 1933 ein Konkordat mit Hitler schloß und damit nicht nur dessen Prestige gewaltig erhöhte, sondern sein Regime erst eigentlich international als ein vertragsfähiges begründete. Sie kamen mir verstärkt 1936 bei der Olympiade in Berlin, als aus aller Welt das Hitlerregime durch Teilnahme der Staaten unterstützt wurde. Sie kamen mir wieder, als auf dem internationalen Kongreß in Evian 1939, auf dem Ansiedlungsmöglichkeiten für die aus Deutschland flüchtenden Juden beschlossen werden sollten, dessen Ergebnis war, dass deutsche Juden noch viel schwerer als vorher in der Welt Bewegungsmöglichkeiten hatten."

Samuel Mátrai blickt in die Gesichter seiner Freunde, signalisierend, dass er mit seinem Vortrag bald zu Ende sei.

Also: Auf diese Weise, angeregt durch solche Ereignisse, beginnt Karl Jaspers über die Frage nach dem Sinn der Geschichte nachzudenken – und ich bin der Ansicht, dass seine hierhergehörigen Reflexionen mehr denn je aktuell sind, bemerkt Samuel.

Jaspers bekommt zahlreiche Anregungen von Hannah Arendt, die früher seine Schülerin war. Sie hat, wie ihr wisst, bei Jaspers promoviert und konnte rechtzeitig in die USA auswandern. Lobend erwähnt Jaspers:

Mit Hannah Arendt „konnte ich noch einmal wieder auf die Weise diskutieren, die ich mein Leben lang begehrte, aber von Jugend auf – außer mit den schicksalsverbundenen nächsten Menschen – eigentlich nur mit einigen Männern erfahren habe: in der vollkommenen Rückhaltlosigkeit, die keine Hintergedanken zuläßt –, in dem Übermut, sich vergaloppieren zu dürfen, da es korrigiert wird und selber etwas anzeigt, das sich lohnt, in der Spannung vielleicht tief gegründeter Differenzen, die doch umgriffen sind von einem *Vertrauen*, das auch sie offenbar zu werden erlaubt, ohne dass die Neigung gemindert würde, – das radikale gegenseitige Sichfreilassen und das Aufhören von abstrakten Forderungen, da sie erlöschen in der faktischen Treue."

Nach dem Untergang des Dritten Reiches, 08. Mai 1945, bleibt Jaspers noch drei Jahre in Heidelberg. Die Amerikaner bauen auf ihn und schätzen ihn sehr. In den ersten Monaten hofft er noch auf eine Wende, doch dann, nach der anfänglichen Hoffnung auf eine Erneuerung, muss Jaspers eine Kränkung nach der anderen erleben: eine wirkliche Umkehr bleibt auch an der Universität aus. Er bekam zunehmende Isolierung in seinen universitären Bemühungen zu spüren und eine wachsende Feindlichkeit von Seiten der Regierung in Karlsruhe. Ungern hören Kollegen von ihm Sätze wie diese:

„Mit dem Deutschen, dem Gertrud und ich gemeinsam entstammen, ist Antisemitismus nicht verträglich. Er ist schon als Stimmung und Redeweise unanständig, und als Handlung niederträchtig. Wotan und Rasse und Militärdienst (d. h. der Staat, in dem nicht das Militär dem Staat, sondern der Staat dem Militär dient) haben mit dem Deutschen, das Wesen und Dauer hat und Bestand haben wird vor der Geschichte, nichts zu tun. Sie sind Fremdkörper.

Die Erfahrung des Ausgestoßenseins vom eigenen Volk durch einen Staat, der ein Verbrecherstaat war, ändert die Beziehung zu diesem Volk. Was die Deutschen, zu denen wir selber gehören, für uns sind, das hat mit Staat und Ort und Grab nichts mehr zu tun.

Im Jahre 1946 veröffentlichte ich meine »Schuldfrage«. Der amerikanische Universitätsoffizier sagte mir dankend, die Schrift sei nicht nur für die Deutschen geschrieben, sondern auch für *das Gewissen der Alliierten*. Bei uns erfuhr die Schrift Ablehnung (auch bei meinen Heidelberger Kollegen), manchmal Schmähungen. Nur hier und da kam ein zustimmender Brief, der manchmal mit dem Satz endete, hier am Ort sei ich der einzige, der so denke. (...)

In dieser Zeit, nach den zwölf Jahren der Verbrechen in der durch eigene Verantwortung herbeigeführten Katastrophe, trat doch fast nur der egoistische Daseinswille in Erscheinung, ohne Teilnahme an irgendeinem Willen zur Umkehr. Von den Nazi-Massenmorden an Juden wollte man nichts wissen. (...) Was da grundsätzlich mit uns Deutschen durch uns geschehen war, kam nicht zum Bewusstsein. Man nahm nicht Abstand von dem totalen Verbrecherstaat, zu dem wir geworden waren." –

Samuel Mátrai hört hier auf und atmet tief ein. „Das alles ist, in Auszügen, die Botschaft von Karl Jaspers. Ich danke euch, dass ihr die Zeit und die Mühe aufgebracht habt, diesen Vortrag anzuhören."

Mit diesen Worten beendet Samuel seinen Beitrag an jenem Abend im Englischen Garten in München. Es ist der 01. August 1963. Angesichts der Weltlage fühlen, wünschen sehnsüchtig der Franzose Jean-Pierre wie der Deutsche Walter Böckle, dass Karl Jaspers von vielen gehört werden sollte – in Europa und darüber hinaus.

Die drei Freunde debattieren, inzwischen in einem gemütlichen Biergarten in Schwabing sitzend, bis Mitternacht. Walter Böckle hat den Eindruck, er müsse weiter studieren, weiter lernen, seine humanistische Bildung vertiefen und irgendetwas

Politisches oder Sozialethisches tun. Karl Jaspers hat es ihm angetan. Er nimmt sich vor, den ihm bisher wenig bekannten Philosophen zu lesen. Ach ja, sein früherer Divisionskommandeur Franz Klingenberg, den er so sehr verehrte und noch verehrt, hat ihm ein Buch von Karl Jaspers geschenkt: *Philosophie. Drei Bände.* Berlin 1932. Böckle kann sich noch erinnern, dass darin drei Themenbereiche erörtert werden: *Weltorientierung,* dann *Existenzerhellung* und schließlich *Metaphysik.* Ein Jahr später wird Böckle auf ein neues Buch von Karl Jaspers aufmerksam: *Die maßgebenden Menschen.* • *Sokrates* • *Buddha* • *Konfuzius und Jesus.* Und er wird daraus langsam erkennen lernen, dass neben der technischen, wissenschaftlichen und wirtschaftlichen Entwicklung im Außen der Mensch auch eine geistige, bewusstseinsmäßige Entwicklung im Innen durchzumachen hat, will er sich aus der Sphäre des Erdenmenschentieres ein Stück weit entwinden.

Ich glaube, wir haben in der Wirtschaft enorme Fortschritte gemacht, wir brauchen aber heute mehr denn je die Welt- wie die Werteorientierung und die Existenzerhellung, denkt er sich, während Samuel und Jean-Pierre über das Schicksal der Juden in Frankreich reden. Walter Böckle schaltet sich wieder in das Gespräch ein.

Frankreich, ja, Frankreich und die Juden … Auch dort gab es *collaboration* mit den Nazis. … In fast allen Ländern gab es Mitwirkung der örtlichen Behörden mit den Nazis. Nur die Regierungen in Bulgarien und Dänemark haben sich den Nazis widersetzt und konnten so fast alle Juden retten.

Bevor sie sich am nächsten Tag auf unbestimmte Zeit trennen, will Jean-Pierre über ein sehr wichtiges Ereignis noch berichten. Walter und Samuel sind ganz Ohr.

„Also, es geht etwas voran in Europa", beginnt Jean-Pierre mit strahlendem Gesicht zu erzählen. „Ihr habt es sicher mitbekommen: Konrad Adenauer und General Charles de Gaulle haben den deutsch-französischen Freundschaftsvertrag unterschrieben."

Ja, ja, die Presse habe schon im Mai darüber berichtet, bestätigen Walter und Samuel. Jean-Pierre fährt fort und zitiert aus einem zweisprachigen Dokument:

»Der Bundeskanzler der Bundesrepublik Deutschland, Dr. Konrad Adenauer und der Präsident der Französischen Republik, General de Gaulle, haben sich in der Überzeugung getroffen, dass die Versöhnung zwischen dem deutschen und dem französischen Volk, die eine Jahrhunderte alte Rivalität beendet, ein geschichtliches Ereignis darstellt, das das Verhältnis der beiden Völker zueinander von Grund auf neugestaltet.«

„Vortrefflich", sagt Walter Böckle. „Kannst du mir das auch auf Französisch vorlesen? Ich möchte dich in deiner Muttersprache hören."

„Ja, klar, bitte schön."

Le Général de Gaulle, Président de la République Française, et le Dr. Konrad Adenauer, Chancelier de la République fédérale d'Allemagne, sont en concordance et convaincus que la réconciliation du peuple allemand et du peuple français, mettant fin à une rivalité séculaire, constitue un événement historique qui transforme profondément les relations entre les deux peuples.

„Danke mein Freund. Es klingt gut, sehr gut. Die hier gemeinte *réconciliation*, Versöhnung, brauchen wir aber auch mit der Sowjetunion und Polen", sagt Walter Böckle und in jenem Moment fällt es ihm ein, dass sein Divisionskommandeur, Generalmajor Franz Klingenberg in Polen einen 8-jährigen Buben vor der Erschießung gerettet hat.

Als einige Jahre Später Bundeskanzler Willy Brandt am 07. Dezember 1970 in Warschau vor dem Soldatendenkmal niederkniet und Walter Böckle diese Szene im Fernsehen mitbekommt, wird ihm endgültig klar, dass auch er, der ehemalige SS-Soldat etwas tun muss, damit die Beziehungen zu Russland bzw. zur Sowjetunion besser werden. Tatsächlich wird es ihm

100

in den Jahren 1976 bis 1988 gelingen, mit einer westdeutschen Delegation von Wirtschaftsleuten und Filmemachern mehrmals in die Sowjetunion zu fliegen und dort, jedes Mal von mindestens einem KGB-Offizier begleitet, bestimmte Dokumentarfilme zu drehen und mit einigen Russen auch freundschaftliche Kontakte zu knüpfen.

5 Begegnung mit Ferdinand Klingenberg
Frankfurt und München (1963–1980)

• Walter Böckle trifft die Witwe und den Sohn seines ehemaligen Divisionskommandeurs • Der Auschwitz-Prozess regt viele Gespräche an • Deutschland soll die integrative Kraft in Europa sein • Psychologie der Massen • Ferdinand Klingenberg sucht seinen Standpunkt • Der Einmarsch der Sowjets in Prag • Treffen nach Böckles Rückkehr aus den USA und seine Begegnung mit Abraham Maslow und Viktor Frankl • Ferdinand Klingenberg sucht Kontakt nach Ludwigsburg • Seine erste Reise nach Rumänien und Begegnung mit Simon Wiesenthal • Böckle begegnet in Moskau Bogdan Podskalski • Im Institut für Zeitgeschichte • Der Holocaust bleibt ein dunkles Gesprächsthema • Die Tochter von Carl Friedrich Goerdeler • Ein philosophisches Argument für das Gute • Die furiose und fiktive Rede von Hannah Arendt gegen Adolf Eichmann • Der Larmoyante Carl Schmitt • Die Hochschule für Philosophie • Der rumänische Geheimdienst lässt auf dem Gelände des Radio Freies Europa eine Bombe explodieren

Im Dezember 1963 hält sich Walter Böckle mehrere Tage in Frankfurt am Main auf und will die Witwe seines früheren Divisionskommandeurs besuchen. Inzwischen mit Ingrid, einer zu ihm passenden und mütterlich-warmherzig wirkenden Frau verheiratet und Vater einer Tochter und eines Sohnes, ist er schon als Journalist seit vier Jahren im Verlagswesen tätig. Seine Artikel zu sozialethischen, politischen und pädagogischen Themen werden gerne gelesen.

Bewusst zitiert er in seinen Artikeln und Essays französische und italienische Gelehrte, um auch dadurch die kulturelle Verbundenheit „mit dem Abendland" zu unterstreichen. In den letzten Monaten interessieren ihn ein russischer Philosoph, dessen Schriften klandestin in den Westen gelangt sind.

Am 19. Dezember 1963, ist Walter Böckle bei Isabelle Klingenberg zu Gast. Sie hat ganz graue Haare und tiefe Augenfalten.

Bis Mitternacht erzählt er ihr und ihrem Sohn Ferdinand, den er schon im ersten Augenblick liebgewinnt, seine Erfahrungen mit Franz Klingenberg, schildert ausführlich die letzten Stunden seines Lebens, wobei er zeitweise unruhig, leise und sehr emotional wird. Die Gefühle von damals sind in Walter Böckle noch immer präsent.

Ich muss damit beginnen, dass Ihr Mann und der Vater von Ferdinand mein Kommandeur war im Winter 1941 in Moskau. Das ist jetzt 22 Jahre her. Wir hatten mit ihm Weihnachten gefeiert. Er hat mir ein Buch mit Widmung geschenkt. Es waren eigentlich drei Bücher von Karl Jaspers: *Philosophie*. Dieses sein Geschenk solle meiner geistigen Entwicklung dienen, und mich anregen, „an der Uni etwas Vernünftiges zu studieren, wenn Sie denn überleben, was wir stark hoffen wollen," sagte er. Wertschätzung und Wohlwollen strömten aus seinen Worten.

Wir saßen damals zu viert in einem ganz übel zerschossenen Haus. Plötzlich fegte durch das Haus ein Panzervollgeschoß, durch die eine Wand herein und durch die andere wieder hinaus. Wir hatten uns alle perplex angeschaut. Ich zitterte vor Schreck. Nach außen hin tat ich aber so, als wäre ich unerschrocken ruhig und mutig. Der Divisionskommandeur sagte nur die Worte: „Wir alle hatten Glück."

Böckle hielt kurz inne, trank ein Schluck Tee, atmete tief ein und sprach dann weiter.

Er war, wie soll ich es sagen, ein feiner, ein mutiger Mann, durchaus Soldat und Offizier, doch seine Untertanen hat er nie gedemütigt. Ich fand ihn vom ersten Augenblick an sympathisch und wollte am liebsten immer in seiner Nähe sein. Ich schaute auf ihn auf.

Was zwischen Ende Januar 1943 und Spätherbst 1944 passiert ist, dass wissen Sie schon, gnädige Frau, da er von Tölz öfters zu Ihnen nach Hause fahren konnte und in Sankt Ottilien haben Sie ihn ja auch besucht. Eines möchte ich noch erzählen, was mir als seine große kulturelle Leistung zunehmend zu Bewusstsein kommt. Mein Divisionskommandeur, Major Franz Klingenberg, – gesegnet sei seine Erinnerung, – hat aus einer SS-Junkerschule alten völkisch-germanischen Stils die erste umfassend europäische Offizierschule neuen Stils gemacht. Zukunftsweisend. Mit Blick auf Gesamteuropa. Mit der mutigen Bemerkung, die er einmal ausgesprochen hat, dass Deutschland und Russland unbedingt zueinander finden müssen, will man das langfristige Überleben dieses Kontinents sichern. Genauso aber war er überzeugt, dass sehr bald Zeiten kommen müssen, in denen Deutschland und Frankreich brüderlich zueinander finden.

„Ja, ja", sagt Isabelle, „wir haben viel darüber gesprochen, vor und nach dem Frankreichfeldzug in den Jahren 1940/41. Und es war meine jüdische Großmutter, die uns auf *Victor Hugo* aufmerksam gemacht hat, der in einer Rede auf dem Pazifistenkongress im Jahre 1849 gesagt haben soll:

Der Tag werde kommen, an dem ein Krieg zwischen Paris und London, zwischen Petersburg und Berlin, zwischen Wien und Turin absurd und unmöglich erscheinen werde. Der Tag werde kommen, an dem Franzosen, Deutsche, Italiener, Russen und alle Nationen des Kontinents zu einer höheren Einheit verschmelzen werden, ohne ihre besondere Eigenart aufgeben zu müssen. … Mein Mann war jedenfalls sehr betrübt, als der Führer oder besser der Verführer Deutschlands Frankreich so gedemütigt hat. Und nach dem Angriff auf Polen im September 1939 war mein Mann ganz fertig."

Isabelle Klingenberg scheint von Erinnerungsbildern überflutet zu sein. Böckle schaut auf Ferdinand, als würde er von ihm ein Zeichen erwarten, ob er jetzt weiterreden soll oder nicht.

Nach einer Weile sagt dann Isabelle: „Bitte, erzählen Sie weiter."

Ja, darüber hat er mir auch erzählt und stolz erwähnt, dass er einen achtjährigen Buben vor der Erschießung retten konnte. Jedenfalls, das wollte ich noch gerne hervorheben: Ihm ist es zu danken, dass es in der Junkerschule in Bad Tölz musische Erziehung gab. Major Klingenberg hatte einen breiten intellektuellen Horizont, er konzipierte mehrtägige Kulturtage. Vor allem die Ost-Europa-Tage haben Aufsehen erregt, da er unbefangen und vorbehaltlos für die russische Kultur einschließlich griechisch-orthodoxer Kirchenelemente viel Raum eingeplant hat. Über die Kunst konnte er auch die Religion mit einbeziehen, die eigentlich ein Tabu-Thema war. Bestimmte Banausen der NSDAP haben dann und wann ziemlich heftig protestiert nach dem Motto: Was wir da tun, sei ein offenes Unterlaufen der offiziellen parteipolitischen Linie. Das war es auch und darüber hinaus war das, was wir da taten, auch eine versteckte Demonstration gegen die Untermenschenpropaganda von Goebbels. Ich glaube zu wissen, dass Ihr Mann den Goebbels nicht ausstehen konnte.

Doch Major Klingenberg ließ sich nicht einschüchtern. Auch sonst nahm er manches ziemlich locker, zum Beispiel die Uniformvorschrift, und außerdem achtete er auf seine Leute. Einmal habe ich mich wegen seiner Zivilkleidung, die er im heißen Sommer öfters trug, völlig idiotisch und unangemessen ausgedrückt. Ich schäme mich bis heute noch dafür, da ich ihn mit meiner dummen Bemerkung verärgert habe. Er aber schwieg kurz und sagte dann: „Später, wenn das alles vorbei ist, wird nicht das Militärische, sondern das Zivil-Bürgerliche, das Kulturelle und das Humanistische für Europa bedeutend sein. Merken Sie sich das, Herr Böckle."

Er hielt hier eine Pause und erzählte dann mit gebrochener Stimme die Umstände des Todes von Franz Klingenberg, seines „verehrten Kommandeurs". – – –

Isabelle Klingenberg blickt lange vor sich hin und schweigt mehrere Minuten. In Gedanken ist sie bei ihrem verstorbenen Mann. Seine Todesnachricht hat sie erst am 15. Mai 1945 erhalten, sechs Wochen nach seinem Tod. Inzwischen ruhe die Leiche ihres Mannes in einem Friedhof in Frankfurt, sagt sie, worauf Böckle sich sofort vornimmt, den Grab seines so verehrten früheren Divisionskommandeurs zu besuchen.

Isabelle erinnert sich an ihrem Besuch in St. Ottilien im Sommer 1943, wo sie ihrem Mann ins Ohr flüsterte, er solle gesund zu seiner Familie zurückkehren. Das hatte er vor, antwortet Böckle. „Er wollte sich den Amerikanern stellen, aber kurz davor ..." Böckle wird von Emotionen überflutet.

„Ja, das haben Sie schon erzählt." Unter Tränen fügt sie hinzu: „Ich danke Ihnen."

Auch Ferdinand ist emotional bewegt, als er nun sagt: „Danke, Walter, danke. Noch ein Anliegen hätte ich. Wie du weißt, finden zurzeit die Prozesse gegen die Nazis statt. So oft ich nur kann, will ich dabei sein. Als Jurastudent lerne ich sicher viel dazu. Außerdem, so denke ich, es muss einmal Gerechtigkeit geschehen. Wie Eichmann in Tel-Aviv verurteilt wurde, so müssen die bei uns immer noch tätigen Nazis verurteilt werden. Bist du auch dabei?"

Ob er der Ansicht sei, dass immer noch viele Nazis in der BRD frei herumlaufen, fragt Böckle ausweichend. Ferdinand bejaht, ohne Zahlen zu nennen. Es seien etliche, fügt er hinzu. Walter Böckle schweigt betroffen. Ja, er wisse um diese Prozesse, die gestern durch einen Oberstaatsanwalt, namens *Fritz Bauer*, in Gang gekommen seien. Ja, er sei letztlich auch der Meinung, dass es „bei uns in der Bundesrepublik" viel gerechter zugehen müsse, als dies bisher der Fall gewesen sei.

Ja, er wolle in den nächsten zwei Tagen, und auch später noch, dabei sein, denn er fürchte, so schnell werden die über 20 Angeklagten nicht verurteilt werden. Wie recht er hat.

„Jetzt aber, Ferdinand, ich muss dir noch etwas sagen: Dein Vater hat mich damals beauftragt, mit dir über mancherlei wichtige Themen zu reden. Ich bin noch einige Tage in Frankfurt und werde bald wiederkommen. Können wir morgen, nach dem Auftakt zum Auschwitz-Prozess irgendwo reden?"

Ferdinand bestätigt, dass er nach der Verhandlung im Gericht gegen 15 Uhr in der Innenstadt in einem bestimmten Kaffee sein werde und dann verabschiedet er sich. Es sei sehr spät, er sei müde, er müsse jetzt schlafen gehen.

Bevor Walter Böckle das Haus verlässt, erkundigt er sich bei Isabelle nach der Tochter. „Johanna studiert in Freiburg Theologie und Philosophie und wird am 24. Dezember gegen Abend zu uns stoßen", antwortet Isabelle. Und dann:

„Herr Böckle noch etwas liegt mir am Herzen. Ich bin so froh, dass Sie und mein Mann nicht an dem Mord der jüdischen Bevölkerung teilgenommen haben. Meine Großmutter väterlicherseits war eine französische Jüdin. Eine ganz außergewöhnliche, gütige und weise Frau. Mein Mann hätte beinahe große

Probleme bekommen, als bei seiner Aufnahme in die Wehrmacht bekannt wurde, dass die Großmutter seiner Frau Jüdin war. Das hat er Ihnen vermutlich nicht erzählt, oder?"

„Nein, das höre ich jetzt das erste Mal."

„Gut. Danke für Ihren Besuch. Bis bald und schlafen Sie gut."

Es ist schon nach Mitternacht, als Walter Böckle sich in seinem Zimmer zu Ruhe legt. Einschlafen sofort kann er nicht. Vielerlei geht es ihm durch den Kopf. Plötzlich fühlt er auch sein Herz mehr denn je und darin eine Regung, die ihn an seinen „verehrten Kommandeur" erinnert. Jetzt weiß er, warum sich Franz Klingenberg so verhalten hat, wie er sich verhalten hat: die Kleinen, die Zivilisten, die Schwachen und Alten schonend. Er war, Böckle sucht jetzt nach dem entsprechenden Wort, er war kein Erdenmenschentier, sondern er war in seinem innersten Wesen eine noble und leuchtende Seele.

Das erste Mal nach vielen Jahren stöhnt er laut vor sich hin: Gott habe meinen verehrten Divisionskommandeur selig. Am nächsten Tag, schon in der Früh, verbringt er eine halbe Stunde am Grab von Generalmajor Klingenberg. Sein Gehirnbewusstsein realisiert nicht ganz, was sich in seiner Seele abspielt, aber Walter Böckle will nicht, dass ihn wieder so starke Emotionen überfluten. Ein deutscher Junge weint nicht, hieß es früher. Das hat er verinnerlicht. Das hat ihn geprägt. Und doch kann er nicht verhindern, dass ihm die Tränen kommen. … Um 9 Uhr befindet sich Böckle im Gerichtssaal. Seine Eindrücke verwirren ihn. Wo sind denn die angeblichen Mörder? Die Angeklagten, gut bürgerlich aussehend, sind mitten unter uns, sagt jemand in der Pause, ohne dass man sie als Mörder erkennen kann.

Am 27. Februar 1964 ist Walter Böckle wieder in Frankfurt und trifft Ferdinand Klingenberg. Im Frankfurter Rathaus wird für die große Öffentlichkeit allmählich klar, dass das Gericht nicht über Bagatellen, sondern über die Hölle von Auschwitz verhandelt. Das erste Mal nach dem Krieg wird das System der fabrikmäßigen Ermordung von Millionen von Menschen in Einzelheiten aufgeklärt. Vor den Augen der Weltpresse dürfen sich die 24 Angeklagten, alle frühere SS-Männer, in Zivil gekleidet, frei herumlaufen und in der Pause Coca-Cola trinken als wären sie nur kleine, harmlose Diebe. Was alles der liberale Staat BRD möglich macht …

„Siehst du den Mann da?" Ferdinand deutet diskret auf Robert Mulka, der in einem makellosen dunkelblauen Anzug im Foyer raucht und Sinalco trinkt. Seine Gesichtszüge sind hart, erwecken kein Vertrauen. „Ja, ich sehe ihn", antwortet Böckle. „Wer ist der Mann?" Und Ferdinand erklärt: Dieser Mulka sei der Adjutant des Lagerkommandanten Rudolf Höß in Auschwitz gewesen, also die Nummer zwei. Er muss ein ganz brutaler Typ gewesen sein. Schaue nur sein Gesicht an. Er habe dem Vorsitzenden Richter kurz nach der Prozesseröffnung erklärt, dass er das Schutzhaftlager, also den Bereich der Gaskammer, nie betreten habe. Dann habe ihn der Richter gefragt, ob er wirklich nicht gewusst habe, dass dort die Gaskammern gewesen seien. Und dann habe Mulka zögerlich zugegeben: Doch, er hätte das gewusst, „aber ich hatte keine Veranlassung, danach zu fragen." Nach diesem Kurzbericht wirkte Ferdinand ganz aufgewühlt. Er griff Böckles Hand an:

„Ist das denkbar, was dieser Mulka ausgesagt hat? Dass er von den Gaskammern Kenntnis hatte, aber keinen Anlaß fand, nachzufragen, was da passiert? Und stell dir vor Walter, dieser Mann darf zwischen den Verhandlungen nach Hamburg fahren, um in seinem gut gehenden Geschäft die Kontrolle auszuüben."

Nach weiteren Einzelheiten, die Ferdinand ihm erzählt, spürt Böckle wie es ihm langsam übel wird. Die Vergangenheit holt ihn wieder ein. Er weiß, dass er einmal auch in Dachau war, dort einen polnischen Professor getroffen und ihn gefragt hat, was er da mache, und dass der Professor ihm gesagt habe, er solle seine Vorgesetzten fragen. Doch nach der Besichtigung des Lagers hat Böckle keine Fragen gestellt. Auch seine Leute nicht, die mit ihm in Dachau waren. Und das alles hat sich im August 1944 abgespielt. Gespenstisch, gespenstisch … Die Angeklagten sind unter uns. Und ein jeder hat einen bürgerlich anständigen Beruf: Apotheker, Kaufmann, Hausmeister, Ingenieur, Arzt, Buchhalter, Briefträger, Bankbeamter, Unternehmer … Die nächsten Tage fühlen sich für Böckle unwohl an. Ihn holen wieder die Albträume ein. …

Aus einem anfänglichen Gespräch mit Ferdinand wurden ein dutzend und mehr Gespräche. Sie wurden zwischen Dezember 1963 und September 1980 zwar mit Unterbrechungen, aber immer wieder intensiv geführt. Am Anfang, in einem Kaffee in der Frankfurter Innenstadt, will Ferdinand noch einmal und in Einzelheiten alles wissen, was Böckle über Franz Klingenberg erzählen kann. Böckle berichtet erneut gerne und ausführlich alles Schöne und Gute, das er mit seinem Divisionskommandeur erlebt hat. Und Ferdinand erzählt ihm immer wieder über den Verlauf des Auschwitz-Prozesses in Frankfurt. Er sagt u. a.: Man habe zunächst gegen 24, später gegen 20 Angeklagte verhandelt. Die Auflistung der Gräueltaten in der Anklageschrift auf 700 Seiten habe ihm schlaflose Nächte verursacht. Es sei ihm klar geworden, so Ferdinand, dass mit den 20 Angeklagten im Auschwitzprozess im Grunde ganz West-Deutschland auf der Anklagebank saß. „Ich meine damit keine Kollektivschuld, sondern eher eine Art Gesamtverantwortung unseres Landes", merkt er an. Und dann öffnet er ein Heft mit Notizen und zitiert Worte von Fritz Bauer:
Eine der wichtigsten Aufgabe dieser Prozesse in Frankfurt sei es, „nicht nur das furchtbare Tatsachenmaterial vorzuführen, sondern uns etwas zu lehren, was wir in Deutschland im Laufe der vergangenen hundert Jahre vergessen haben, nämlich dass es ein verbindliches Recht gibt und eine Moral, die es verbietet, Unschuldige zu töten. Diesen Kerngedanken finden wir schon bei Sokrates und auch in der Bibel: Du sollst Gott mehr gehorchen denn den Menschen. Und: Du sollst nicht töten! Das ist im Grunde das A und O jeden Rechts. Und das bedeutet: Über jedem menschlichen Gesetz und über jedem Befehl eines poli-

tischen Führers gibt es noch etwas. Und dieses Etwas bedeutet: Nicht alles, was man an sich tun kann, darf man es auch tun. Der Satz: *Du sollst nicht töten*, ist unverwüstlich gültig und unzerstörbar klar. Daran ändert auch die furchtbare Tatsache nichts, dass es in der NS-Zeit der Mord an bestimmten Gruppen vom Staat genehmigt, legalisiert und befohlen wurde.“

Walter Böckle wirkt sehr nachdenklich, nachdem Ferdinand mit dem Zitieren aufhört. Das heißt in Konklusion, murmelt Böckle vor sich hin, dass das Recht nicht willkürlich zu deuten ist, weil ihm ethische Prinzipien eine Grenze ziehen. Als hätte Ferdinand seine Gedanken erraten, sagt er laut und deutlich:

„Ich darf auch einige Sätze aus manchen Vorlesungen zitieren, die ich gerade an der Uni höre. Das Recht wurzelt in der Ethik und die Ethik wurzelt in der Anthropologie. Diese aber spiegelt das Bild des Menschen. Das wahre Bild des Menschen wird erst dann in den Blick genommen, wenn der Mensch als ein *ethisches* Wesen aufgefasst wird, dem das Gute und das Böse, das Gerechte und das Unrecht etwas Existenzielles bedeuten. Und diesen Gedanken hat in einer Ringvorlesung ein Theologe weiter ausgeführt: Der Mensch sei ein Wesen der Transzendenz, oder biblisch gesprochen ein Abbild Gottes.“ –

Ferdinands Gesicht strahlt, als er diese Sätze zitiert und hinzufügt: „Mir persönlich leuchtet das alles ein.“ Walter Böckle kann und will ihm nicht widersprechen. Mit „Gott“ hatte er zuletzt als Knabe zu tun gehabt. Im Religionsunterricht. Etwa bis 1934. Danach kamen die Nazis mit ihrem (Ab-)Gott. Das Wort Transzendenz steht Böckle näher, hat er doch bei Karl Jaspers mancherlei spannende Reflexionen darüber gelesen, zum Beispiel:

Wahl ist nicht ohne Entscheidung, Entscheidung nicht ohne Willen, Wille nicht ohne Müssen, Müssen nicht ohne Sein. Und im Sein wirkt verborgen die Transzendenz, denn die Existenz ist einem geschenkt, und zwar von der Transzendenz her. – Walter Böckle erinnert sich, dass er freiwillig in den Krieg gezogen ist. Er tat, was er konnte. Oder musste er tun, was er konnte? Waren die Gegebenheiten, die Umstände 1940 so, dass er keine Wahl hatte? Hat die Transzendenz mitgewirkt, dass er so gewählt hat, wie er gewählt hat?

Das Allermeiste, was damals der Fall war, konnte er nicht ändern. Deshalb wählte er freiwillig und sogar begeistert, als Soldat „der Sache des Dritten Reiches" zu dienen. Bis zu seinem Tod wird ihn seine sogenannte „Freiwilligkeit" beschäftigen und ebenso der „Preis", den er dafür zu zahlen hatte.

Die Frankfurter Auschwitzprozesse enden am **19. August 1965.** Ferdinand Klingenberg ist bei der Urteilsverkündung dabei. Mit manchen Begründungen, die der Vorsitzende Richter *Hans Hofmeyer* darlegt, kann er, gerade aus juristischer Sicht, wenig anfangen, und es verstört ihn, dass die verurteilten Angeklagten nur für einen Bruchteil der ihnen von der Anklage zur Last gelegten Taten für schuldig befunden wurden. Vier Jahrzehnte später wird Ferdinand Klingenberg für sich feststellen müssen: Die strafrechtliche Aufarbeitung der NS-Verbrechen durch die bundesdeutsche Justiz war sehr defizitär. Eigentlich miserabel. Die allermeisten bundesdeutsche Staatsanwaltschaften haben mit Bezug auf die Ermittlung der NS-Verbrechen Jahrzehntelang *Strafvereitelung* betrieben. Das, was Fritz Bauer erreichen wollte, nämlich eine bestimmte Mentalität und intellektuelle Haltung bzw. Gesinnung zu entlarven, welche das NS-System überhaupt ermöglicht hatte, ist durch den Auschwitz-Prozess in Frankfurt im Grunde genommen gescheitert. Fritz Bauer hat am Anfang des Prozesses nur fünf Minuten gesprochen und was er sagte, war einfach genial: „Wir sind im Dezember 1963 auf dem Weg der Konsolidierung als Rechtsstaat, aber es ist noch sehr viel zu tun. Bestimmte Leute aus der NS-Zeit leben unbehelligt unter uns und haben ihr Netzwerk bis in die staatlichen Stellen ausgebaut und werden Widerstand leisten, wenn in den folgenden Wochen das Thema Auschwitz und Judenmord behandelt wird. Ich appelliere an die Politik und an alle, die guten Willens sind, die Brisanz dieses Prozesses zu erkennen."

Ferdinand Klingenberg fühlt sich nach der Urteilverkündung enttäuscht, aber auch zutiefst motiviert, im Geiste von Fritz Bauer sein Jurastudium so gründlich und umfassend wie möglich voranzutreiben, dass er später, gut vorbereitet, fähig wird, als Richter oder als Staatsanwalt „die Mörder unter uns" zur Rechenschaft zu ziehen. Viele Jahre noch lebt er in der Vorstellung, als würde die Zentralstelle in Ludwigsburg ihre Arbeit ernst nehmen. Ferdinand Klingenberg kann es nicht wissen, dass am Ende der Auschwitzprozesse die Juristen in Ludwigsburg der Auffassung sind, – und diese Auffassung wird vorherrschen noch über 40 Jahre, – dass Ermittlungen nur mit genau gekennzeichneten Handlungen eingeleitet werden können, mit Angabe des Datums und den Namen des Opfers, wenn man die kriminellen Taten also dem Einzelnen nachweisen kann. Das Resultat dieser Argumentationsfigur ist bestechend einfach: Ein Wachmann im KZ hat, vermutlich, niemanden getötet, und wenn ja, müsse man ihm individuell nachweisen, so verlange das das Strafrecht. Ohne eine so verstandene Tat, die einem Individuum zugerechnet wird und bewiesen werden muss, gibt es keinen Täter, keine Ermittlungen und somit auch keine Anklage. Oder ist es logisch und ethisch korrekt zu behaupten, dass ein einfacher Wachmann, der in einem Vernichtungslager seinen Dienst tat, aber niemanden ermordete, strafrechtlich verurteilt werden sollte? Auf welcher Basis denn? Keine einfachen Fragen für den Jurastudenten, doch Ferdinand Klingenberg hat die Intuition, dass hier etwas nicht stimmt. Er kann es nur noch nicht auf den Punkt bringen.

Von Zeit zu Zeit liest er das Tagebuch seines Vaters und entdeckt immer wieder neue Impulse in Richtung Europa und europäisches Denken. Sooft er nach Frankreich fährt und Kontakte nicht nur mit der Verwandtschaft seiner Mutter, sondern mit etlichen anderen Franzosen pflegt, erstarkt in ihm das Gefühl, dass ein vereintes Europa unbedingt die Zusammenarbeit der beiden Länder braucht. Zumindest Westdeutschland und Frankreich sollten sich näherkommen, denkt er sich.

Anfang September 1965 treffen sich Ferdinand Klingenberg und Walter Böckle erneut. Böckle arbeitet gerade an einem Buch, in dem er „Fehler der Führung" in den Bereichen Wirtschaft, Gesundheit und Politik analysieren und darlegen will, mit dem Ziel, dass daraus die zuständigen Führungspersönlichkeiten und Behörden lernen und es besser machen. Eine gute Idee, sagt Ferdinand und fährt gleich fort:

„Mein Vater hat eine Vision über Europa gehabt. Seine Grundgedanken habe ich im Tagebuch gelesen. Gerade höre ich Vorlesungen eines deutsch-französischen Professors an der Uni. Er stammt, wie meine Mutter, aus dem Elsass und spricht in verschiedenen Varianten über die Notwendigkeit der Verbrüderung zwischen Frankreich und Deutschland. Dabei fallen Namen wie: *Richard Graf Coudenhove-Kalergi, Robert Schuman, Jean Monnet, Aristide Briand, Gustav Stresemann* ... Kennst du diese Leute?"

Böckle: Ehrlich gesagt, nur oberflächlich. Sollte ich mehr über sie wissen?

Ferdinand: Ja, auf alle Fälle, vorausgesetzt, dass dich die Vision über ein neues Europa bewegt. Alle Genannten haben irgendetwas getan, gesagt oder initiiert und organisiert, was mit den Grundgedanken meines Vaters weitgehend übereinstimmen. Leider hat er nicht allzu viel über seine Europa-Vision geschrieben, aber das Wenige ist für mich dennoch mehr als interessant.

Böckle hört dem jungen Mann mit wachsendem Staunen zu und stellt für sich fest: Ferdinand formuliert kristallklare Gedanken und scheint in seinem Alter viel weiter, viel reifer zu sein, als er, Böckle, mit 21 Jahren war.

„Dein Vater", sagt er, „hat auf alle Fälle über ein Europa gesprochen, in dem alle Nationen und Völker ihren berechtigten Platz haben. Ich meine, mich noch an einen Satz zu erinnern, den er nach einem Seminar in Bad Tölz, das ich Anfang Juli 1944 leiten durfte, sinngemäß zu mir gesagt hat: *In einem Europa nach dem Krieg dürfe weder Deutschland noch Russland noch Frankreich der Versuchung der Großmannssucht verfal-*

len. Dein Vater hat mich mit dieser Bemerkung korrigiert, da ich in dem besagten Seminar, naiv wie ich war, die Rolle eines Großdeutschlands überbetont habe. Im Übrigen: Was sagt der von dir erwähnte Professor noch?" Und Ferdinand hält ihm, zu seinem Staunen, einen dichten Vortrag.

Ferdinand: Ich kann nur sinngemäß die Gedanken skizzieren, die mich sehr beeindruckt haben. Der Professor erwähnte einmal *Léon Blum*, der in Elsass von jüdischen Eltern abstammte und 1936 Regierungschef in Frankreich war. Er starb im KZ. Schon davor, ich glaube 1941, war er der Ansicht, dass nach diesem Krieg starke europäische Institutionen entstehen müssen, oder es werde unvermeidlich sein, dass weitere Kriege auf uns zukommen. Dann fiel auch der Name *Altiero Spinelli*, der unabhängig von Blum, aber fast zeitgleich mit ihm, notierte: Wir müssen nüchtern akzeptieren, dass die Nation aufgehört habe, die ideale Organisationsform der Völkergemeinschaft zu sein. Es gibt keine homogene Nation mehr in Europa. Und ich würde sagen: Die nationale Homogenität hat nach dem Dreißigjährigen Krieg aufgehört zu existieren. Spinelli meinte aber auch: Damit die Mordorgien dieses Krieges sich nicht mehr wiederholen, müsse man in ganz Europa ein supranationales Denken fördern und ein transnationales Gebilde – einen europäischen Gerichtshof und möglicherweise eine europäische Verfassung – schaffen. Im Übrigen, Walter, auch mein Vater schreibt an einer Stelle im Tagebuch: Europa werde eine Institution brauchen, die sowohl die Russen wie die Franzosen, die Deutschen und die Engländer anerkennen. – Ferdinand hält hier eine Pause und sinniert. Dann fährt er fort:

„Jedenfalls, um auf den Professor zurückzukommen, all diese Leute hatten den Traum vom einigen oder Vereinten Europa geträumt, und zwar in den Jahren 1920 bis 1940. Das war meines Erachtens prophetisch, oder? Was mir auffällt, ist, dass diese Persönlichkeiten aus verschiedenen Nationen kommen und …"

„Und?"

„Und jedenfalls transnational denken, nicht so eng wie es bei uns in der BRD momentan der Fall ist. Was weiß schon bei uns die Mehrheit von der Demokratie? Die Auschwitz-Prozesse haben es doch gezeigt, dass 20 Jahre nach Beendigung des Zweiten Krieges bei uns immer noch Tausende von Nazis oder zumindest ehemalige Mitglieder der NSDAP in Amt und Würden sind. Nach einer vorsichtigen Schätzung, die ein britischer Historiker veröffentlicht hat, waren über acht Millionen Menschen Mitglied in der NSDAP."

Walter Böckle nickt und sagt, das könnte schon der Fall gewesen sein. Ferdinand fährt fort: Die *SPIEGEL*-Affäre (Ende 1962 und Anfang 1963) habe gezeigt, dass „unsere westdeutsche Demokratie sich doch noch durchsetzen konnte, auch wenn Franz Josef Strauß mit drastischen Methoden die Stimme von Rudolf Augstein und seinen Mitarbeitern ersticken wollte."

Böckle antwortet, er sei nicht direkt ein SPIEGEL-Liebhaber, ab und zu aber lese er gerne das größte deutsche Nachrichtenmagazin. Manche Artikel seien wirklich vielversprechend, sachlich, nüchtern, informativ, manche aber, … „nun ja, lassen wir das. Im Übrigen: Strauß ist jemand, dem ich keine Sympathie schenken kann."

„Lassen wir das, ja", sagt Ferdinand Klingenberg. „Was aber ich vielversprechend finde, ist allerdings, dass neulich Charles de Gaulle und Konrad Adenauer sich die Hände gereicht haben, nach dem Motto: Wir müssen im Westen anfangen und uns dann langsam und vorsichtig Richtung Osteuropa vorarbeiten."

Walter Böckle unterbricht höflich den Redefluß von Ferdinand und sagt: Er müsse hier, zu Osteuropa, eine wichtige Erinnerung erzählen, die ihm gerade eingefallen sei. „Meine Erinnerung hat auch mit deinem Vater zu tun. Im Frühjahr 1941 werden wir von Frankreich nach Jugoslawien verlegt. Wir sind ein Teil des 48. Armeekorps unter General *Erich Hoepner*. Für uns ist der Einmarsch eine kleine Festivität.

Du musst dir vorstellen: Es fällt kein einziger Schuß. Die deutschen Donauschwaben des Banats und der Batschka stehen am Straßenrand und begrüßen uns mit Wein, Schnaps und Schnitzeln in Riesenpfannen, und Ostern sind wir schon in Belgrad. Die jugoslawische Armee hat kapituliert, und einen ganz besonderen Anteil an der fast gewaltlosen Kapitulation hat der Chef unserer ersten Kompanie, Franz Klingenberg, dein Vater. Du kannst wirklich stolz auf ihn sein. Es ist ihm gelungen, in Belgrad taktisch sehr klug einzudringen, wo er den Generalstab, ohne Blutvergießen, gefangengenommen hat. Es war ein Meisterstück der, wie soll ich es sagen, ein Meisterstück der gewaltfreien militärischen Aktion und des klugen strategischen Denkens. Wir waren schon auf dem Rückweg in Oberösterreich als man beim Bataillon merkt, dass man irgendwo südlich von Belgrad wertvolle Ersatzmotoren liegen gelassen hat."

„Lass mich raten", unterbricht ihn diesmal Ferdinand, „du warst derjenige, der die Motoren abgeholt hat."

„Genau. Nach meiner freiwilligen Meldung, die Motoren zu holen, gondele ich mit meinem Miniaturverein zwei Wochen lang auf dem Balkan herum und endlich finde ich sie. Doch mit der Heimreise nehmen wir uns ein bisschen Zeit. Mit Zigeunern auf der Puszta haben wir am Lagerfeuer gesessen, mit den Angehörigen aller Balkanvölker Brüderschaft getrunken und uns buchstäblich von einem deutschen Bauernhof zum anderen durchgefressen. Und natürlich viel Wein getrunken, viel Wein. Und stell dir vor: An einer Hochzeitsfeier mit hundert Gästen haben wir als Ehrengäste teilgenommen. Als Ehrengäste, verstehst du? Ich kürze die Geschichte ab: In Osteuropa habe ich viele nette Menschen kennengelernt. Gastfreundlich und herzlich waren sie, in allen Nationen. Heute bin ich erschüttert, dass wir damals die Slawen als Untermenschen angesehen haben…" Böckle hält einen Augenblick inne und sein Gesichtsausdruck ist plötzlich ernst. Ferdinand ergreift das Wort:

„Nur die Slawen? Für Hitler galten fast alle europäischen Nationen als Untertanen der Germanen. Mein Vater aber schreibt an einer Stelle: *Deutschland dürfe nicht dominieren, sondern vielmehr die integrative Kraft sein, schon aufgrund seiner geopolitischen Lage.* – Und ich würde heute, im Jahre 1965 sagen: Da ist immer noch die Judenfrage, außerdem die Beziehung zu Polen, zu Russland und natürlich zu Frankreich. ... Und, Walter, auch wenn wir das nicht gerne hören: Die Selbstbefragung der jungen Bundesrepublik, wie Fritz Bauer nach der Eröffnung des Auschwitz-Prozesses in einem Interview sagte, bedeutet im Kern, dass wir uns diesen Fragen stellen müssen: Wie konnte es dazu kommen, dass die Deutschen Adolf Hitler und den Nationalsozialisten die Regierungsgewalt anvertraut haben? Warum ließen sie sich in den Zweiten Weltkrieg führen und zu einem Volk der Massenmörder machen? ... Mich treffen diese Fragen, war doch mein Vater selbst involviert als der Verführte."

„Nein, nein, so nicht", protestiert Walter Böckle heftig. „Du bist, oh welch ein Glück, erst im Dezember 1944 auf die Welt gekommen. Du hast keine Ahnung, was die Propaganda mit den Menschen von 1933 bis Mai 1945 in diesem Land gemacht hat. Also bitte, etwas differenzierter denken und urteilen. Ich ziehe es vor, mit dir übereinzustimmen, dass es heute entschieden darauf ankommt, die Beziehungen zwischen den von dir genannten Ländern zu stärken. Und wir dürfen nicht vergessen: Die Frage der beiden deutschen Staaten steht noch im Raum."

Er verschwindet für einige Minuten, um ein physiologisches Bedürfnis zu befriedigen. Als er wiederkommt, setzt Ferdinand seine Rede fort: Zum Verhältnis der beiden deutschen Staaten habe er eine eigene Meinung. Die Teilung des früheren Dritten Reiches sei eine Folge des von Nazideutschland angezettelten Krieges und der „Preis", den die Deutschen für ihr Verbrechen zu zahlen haben. Oder jedenfalls „ein Teil des Preises". Dann sagt er:

„Du weißt, Walter, dass meine aus Colmar stammende Mutter sich eher als Französin fühlt. Das hat sich, wie sie erzählte, auf die Beziehung zu meinem Vater positiv ausgewirkt. Er hatte eine hohe Meinung über Frankreich und die französische Kultur und war gar nicht glücklich, so erzählte mir meine Mutter, als Hitler Frankreich angegriffen hatte."

Böckle schweigt einige Sekunden, und denkt sich: Ja, ja, Frankreich und der Algerienkrieg und seine Foltermethoden, die *Jean-Paul Sartre* mit denen der Gestapo und der Nazis verglichen hat. War das, was die französische Armee im Algerien-Krieg (1954–1958) verbrochen hat, die Strahlgewalt jener Republik, die unter der Führung von General de Gaulle dem Nazi-Terror die Stirn geboten hatte? Böckle hat diesen Gedanken in jenem Moment nicht ausgesprochen.

Dann kramt er ein Erlebnis hervor und erzählt: „Ich habe gute Erinnerungen an Frankreich. Als wir dort das erste Mal im Frühjahr 1941 auf dem Plateau von Langres stationiert waren, – dein Vater war in der Zeit woanders, – habe ich mich mit einem alten Ehepaar in der Nachbarschaft angefreundet. Ich wollte mein Schulfranzösisch auffrischen, da ich, nebenbei gesagt, die französische Kultur auch sehr schätze. Das Ehepaar betreute eine kleine Enkelin von etwa acht Jahren. Als wir abgezogen sind, – von dort ging es nach Jugoslawien, – bestand die Oma darauf, sie und ihre Enkelin zu umarmen. So ist das: Abschied mit Umarmung muss in Frankreich sein. Diese sympathische Nähe und Herzlichkeit, die ich dort erlebt habe, werde ich nie vergessen. Im Übrigen, lieber Ferdinand: In meiner Dissertation habe ich die Gedanken eines französischen Gelehrten aus pädagogischer und soziologischer Sicht erörtert."

„Ach ja? Und wie heißt denn der Gelehrte?"

„Er heißt Gustave Le Bon, und lebte von 1841 bis 1931, und sein berühmtestes Buch – das Thema meiner Dissertation – heißt *Psychologie der Massen.* Im Original ist es 1895 erschienen. Während meiner Studien in München habe ich zunächst die 1908 veröffentlichte deutsche Übersetzung gelesen, die von dem Wiener Philosophen Rudolf Eisler besorgt wurde. Ich kann dir sagen: Dieses Buch hat mich damals zutiefst erschüttert. Als hätte Le Bon gewusst, wie 30 Jahre später

Hitler und Konsortien die Massen beeinflussen werden. Und hier muss ich wieder auf deinen Vater zu sprechen kommen. Wie ich dir und deiner Mutter erzählte, hat er mich, mitten im Krieg in Russland, auf Karl Jaspers aufmerksam gemacht. Später erst, während meines Studiums, entdeckte ich, dass Jaspers schon 1931 eine berühmte und vortreffliche Abhandlung über *Die geistige Situation der Zeit* veröffentlicht hatte, darin sich ausdrücklich auf Le Bon berufend, der die Eigenschaften der Masse als Impulsivität, Suggestibilität, Intoleranz, Wandelbarkeit, Verführbarkeit und, wenn ich mich nicht irre, als Dummheit ausgezeichnet analysiert hat. Vielleicht ist das ein Teil der Antwort auf deine vorigen Fragen: die Dummheit der Leute im Jahr 1933 und danach. Die politische Kurzsichtigkeit und Dummheit der großen Masse. Mich selbst zähle ich dazu. Ich will das jetzt nicht weiter ausführen, nur eines noch: Holland, Frankreich, Jugoslawien – das waren von Mai 1940 bis Herbst 1941 mehr oder weniger anstrengende Feldzüge, kleine Abenteuer, jedenfalls aus meiner Sicht beurteilt. Ab Mitte November 1941 und bis Ende Januar 1943 befand ich mich in Rußland, und da war es dann richtig Krieg, Kälte, Krieg, Kälte, Tod, Grauen, Hunger und … und unüberlegte, strategisch und militärisch oft dumme, fürchterlich dumme Befehle. Wiederum bin ich bei der Dummheit, siehst du? Dumm waren alle, fürchterlich dumm, die den Zweifronten-Krieg gebilligt haben. Der Angriff auf die Sowjetunion, und das sage ich im Rückblick in aller Deutlichkeit, war der erste Schritt in den Untergang. Dort habe ich deinen Vater kennengelernt, und er war der Glücksfall meines Lebens."

Das Jahr 1968 erlebt Ferdinand Klingenberg immer noch in Frankfurt. Die Studentenunruhen reißen ihn mit, auch wenn er nur ein einziges Mal auf die Straße geht, um an Protestaktionen teilzunehmen. Die blinde und aggressive Auflehnung gegen jegliche Autorität ist nicht sein Stil. Er glaubt an die Rechtsordnung, die verbindliche ethische Normen kennt. Seine Waffe, das spürt er deutlich, ist nicht die physische Gewalt,

– obwohl er zwischendurch sehr zornig werden kann, sooft ihm wiederholt bewusst wird, dass der Nationalsozialismus in der Bundesrepublik Deutschland noch längst nicht besiegt ist, – sondern die Kraft der klaren Gedanken, der sauberen Argumentation, der überzeugenden Darlegung von Gründen „für" etwas Wertvolles und die auf das Ethische begründete Rechtsauffassung. Das Grundgesetz, das ihm sehr wohl bekannt war, erachtet er als Hüterin der nicht verhandelbaren Würde eines jeden Menschen. Chaos, Aufruhr und zerstörerische Tendenzen fordern ihn enorm heraus. Ebenso bestimmte Schlagwörter, die zeitweise zum Schlagwortwahn werden. Sein sensibles Wesen, das er von seiner Mutter geerbt hat, registriert, einem Seismograph ähnlich, dekomponierende Kräfte, welche die stabile Ordnung, das organisch Gewachsene angreifen und vernichten wollen. Solche Gedanken, die Ferdinand auch in den Vorlesungen von *Theodor Wiesengrund Adorno* gehört und in manchen Vorlesungen über Philosophie sich angeeignet hat, zündeten in ihm und erweckten seinen geistigen Widerstand. Ein Seminar bei *Romano Guardini* über Sokrates hat ihn in seiner Auffassung nur bestärkt: Unrecht zu vermeiden bzw. Unrecht nicht zu begehen, ist oberstes Gebot. Ein zweiter Gedanke, den Ferdinand Klingenberg bei Guardini gehört hat, bezog sich auf die Grundbegriffe Macht und Menschlichkeit. Die ohne Menschlichkeit und ohne Barmherzigkeit ausgeübte Macht tendiere zur Zerstörung der gewachsenen Ordnungen. Es sei immer ein feiner, ein subtiler Unterschied, von der „Liebe zur Macht" oder von der „Macht der Liebe" zu sprechen und da die europäische Kultur, darin auch die Kirchen, eher die erste Variante praktiziert hätten, seien wir dorthin angelangt, „wo wir uns heute befinden." Dass für Guardini die „Macht der Liebe" nur aus einer ursprünglich „auf Gott verwiesene Menschlichkeit" möglich ist, die Freiheit und Verantwortung kennt und lebt, hat Ferdinand Klingenberg nachvollziehen können, wohl wissend, dass in der Politik solche Ansichten, wie auch Guardini nebenbei sagte, sehr fremd sind. In der Politik dominieren Interessen, Intrigen, Macht und

Zweckdienlichkeiten, Lobbyismus und Korruption, nicht aber der Sinn. Die Folgen einer Haltung der „Liebe zur Macht" seien unausweichlich. Notwendig sei die tiefe Besinnung auf die „Macht der Liebe", welche allein eine für die Menschen wie für die physische Natur förderliche Sinnrichtung anzeige. Als Ferdinand Klingenberg diese philosophischen Botschaften von Romano Guardini hörte, konnte er nicht wissen, dass dieser große Geist, dem die Nazis verboten haben zu lehren, wenige Monate später nicht mehr in der Sichtbarkeit weilen würde. Romano Guardini starb am 01. Oktober 1968 in München. Seine klaren Gedanken konnten in jenem unruhigen Jahr 1968 allerdings nicht in Taten inkarnieren.

Und noch ein Zitat von *Immanuel Kant* hat es Ferdinand Klingenberg angetan. Der herausragende Philosoph aus Königsberg prägte den Satz, den sich Ferdinand immer wieder in Erinnerung rief: *Das größte und am meisten quälende Elend der Menschen beruhe mehr auf dem Unrecht der Menschen, das sie sich gegenseitig antun, als auf dem Unglück durch Naturkatastrophen.* Und Unrecht gab es haufenweise in der BRD am Ende der 1960er Jahre und auch noch später. Das Schweigen über den Mord an den Juden, die Verdrängung der eigenen Schuld – darauf gründete die Bundesrepublik. Dagegen protestierten die Studenten, fragend die Vätergeneration: Wie konntet ihr das zulassen?

Und doch bedeutete die BRD für Ferdinand Klingenberg eine halbwegs gelungene, aber noch fragile demokratische Ordnung mit einer Verfassung bzw. mit einem Grundgesetz, dessen Gültigkeit und Wert er sehr hoch einschätzte.

Andererseits wird ihm gegen Ende des Jahres 1969 und noch vor Beendigung seines Studiums an der Uni Frankfurt mit wachsender Klarheit bewusst, dass das politische Leben der BRD zum großen Teil von Menschen gestaltet wird, die bis zum Hals in das NS-Regime involviert waren und dass auch einem *Willy Brandt* (SPD), dem damals gewählten Bundeskanzler, nicht gelingen würde, diese Leute von der politischen Bühne zu entfernen. Nach dem zweiten sogenannten „Amnestiegesetz" 1954 wurden Zehntausende von Tatverdächtigen aus ihrer juristischen Verantwortung entlassen. Die Bundesregierung war mindestens bis 1985 und noch darüber hinaus darum bemüht, die nahe Vergangenheit, das dunkle Thema der NS-Verbrechen ruhen zu lassen. Doch 1968 schien es so, als würde durch die Studentenrevolution etwas in Gang kommen. Als *Kurt Georg Kiesinger* am 04. Juli 1968 in Bonn vor einem Schwurgericht als Zeuge auftritt, protestiert *Heinrich Böll* öffentlich: Kiesinger gehöre zu der immer noch aktiven Gruppe jener gepflegten bürgerlichen Nazis, die weiterhin schamlos durch die Lande ziehen und hohe politische Ämter bekleiden. Ferdinand realisiert zunehmend, dass Deutschland in zweierlei oder gar dreierlei Hinsicht gespalten ist:

Es gibt eine Deutsche Demokratische Republik, die sich als antifaschistisch und antikapitalistisch versteht, verbrüdert mit der Sowjetunion, und es gibt die BRD als freie, liberale, demokratische Gesellschaft unter dem starken Einfluss der USA, und diese BRD ist zugleich die „Schutzmacht" für die ehemaligen Nazis. Die Amerikaner sind ihm sympathisch, weil sie nach dem Krieg den Deutschen eine demokratische Ordnung auferlegt haben. Dass diese neue Ordnung, auf den Trümmern des NS-Verbrecherstaates aufgebaut, halbwegs Wurzeln schlagen konnte, erfüllte den jungen Mann Ferdinand, den Jurastudenten, zuweilen mit Optimismus. Der Einmarsch der Sowjets in Prag, im August 1968, dämpft wiederum seinen Optimismus. Ängste steigen in ihm auf und lähmen ihn zweitweise. Seine Mutter Isabelle fürchtet in jenen Tagen einen dritten Weltkrieg. Der Antikommunismus des Kalten Krieges steht in der BRD in einer finsteren Kontinuität zum Antibolschewismus der Jahre der nationalsozialistischen Gewaltherrschaft. Ferdinand Klingenberg, gerade mal 24 Jahre alt, sucht seinen Standpunkt im Kampf der Weltanschauungen. Die Panzergewalt des Warschauer Paktes gegen die Reformbewegung in Prag, die in wenigen Tagen niedergeschlagen wird, erfüllt ihn mit Ohnmacht. Allein Rumänien marschiert nach Prag nicht ein. Ferdinand Klingenberg glaubt eine Weile, dass die rumänische kommunistische Regierung mehr Verstand habe als die anderen Regierungen des Ostblocks. In einigen Jahren wird Ferdinand Klingenberg seine naive Vorstellung korrigieren. Seine Naivität mit Bezug auf die Strafverfolgung der ehemaligen Nazis in der BRD wird er später, unter dem Druck der systematischen Verschleppung mancher Verfahren, ebenfalls korrigieren müssen. Schon am 20. Februar 1969 ist er mit einem Urteil des Bundesgerichtshofs (BGH) konfrontiert, in dem ausgesagt wird, dass nicht jeder, der in das Vernichtungsprogramm des KZ Auschwitz eingegliedert und dort irgendwie tätig gewesen sei, sich objektiv an den Morden beteiligt habe, weshalb nicht alle für alles dort Geschehene verantwortlich seien. Mit einem Gefühl der Bitterkeit konkludiert Ferdinand Klingenberg: Genau so wird die Schuld der Vielen in den KZ Beschäftigten „juristisch elegant" unsichtbar gemacht.

Sein Idealismus wird im Lauf der Jahre fast verschwinden. Nur sein Glaube daran, dass die sich hinter dem „Recht" verbergende geheimnisvolle Kraft doch noch über das Unrecht siegt, bewahrt er in seinem Innersten bis zuletzt. Aber, das Faktum, dass es bis 2006 dauern würde, bis die bundesdeutsche Justiz, reichlich spät, die inzwischen alten und greisen Nazis „bestraft", weil ein *Thomas Walter* in Ludwigsburg aktiv wird, wird seine Geduld auf harte Probe stellen.

Mit viel Sympathie blickt Ferdinand auf Frankreich, wo er sich vor allem in den Sommerferien gerne aufhält, die studentischen Wallfahrten nach Chartres öfters mitmacht, die immer Anfang Mai eines jeden Jahres stattfinden, und dabei die deutschen Altlasten für einige Tage vergisst. Er spricht fließend Französisch, knüpft Freundschaften mit französischen Studenten und Studentinnen und besucht die ökumenische Gemeinschaft von Taizé. Dort begegnet er seiner zukünftigen Frau, *Marie-Bernard*, die sich für die deutsche Sprache und Kultur interessiert und die ihn mit einigen Größen der französischen Literatur – wie *Paul Claudel, François Mauriac* und *Gabriel Marcel* – bekannt macht. Sie öffnet ihm die Augen für den sakralen Raum, den Ferdinand Klingenberg das erste Mal in der Kathedrale von Chartres, tief in der Seele bewegt, einer mystischen Erfahrung ähnlich, erlebt.

Einmal kann er in Taizé auch mit Frère Roger sprechen, dessen Güte, Milde und liebenswürdige Ausstrahlung den jungen Ferdinand Klingenberg im Herzen berührt. Der aus der Schweiz stammende *Roger Schutz,* der Prior der ökumenischen Gemeinschaft, dessen Grundthema die Versöhnung unter den Christen und den Menschen ist, sagt ihm auf seine Frage bezüglich der Korruption: Nein, nicht die Nationen seien korrupt, sondern vielmehr sei es so, dass in jeder Nation eine kleine Zahl von unverantwortlichen und machthungrigen Menschen anzutreffen seien, die auf die politische Bühne drängen und dann eine ganze Nation in den Abgrund führen können. All das spricht Roger Schutz in einem ganz ruhigen und warmherzigen Ton. Dann berührt er sanft die Hände von Ferdinand Klingenberg, lächelt ihn an und sagt: *Que la paix du Seigneur vous garde! Restons toujours dans la confiance du coeur!*

In der theologischen Hochschule der Jesuiten trifft sich Ferdinand Klingenberg gerne mit einem französischen Pater, der sich als Gastdozent für zwei Jahre in Frankfurt aufhält. Ferdinand weiß aber noch nicht, dass in derselben Hochschule noch ein anderer Pater lebt, der ursprünglich aus Polen kommt und im Herbst 1939, damals noch ein Kind, von einem deutschen Major, der sein Vater war, vor der Erschießung gerettet wurde...

Ferdinand ist kein Mitglied der SPD, es gefällt ihm aber sehr, wie *Willy Brandt* die Öffnung gegenüber Osteuropa anstößt. Den Kniefall in Warschau im Dezember 1970 wird Ferdinand als die innere Größe von Willy Brandt erkennen. Und als eine Geste der Demut, der Anerkennung der deutschen Schuld und als Zeichen der Versöhnung. Als eine hochsymbolische Geste, mit der er, der Bundeskanzler, im Namen eines Volkes zu einem anderen Volk gesprochen und dadurch mehr ausgesagt hat als dies durch viele Worte möglich gewesen wäre. Diese Geste wird in Europa einen neuen Prozess der Entspannung in Gang setzen, denkt Ferdinand hoffnungsvoll. Seine Hoffnung wird erschüttert, als Willy Brandt, wegen eines Spions der DDR zurücktreten muss.

Als Ferdinand Klingenberg im Mai 1972 seinen Abschluß in Jura feiert, sind etliche Kommilitonen dabei, ebenso seine Freundin Marie-Bernard, seine Mutter Isabelle, seine Schwester Johanna, inzwischen Religionslehrerin in Freiburg, und auch Walter Böckle, der wenige Tagen zuvor aus den USA zurückgekehrt ist, wo er einen vierjährigen Studienaufenthalt absolviert hatte.

Alle zeigen sich begeistert und froh. Sie gratulieren Ferdinand zum glänzend bestandenen zweiten Staatsexamen und zu seiner bald anzutretenden neuen Stellung als Richter am Landgericht Frankfurt. So bald sei es nun auch wieder nicht, meint Ferdinand, denn die Stelle werde erst am 01. Oktober 1972 frei, was ihm die Chance biete, eine Reise nach Frankreich zu unternehmen, wo er drei Monate bleiben wolle. Danach beabsichtige er, auf Einladung eines Freundes, Ungarn und Rumänien zu besuchen, um Eindrücke aus der Sphäre des Ostblocks zu sammeln, wobei diese Reise wahrscheinlich in ein oder zwei Jahren erst wird stattfinden können.

Erst am nächsten Tag ergibt sich mit Walter Böckle ein längeres Gespräch. Er sei während der studentischen Unruhen in den USA gewesen, habe dort nicht so viel mitbekommen, was in Westdeutschland von 1968 bis 1972 geschehen sei und wolle nun von Ferdinand seine Sicht der Dinge hören. Und dieser begann gleich zu erzählen.

Ferdinand: Ich muss ein wenig ausholen. Etwas, was ich schon vor Jahren im Zuge der von Fritz Bauer angestoßenen Prozesse gegen die Nazis wusste, hat auch meine Mutter genau in jenen

Tagen bestätigt, in denen die Studentenrevolte ausgebrochen ist. Sie sagte: Ich sei Jurastudent und wolle der Gerechtigkeit dienen, aber ich solle mir bewusst machen, dass die Justiz bei uns mit ehemaligen Nazi-Richtern durchsetzt sei. Und das sei ein Hauptgrund, weshalb die Studenten so heftig protestieren. Das hat mich sehr nachdenklich gemacht und ich verstand plötzlich, dass die in Frankfurt abgelaufene ziemlich heftige Studentenrevolte zumindest teilweise auf dieses Faktum aufmerksam machen wollte. Lass mich einige Ereignisse zur Vorgeschichte benennen, die sicher auch dir bekannt sind und korrigiere mich, wenn ich etwas Falsches sage.

Da gab es ein langes Gespräch zwischen *Karl Jaspers* und *Rudolf Augstein*. DER SPIEGEL hat es abgedruckt. Jaspers sagte: Für Völkermord gäbe es keine Verjährung. Dieser Satz, den auch ich unterschreibe, entfaltete Wirkung. Wie ich finde, eine gute Wirkung. Und dann gab es Ringvorlesungen an mehreren Unis, die Adorno und Horkheimer initiiert haben, zum Thema: *Unrecht in der NS-Diktatur*. Im Übrigen: Adorno hielt schon im Juni 1967 einen Vortrag in Wien mit dem Titel: *Aspekte des neuen Rechtsradikalismus*. Leider war ich nicht dabei, aber ein Kommilitone von mir, er heißt *Dieter Zillich* und kommt aus Siebenbürgen, hat sich den Vortrag angehört und mir einige Notizen mitgebracht. Zum Beispiel: Trotz der politischen Machtblöcke, in denen die europäischen Nationen leben, – der Ostblock in der Einflusssphäre der Sowjetunion auf der einen Seite, BRD und Westeuropa in der Machtsphäre der Amerikaner auf der anderen Seite, – sei es eine ziemlich naive Illusion anzunehmen, dass der Nationalismus tot sei. Und: Aus sozialpsychologischer Sicht sei darauf hinzuweisen, dass seit 1945 die wirkliche Auflösung der Identifikation mit dem Nazi-Regime in Deutschland nicht stattgefunden habe und genau darin liege eine der Möglichkeiten, dass von rechtsradikalen Gruppen in der BRD daran angeknüpft werde.

So ungefähr hat sich Adorno ausgedrückt. Warst du eigentlich noch da, als *Beate Klarsfeld* den Bundeskanzler *Kurt Kie-*

singer öffentlich geohrfeigt und ihn mit „Nazi, Nazi" ange-
schrien hat?

Walter: Nein, da war ich schon in Kalifornien, studierte flei-
ßig zunächst Englisch, dann Psychologie und habe mich we-
nig mit Deutschland beschäftigt. Ehrlich gesagt: Ich wollte zu
Deutschland Abstand halten. Später las ich, dass der Mann von
Beate Klarsfeld ein jüdischer französischer Anwalt ist, dessen
Vater in Auschwitz sterben musste. Stimmt das?

Ferdinand: Ja, das stimmt. Herausgefunden habe ich noch,
dass 1959 ein paar Studenten in Karlsruhe nicht weit vom Sitz
des Bundesverfassungsgerichts eine Ausstellung über nicht
gesühnte Verbrechen der Nazi-Justiz veranstaltet haben: ich
glaube, ein Student namens Reinhard Strecker war der Initia-
tor. Eine Broschüre kam damals im Umlauf mit dem Titel *Hitlers Blutrichter in Adenauers Diensten.*

Walter: Entschuldige, wenn ich dich unterbreche. Steckte da-
hinter nicht ein wenig oder ziemlich viel DDR-Propaganda?

Ferdinand: Möglicherweise, ja. Nur, das habe ich inzwischen
längst geprüft, die darin genannten Fakten treffen zu. Und jetzt
bin ich wieder beim Hauptthema. Der Geist oder Ungeist von
1968, je nachdem, aus welcher Perspektive man darauf schaut,
wurde mitgeneriert durch die Wahl von Kurt Kiesinger zum
Bundeskanzler 1966. Daran wirst du dich noch erinnern können: Günter Grass, Heinrich Böll und Karl Jaspers sprachen
damals von einem gravierenden Fehler und haben öffentlich
und heftig protestiert. Aus Protest hat Karl Jaspers auf seine
deutsche Staatsangehörigkeit verzichtet. Es hat, leider, nichts
genützt und Jaspers ist 1969 in Basel gestorben. Davor gab es
die *SPIEGEL*-Affäre, – darüber haben wir vor einiger Zeit nur
kurz gesprochen, – dann die durch Fritz Bauer angestoßenen
Frankfurter Prozesse, die wie ein Gerichtstag über uns selbst
gedacht war. Darüber haben wir ebenfalls gesprochen. Dann
gab es verschiedene Dokumentarfilme über Nazi-Verbrechen,
die vor allem die junge Generation in Westdeutschland angeschaut hat. Ich auch. Mich hat das Grauen gepackt. Und dann
wurde das Tagebuch von *Anne Frank* veröffentlicht und gele-

sen. Ach ja, hast du noch mitbekommen, als Franz Stangl 1967 von Brasilien in die BRD ausgeflogen und später, im Dezember 1970, zu lebenslanger Haft verurteilt wurde?"

Walter: Nein. Wer ist denn dieser Stangl?

Ferdinand: Er gehörte zu den übelsten Kriegsverbrechern und war Kommandant der Vernichtungslager in Treblinka. Jedenfalls hat sein Prozess in Düsseldorf über drei Jahre gedauert und endete mit seiner Verurteilung. Inzwischen ist er im Gefängnis gestorben. Aber entschuldige Walter, dass ich frage: Wo lebst du denn, dass du diese wichtigen Ereignisse nicht realisierst?

Walter: Ich würde sagen, dass unser Aufmerksamkeitsstil verschieden ist. Bei dir sind die Antennen auf bestimmte Dinge aus der Vergangenheit gerichtet. Ich interessiere mich für andere Themen, zum Beispiel Führung und Leitung in der Wirtschaft und Politik in der Gegenwart und nahen Zukunft, wobei ich zugebe, dass mich natürlich all das interessiert, was du mir zu erzählen hast. Also fahr nur fort.

Ferdinand: Danke für die Erklärung. Fazit: All diese und andere Faktoren und dazu noch eine antiautoritäre Einstellung in der Jugend führten zur Explosion. Im Juni 1968 brach die Studentenrevolte aus und ich würde sagen, dass sie noch ziemlich lange weiterwirken wird. Jetzt aber habe ich genug geredet. Erzähle du nun, was du in den USA alles gemacht hast. Schließlich haben wir uns seit fast vier Jahren nicht mehr gesehen.

Walter Böckle: Du hast so viele Faktoren und Fakten aufgezählt, welche die Studentenunruhen ausgelöst haben. Zu diesem Thema nur eine Bemerkung: Ich war schon einige Monate in Kalifornien, als ich mitbekam, dass 1968 in dem Massaker von My Lai in Vietnam amerikanische Soldaten 500 Zivilisten ausgelöscht haben. Und stell dir vor: Ich habe mit den amerikanischen Studenten gegen den Vietnamkrieg mitprotestiert. Ich fand und finde den Bürgerrechtler und Nobelpreisträger *Martin Luther King* sehr sympathisch. Es tat mir leid, als er ermordet wurde. Der Krieg der Weltanschauungen geht auch in den USA weiter. Ich meine den Kampf der Afroamerikaner für mehr Gerechtigkeit. Und ich meine auch uns hier in Europa. Wie lange der sogenannte freie Teil Europas in Frieden bleibt, weiß der Himmel. Aber lassen wir die Politik. Ich erzähle dir lieber über meine Studien in Kalifornien.

Franz Klingenberg: Ja, mach das bitte, aber ausführlich.

Walter Böckle: Das war ganz und gar spannend. Ich habe an der Uni San Diego in Kalifornien sechs Semester Psychologie studiert und mich in die modernen Methoden der psychologischen und der psychotherapeutischen Forschung vertieft. Das eigentlich Wichtigste war aber die Begegnung mit einem jüdischen Professor aus Wien, *Viktor Frankl*, ein Psychiater und Neurologe, der in mehreren Konzentrationslagern war und überlebt hat *(Böckles Stimme wirkt an dieser Stelle leiser)*. Seine Vorlesungen über Logotherapie, wie er seine psychotherapeutische Richtung nennt, haben mich fasziniert. Ich wage nun zu behaupten, dass diese Vorlesungen auf mich mit der Gewalt einer Offenbarung gewirkt haben. –

Ferdinand will nun wissen, was Walter über die psychologischen Forschungsmethoden gelernt habe, und was Professor Frankl gelehrt habe, denn Logotherapie sei ihm ein fremder Begriff.

Walter Böckle: Dein Wissensdurst beeindruckt mich immer wieder und ich wollte gerade auf das eigentliche Thema kommen.

Ferdinand: Entschuldige bitte, wenn ich anmerke, dass ich statt Wissensdurst lieber „das Verstehen im Kontext" sagen würde. Mir bedeutet es viel, die Dinge im Zusammenhang zu sehen, zu verstehen und zu erfühlen.

Walter Böckle: Also gut, zunächst zur Psychologie. Hier in Kürze die Würze: *Abraham Maslow*, ein ganz großer Mann in der Psychologie, ein bedeutender Vertreter der sogenannten humanistischen Psychologie, las ein Semester lang zum Thema *Neue Wege der Wahrnehmung und des Denkens*. Im Grunde ging es um die Psychologie der Wissenschaft, und ich beschränke mich jetzt auf einige Gedanken, die mich besonders angesprochen haben.

Ein erster Gedanke ist dies: Will jemand in der Psychologie wirklich Wissenschaft betreiben, und nicht bloß ein Pseudo-wissen oder Halbwissen vermitteln, ist er verpflichtet, sich der gesamten Wirklichkeit, so wie der Mensch sie erlebt, zu stellen und alles, was ist, was sozusagen am Menschen zum Vorschein kommt, genau zu beschreiben, zu verstehen und zu akzeptieren. In der Psychologie neigt der Wissenschaftler dazu, sagte Maslow, alle menschlichen Phänomene, die er mit seiner Methode nicht testen, nicht messen kann, einfach auszublenden. Und wenn wir die Gesamtwirklichkeit leugnen oder bestimmten Aspekten von ihr ausweichen, nur weil sie mit den aktuell besten Methoden, die wir haben, nicht „eingefangen" werden können, dann machen wir uns schuldig an der Wahrheit oder an den Wahrheiten des Menschseins, sagte Maslow sinngemäß.

Ferdinand: Oh, Wahrheit und Wahrheiten in der Psychologie? Sehr gut, sehr gut. Ganz und gar spannend. Erzähl' weiter, das interessiert mich sehr.

Walter: Der zweite Gedanke von Abraham Maslow war eine Art Warnung vor der Bildung abstrakter Systeme, denn darin lauert die Gefahr, so sagte sinngemäß Maslow, dass Systeme und abstrakte Theorien mit der Realität selbst verwechselt werden. Das wäre dann innerhalb der Wissenschaft der Weg des Selbstbetrugs. Letztlich dürfen menschliche Wesen nicht als zu kontrollierende Gegenstände betrachtet und behandelt werden, das wäre ein Weg der Enthumanisierung. Stattdessen ist die seriöse psychologische Wissenschaft darauf aus, die Menschen als Personen zu betrachten, die sich frei entfalten können. Diese Art der psychologischen Wissenschaft verkörpern nur Wenige, sagte Maslow, denn die Mehrheit kann oder will nicht erkennen, dass auf unpersönliche, mechanistische Weise mit dem Personalen niemand fertig werden kann. Mit den Problemen des Wertes der Individualität, des Selbstbewusstseins, der Schönheit, der Güte, der Ethik oder der Transzendenz kann sich ein Psychologe nur dann adäquat beschäftigen, wenn er sich selbst als Person erfühlt, wahrnimmt und erkennt. Hier hat Maslow die Namen von *Carl Rogers* und *Gordon Allport* ins Spiel gebracht, die Verfechter einer Humanistischen Psychologie seien, wie er selbst auch.

Ferdinand: Das scheint mir doch eine äußerst wesentliche Einsicht zu sein, die auch in den Rechtswissenschaften, sofern sie sich nicht in Formalien verlieren, Gültigkeit haben müsste, sollte, oder …

Walter: Warte noch, bitte. Ich muss noch dazu sagen, diese und andere Ausführungen von Maslow, der auch über Züge der Naziherrschaft gesprochen hat, haben mich an deinen Vater erinnert. Er hat als Offizier der Wehrmacht uns durchaus als Personen mit Würde und nicht bloß als Befehlsausführer betrachtet. Wir waren für ihn Subjekte und nicht Gegenstände. Das ist das eine. Das andere, was mir durch Maslow noch einmal scharf bewusst geworden ist, ist dies: Die NS-Ideologie, die ich viele Jahre eingesaugt habe, kannte nicht den Wert des Individuums und der Individualität, sondern nur die Masse und die Volksgemeinschaft. In den USA habe ich es als beglückend positiv erlebt, dass die Leute dort das Individuum, das Individuelle, die Individualität, die eigene Persönlichkeit schätzen, ernst nehmen und respektieren. Natürlich kann man das auch übertreiben, aber zunächst tat mir diese Erfahrung einfach gut. Ich glaube sogar, dass ich dadurch ein Stück weit Heilung erfahren habe, wenn ich das so pathetisch sagen darf.

Ferdinand: Vorhin hast du noch einen Wiener Psychiater erwähnt, sagend, dass die Begegnung mit ihm eine Art Offenbarung für dich bedeutet habe. Erzähle mir, bitte, mehr über diesen Mann.

Walter: Okay. Nach der Begegnung mit deinem Vater, damals im Krieg, war für mich die Begegnung mit Professor Viktor Frankl der zweite Glücksfall meines Lebens. Das, was ich immer schon gesucht, in mir geahnt, erspürt habe, aber nicht benennen konnte, hat Viktor Frankl exzellent auf den Punkt gebracht. Er sprach über die elementare Suche des Menschen nach dem Sinn seines Lebens, sagend, dass der Wille zum Sinn die ursprüngliche Motivation des Menschen sei. Dann skizzierte er sein Menschenbild und legte zehn Thesen über die Person dar, die mich existenziell betroffen, erschüttert und dann, allerdings erst später, auch beglückt haben. Ich bin damit noch nicht fertig. Ich lerne weiter und vertiefe mich in den Schriften von Viktor Frankl. Im Übrigen solltest du sein inzwischen weltberühmtes Buch unbedingt lesen. Es heißt: *trotzdem Ja zum Leben sagen. Ein Psychologe erlebt das Konzentrationslager.* In Amerika steht dieses Buch seit einigen Jahren auf der Bestsellerliste. Doch jetzt bitte ich dich um Verständnis, wenn ich unser Gespräch an dieser Stelle unterbrechen muss, ich habe um 16 Uhr noch einen wichtigen Termin. Mit deiner Zustimmung, geschätzter Ferdinand, werden wir unseren Dialog zu einem späteren Zeitpunkt fortführen. Du weißt ja, dass ich mit dir sehr gerne rede. Du bist ein würdiger Sohn deines Vaters. Ach, ja: Lass es uns lieber so machen, dass ich dir Fotokopien meiner Notizen zusende, du alles liest und wir reden, sagen wir, in einigen Tagen weiter.

Ferdinand: In Ordnung. Auch mir passt es, dass wir jetzt das Gespräch nicht fortsetzen, denn auf mich wartet ein schönes Rendezvous. Nur in Kürze: Ich habe eine sehr charmante junge Dame, eine Französin kennengelernt. Marie-Bernard heißt sie, eine studierte Bibliothekarin. Eine Künstlerseele, die mir manche Geheimnisse der Kathedrale von Chartres nahegebracht hat. Und eine für die deutsche Sprache und Kultur Interessierte, und Mozart-Liebhaberin. Wir gehen heute Abend in die Oper und ich freue mich jetzt schon auf sie und auf *Die Zauberflöte* von Wolfgang Amadeus Mozart. – –

Als Ferdinand einige Tage später in seiner Frankfurter Wohnung einen größeren Briefumschlag öffnet, hält er verschiedene fotokopierte Texte von Viktor Frankl in den Händen und eine kurze Erörterung über die Person, dazu Randnotizen von Walter Böckle. Während er ein leichtes Abendessen zu sich nimmt, beginnt Ferdinand zu lesen. Sein Staunen wächst und wächst.

Nach Viktor Frankl gehören zur Sphäre des Begriffes *Person* Elemente, wie: Individuum, Nicht-Verschmelzbarkeit, das einmalig und einzigartig Neue, die Geistigkeit, das Existenzielle, das Ichhafte als geistige Instanz … und der originäre Bezug zur Transzendenz. (Die Offenheit gegenüber der Transzendenz, schrieb Böckle eigenhändig dazu). Und dann liest Ferdinand weiter. Seine Begeisterung wächst. In den zehn Thesen zur Person liest er auch: Den Anruf der Transzendenz könne der Mensch als Person in seinem Gewissen vernehmen, in der Stille.

Unter diesem Text schrieb Böckle noch handschriftlich dazu: Die nicht verhandelbare Würde gründet, laut Frankl, in der geistigen Person, in der geistigen oder noetischen Dimension des Menschen. – Das Wort *Instanz* bedeutet hier nicht nur eine Behörde, die Macht hat, etwas durchzusetzen, wie z.B. ein Gericht, sondern Instanz bedeutet in diesem Kontext vielmehr: Gegenwart, Heftigkeit, Ausdauer, Beharrlichkeit. Man kann sagen: Der menschliche Geist als eine Stellung nehmende Instanz, ist machtvolle Gegenwart und Beharrlichkeit, eine immer wirkende Kraft im Menschen, der diese geistige Kraft oder Trotzmacht nur dann voll einsetzen kann, wenn sein Psychophysikum gesund ist. Und Böckle hat hier den Hinweis auf die Quelle dazugeschrieben: Viktor Frankl, Logos und Existenz, Wien 1951.

Ferdinand fühlt in sich Resonanz beim Lesen dieser prägnanten Gedanken. Am nächsten Tag ruft er Walter Böckle an, um sich für diese Kostbarkeiten zu bedanken. Böckle aber ist wieder unterwegs, nicht erreichbar und bald fliegt er in die Sowjetunion, dann nach Ungarn und von dort nach Jugoslawien, um mit bestimmten Leuten eine Reihe von Dokumentarfilmen über die sozialistischen Arbeitsprozesse und die Planwirtschaft zu drehen. Über drei Jahre vergehen, bis Ferdinand Klingenberg und Walter Böckle sich wiedersehen werden.

Inzwischen ist Ferdinand verheiratet mit Marie-Bernard und als Richter am Familiengericht tätig. Er will aber wechseln und Staatsanwalt werden. Das Leben, das Wirken und die Haltung von Fritz Bauer sind ihm nach wie vor Vorbild. Er sucht Kontakt nach Ludwigsburg. Dort befindet sich seit 1958 die Zentrale der Verfolgung der nationalsozialistischen Verbrechen. Er will mitwirken, um die früheren Nazis, die immer noch frei sind, ihrer gerechten Strafe zuzuführen. Das kann er aus der Position des Staatsanwaltes besser tun. Die Kollegen in Ludwigsburg, so sein Eindruck, zeigen keinen großen Enthusiasmus, wenn es um Naziverbrecher geht. Ferdinand spürt ihren Widerstand. Etliche Jahre später wird Ferdinand Klingenberg erfahren, dass auch dort bis in die Mitte der 1990er Jahre hinein etliche Juristen tätig waren, die früher, so oder so, mehr oder weniger, der NS-Ideologie zugetan waren. Er kontaktiert Simon Wiesenthal in Wien und bittet bei ihm um einen Termin.

Im Sommer 1975, kann Ferdinand Simon Wiesenthal in Wien besuchen. Auf der Rückfahrt von seiner ersten Reise nach Ungarn und Rumänien bleibt er zwei Tage in Wien. Das Gespräch mit Wiesenthal in seinem Dokumentationszentrum am Rudolfplatz wird Ferdinand Klingenberg sehr lange im Gedächtnis bleiben.

Der Nazijäger Simon Wiesenthal nimmt sich Zeit für ihn. Ferdinand Klingenberg ist tief beeindruckt von der Leidenschaft, mit der Wiesenthal akribisch Beweise sammelt, um die lebenden Nazi-Verbrecher vor Gericht zu bringen.

Wiesenthal will zunächst wissen, was er in Rumänien und Ungarn erlebt habe. Ferdinand skizziert in Kürze seine Eindrücke. Es sei offensichtlich, dass es den Menschen in Ungarn besser gehe als in Rumänien. Die Geheimpolizei sei, vor allem in Rumänien, sehr aktiv und spioniere jedem Ausländer nach. Die Schikanen würden schon an der Grenze beginnen. Man müsse westliche Währung, 10 Dollar pro Tag, eintauschen, ohne allzu viel mit Lei, der rumänischen Währung, kaufen zu können.

Er habe mit seinem Freund *Dieter Zillich,* auch ein Rechtsanwalt, der früher in Kronstadt gelebt habe und dann ausgewandert sei, offiziell in Hotels übernachten müssen. Es sei Vorschrift in Rumänien, sich an jedem Aufenthaltsort polizeilich zu melden, und es sei ausdrücklich verboten, privat zu übernachten. Dieter habe dennoch riskiert, bei privaten Leuten unterzukommen, die teilweise seine noch in Kronstadt wohnenden Verwandten waren oder Freunde und Bekannte seiner Verwandten. Und dann sagt Ferdinand: „Waren wir in der Nacht unterwegs, mussten wir sehr wachsam fahren, da die Straße weder Warnbaken noch Mittelstreifen hatte, und zudem Schlaglöcher und herumliegende Steinbrocken die Aufmerksamkeit erforderten. Einmal erschraken wir heftig, als wir in letzter Sekunde nach einer unübersichtlichen Kurve plötzlich ein unbeleuchtetes Pferdefuhrwerk vor uns sahen. Dieter konnte nur mit Geistesgegenwart einen Zusammenstoß verhindern. Der Bauer auf dem Kutschbock schlief sogar, als wir das Hindernis überholten."

Ja, das sei typisch für Rumänien, bemerkte Simon Wiesenthal. Ferdinand erzählt weiter:

„Als wir Arad, die erste große Stadt nach der Grenze, durchfuhren, hatte ich den Eindruck, als befände ich mich in einem zerstörten Kriegsgebiet: graue Häuser, bröckelnder Putz, marode Fenster, katastrophale Straßenzustände, riesige Schlaglöcher, Straßenbahnschienen, die teilweise auf der Fahrbahn verlegt waren, öde Schaufenster, die von der Sonne gebleichte Waren präsentierten, die wohl schon Jahre so da lagen. Aber nun zu den Begegnungen mit einigen Menschen, die uns über die Situation in Rumänien erzählt haben."

Aus den Gesprächen mit deutschen und ungarischen Intellektuellen in Temeschburg und Umgebung, dann in Hermannstadt (Sibiu) und Kronstadt (Braşov) habe er vernommen, so Ferdinand, dass die kommunistische Regierung eine stark nationalistische Politik betreibe, eine Art forcierte Rumänisierung, die dazu führe, dass die Minderheiten, also die Banater Schwaben, die Siebenbürger Sachsen, die Ungarn und die Slowaken durch subtile Maßnahmen mehr und mehr unterdrückt werden. An einem der Tage seien sie nach Herkulesbad gefahren, im Süden vom Banat. Die Therme dort, früher ein Lieblingsort der Habsburger, sei von vielen Westeuropäern überfüllt, „vor allem Schweizer, Franzosen, Holländer und Westdeutsche kommen dorthin, um Urlaub zu machen, da es für sie alles sehr billig ist", erzählt Ferdinand und erwähnt dann den Namen eines Jesuitenpaters. „Er heißt *Mihály Godó*, spricht fließend mehrere Sprachen und hat uns mit größter Herzlichkeit empfangen, gleich signalisierend, dass wir nicht in seiner Wohnung sprechen dürfen, da alles verwanzt sei. Der rumänische Geheimdienst beobachtet mich Tag und Nacht, sagte er, und lud uns auf einen Spaziergang außerhalb der Stadt ein. Dieser mutige Mann hat mich gewaltig beeindruckt."

Simon Wiesenthal hört aufmerksam zu und sagt dann: Er sei gut informiert über die Situation in Rumänien, die sicher nicht rosig sei. Jede Diktatur, fügt er hinzu, will sich den Minderheiten entledigen, da sie ihre Macht fürchte. Siehe Stalin, siehe Hitler, siehe die frühere französische Regierung, die in Elsass alles „auf Französisch" haben wollte. Oder siehe: Süd-Tirol und die „Italienisierung" der dortigen deutschsprachigen Bevölkerung. Und heute siehe eben die rumänische kommunistische Parteiführung, die in dieser Hinsicht kein Jota besser sei als die früheren Diktaturen. Man habe den Eindruck, dass der rumänische Generalsekretär an Größenwahn leide. Inzwischen vereinige er in seiner Person, wie kein kommunistischer Parteiführer, die drei wichtigsten Funktionen: Generalsekretär der Partei, Staatsoberhaupt und oberster Kommandant der Armee. Man wird sehen, wohin das führe. Jedenfalls habe Ceauşescu verstanden, den Westen zu beeindrucken, als er bei dem Einmarsch der Sowjets in Prag, im August 1968, nicht mitgemacht habe. So habe er im Westen punkten können. Schlaue Politik eines Schusters, denn, so fügt er hinzu, „er hat, wie Sie wissen, nur sechs Klassen Schuldbildung. Ich habe ihn schon vor Jahren durchschaut. Aber genug jetzt. Rumänien werden wir nicht ändern können. Und meine Aufgabe ist eine andere."

Simon Wiesenthal erzählt dann über sein Leben, seinen Werdegang, seine Arbeit. Er sei Jahrgang 1908, er sei 1942 in Lemberg von den Nazis verhaftet, gepeinigt und ins Lager gesteckt worden. Zuletzt sei er im KZ-Mauthausen gewesen, und „dort wurde ich im Mai 1945 durch amerikanische Soldaten befreit." Wiesenthal hält hier inne und schweigt eine Weile. Es gäbe noch etliche Nazis, die frei herumlaufen, zum Beispiel *Alois Brunner, Hermine Braunsteiner* und viele andere, und das nicht nur in Südamerika, sondern in Deutschland und „auch hier bei uns in Österreich. Der Austrofaschismus und das, was österreichische SS-Leute getan haben, ist bei uns weitgehend Tabu. Viel mehr Tabu als in Deutschland. Ich warte noch auf den mutigen Staatsmann, auf einen Bundeskanzler, der dieses Thema endlich ansprechen und anpacken wird", sagt Wiesenthal und schaut lange vor sich hin.

Bevor Franz Klingenberg geht, erwähnt Wiesenthal die enorme Anstrengung, die mit der Verhaftung von *Franz Stangl* verbunden war. Stangl sei der Kommandant des Vernichtungslagers in Treblinka und für den Tod von über 800 000 Menschen verantwortlich gewesen, sagt Wiesenthal und ergänzt: „Ihn erfasst zu haben, und die Regierung in Brasilien überzeugt zu haben, dass sie Stangl nach Westdeutschland ausliefert, war bisher – abgesehen von dem Fall Adolf Eichmann – mein größter Fall, der mich mit Stolz erfüllt."

Einzelheiten über Stangl könne Franz Klingenberg aus dem Bericht lesen. „Hier ist eine Kopie für Sie," sagt Simon Wiesenthal zum Abschied, nicht versäumend, Klingenberg zu fragen, ob er mit ihm, Wiesenthal, in irgendeiner Weise kooperieren könne. „Denken Sie über meine Frage nach, und geben Sie mir bei Gelegenheit Bescheid." – –

Klingenberg erwähnt nicht mehr, dass er den Prozess gegen Franz Stangl aufmerksam verfolgt hat und gut informiert ist, macht sich aber darüber Gedanken, in welcher Form er Simon Wiesenthal unterstützen könnte. – –

Man schreibt Ende September 1980, als sich Ferdinand Klingenberg und Walter Böckle in München wieder treffen und mehr Zeit füreinander haben. Ferdinand muss in der bayerischen Hauptstadt einen Vortrag halten und Walter Böckle recherchiert schon wieder in der Bayerischen Staatsbibliothek für ein neues Projekt. Böckle, der seit mehreren Jahren nicht mehr in München war, ist angenehm überrascht, dass er keine Kriegsspuren mehr in der Innenstadt sieht.

Sie sitzen im Englischen Garten in der Nähe des Chinesischen Turms. Zunächst erzählt Walter Böckle über seine sehr gemischten Erfahrungen in den Ostblockländern. Überall, wo er in der Sowjetunion, inzwischen mehrmals, mit dem Drehteam hingegangen sei, habe irgendjemand vom Geheimdienst, vom KGB auf sie „aufgepasst". Sich frei bewegen und mit den Leuten aus der Bevölkerung direkt ins Gespräch zu kommen, was er sich so gewünscht hätte, sei nicht möglich gewesen. Zumindest in der Sowjetunion nicht. Dort habe er auf den Straßen von Moskau viele depressiv wirkende Menschen gesehen, die, zumindest nach seiner Wahrnehmung ziemlich ängstlich gewirkt hätten. Andererseits sei er von der byzantinisch-orthodoxen Kunst zutiefst beeindruckt gewesen. Und dann, „stell dir vor Ferdinand, in einer Kirche in Moskau habe ich im Juni dieses Jahres, in den Tagen, – als Helmuth Schmidt und Hans-Dietrich Genscher und andere Beamte der Bundesregierung in Moskau mit Leonid Breschnew und Andrej Gromyko Gespräche führten, – jemanden getroffen, einen deutschen Jesuitenpater, dessen Lebensgeschichte eng mit deinem Vater zu tun hat."

Böckle schildert ausführlich die Begegnung mit Pater Bogdan Podskalski, der einmal derjenige 8-jährige Bub war, den Franz Klingenberg, sein verehrter Divisionskommandeur, damals in Polen, im September 1939 vor der Erschießung gerettet hatte.

Böckle wirkt ganz aufgeregt, als er diese Geschichte erzählt. Und Ferdinand hört ihm mit wachsender Spannung zu. Pater Bogdan sei gerade dabei, in byzantinischer Kunstgeschichte zu promovieren und fahre öfters nach Moskau und nach St. Petersburg, um sein Thema unmittelbar studieren zu können. Natürlich sei er auch permanent in der Begleitung eines KGB-Offiziers, „den er allerdings einmal abhängen konnte, um sich mit mir in Ruhe unterhalten zu können. Ferdinand, es war phänomenal, diesen Mann zu erleben, der fließend russisch, polnisch, französisch, italienisch, englisch und, ich vermute, auch lateinisch spricht. Zugleich war er zu mir sehr herzlich und zugewandt." ... „Ferdinand" rief Böckle plötzlich auf, „du musst diesen Mann, diesen Jesuitenpater unbedingt kennenlernen. Er wohnt in Frankfurt im Haus der Jesuiten in der Offenbacher Landstraße 224."

Ferdinand: Das ist ja eine phänomenale Nachricht, mein Gott. Natürlich will ich den Mann sehen und sprechen, den mein Vater vor der Erschießung gerettet hatte. Sobald ich in Frankfurt bin, werde ich ihn besuchen. Jetzt aber sind wir noch hier in München und ich möchte mit dir ins Institut für Zeitgeschichte gehen. Da gibt es eine bestimmte Schrift, die ich dir zeigen will.

Was danach Walter Böckle im Institut für Zeitgeschichte zu Gesicht bekommt, wird ihn motivieren, sich noch mehr für eine, wie er inzwischen selber sagt, sinn- und werteorientierte politische Kultur einzusetzen und den Begriff der Führung aus der Sicht des Willens zum Sinn unter die Lupe zu nehmen und vom Begriff der Leitung abzugrenzen, wohl wissend, dass in der Realpolitik solche idealistische, nein, humanistische Konzepte nach dem Ansatz von Viktor Frankl wie Fremdkörper wirken.

Was ihm nun Ferdinand zeigt, ist das braune Buch über Kriegs- und Naziverbrecher in der Bundesrepublik Deutschland. 1800 Personen werden darin aufgelistet, die früher alle in der SS und NSDAP tätig waren und heute, im Jahre 1980, zwar nicht alle, aber noch recht viele in Führungspositionen agieren, sei es in der Bundeswehr, in der Wirtschaft, in den Wissenschaften, an Universitäten und in der Justiz, oder inzwischen eine gute Rente bekommen. „All diese Leute leben unter uns und es geht ihnen gut, sehr gut sogar, zumindest materiell", sagt Ferdinand und zählt einige Namen auf. Walter Böckle hört schweigend und betroffen zu.

Ferdinand: Schau her, Walter. Da ist *Wolfgang Fränkel,* früher NS-Jurist beim Reichsgericht in Leipzig, später, ab 1962 Generalbundesanwalt in Karlsruhe. Da ist *Karl Carstens,* früher Mitglied der NSDAP und Offizier der Luftwaffe. Ab 1968 Chef des Kanzleramts (CDU). Ich schäme mich, Walter, dass diese Partei sich mit dem Buchstaben „C" bezeichnet. Weiter: Da ist *Hans Filbinger,* früher NS-Militärrichter. Noch vier Wochen vor dem Ende des Krieges hat er junge Menschen zu Tode verurteilt. Tja, und seit 1966 ist er Regierungschef in Baden-Württemberg und leugnet seine Vergangenheit genauso wie *Hubert Schrübbers,* der als NS-Staatsanwalt an Unrechtsurteilen beteiligt war und ab 1955 Präsident des Bundesamtes für Verfassungsschutz war. Und da ist Herr *Werner Best,* der frühere Stellvertreter von *Reinhard Heydrich,* und heute Direktoriumsmitglied Hugo Stinnes GmbH. Und da ist *Friedrich Flick,* ein Industrieller, eine der reichsten Männer bei uns heute, der früher in der NS-Zeit von den Zwangsarbeitern profitierte. Da ist, bitte schön, *Horst Manke,* früher SS-Offizier im Reichssicherheitshauptamt und später von 1952 bis 1958 Ressortleiter beim SPIEGEL. Und... und... und... Ich höre jetzt auf, denn die 1800 Namen aufzuzählen, würde eine Woche dauern. Jedenfalls schäme ich mich für die Juristen, die damals ihre Seelen dem Teufel verkauft haben. ...

Nach einer Weile sagt noch Ferdinand: „Ich fürchte, wir werden noch 50 bis 100 Jahre brauchen, bis alle diese Nazielemente ausgestorben sind. Aber sie haben Kinder, die etwas vom Erbe ihrer Väter und Mütter weitertragen, wie auch ich das Erbe meines Vaters, wenn auch in eine andere, hoffentlich gute

Richtung, weitertrage. Die langen Schatten der Vergangenheit werden uns noch Jahrzehnte begleiten. Davon bin ich überzeugt." Ferdinand Klingenberg ahnt in jenem Moment nicht, dass er 40 Jahre später denselben Satz sagen bzw. schreiben wird, anlässlich des 75-jährigen Gedenktages an den Zweiten Weltkrieg. Denn am 08. Mai 1945 endete der Krieg nur im Außen. Im Innen, in den Seelen von Millionen und Abermillionen von Menschen in ganz Europa sind die Kriegsspuren auch 76 Jahre später wirksam.

Inzwischen haben sie die Räumlichkeiten des Instituts für Zeitgeschichte verlassen und bewegen sich in Richtung Theatinerkirche. Ferdinand Klingenberg bleibt plötzlich stehen und fragt ziemlich erregt:

„Sag mal, Walter, hast Du vor etwa einem Jahr die Serie *Holocaust – Die Geschichte der Familie Weiss* im Fernsehen gesehen? In den USA wurde sie schon 1978 ausgestrahlt, und was darin erzählt und gezeigt wird, hat mir das bis dahin nur gehirnmäßig Gewußte für meine emotionale Vorstellungskraft nahegebracht. Oder anders gesagt: Das Unvorstellbare wurde für mich und für Viele in unserem Lande vorstellbar und ich erlebte … ein … Erdbeben. Das Grauen hat mich gepackt, Walter, verstehst du?"

Walter Böckle bekommt urplötzlich einen Hustenanfall. Sein Gesicht verdunkelt sich. Im Bruchteil einer Sekunde erinnert er sich, wie erschüttert er nach dem Film war, wie er tagelang sich unwohl fühlte und nachts wiederum Albträume hatte. Er deutet an: Ja, er habe den Film bzw. die Serie gesehen, seine Frau habe geweint und ihn gefragt, ob er daran mitbeteiligt gewesen sei. …

Es folgt ein minutenlanges Schweigen. Die beiden gehen nebeneinander weiter, jeder in die eigenen Gedanken und Gefühle vertieft. Walter Böckle empfindet manche Szenen des Films so unerträglich intensiv, auch jetzt noch, ein Jahr danach, dass er kurz stehen bleiben und ausruhen muss, als würde er eine

Last nicht mehr weitertragen können. Und dann, in einem Ton der Rechtfertigung:

„Du weißt, Ferdinand, dass ich aus Überzeugung im Krieg gekämpft habe. Doch von dem Holocaust wusste ich nichts. Das musst du mir glauben. Dein Vater war mein Vorbild und er hat immer und überall, wo er nur konnte, Zivilisten geschont. Wir haben gegen Soldaten gekämpft. Und ich habe furchtbare Dinge erlebt wegen absolut idiotischer Befehle, die das Leben vieler Kameraden gekostet hat. Von deinem Vater habe ich den Satz gehört: Vernunft muss in Deutschland von oben befohlen werden, denn von allein regt sie sich nur selten." Böckle wird hier sehr zornig und hat große Mühe, sich zu beruhigen. Und dann sagt er: Erst im Frühjahr 1948, vor seiner Entlassung aus der amerikanischen Gefangenschaft, habe er sich den KZ-Film *Die Todesmühlen* anschauen müssen. „Es wurde mir dabei übel, Ferdinand. Es war entsetzlich, all die toten Körper aufeinandergeschichtet im KZ zu sehen. Viele meiner Kameraden haben gar nicht geglaubt, was sie da sahen. Amerikanische Propaganda, meinten einige. Was man nicht glauben will, das gibt es auch nicht, Ferdinand. Verstehst du? Doch was die Serie *Holocaust* gezeigt hat, die Geschichte der Familie Weiss, ist, leider Gottes, blutige Realität gewesen und ich …" Böckle hört jetzt auf, weiter zu reden.

Am nächsten Tag beim Frühstück auf dem Marienplatz will Walter wissen, ob Ferdinand Jurist geworden sei, weil er für die Reinigung der Justiz von NS-Elementen etwas tun wolle. Ferdinand denkt zunächst nach und dann antwortet er:

„Vielleicht, ja. Jedenfalls ist 35 Jahre nach dem Krieg Vieles immer noch ungesühnt. Schuld und schweres Unrecht lasten auf uns. Wir sind eine Gesellschaft, die unfähig ist zu trauern, wie *Alexander Mitscherlich* vor einigen Jahren formuliert hat. Wir beschäftigen uns nur mit der Wirtschaft, die im Ausland als ‚das deutsche Wirtschaftswunder' wahrgenommen wird und unterdrücken unsere Gefühle. Wir verlieren den Kontakt zur eigenen Seele und befinden uns auf dem Weg zur vaterlosen Gesellschaft. Natürlich ist nichts gegen eine wirtschaftliche Prosperität zu sagen. Dass aber Juristen der Sondergerichte während des Naziregimes etwa 11.000 Menschen zum Tode verurteilt hatten, darüber machen sich wenige Menschen bei uns Gedanken." Ferdinand wirkt sehr nachdenklich. Dann fährt er fort:

„Ich habe dir noch gar nicht erzählt, wem ich begegnet bin. Nach meinem Vortrag gestern, der in einem kleineren Kreis stattgefunden hat, kam eine Frau auf mich zu. Sie hat sich als *Marianne Meyer-Krahmer* vorgestellt. Mein Vortrag über das Verhältnis von Ethik und Recht habe sie sehr angesprochen, sie sei 1919 in Königsberg (damals Ostpreußen) als Tochter des Bürgermeisters *Carl Friedrich Goerdeler* geboren und suche Menschen, die ihr helfen, das damalige Unrecht als solches zu benennen und den Ruf ihres Vaters zu rehabilitieren, den die meisten Deutschen immer noch als Vaterlandsverräter einstufen."

Ferdinand Klingenberg konnte im September 1980 im Gespräch mit Marianne Meyer-Krahmer, Tochter von Carl Friedrich Goerdeler, nicht ahnen, nicht träumen, dass das entsprechende Gesetz zur Rehabilitierung der sogenannten „Vaterlandsverräter", – die aber keine waren, weil sie in Wirklichkeit die inhumane und dämonische Diktatur bekämpft hatten, – erst im September 2009 in Kraft treten werde.

„Was hast du nun dieser Frau Meyer-Krahmer geantwortet?", will Walter wissen. „Ich habe ihr meine Mitarbeit zugesagt, sie motiviert, die Geschichte ihres Vaters, der den zivilen Widerstand gegen Hitler organisiert hatte, niederzuschreiben und darüber hinaus, sagte ich ihr, ich sei schon länger fest entschlossen, mit den Mitteln, die mir das Rechtswesen unseres Staates zur Verfügung stellt, meinen Beitrag zu leisten." Außerdem, sagt er weiter, hier an der Uni München in der juristischen Fakultät habe Jahre hindurch ein Professor doziert, der, wie sich inzwischen herausgestellt habe, „eindeutig ein völkisch-nationalsozialistisch orientierter Typ war. Vor Kurzem sind mir die Einzelheiten ins Ohr gekommen."

Walter Böckle sinniert eine ganze Weile für sich selbst, während Ferdinand in der nächsten Telefonzelle seine Frau anruft.

Merkwürdig, dass Ferdinand vorhin *Hans Globke* gar nicht erwähnt hat, denkt sich Böckle, dabei war Globke ein Nazi, vielleicht milder als die anderen, aber ein Nazi, der es bei Adenauer zum Kanzleramtsminister brachte. Als Ferdinand zurückkommt, greift er den Faden des Gesprächs wieder auf.

Walter Böckle: Ich habe, wie du weißt, zunächst in Münster studiert als 1951 der Bundestag einstimmig beschlossen hatte, dass alle Beamten, die bei der Entnazifizierung durch die Alliierten als „Hauptschuldige" oder als „Belastete" eingestuft worden waren, wieder Staatsdiener werden konnten. Die Kontinuität besteht, würde ich sagen, bis heute. Und ich erinnere mich, wie Professor Josef Pieper in Münster anmerkte: „Schon wieder sind die Nazis überall drin. Wir sind eine gefährdete Gesellschaft."

Ferdinand Klingenberg: Diese Leute waren und sind nach meiner Meinung gewissenlose Menschen, die weder Scham noch Reue kennen und das Recht nur scheinbar achten.

Böckle spürt die Wut und den Zorn in der heftigen Feststellung seines jüngeren Freundes und in seinem Inneren kann er ihm nur zustimmen. Zugleich glaubt er, Ferdinand Klingenberg etwas erzählen zu müssen, was dieser noch nicht, oder nicht so genau gehört hat.

Walter Böckle: Einerseits verstehe ich dich, ja. Andererseits darf ich dir an dieser Stelle eine persönliche Erfahrung erzählen. Als ich mich den Amerikanern gestellt habe, – ebenso freiwillig wie ich freiwillig in den Krieg gezogen bin, – wurde ich als Obersturmführer der Waffen-SS der Gruppe 2, also der Minderbelasteten zugeordnet, und zwar aufgrund meines Jahrgangs. Als Information dazu: Gruppe 1 waren die Hauptschuldigen, – denke nur an die Leute im Nürnberger Prozess, – Gruppe 3 oder auch Stufe 3 waren die Mitläufer und Gruppe 4 oder Stufe 4 waren die Entlasteten. Ich will nur einen Aspekt aus dem Prozess herausgreifen. Auf die Frage, ob ich mich schuldig fühle, habe ich geantwortet (höre genau zu): „Ich, schuldig? Wofür denn? Jedenfalls betrachte ich mich für nicht schuldig im Sinne der Anklage oder irgendwelcher Gesetze."

Im Nachhinein gesehen, war diese Äußerung von mir sicher mutig, trotzig und furchtbar patriotisch. Ich weiß nicht so genau, vielleicht will ich es gar nicht so genau wissen, was die von dir als schamlos Bezeichneten getan, und wie sie dazu standen, was sie getan haben. Bei mir war jedenfalls Freiwilligkeit im Spiel und sicher ebenso jugendliche Unreife. Nun aber: Freiwilligkeit hat, vermutlich nicht nur bei mir, eine geradezu autosuggestive, ja, eine magische Wirkung auf das Gemüt. Was man freiwillig tut, hält man nicht nur für notwendig, sondern meist auch noch für gut und richtig. Das habe ich jedenfalls während meines Psychologiestudiums in den USA für mich verstanden.

Ferdinand wirkt jetzt sehr energisch: „Meist", sagst du, also nicht immer, nicht in jedem Einzelfall. Freiwilligkeit bei der Feuerwehr oder beim Roten Kreuz ist, würde ich sagen, *qualitativ* doch etwas anderes als Freiwilligkeit in einer Verbrecherbande, sagen wir bei der Maffia. Das ist meine erste kritische Bemerkung. Zweitens: Was heißt hier gut? Meinst du damit zweckmäßig für den NS-Staat, zweckdienlich für die Waffen-SS? Oder gar sinnvoll und ethisch gut?

Walter Böckle, der 21 Jahre Ältere, inzwischen ein anerkannter Buchautor, Journalist und Psychologe, antwortet nicht sofort. Die Frage quält ihn auch.

Ferdinand: Bitte, Walter, würdest du etwa sagen, dass es ethisch gut und sinnvoll war, die Juden auszurotten?

Walter Böckle: Wir haben darüber schon gesprochen. Nein, nein, das war gar nicht gut, das war und bleibt ein Verbrechen, ein Völkermord, ein … (Pause). Ich komme zurück auf den Begriff der Freiwilligkeit. Das Wahrnehmungsvermögen wird sehr getrübt, wenn jemand etwas freiwillig tut, und dann hält er *dieses etwas* schon deshalb für gut und richtig, weil *er* es eben freiwillig getan hat. Mit der Einschätzung der Waffen-SS durch ihre Freiwilligen ist das auch nicht anders gewesen, – und auch sie haben ihren Verein nicht deshalb für Erste Klasse gehalten, weil der das tatsächlich überall auch gewesen wäre, sondern schon allein aus dem Grund, weil sie sich nun einmal freiwillig zu ihm bekannt hatten.

Ferdinand: Du wiederholst dich hier mit anderen Worten. Was du sagst, mag psychologisch zutreffen, aber es überzeugt mich nicht. Oder, wenn du willst: philosophisch und ethisch ist deine Überlegung nicht haltbar. Mal angenommen: du bist bei der Maffia ein Killer, natürlich freiwillig, und ich bin beim Roten Kreuz ein Notfallsanitäter, ebenfalls freiwillig. Aus diesem Grunde der Freiwilligkeit hältst du das, was du tust, nämlich Menschen zu töten, für gut und richtig, und ich halte das, was ich tue, nämlich Menschen in Not zu retten, ebenfalls für gut und richtig. Und jetzt Hand aufs Herz: Ist das, was wir tun, auch gleichwertig gut und richtig im strikten ethischen Sinne des Wortes?

Böckle fühlt sich perplex. Das ist wie Schach-Matt. Zugleich weiß er, dass es ethisch nicht gut ist, Zivilisten im Krieg zu quälen und Kinder, Alte und Frauen zu ermorden. Er selbst hatte einmal, im Januar 1942, den Befehl, alle Häuser auf einem bestimmten Areal abzubrennen, nicht ausgeführt, da in den Häusern viele alte Menschen und Kinder gewohnt haben. In diesem Moment, im Gespräch mit dem Juristen Ferdinand Klingenberg, fällt ihm nur dies ein: „Wir haben einen Zivilisationsbruch begangen" und damit zitiere ich zustimmend die Worte deines Vaters, die er kurz vor seinem Tod gesprochen hat. –

Nach dem Frühstück arbeitet Walter Böckle in der Bayerischen Staatsbibliothek, während Ferdinand Klingenberg im Französischen Institut in der Kaulbachstraße eine Freundin seiner Frau besucht und auf Französisch mit ihr plaudert. Danach geht er in die Hochschule für Philosophie und vertieft sich in der Bibliothek in ein Fachbuch über Grenzfragen der Ethik und des Rechts.

Später zum Mittagessen treffen sich Walter und Ferdinand in dem feinen italienischen Restaurant an der Ecke Kaulbachstraße und Schönfeldstraße. Sie essen, trinken und unterhalten sich abwechselnd. Ferdinand atmet tief ein, setzt erneut an und wirkt geistig wach, entschieden, leidenschaftlich und sehr gesammelt.

Ferdinand Klingenberg: Walter, bitte, es geht hier nicht um Bagatellen, wenn ich das Bild mit der Maffia und dem Roten Kreuz ins Spiel bringe. Wir sprechen von der systematischen, kaltblütigen und brutalsten Ausrottung eines Volkes in Europa. Und da stimme ich mit dem Philosophen Max Scheler überein: „Auch wenn niemals *geurteilt* worden wäre, daß der Mord böse ist, bliebe er doch böse. Auch wenn das Gute nie als ,gut', *gegolten'* hätte, wäre es doch gut." Kannst du mir folgen, Walter?

Böckle nickt, einen Druck in der Brust spürend.

Ferdinand: Also gut. Bestimmte ethische Werte bilden ein Apriori, so wie die Luft ein Apriori ist im Verhältnis zur Lunge. Das ist allerdings eine philosophische Einsicht, die umfassender gilt als irgendwelche psychologische Überlegungen, die, meines Erachtens, nur begrenzt Gültigkeit haben. Also: Was du mit Freiwilligkeit meinst, sollten wir mit der Wertphilosophie von Max Scheler in Beziehung setzen. Das ist jedenfalls meine Empfehlung. Und dann solltest du auf dich wirken lassen, was es heißt, wenn Scheler sagt, hier sinngemäß zitiert:

Es gehe nicht um die sozialen Werturteile, auch nicht um Meinungen und Auffassungen und Parteidoktrinen einer geschichtlich so und so bedingten Gesellschaft, wenn man das Ethische begründen, umreißen und ins Visier bekommen will, sondern die Wertmaterie – „gut" und „böse" – selbst steht zur Debatte. Die sozialen Werturteile einer Epoche sind zwar wirksam, – oft übermäßig wirksam, wie du es selbst erlebt hast in der NS-Zeit, – sie können aber nicht letzter Maßstab für das Ethische sein. Vorhin habe ich in der Bibliothek der Hochschule das klassische Werk von *Hans Kelsen, Die philosophischen*

Grundlagen der Naturrechtslehre und des Rechtspositivismus
(1928) gefunden und darin gelesen. Für Juristen, die ihr Fach
von Grund auf verstehen wollen ein wichtiges Buch. Nur die
Essenz daraus: Es gibt philosophische Grundlagen des Rechts
und die Betonung der unverhandelbaren Würde des Menschen
in unserer Verfassung ist eine philosophische Aussage. Nun
aber zum vorherigen Gedankengang:

Soziale Werturteile ordne ich dem sogenannten *ontischen*
Bereich zu, während das Gute und das Böse, als Wertmaterie
in der Tiefenschicht des menschlichen Seins, wenn du willst,
im Ontologischen begründet und deshalb ins Herz eines jeden
Menschen hineingeschrieben ist. Nicht nur Hans Kelsen argu-
mentiert in diese Richtung, sondern auch Max Scheler und, ich
glaube, ebenso Viktor Frankl.

Walter: Du hast Frankl inzwischen gelesen, nicht wahr?

Ferdinand bejaht, sagend, dass er zumindest einige Schriften,
die bis 1979 erschienen sind, gelesen habe. Besonders ein Gedanke habe es ihm angetan: Der Zweite Weltkrieg habe nicht
nur Fronterlebnis, Bombenkeller und das Erlebnis des Konzentrationslagers bedeutet, sondern die gänzliche Entwürdi-
gung des Menschen. Längst schon haben wir vergessen, sagt
Frankl, die Forderung von Kant zitierend, dass jedes Ding
wohl einen Wert, der Mensch allein aber seine *Würde* habe.

Walter: Ich stimme zu.

Ferdinand: Der Krieg machte den Menschen zum Kanonen-
futter, sagt Frankl. Und warum konnte es so weit kommen?

Walter: Sag du es mir und dann sage ich meine Ansicht dazu.

Ferdinand: Ich glaube, dass sehr viele Menschen in Nazi-
deutschland, und auch in anderen Ländern, ihr Grundgefühl
für das Ethische oder für das ethische Moment des Lebens ignoriert oder auch unterdrückt haben. Ich bin nicht nur Jurist,
und habe mich nicht nur mit der Rechtsgeschichte beschäftigt,
sondern mehr und mehr interessiert mich die philosophische
Begründung des Rechts. Dem großen Konsens verschiedener
Philosophen kann ich nur zustimmen.

Walter: Und wie heißt der sogenannte Konsens?

Ferdinand (klar und deutlich und betonend): Es gibt eine ethische Wesenserkenntnis und der ethische Grundsatz schlechthin lautet: *das Gute soll sein.* Dieser Grundsatz erweist sich als unabhängig von den momentan gerade geltenden sozialen Werturteilen. Adolf Eichmann hat sich, wie du weißt, auf Befehle und auf die damals geltenden Normen oder sozialen Werturteilen berufen. Ich empfehle dir, die fiktive Rede von Hannah Arendt zu lesen, in der sie begründet, warum Eichmann zum Tode verurteilt werden musste. Kennst du diesen Text von Hannah Arendt?

Walter Böckle: Nein, aber ich bin daran interessiert.

Ach, wie schön, sagt Ferdinand. Er habe den Text bei sich, da er in seinem Vortrag daraus zitiert habe, und wolle gleich, wenn Walter mag, den Text vorlesen. Nach Walters Zustimmung beginnt Ferdinand, das Adolf Eichmann betreffende Urteil von Hannah Arendt vorzulesen. Wenn die Richter es gewagt hätten, den angeklagten Eichmann so zu verurteilen, dass dem **Recht** sichtbarlich Genüge getan worden wäre, hätten sie an Eichmann folgende Worte gerichtet, schreibt Hannah Arendt, und jetzt Walter, bitte, pass auf und hör dir genau Hannah Arendts Argumentation an:

„Sie [Herr Eichmann] haben das während des Krieges gegen das jüdische Volk begangene Verbrechen das größte Verbrechen der überlieferten Geschichte genannt, und Sie haben Ihre Rolle darin zugegeben. Sie haben hinzugefügt, dass Sie nie aus niederen Motiven gehandelt, die Juden niemals gehasst hätten und dass Sie dennoch nicht anders hätten handeln können und sich bar jeder Schuld fühlten. Dies ist schwer zu glauben. (...) In dem uns vorgelegten Beweismaterial findet sich einiges, das zweifelsfrei gegen Ihre Darstellung in Fragen des Gewissens, der Motivation und des Schuldbewusstseins bei den von Ihnen begangenen Verbrechen spricht. Sie haben auch gesagt, dass Ihre Rolle in der ‚Endlösung der Judenfrage‘ ein Zufall gewesen sei, (...) und dass man gleichsam jeden beliebigen Deutschen mit der gleichen Aufgabe hätte betrauen können. Daraus würde folgen, dass nahezu alle Deutschen so schuldig sind wie Sie, und was Sie damit eigentlich sagen wollten, war natürlich, dass, wo alle, oder beinahe alle, schuldig sind, niemand schuldig ist. Dies ist in der Tat eine weitverbreitete Meinung, der wir uns jedoch nicht anschließen können. (...)

In einem Gerichtshof [wie hier in Jerusalem], der nicht das sogenannte Weltgericht der Geschichte zu repräsentieren beansprucht, gibt es nur persönliche Schuld und Unschuld, die sich auf Grund objektiver Tatbestände nachweisen lassen muss. Mit anderen Worten, auch wenn achtzig Millionen Deutsche getan hätten, was Sie getan haben, wäre das keine Entschuldigung für Sie. (...)

Sie selbst haben sich nicht auf einen objektiv vorliegenden Tatbestand, sondern nur auf die potentiell gleiche Schuld aller anderen berufen, die mit Ihnen in einem Staatsverband lebten, dessen politischer Endzweck das Begehen unerhörter und beispielloser Verbrechen geworden war. (...) Zwischen dem, was Sie tatsächlich getan haben, und dem, was andere möglicherweise unter den gleichen Umständen auch getan hätten, liegt eine nicht überbrückbare Kluft. Uns gehen hier nur Ihre wirklichen Handlungen etwas an, und weder die möglicherweise nichtverbrecherische Natur Ihres Innenlebens und Ihrer Motive noch die möglicherweise verbrecherischen Neigungen Ihrer Umgebung.

Sie haben sich, als Sie Ihre Lebensgeschichte erzählten, als einen Pechvogel dargestellt. (...) Aber auch wenn wir unterstellen, dass es reines Missgeschick war, das aus Ihnen ein willfähriges Werkzeug in der Organisation des Massenmordes gemacht hat, so bleibt eben doch die Tatsache bestehen, dass Sie mithalfen, die Politik des Massenmordes auszuführen und also diese Politik aktiv unterstützt haben. Denn, wenn Sie sich auf Gehorsam berufen, so möchten wir Ihnen vorhalten, dass die Politik ja nicht in der Kinderstube vor sich geht und dass im politischen Bereich der Erwachsenen das Wort Gehorsam nur ein anderes Wort ist für Zustimmung und Unterstützung. So bleibt also nur übrig, dass Sie eine Politik gefördert und mitverwirklicht haben, in der sich der Wille kundtat, die Erde nicht mit dem jüdischen Volk und einer Reihe anderer Volksgruppen zu teilen, als ob Sie und Ihre Vorgesetzten das Recht gehabt hätten, zu entscheiden, wer die Erde bewohnen soll und wer nicht. Keinem Angehörigen des Menschengeschlechts kann zugemutet werden, mit denen, die solches wollen und in die Tat umsetzen, die Erde zusammen zu bewohnen. Dies ist der Grund, der einzige Grund, dass Sie sterben müssen."

Minuten vergehen in der Stille, bis Walter Böckle sich fähig fühlt, auf diese furiose fiktive Rede von Hannah Arendt zu reagieren. Ihr Name erweckt in ihm weitere Assoziationen. Plötzlich ist in ihm das Gespräch mit Franz Klingenberg, mit seinem ehemaligen Divisionskommandeur so lebendig präsent, als wären inzwischen keine 35 Jahre vergangen.

Walter: Im Übrigen, falls ich es noch nicht erzählt habe, tue ich es jetzt. Dein Vater hat mit Hannah Arendt Kontakt gehabt, als er in Heidelberg studierte. Ich glaube, er war von ihrer philosophischen Fähigkeit ziemlich beeindruckt. Ich sehe schon, dass du ein leidenschaftlicher Verfechter einer Rechtsordnung bist, die auf das Ethische gründet, wie du sagst. Im Grunde bin ich es auch, obzwar es mir, das gebe ich offen zu, schwerfällt, meine damalige Freiwilligkeit gänzlich zu entwerten, war ich doch damals Feuer und Flamme für das Dritte Reich und wollte für die deutsche Sache kämpfen.

Ferdinand: Damals, Walter, damals. Wir sprechen aber heute, im September 1980. Du bist, wie ich merke, ein anderer geworden, inzwischen etwa Mitte 50, ein reifer Mann und kannst mir sicher zustimmen, wenn ich im juristischen Duktus sage: Die Nazis haben eine fürchterliche Rechtsbeugung begangen, das ursprüngliche Recht pervertiert, ausgehöhlt, mißbraucht. Sie haben dafür u.a. Carl Schmitt benutzt, der sich gerne benutzen ließ. Oder ich sollte lieber sagen: Er hat sich ,freiwillig' pervertieren lassen und heute jammert er, dass niemand mehr mit ihm zu tun haben will.

Walter: Ich höre schon deine Ironie. Wer ist denn dieser Carl Schmitt?

Ferdinand: Ich antworte im Zusammenhang. Er war so etwas wie der Hofjurist des Führers. Es gibt einen Aufsatz von *Carl Schmitt, Der Führer schützt das Recht,* den Schmitt in der Deutschen Juristenzeitung 1934 veröffentlicht und die Morde, die mit dem Röhm-Putsch zu tun haben, gerechtfertigt hatte. Der wahre Führer sei immer auch Richter, und, der Wille des Führers sei „die Quelle des Rechts", denn es existiere eine Führer-Rechtsordnung – solche und ähnliche abscheuliche Sätze hat der Jurist Carl Schmitt geschrieben, der ansonsten zwar ein glänzender Kopf war bzw. noch ist, aber eher in die Richtung des Zersetzenden und Diabolischen gedacht und gewirkt hat. Alter schützt vor Torheit nicht, denn er ist heute, wenn ich richtig liege, 87 Jahre alt und kein bisschen weise geworden. Es ist für mich schlichtweg empörend, wie er sich nach dem Krieg verhalten hat und noch verhält. Bis heute fand er kein Wort der Reue für seine irrwitzigen und sündhaften Verfehlungen, kann aber immer wieder seinen Katholizismus zur Schau stellen und sich selbst bemitleiden und auf die Kollegen schimpfen, die sich von ihm abgrenzen. Pfui Teufel!

Walter: Jetzt aber spüre ich, dass auch du Feuer und Flamme sein kannst für all das, was dich innerlich bewegt. Haben wir beide nicht ein bisschen Ähnlichkeit miteinander? Ich meine in unserer Charakterstruktur? Dein Vater nannte mich manchmal Hitzkopf. Bist du auch einer?

Ferdinand: Vielleicht. Es kommt aber auf die Inhalte an, darauf, welche Art von Inhalten einen Menschen bewegen und in ihm Resonanz finden. Es widerstrebt meinem Innersten zutiefst, die Inhalte, mit denen die Maffia zu tun hat, um bei dem vorherigen Beispiel zu bleiben, und die Inhalte, mit denen das Rote Kreuz zu tun hat, als ethisch gleichwertig oder gar als gleichwertig sinnvoll zu qualifizieren.

Walter Böckle schaut seinen jüngeren Freund an: den Sohn seines ehemaligen und verehrten Divisionskommandeurs, und erkennt in ihm eine Leidenschaft, eine *passio vitae*, die auch die seine ist, wenn auch in einer anderen Formatierung. Und er erkennt auch eine Zornenergie, die an seinen eigenen Zorn erinnert. Der Jüngere ist noch nicht fertig.

Ferdinand: Ich will dir noch etwas sagen, Walter. Frankreich, die französische Kultur und die französische Sprache sind mir sehr wichtige Inhalte. Ich mag das Land, meine Mutter stammt ja aus Frankreich, ich mag die Sprache und die Menschen, aber ich mag Napoleon nicht. Für mich verkörpert er den Prototyp des modernen Diktators. Für Hitler war er ein Vorbild, und wer weiß, für wie viele andere noch. Ein kleiner Mann, der zu viel wollte und daran gescheitert ist, dass er die Grenze seiner Macht nicht erkannt hat. Freilich hören das manche Leute in Frankreich nicht gerne, das weiß ich, so ähnlich wie bei uns viele nicht gerne hören, dass in der bundesrepublikanischen Politik, in der Justiz, in der Wirtschaft und vermutlich an manchen Universitäten und im Gesundheitswesen heute, im Jahre 1980, immer noch zu viele ehemalige NSDAP-Leute mitmischen. – –

Am nächsten Tag will Walter Böckle seine früheren Kommilitonen Samuel Mátrai und Jean-Pierre Solignac treffen und sie Ferdinand Klingenberg vorstellen. Doch Samuel und Jean-Pierre halten sich gerade nicht in München auf. Samuel sei im Urlaub, hieß es bei Radio Freies Europa, dessen Redaktionen, zusammen mit Radio Liberty insgesamt vierzehn, in den Gebäuden des ehemaligen Militärkrankenhauses an der Oettingerstraße 67 untergebracht sind. Und Jean-Pierre gestalte ein Seminar in der Auvergne für einen deutsch-französischen Kulturverein, heißt es im Französischen Institut in der Kaulbachstraße. Ebendort, bei Nr. 31, vom Institut Richtung Veterinärstraße gehend, bleiben Ferdinand und Walter vor der Hochschule für Philosophie der Jesuiten stehen.

Ferdinand: Auf diese Hochschule mache ich dich aufmerksam. Sie ist weltweit ein führendes Zentrum für Philosophie. Irgendwo hier lebt und ich glaube noch lehrt teilweise auch der berühmte *Karl Rahner*. Von dem französischen Jesuitenpater in Frankfurt weiß ich, dass vor einigen Jahren ein wichtiges Werk von Karl Rahner erschienen ist: *Grundkurs des Glaubens*. Aber schau nun her, Walter, und lies die Information über die Kurzgeschichte der Hochschule.

Walter Böckle buchstabiert langsam die Sätze: Das früher in Pullach beheimatete Berchmannskolleg habe im Herbst 1971 seinen Standort nach München verlegt und sich als Hochschule für Philosophie für alle Studierenden mit Hochschulreife geöffnet. Sie befinde sich in der Trägerschaft des Jesuitenordens und sei um Interdisziplinarität über die geltenden sozialen und kulturellen Werte, um Förderung der christlichen Bildung und der Gerechtigkeit in der Welt und um die Sensibilisierung für die metaphysische Dimension des Menschseins bemüht. Sie wolle zum philosophischen Denken anleiten mit dem Ziel, das Verhältnis des Menschen zu sich selbst, zur Geschichte und zur Gesellschaft sowie zum Sinn des Ganzen besser zu verstehen …

Walter Böckle liest noch ein paar Zahlen: Seit 1971 habe sich die Zahl der Studierenden verdreifacht. Begonnen hätten im Herbst 1971 etwa 120 Personen, während im Herbst 1980 fast 500 Personen immatrikuliert seien. Etwa ein Drittel der Studierenden seien Frauen … usw.

„Ich werde irgendwann hier noch ein Zusatzstudium absolvieren und, wenn möglich, in Philosophie auch promovieren", sagt Ferdinand. „Unbedingt", antwortet Walter Böckle, „denn, wie du ja sicher weißt, das Weiterlernen darf nie aufhören, sonst wird es uns langweilig."

Ferdinand ergänzt: „So etwas Ähnliches soll meine französisch-jüdisch Urgroßmutter gesagt haben. Meine Mutter zufolge sei sie der Ansicht gewesen, dass wir mit dem Weiterlernen *und* dem Weiterlieben nie aufhören dürfen, wollen wir wahrhaftige Menschen bleiben."

Wenige Monate später, am 21. Februar 1981, explodierte auf dem Gelände des Radio Freies Europa eine Bombe. Es war 22 Uhr. Verletzt wurden mehrere Menschen und der Sachschaden betrug um die 200 000 DM. Die Bombe traf die tschechoslowakische Abteilung, weil die damit beauftrage rumänische Geheimdienstleute das eigentliche Ziel, die rumänische Abteilung, verfehlt haben. Der damalige rumänische Diktator Nicolae Ceaușescu sah im Radio Freies Europa eine Bedrohung seiner diktatorischen Politik im Inland. Seine Ansicht teilten

alle Regierungen des Ostblocks. Die kommunistischen Partei-
führungen waren in den Jahren des Kalten Krieges ganz wild
darauf, dem Sender zu schaden. Vor allem polnische, jugoslawische, russische und rumänische Geheimdienste versuchten
öfters, jene Quelle der „amerikanischen Propagandanachrich-
ten" auszuschalten. Zumindest einige Redakteure haben sie ermorden können.

Aus der Sicht des rumänischen Diktators, war der vom amerikanischen Kongress finanzierte Sender ein schlimmer Feind,
ein Störfaktor seiner nationalistischen, von Größenwahn geleiteten Innenpolitik; der Sender sollte, so Ceaușescu, ausgeschaltet werden, da die Leute in Rumänien somit alles erfahren, was
er geheim halten wollte. So auch die Tatsache, die ihn vor Wut
rasend machte, dass im März 1979 der stellvertretende Chef
des Rumänischen Auslandsgeheimdienstes, Generalleutnant
Ion Mihai Pacepa zu den Amerikanern überlief, als er nach einer geheimen Mission in Bonn direkt in die Botschaft der USA
ging und um politisches Asyl bat, wertvolle Geheiminforma-
tionen über die im westlichen Ausland operierenden Agenten
preisgebend. Der rumänische Parteiführer Ceaușescu war nach
jener Nachricht, die er aus den Meldungen des Radio Freies
Europa erfuhr, außer sich. Er tobte wie ein Wahnsinniger. Für
die Liquidierung von Generalleutnant Pacepa hat er mehrere
Millionen Dollar geboten. Der Kalte Krieg war damals noch
voll im Gange. Allerlei Geheimdienste belauerten sich gegenseitig, ermordeten viele Gegner – in München, Wien, Paris und
London. Mihai Pacepa wurde allerdings nicht gefunden, obwohl etwa einhundert Geheimdienstleute nach ihm fahndeten.

Die Mehrheit der Menschen in Westeuropa hat aber in jenen Jahren des Kalten Krieges kaum etwas mitbekommen
von alldem, was die kommunistischen Regierungen und deren Geheimdienste unternommen haben, um den „stinken-
den Kapitalismus" zu zerstören, obwohl alle Ostblockländer
wirtschaftlich letztlich davon profitiert haben, was „die Kapitalisten" in Fülle erwirtschaftet haben. Es war ein Krieg der

Weltanschauungen und es kommt einem Wunder gleich, dass Europa in jenen Jahren von einem dritten Weltkrieg verschont wurde.

Ferdinand Klingenberg und Walter Böckle waren zum Zeitpunkt der Bombenexplosion auf dem Gelände des Radio Freies Europa nicht mehr in München. Während Walter diese Nachricht viel später und nur am Rande mitbekommen hat, erfuhr Ferdinand schon zwei Tage später aus der FAZ und der SZ, dass die Bayerische Polizei einen der Bombenleger verhaftet habe. Weitere Einzelheiten über die politischen Hintergründe der Tat erzählte ihm sein ursprünglich aus Kronstadt (rumänisch *Brașov*) stammender Studienfreund Dieter Zillich, mit dem Ferdinand einige Jahre später zum zweiten Mal eine Reise nach Rumänien unternehmen wird.

6 Ferdinand Klingenberg und P. Bogdan Podskalski SJ (1981)

● Polen wacht auf ● Der Jesuitenpater Bogdan Podskalski erzählt seine Rettung durch Franz Klingenberg im September 1939 ● Erschütterung, Dankbarkeit, Segen ● Wir brauchen einen neuen Geist der Humanität

Etwa zehn Tagen vor Weihnachten 1981 rollen im kommunistisch regierten Polen die Panzer. General *Wojciech Jaruzelski*, der Mann mit der dunklen Sonnenbrille, verhängt den Kriegszustand, nachdem *Lech Walesa* und seine im August 1980 gegründete Solidaritätsbewegung, – der erste freie Gewerkschaftsbund in einem kommunistisch regierten Land überhaupt – die Ordnung des Kalten Krieges in Polen ins Wanken gebracht haben. Die „Unabhängige Gewerkschaft Solidarność" scheint nach etwa anderthalb Jahren zerschlagen zu sein und die führende Gestalt, Lech Walesa, verschwindet für eine Weile im Gefängnis. Der polnische Papst, Johannes Paul II. schützt und motiviert ihn zum Durchhalten. Er stellt Walesa auch Geld zur Verfügung, das vermutlich aus nicht gerade hochmoralischen Geschäften der Maffia stammt; es sind Gelder aus der Vatikan-Bank *Banco Ambrosiano*, deren Chef, *Roberto Calvi*, zwei Jahre später in London auf einer Brücke aufgehängt gefunden wird. Die nicht geklärten Umständen seines Todes ist der Anfang einer Reihe von Skandalen, die den Vatikan, neben anderen Skandalen, in den nächsten vier Jahrzehnten immer wieder erschüttern wird.

Dass die Staaten der Nato und des Warschauer Paktes schon am 01. August 1975 in Helsinki eine Art Übereinstimmung dahingehend gefunden haben, dass sie sich verpflichteten, Streitfälle friedlich zu regeln und die Menschenrechte zu achten, scheint fünf Jahre später in Polen, wie in anderen osteuropäischen Ländern, besonders in Rumänien, nicht mehr zu gelten. Die Schlussakte der Konferenz über Sicherheit und Zusammenarbeit in Europa (KSZE) war ein guter Versuch, Osteuropa und die Sowjetunion in die Vorsphäre der Demokratie zu bewegen. Doch erst zehn Jahre später, als *Michail Gorbatschow* Generalsekretär der Kommunistischen Partei der Sowjetunion wird (1985), beginnt langsam, vor allem in Polen, in Ungarn und in der DDR eine friedliche Bewegung der Menschen zu wachsen, welche schlussendlich am 09. November 1989 zum Fall der Berliner Mauer führt und fünf Wochen später, den übelsten Diktator Osteuropas, den rumänischen Parteiführer Ceauşescu, samt seiner Frau, ins Jenseits befördert. Der „Genius der Karpaten", wurde, nachdem ihm und seiner Frau ein sehr kurzer Prozess gemacht wurde, von seinen eigenen Leuten wie ein Hund erschossen.

Das alles ist aber im Dezember 1981 nicht voraussehbar. In der BRD werden durch die Kirchen Hilfspakete für Polen organisiert. Viele Menschen und Organisationen, von der Caritas bis zu studentischen Vereinen, beteiligen sich an dieser humanitären Hilfsaktion. Auch Ferdinand Klingenberg und Walter Böckle spenden großzügig für die polnische Bevölkerung, die im Winter 1981 eine schwere Zeit durchlebt. Nur wenige Wochen davor war auch die BRD ein Land der heftigen Demonstrationen, da die von Bundeskanzler Helmut Schmidt befürwortete Stationierung von Mittelstreckenraketen die Westdeutschen mit heftigen Protestaktionen beantwortet haben.

Am 19. Dezember 1981 sitzt Ferdinand Klingenberg in dem 30 Quadratmeter großen Zimmer des Jesuitenpaters Bogdan Podskalski in der Offenbacher Landstraße in Frankfurt am Main. Das Zimmer ist voll von Büchern. In der Mitte befindet sich ein großer, viereckiger Tisch und darauf viele handschriftlich vollgeschriebene Zettel. Der Jesuitenpater bereitet sich für seinen nächsten Vortrag vor, der einige Monate später in Melbourne anlässlich der Woche der griechischen Kultur stattfinden wird. Er ist dort seit Jahren ein gern gesehener und geschätzter Referent.

„Mein Gott, wie schön, dass ich Sie persönlich kennenlernen darf, den Sohn meines Retters", begrüßt ihn der Pater herzlich und sichtlich bewegt.

Ferdinand Klingenberg nimmt sofort seine Offenheit und Herzenswärme wahr. Im Gespräch mit dem Jesuiten zeigt sich ihm ein für ihn unbekanntes Kapitel aus der Vergangenheit seines Vaters. Er sei überaus glücklich, den Sohn desjenigen Mannes zu treffen, dem er sein Leben verdanke, wiederholt der Pater und erzählt dann, immer wieder mit Unterbrechungen und sichtlich bewegt in der Seele, die Geschichte seiner Rettung.

Bogdan Podskalski ist ein stattlicher Mann, eher dünn, mit einem markanten und freundlich wirkenden Gesicht. Er trägt eine starke Brille und während er redet, macht er immer wieder kleine Pausen und schließt seine feinnervigen Hände zusammen, als würde er ein lautloses Gebet sprechen. Ferdinand Klingenberg hört ihm gebannt zu. Und der Pater erzählt.

Er sei Jahrgang 1931 und habe das Licht der Welt in Deutschland erblickt als der einzige Sohn seiner jüdischen Eltern. Seine Kindheit sei in der Geborgenheit der elterlichen Wohnung sehr schön gewesen, er spüre heute noch viel Dankbarkeit für die liebevolle Zuwendung, die er bei seinen Eltern und bei seinem Großvater habe erfahren dürfen.

„Und dann brach der Krieg aus, und die Deutschen waren da …"

Die Emotionen überfluten P. Podskalski. Er entschuldigt sich und verschwindet für kurze Zeit im Bad. Nur langsam findet er wieder Worte, um das Trauma seines Lebens zu beschreiben.

„Nachdem meine Eltern und mein Großvater erschossen wurden, wurde das Haus von der Wehrmacht durchsucht. Wir wohnten in einer kleinen Nebenstraße in der Altstadt, im jüdischen Viertel in Krakau. Ein deutscher Soldat entdeckte mich unter dem Bett im Schlafzimmer meiner Eltern im ersten

Stock. Ich war vor Todesangst erstarrt. Er deutete auf seinen Mund und sagte: Pst, keine Angst. Den anderen Soldaten, der anscheinend im Erdgeschoss wartete, schickte er weg. Dann brachte er mich in den Keller und deutete an, ich solle ganz stillhalten, er würde bald wiederkommen und mich in Sicherheit bringen. Doch in mir war nur Angst, Furcht und Zittern. Ich war überzeugt, dass er mich töten würde. Ich weiß nicht mehr, wie viel Zeit verging, aber plötzlich stand er vor mir, lächelte mich an, und sagte: Komm mit.

In einer benachbarten Gemeinde war, wie ich später erfuhr, ein halbdeutscher Jesuit der Pfarrer, den die Wehrmacht ausnahmsweise nicht getötet hat. Ansonsten wurden sehr viele Priester und Intellektuelle erschossen, wie ich es später erfuhr. Dort, bei dem halbdeutschen Jesuiten, hat sich der Wehrmachtsoffizier, der mich mit einem Auto hingebracht hatte, als Major Franz Klingenberg vorgestellt. Er sagte dem Pfarrer: Ich habe leider nicht viel Zeit, mich zu erklären. Bitte sorgen Sie dafür, dass dieser Bub überlebt, durch Taufe, Adoption oder wie auch immer.

Er gab dem Pfarrer noch Geld und dann verschwand er. Ich habe ihn nie mehr gesehen, aber jeden Tag spreche ich ein Gebet für meinen Retter. Und heute sitzt der Sohn meines Retters vor mir und ich kann es kaum fassen …"

Pater Podskalski ist so berührt bei diesen Worten, dass er in Tränen ausbricht. Sein ganzer Leib zittert und er weint laut. Auch Ferdinand Klingenberg kämpft mit seinen Gefühlen, die ihn überfluten. Die Gestalt seines Vaters, den er nie kennenlernen konnte, wird in ihm plötzlich lebendig und leuchtend. Er hat für Momente den Eindruck, als würde er das Geistwesen seines Vaters fühlen. Eine Art Lichtstrahl durchflutet seinen Leib. Die beiden sind minutenlang ganz still.

Vielleicht sei es nicht am Platz zu fragen, sagt Ferdinand Klingenberg, aber dennoch wüsste er gerne, ob P. Podskalski damals schon Deutsch konnte. Oh ja, antwortet der Pater, „mein Vater und auch meine Mutter sprachen sehr gut Deutsch, denn in den Jahren 1928 bis 1932 war mein Vater Dozent an der Universität hier in Frankfurt und meine Mutter arbeitete ebendort als Bibliothekarin. Ich bin noch in Frankfurt auf die Welt gekommen und wir sind erst Anfang 1934, da war ich schon fast drei Jahre alt, nach Krakau umgezogen."

Wie es mit ihm weitergegangen sei, will nun Ferdinand Klingenberg wissen. Langsam greift P. Podskalski den Faden wieder auf und erzählt: Durch abenteuerliche Wege sei er über Schweden, wo ihn wiederum ein Jesuitenpater aufgenommen habe, im Herbst 1944 in Paris, nachdem die französische Hauptstadt schon befreit worden war, und dann, etwa ein Jahr später, in Lyon gelandet. Als Vierzehnjähriger habe er in einem von Nonnen geleiteten Internat die Schule beendet und sich dann, bei der ersten Gelegenheit im Sommer 1951 bei den Jesuiten in Lyon gemeldet. „Wissen Sie, Herr Klingenberg, neben Ihrem Vater, dem ich mein Leben verdanke, waren es fast immer Jesuiten, die mir in verschiedenen Krisen und Gefahren weitergeholfen haben. Obzwar ich jüdischer Abstammung bin, wurde ich katholisch und fand meine Heimat in dem Jesuitenorden."

Dann fragt Franz Klingenberg, ob er sich noch erinnern könne, wie sein Vater, Major Franz Klingenberg, ausgesehen habe.

„Nur einen Gesamteindruck habe ich in meiner Seele aufbewahrt", sagt der Pater. „Immerhin sind es inzwischen 42 Jahre her, dass ich ihn ein einziges Mal erlebt habe. Auf Ihre Frage kann ich eindeutig und sehr ehrlich antworten: Mein Eindruck ist durch und durch positiv. Ihr Vater strahlte etwas Anständiges, etwas von Grund auf Menschliches aus. Seine Gesichtszüge haben in mir Vertrauen geweckt. Auf der etwa zwanzigminütigen Fahrt von Krakau bis in die besagte Ortschaft hat er öfters gesagt: Hab' keine Angst mein Junge. Es wird alles gut. Jedenfalls so etwas wie Bosheit oder Rachegelüste habe ich in der kurzen Zeit, die ich in seiner Nähe verbringen durfte, nicht wahrgenommen. Ich bin in meinem Herzen überzeugt, und das sage ich ganz ehrlich, dass Ihr Vater von Grund auf ein anständiger, ein guter Mensch war."

Ein unbeschreiblich warmes Gefühl durchflutet den ganzen Leib von Ferdinand Klingenberg. Minuten vergehen, bis es ihm gelingt, ein „Dankeschön" zu flüstern. Der Pater steht jetzt auf und sagt:

„Wenn Sie erlauben, Herr Klingenberg, möchte ich Sie segnen und ein Gebet für Sie sprechen.

Pater Podskalski legt seine feinnervigen Hände auf den Kopf von Ferdinand Klingenberg so, dass dieser die sanften Schwingungen der Hände des Paters im Kopfbereich spürt. Nun spricht der Pater langsam und feierlich ein Gebet, jedes Wort betonend:

„Der gütige und allbarmherzige ewige Gott, dessen Söhne und Töchter wir Menschen dieser Erde sind, segne und beschütze dich und deine Familie. Ich danke dem Ewigen, dass er mich durch die Intervention deines Vaters aus der Todesgefahr gerettet hat. Ewig soll der Name deines Vaters, Franz Klingenberg, im Ewigen Licht gesegnet sein. Amen."

Ferdinand ist nach diesen Worten des Segens zutiefst berührt. Jetzt kämpft er mit den Tränen. Für einige Sekunden spürt er förmlich seine eigene Seele und die Seele des Paters in Einheit vibrieren. Hoffentlich sei es in Ordnung, dass er die Du-Form gewählt habe, sagt Podskalski, aber er fühle solch eine Sympathie, Wohlwollen und Zuneigung für Ferdinand, dass ihm diese Form als angemessen erschien. Ja, ja, sagt Ferdinand und bevor er geht, werden die Beiden Du-Freunde und werden sich in den folgenden Jahren immer wieder Briefe schreiben oder telefonieren.

Bevor Ferdinand Klingenberg geht, entsteht noch ein kurzes und dichtes Gespräch über die Situation in Polen. In wenigen Sätzen sagt Pater Podskalski: Er sei kein Politiker, er könne nur als Beobachter des Weltgeschehens eine persönliche Ansicht äußern. Polen, sein Land, wo er immerhin fünf Jahre gelebt habe, befinde sich in einer komplexen und schwierigen Situation. Politisch wie wirtschaftlich. Jede Diktatur werde, früher oder später, ein Ende haben, auch wenn während einer Diktatur die Menschen das Gefühl haben mögen, dass ein diktatorisches System ewig dauere.

„Siehst du, mein lieber Ferdinand, die Nazi-Diktatur ist nach 12 Jahren zugrunde gegangen. Im 19. Jahrhundert ist Bonaparte Napoleon untergegangen, der erste moderne Diktator der Neuzeit. Und, ja, auch Stalin ist im März 1953 gestorben und damit verschwand der sogenannte Stalinismus. Im Übrigen: Sooft ich in Moskau und St. Petersburg bin, wo ich die byzantinische Kunstgeschichte studiere, und mit hervorragenden russischen Kunsthistorikern zusammenarbeite, fällt mir auf, wie anders diese Zeit von Breschnew ist. Natürlich hält er an seiner Beute, an seiner Macht über Osteuropa fest. Das ist unser politischer Zustand im Kalten Krieg seit 1949. Natürlich begleitet mich immer ein KGB-Mann, wenn ich in Russland bin. Bei meinem letzten Aufenthalt sind wir, glaube ich zumindest, Freunde geworden. Er schenkte mir ein in der Sowjetunion nicht gern gesehenes Buch von *Alexander Solschenizyn,* den die Sowjets, nachdem er den Nobelpreis für Literatur bekommen hat, expulsiert haben. Vielleicht hast du das mitbekommen, damals im Jahr der Fußballweltmeisterschaft 1974. Jedenfalls fragte ich den KGB-Mann, ob er dieses Buch, *Ein Tag im Leben des Iwan Denissowitsch,* gelesen habe, nicht erwähnend, dass ich das Buch schon kannte."

„Und was hat er geantwortet, wenn ich fragen darf?"

„Nun ja, natürlich habe er das gelesen und er sei erschüttert gewesen über den Alltag in den stalinistischen Lagern, sagte er und bat mich, seine Meinung für mich zu behalten. Was ich damit zum Ausdruck bringen will, ist: Es ist eine Sache eine diktatorische Regierung, und es ist eine andere Sache, die Nation, die darunter leidet. Ich glaube, die Mehrheit der Menschen, zumindest bei uns in Europa, mag und will keine Diktatur."

Schon in der Tür, wird Ferdinand Klingenberg noch einmal zurückgehalten: „Danke, danke, dass du mich besucht hast", sagt Pater Bogdan. Und noch etwas: „Wir leben hier nach meiner Einschätzung auf einer Insel der Seligen und die Zukunft Europas hängt stark davon ab, ob die BRD mit der Sowjetunion, mit Polen und mit Frankreich den richtigen Ton findet."

„Und die Sache mit den Juden? Was ist mit dem Holocaust? Sind wir, deiner Meinung nach schon so weit, dass die immer noch frei herumlaufenden Nazis vor Gericht gebüßt haben?"

Pater Bogdan schaut eine Weile vor sich hin. Einerseits könne er verstehen, was Ferdinand als Staatsanwalt meine, andererseits sei er der Ansicht, dass die Sühne oder die „sogenannte Wiedergutmachung" für das, was die Nazis den Juden angetan haben, nicht die Sache einer einzigen Institution, sondern eine gesamtgesellschaftliche, um nicht zu sagen gesamteuropäische Aufgabe sei, nach dem Motto: Die Kriegsverbrecher vor Gericht bringen, ja, und nach vorne schauend, einen ganz neuen Geist der Humanität erarbeiten. „Ich muss gerade an den Papst denken, der die jüdische Synagoge in Rom besucht hat. Ein historisches Ereignis."

Während Ferdinand Klingenberg mit der Straßenbahn nach Hause fährt, stellt er fest: Wir sind in der BRD noch weit davon entfernt, diese neue Humanität gefestigt und den Antisemitismus abgewehrt zu haben. Der latente Antisemitismus und die Angst vor dem Fremden überhaupt sind in unserer bundesrepublikanischen Gesellschaft weit verbreitet. Als er später seiner Frau Marie-Bernard erzählt, was er von Pater Podskalski gehört hat, ist sie gefühlsmäßig so berührt, dass sie Ferdinand zärtlich umarmt und ihm leise ins Ohr flüstert: „Dein Vater war ein guter Mensch, ein Held. Jetzt weißt du aus erster Quelle, dass er die Juden und die Kleinen und die Zivilisten geschont hat."

Vierzig Jahre später wird Ferdinand Klingenberg fassungslos vor der Mordserie gegen Ausländer und dem Attentat gegen die jüdische Synagoge in Halle stehen, die 2019 und 2020 in Deutschland am hell-lichten Tag und vor Augen aller passiert sein würden. Er wird auch die NSU-Mordtaten und die Weise ihrer juristischen Verarbeitung im Grunde als ein Scheitern der Justizbehörden und einer gar nicht so wehrhaften Demokratie qualifizieren, die weniger von außen, von „fremden Mächten", sondern vielmehr von innen, von Zerstörungskräften aus der Mitte der Demokratie gefährdet ist.

Ferdinand Klingenberg, der Jurist, an die demokratische Ordnung glaubend, wird sich in den nächsten vierzig Jahren öfters an das Wort des Jesuitenpaters Bogdan Podskalski erinnern: *Wir brauchen einen ganz neuen Geist der Humanität.* –

7 Erfahrungen im Ostblock und die Wende (1988–1996)

• Walter Böckle erneut in der Sowjetunion • Die zweite Reise nach Rumänien von Ferdinand Klingenberg und die heikle Mission seines Freundes Dieter Zillich in Temeschburg • Hermann Pfeiffers Ansichten über die Ceauşescu-Diktatur in Rumänien • Die Lage der Minderheiten in Rumänien • Mancherlei Parallelen zwischen Kommunismus und NS-Diktatur • Umzug nach München und die Wiedervereinigung • Ferdinand Klingenberg promoviert in Philosophie

Im Sommer 1988 fliegt Walter Böckle zum sechsten Mal in die Sowjetunion. In Moskau erlebt er mit Begeisterung die durch den neuen Generalsekretär *Michail Gorbatschow* angestoßene Öffnung. Glasnost und Perestrojka bringen einen neuen Wind, eine Liberalisierung, die man sich zuvor nicht vorstellen konnte. Zugleich wird sichtbar, dass die wirtschaftliche Lage der Sowjetunion katastrophal ist. Walter Böckle hilft einzelnen russischen Menschen, öfters auch mit Geld, wohl wissend, dass das ganze System von Grund auf reformiert werden muss. Einen politischen Einfluss in der Sowjetunion hat er nicht, aber in seinen Gedanken unterstützt er Gorbatschow bei seinem Vorhaben.

Ihm gilt seine ganze Sympathie und Böckle stellt für sich selbst fest: Solch eine charismatische Persönlichkeit hatten die Sowjets seit 70 Jahren nicht. Welch eine Chance, welch ein Glück für den Frieden in der Welt, denkt er sich. Walter Böckle nimmt bei sich wahr, dass er 1988 ganz andere Gefühle gegenüber den Russen hegt als 1941 bis 1943, als er als Wehrmachtssoldat gegen den „gottlosen Bolschewismus" von Stalin gekämpft hat. Diesmal ist die Atmosphäre in Moskau leichter, offener, die Menschen wirken begeistert, auch wenn viele in der Schlange stehen müssen, um die nötigen Lebensmittel zu bekommen. Doch „Perestroika und Glasnost" von Michail

Gorbatschow zeigen positive Wirkung und Walter Böckle kann mit seinem Team Filme drehen und herumfahren, wie er will. Er glaubt an Michail Gorbatschow und erkennt seine menschliche Integrität.

Fast gleichzeitig mit Böckles Reise in die Sowjetunion fährt Ferdinand Klingenberg mit seinem Freund Dieter Zillich Anfang September 1988 nach Rumänien. Seit 1975 ist dies seine zweite Reise in das Land, dessen Ruf seit Jahren nicht gut und in jenem Jahr ganz schlecht ist. Hätte ihn Dieter Zillich nicht eingeladen, wäre Ferdinand Klingenberg wahrscheinlich nicht noch einmal nach Rumänien gefahren, über dessen „Führer" die französische und die westdeutsche Presse seit 1985 immer öfters nur Negatives zu berichten wusste.

Dieter Zillich, der ursprünglich aus Kronstadt in Siebenbürgen (auf Rumänisch *Braşov*) stammt, noch relativ gut rumänisch spricht und sich in Siebenbürgen auskennt, reist diesmal im Auftrag, den er nach kurzer Bedenkzeit anzunehmen bereit war.

Iulian Constantinescu heißt sein Auftraggeber, ein politischer Flüchtling aus Kronstadt, wo er ein hoher Parteifunktionär und inoffizieller Mitarbeiter der Securitate war. Nach einer offiziellen Reise nach Düsseldorf im Auftrag der rumänischen Regierung, kehrt Iulian Constantinescu nicht nach Rumänien zurück, sondern beantragt in der BRD im Februar 1988 politisches Asyl.

Als er Dieter Zillich zunächst per Brief kontaktiert, stehen seine Chancen gut, als politisch Verfolgter anerkannt zu werden. Das fühlt sich für ihn angenehm an, denn Constantinescu hatte die Nase voll von der, wie er sagte, „idiotischen, dummen, nationalistischen, paranoiden und diktatorischen Politik von Ceauşescu" und schickte Dankesgebete gen Himmel, dass es ihm gelungen war, sich aus der Sphäre des Diktators zu entwinden. Das alles fühlt sich sehr gut an. Doch die andere Seite seiner Geschichte, seine noch in Rumänien lebende Frau und

Tochter, macht ihm Sorgen. Das fühlt sich für ihn ganz und gar nicht gut an. Und so wendet er sich an Dieter Zillich.

„Sehr geehrter Herr Zillich", schreibt Constantinescu in seinem Brief, „auf Empfehlung eines Freundes und mit seiner Hilfe schreibe ich Ihnen diesen Brief, in der großen Hoffnung, dass Sie mein Anliegen verstehen. Seit acht Monaten lebe ich als Asylbewerber in der BRD, nicht allzuweit von Frankfurt am Main. Zuvor war ich ein ziemlich hoher Parteifunktionär in Kronstadt (Braşov), wo Sie früher einige Jahre auch gelebt haben. Meine Loyalität gegenüber der Kommunistischen Partei Rumäniens ist schon längst verraucht und ich bin einerseits froh, mich der dort herrschenden, korrupten und inhumanen Diktatur entzogen zu haben. Andererseits leben meine Frau und Tochter noch in Rumänien, inzwischen in Temeschwar, (Timişoara) und meine große Sorge ist, dass ihnen etwas passiert. Lange Rede, kurzer Sinn: Ich möchte Sie bitten, nach Temeschwar zu fahren und meiner Frau 5000 DM zu übergeben (natürlich bekommen Sie das Geld von mir), damit sie dort die zuständigen Personen schneller motivieren kann, die für die Familienzusammenführung nötige Ausreisepapiere zu erhalten. Über die Gesamtsituation im Lande erzähle ich Ihnen gerne mehr, sobald ich von Ihnen eine Zusage bekomme, worauf ich sehr, sehr hoffe. Bitte lassen Sie mich und meine Familie nicht im Stich. – Hochachtungsvoll, Iulian Constantinescu."

Dieter Zillich liest zwei Mal den Brief und ahnt gleich, dass dieser Auftrag, eine ziemlich heikle Sache ist. Doch er sagt zu und trifft sich mit Constantinescu. Dieser, ein groß gewachsener Mann, braune Haare, Schnurbart, etwa Mitte bis Ende 40, fragt Dieter Zillich gleich, ob er rumänisch sprechen dürfe, da seine deutsche Sprache noch nicht so gut sei. Ja, sicher, sagt dieser und hört sich an, was Iulian Constantinescu zu sagen hat.

Wegen der Minimierung des Risikos solle Herr Zillich am besten mit einer zweiten Person im Auto durch Jugoslawien nach Temeschwar fahren, dort an einer bestimmten Stelle, nämlich neben der Kapelle im Friedhof, seiner Frau das Geld übergeben und erst am übernächsten Tag bei Arad nach Ungarn rüberfahren und so zurück nach Deutschland. Die ganze Angelegenheit würde fünf Tage dauern und er könne ihm, und für die zweite mitfahrende Person ein Honorar von 4000 DM anbieten. Und bevor Dieter Zillich fragen will, wie er die Frau werde erkennen, und woher die Frau den Zeitpunkt des Rendezvous werde wissen können, zeigt ihm Constantinescu ein Foto von ihr und überreicht ihm einen Zettel mit einer Telefonnummer und einem Codewort.

Dieter Zillich solle diese Nummer anrufen, am besten gegen 20 Uhr, wenn es langsam dunkel wird, „Guten Abend" sagen und dann, ohne seinen Namen zu nennen, (die Securitate höre ja höchstwahrscheinlich mit), das Codewort langsam sprechen und hinzufügen, dass der Tischler bald kommen würde, um das kaputte Fenster zu reparieren. Daraufhin werde seine Frau eine Stunde später am Treffpunkt sein und dort, … hier hält Constantinescu inne, jedes Wort betonend:

„Dort müssen Sie, Herr Zillich, sehr aufpassen, damit niemand sieht, dass Sie meiner Frau irgendetwas übergeben. Es ist zwar zu 90 % unwahrscheinlich, dass ein Securitate-Mann abends um 21 Uhr am Friedhof abgestellt ist, um irgendjemanden zu beobachten. Doch 10 % Risiko bleiben übrig. Verstehen Sie mich?" Zillich nickt. Deshalb, fährt Iulian Constantinescu fort, würde er empfehlen, den Friedhof nicht am Haupteingang, sondern durch einen Nebeneingang zu verlassen und direkt ins Hotel im Zentrum zurückzukehren. Dort solle er mit niemandem sprechen, denn die Zimmer seien voller Wanzen …

Am nächsten Tag den Touristen spielen und gegen Abend, wenn möglich, durch Arad nach Ungarn fahren und in Szeged übernachten. … „Wären Sie bereit, Herr Zillich, diese heikle Mission anzunehmen?" In der Seele zitternd, schaut ihn Constantinescu erwartungsvoll an.

Dieter Zillich staunt nicht wenig über den Umstand, dass ein Asylbewerber aus Rumänien, gerade Mal seit acht Monaten in der BRD, so viel Geld zur Verfügung hat und deshalb fragt er Constantinescu:

„Ich bitte um Nachsicht, aber woher haben Sie so viel Geld? Ich meine, ich soll Ihrer Frau 5000 DM überbringen und mir bieten Sie 4000 DM an, ... das ist doch eine Menge Geld, oder?"

Constantinescu scheint nicht irritiert zu sein. Er habe mit der Frage gerechnet und er wolle ganz ehrlich antworten. Sein gesamtes Geldvermögen betrage 10 000 DM und dieses Geld bewahre für ihn ein Freund in bar auf, der schon 1980 aus Rumänien, ebenfalls aus Kronstadt, mit einem Touristenvisum ausgereist und dann nicht mehr zurückgekehrt sei. Vor seiner Ausreise, sagt weiter Constantinescu, habe er seinem Freund, der ihm anvertraut habe, nicht mehr zurückzukehren, eine höhere Summe in *Lei* zur Verfügung gestellt. Es sei ausgemacht gewesen, dass er irgendwann in die BRD nachkommen werde und dann würde er sein Geld brauchen.

„Nun, Herr Zillich, dieser Freund, von Beruf Ingenieur, wie ich auch, ist inzwischen ein sehr gut verdienender Fachmann auf seinem Gebiet. Als ich mich bei ihm meldete, sagte er: Ja, er wisse um unsere Abmachung und er hätte für mich 10 000 DM zur Verfügung, ich könne das Geld bei ihm jeder Zeit abholen."

„Ich verstehe. ... Und, bitte nehmen Sie mir nicht übel: Wie heißt dieser Freund, wenn ich fragen darf?"

„Er heißt Hubert Stadler. Wir haben zusammen an der Uni in Kronstadt und teilweise auch in Bukarest studiert. Ich kenne ihn sehr gut seit fast 30 Jahren und er kennt mich auch. Wir können einander vertrauen."

In Ordnung, sagt Dieter Zillich, er nehme den Auftrag an, er werde seinen Freund Ferdinand Klingenberg fragen, ob er mitfahren wolle und sobald die rumänische Botschaft das Einreisevisum erteilt habe, was ja eine Weile dauern könne, werde er sich auf den Weg machen. –

Als nach endloser Wartezeit an der rumänischen Grenze Ferdinand Klingenberg und Dieter Zillich am 19. September 1988 endlich im Land waren, – auf das Einreisevisum mussten sie drei Wochen warten, Formulare ausfüllen, Reiseziel usw. angeben, – dauerte es nicht mehr lange, bis sie im Hotel Zentral in Temeschwar angekommen sind.

Im Jahr 1988 befindet sich Rumänien am Rande des Abgrunds. Ferdinand und Dieter erleben einen Schock. Während Dieter Zillich einige Stunden braucht, um seine sensible Mission zu erfüllen, unterhält sich Ferdinand Klingenberg mit einem evangelischen Geistlichen, namens Hermann Pfeiffer. Der Zufall – oder der Zu-Fall – wollte es, dass sie sich zum zweiten Mal begegnen, denn die erste Begegnung ereignete sich in Herrmannstadt im Sommer 1975 und seitdem haben sie ab und zu Briefe gewechselt, welche von der Securitate mitgelesen wurden.

In dem sehr langen Gespräch, das sie außerhalb der Stadt, auf einem Feldweg beim Spaziergang führen, erzählt Hermann Pfeiffer, unter anderem, über die kürzlich stattgefundene Scheidung von seiner Frau, über die ungute Situation der Deutschen in Rumänien, über die katastrophale Lage der Minderheiten generell und über die extrem paranoide Diktatur des Mannes, der sich „der Genius der Karpaten" titulieren lässt, einen Personenkult betreibend, der jede Vorstellung übersteigt. „Dieser verrückte Ceaușescu hat das Land, die Kultur der Minderheiten und wohl auch die Kultur seiner eigenen Nation fast gänzlich zerstört und Rumänien wirtschaftlich in den Abgrund geführt. Wir sind, Herr Klingenberg, das Letzte in Europa, wenn man von Albanien absieht."

Ferdinand hört mit Anteilnahme zu und wird an die NS-Zeit erinnert, an „den größten Führer aller Zeiten", der das Land, das Deutsche Reich, auch in den Abgrund geführt hat, freilich viel, viel schlimmer als dies Ceaușescu getan hat. Hitlers Diktatur dauerte 12 Jahre, will er gerade seinem Gesprächspartner als Trost sagen, aber dann fällt ihm ein, dass Pfeiffer damit wahrscheinlich nichts anfangen kann. So fragt er ihn, wie viel Zeit noch Pfeiffer denn dieser Diktatur gebe. Worauf die Ant-

171

wort prompt lautet: „Ich bin kein Prophet, dennoch wage ich eine Voraussage." Und dann, leise flüsternd: „Ceauşescu wird in zwei Jahren sein Ende erleben. Es fehlt nicht mehr viel und eine Revolution wird ausbrechen." Und dann sagt er immer noch in leisem Ton: „Ohne ihn geht die Sonne bei uns gar nicht mehr auf. So weit sind wir schon auf dem Weg zum Personenkult, in der Verherrlichung eines Menschen gekommen."

Hätte die Securitate, der rumänische Geheimdienst, dieses Gespräch mitgehört, wäre der Geistliche sofort im Gefängnis gelandet. Pfeiffer war aber vorsichtig und sprach leise, wenn die Inhalte es verlangten.

„Ich möchte Ihnen einiges über dieses Land erzählen, da ich der Ansicht bin, dass Sie in Westeuropa über die wahren Verhältnisse in Rumänien wenig Ahnung haben." Ferdinand Klingenberg erfährt nun eine ganze Menge über Rumänien, was er so gar nicht wusste. Pfeiffer redet leise und schaut immer wieder um sich, um sicher zu sein, dass ihnen niemand gefolgt ist. Er sagt dann:

Bis etwa 1963 herrschte bei uns in Rumänien eine stalinistische Zeit. Sehr viele Geistliche aus allen Kirchen, außer der Orthodoxen Kirche, wurden entweder ermordet oder für viele Jahre ins Gefängnis gesteckt. Die griechisch-katholische Kirche wurde aufgelöst. Es gab dann eine Amnestie, man hat die Liturgie in den Kirchen erlaubt, aber alle kirchlichen Institutionen wurden verstaatlicht und unsere deutsche Kultur durften wir nur in geschlossenen Gemeinschaften, praktisch nur in der Kirche, pflegen, da bis auf wenigen Ausnahmen, alle deutschsprachige Institutionen aufgelöst worden sind. 1965 kam Ceauşescu an die Macht und etwa bis 1971 hatte man den Eindruck als würde die kommunistische Diktatur ein, wie soll ich es sagen, ein menschlicheres Antlitz bekommen im Vergleich zu dem, was davor der Fall war. Er sprach nämlich von der „Versöhnung mit den Intellektuellen", entließ viele Schriftsteller und Künstler aus den Gefängnissen und zeigte sich zunächst relativ liberal und fast menschenfreundlich. Auch antisowjetisch oder jedenfalls auf die Souveränität des Landes pochend.

Kurz gesagt: Er rehabilitierte etliche Opfer des stalinistischen Terrors, ließ im Rahmen die Kultur der Minderheiten zu, – Theater, Schulen, Bücher, sogar Fernsehsendungen auf Deutsch und auf Ungarisch, sind doch die Ungarn die größte Minderheit in Rumänien. 1967 wurde Ceaușescu Staatsratsvorsitzender und bald darauf der alleinherrschende „Präsident", „Generalsekretär" und „Conducător", also Führer, der sich gerne mit Schärpe und silbernem Zepter zeigte. Doch schon davor passierte etwas, was seine Popularität in Rumänien wie im Ausland enorm erstarken ließ.

Als die Truppen des Warschauer Paktes am 21. August 1968 den Prager Frühling mit Gewalt beendet hatten, hielt der rumänische Staatspräsident eine leidenschaftliche Rede in Bukarest, die bei Ihnen im Westen sehr gut angekommen ist. Er sagte u.a.: Niemand könne ein Recht darauf erheben, Ratschläge und Leitlinien darüber zu erteilen, wie der Sozialismus in einem anderen Land aufgebaut werden müsse. Jedes sozialistische Land habe seine eigene Souveränität. –

Plötzlich wurde Rumänien, das einzige Ostblockland, das an der Prager Intervention nicht teilgenommen hatte, über die Nacht berühmt und die westlichen Regierungen nahmen den rumänischen Parteiführer wahr als einen mutigen Politiker, der sich der Übermacht der Sowjetunion entgegenstellt. Seitdem hat er öfters wiederholt, dass eine Einmischung in die inneren Angelegenheiten eines Staates, auch unter sozialistischen Brüderländern, nicht erlaubt sei. So weit so gut. ... Sind Sie noch interessiert, Herr Klingenberg?"

„Ja, erzählen Sie bitte weiter."

Also: Rumänien hat im Januar 1967 diplomatische Beziehungen mit der BRD aufgenommen und war somit nach der Sowjetunion das erste Land des Ostblocks, das eine Botschaft in der BRD, in Köln, eingerichtet hatte. Auch dadurch hat man aus dem Westen mit anderen Augen sozusagen auf Rumänien geschaut. Doch Ceauşescu war schlau, sehr schlau und hat nach einer gewissen Zeit, vor allem nach 1970, die Auswanderung der Deutschen aus Rumänien erlaubt – gegen harte Devisen, die er für eine forcierte Industrialisierung und Urbanisierung des Landes, unter Vernachlässigung der Landwirtschaft, gebraucht hat. Wenn ich richtig informiert bin, kassierte Rumänien pro Auswanderer 6 bis 10 000 DM und pro Jahr durften ca. zehn bis zwölftausend Personen legal auswandern, freilich nach endlosen Schikanen. Weiter: 1971 äußerte der Staatspräsident in einer öffentlichen Parteirede: Rumänien werde bis 1975 den Entwicklungsstand der führenden westlichen Industrieländer wie Großbritannien, Frankreich und die BRD erreichen. Damals schon hatte ich das erste Mal den Eindruck, einem Größenwahnsinnigen zuzuhören. Ich war nämlich 1970 drei Wochen in der BRD und konnte für mich den erheblichen Unterschied zwischen Rumänien und Westdeutschland feststellen.

Zu Anfang der 1970er Jahre lebten in Rumänien, vor allem in Siebenbürgen und im Banat etwa 400 000 Deutsche. Heute, im Jahre 1988, leben noch etwa 90 000 Deutsche. Die Sachsen sind, wie Sie wissen, evangelisch, die Banater Schwaben katholisch. Die aktuellen Zahlen deuten an: Sehr viele sind inzwischen in die BRD ausgewandert. Über weitere Details wird Sie dieses Dokument informieren, das ich Ihnen überreiche mit der Bitte, es in München der entsprechenden Stelle im Osteuropa-Institut zuzuleiten. Noch eine wichtige Bemerkung: Die von dem rumänischen Parteiführer betriebene Politik ist nicht nur nationalistisch, chauvinistisch, kulturzerstörend, – am meisten leiden vermutlich die Ungarn, deren Zahl immer noch um die 1,2 Millionen beträgt, – sondern wirtschaftlich absolut unsinnig, größenwahnsinnig, dumm. Wir stehen nicht am Rande des Abgrunds, Herr Klingenberg, nein. Wir sind schon de facto im Abgrund. Da alles Essbare exportiert wird, hungert die Bevölkerung, weil das Allernötigste fehlt. Da nur das Wort des einzigen Parteiführers zählt, wird jede andere Meinung im Keim erstickt, wird jede Opposition ausgeschaltet, die Städte

in Siebenbürgen, also in dem am meisten entwickelten Teil des
Landes, – der bis 1918 Teil der Österreich–Ungarischen Monarchie war, – werden systematisch zerstört, und alte, historischen Gebäude mit hohem Kulturwert werden niedergerissen
… und …

Hermann Pfeiffer hört auf zu reden, da auf dem Feldweg, wo
er mit Ferdinand Klingenberg beim Spazierengehen redet, sich
ein Mann auf dem Fahrrad nähert, in dem der Geistliche einen
inoffiziellen Mitarbeiter der Securitate zu erkennen meint. Zu
einem weiteren Gespräch mit dem Geistlichen wird es nicht
mehr kommen, und Ferdinand Klingenberg wird erst zwei
Jahre später, Ende 1989, nach dem Fall des Kommunismus in
Rumänien und im Ostblock, erfahren, dass der evangelische
Geistliche Hermann Pfeiffer, schwer gefoltert wurde und Monate noch im Gefängnis saß. Erst Mitte 1990 kann er in einem
Brief Ferdinand Klingenberg mitteilen, dass es ihm „einigermaßen gut" gehe, nachdem er wegen des Gespräches auf dem
Feldweg mit einem westdeutschen Staatsbürger „teuer bezah-
len" musste.

Aus seinen Studien über die NS-Gewaltherrschaft wusste Ferdinand Klingenberg nur allzu gut: Diktaturen tolerieren keine
Opposition, unterdrücken jede anders lautende Meinung und
sind erbost und wütend, wenn die Bevölkerung mit Humor
und Witz über die Diktatur und über den Diktator spottet.
Diktatoren sind eben alle *tierisch* ernst. Ihnen fehlt, wie den
Tieren, *der Humor,* also dasjenige geistige Phänomen am Menschen, das den Menschen exzeptionell vom tierischen Dasein
unterscheidet, und ihn letztlich zum *Homo humanus, zum
Homo ludens* macht. Ferdinand Klingenberg ist erleichtert, als
er sich wieder auf dem Weg nach Deutschland befindet und
sich mit Dieter austauschen kann, dem scheinbar seine schwierige Mission gelungen ist.

Nach den üblichen Schikanen an der Grenze, bevor sie Rumänien verlassen, befinden sie sich endlich in Ungarn. Dort wirkt alles anders: Häuser, Landschaft, Straßen sind irgendwie besser geordnet. Sogar die grüne Farbe der Bäume wirkt heller. Szeged erleben sie als eine fast westliche Großstadt. Dass sich dort wie in Budapest und Umgebung inzwischen viele Menschen aus Rumänien, vor allem Ungarn und auch Deutsche aus der DDR aufhalten und entweder auf Aufenthaltserlaubnis oder Ausreise nach den Wesen warten, bekommen sie aus der Presse mit. In Österreich ist alles noch besser und noch mehr geordnet als in Ungarn. In Bad Reichenhall angekommen, merkt Dieter an:

„Nun konntest du den Niveauunterschied zwischen dem Ostblock und Westeuropa zum zweiten Mal erleben."

Ferdinand nickt und denkt an das lange Gespräch mit Hermann Pfeiffer. Das, was er über das politische System in Rumänien mitgeteilt hat, ruft in Ferdinand Mitgefühl und Widerstand hervor. Ob die Menschen in Rumänien es schaffen, ihren Diktator zu stürzen? … Wir haben es zwischen 1933 und 1945 nicht geschafft. Die Alliierten mussten kommen, um uns zu befreien, denkt er sich. Aber im September 1988 kann keine Rede davon sein, dass in ein Ostblockland eine fremde Macht eingreift, zumal Ceaușescu, inzwischen alt und verstockt, eisern daran festhält, dass keine Einmischung von außen in die inneren Angelegenheiten eines Staates erlaubt sei. Diesem diskussionswürdigen Prinzip wird er 15 Monate später zum Opfer fallen. Er weiß nicht, dass die sowjetische Führung auf Gorbatschows Wunsch sich nicht einmischen wird, als am 20. Dezember 1989 die Massen in Bukarest „in Bewegung" kommen, nachdem sie zuvor schon in Temeschwar längst in Bewegung waren. Der „Genius der Karpaten" ahnt nicht: Es werden bald seine eigenen Leute sein, die ihn, einen armen Teufel, der unter Hybris litt, kurz vor Weihnachten 1989 ins Jenseits befördern.

Seine in Rumänien gesammelten Eindrücke fasst Ferdinand Klingenberg in einem Brief zusammen, den er Ende September 1988 Walter Böckle zukommen lässt.

Geehrter Freund, Walter!

Ich weiß, dass Du Dich in einigen Ostblockländern auskennst, aber in Rumänien warst Du noch nicht, außer einige Tage während des Krieges, oder? Deshalb will ich Dir etwas ausführlicher darüber berichten, was ich auf meiner zweiten Rumänienreise erlebt habe. Hoffentlich sehen wir uns bald, dann erzählst Du mir, was Du in der Sowjetunion erlebt hast.

Nun aber zu mir. Eine bestimmte Erfahrung meiner Reise, – wobei wir uns nur drei Tage im Land aufhielten, – lässt sich in einem Witz, den man uns erzählt hat, zusammenfassen. Ein Hund kommt von Polen nach Rumänien. Auf die Frage der rumänischen Hunde, warum er gekommen sei, antwortet er, dass es in Polen nichts zu fressen gäbe. Nach einigen Tagen kehrt er nach Polen zurück. Warum bist du zurückgekommen, wird er gefragt. Der Hund antwortet: Weil ich in Rumänien nichts zu fressen hatte und nicht einmal bellen durfte. – Tja, lieber Walter, bellen in Rumänien darf nur ein einziger Mann: Ceauşescu, der sich als „der Genius der Karpaten" titulieren lässt.

Dieser in Rumänien verbreitete Flüsterwitz charakterisiert vortrefflich die wirtschaftliche und politische Lage (Misere!) der Sozialistischen Republik Rumänien, wie sich der Balkanstaat seit 1965 nennt. Alle wirtschaftlichen und politischen Analysen erübrigen sich nach diesem Witz, den ich von einem evangelischen Pastor, in Flüsterton erzählt, in Temeschwar gehört habe.

Dieter Zillich, ein Freund von mir, den Du einmal schon gesehen hast, mit dem ich nun zum zweiten Mal in Rumänien war, hat mich während der Fahrt (wir sind mit dem Auto gefahren) über die Lage in Rumänien aufgeklärt. Doch die große Aufklärung erfuhr ich in einem langen Gespräch mit dem evangelischen Geistlichen. Nach meiner ersten Reise nach Rumänien 1975 hat sich dort die Lage sehr verschlechtert. – Nun stell Dir vor:

Die schon damals drastische Kontrolle an der Grenze ist noch drastischer geworden. Man muss buchstäblich alles auspacken, was man im Auto mitnimmt. Hat man Glück, ist die schikanöse Kontrolle innerhalb von zwei Stunden erledigt. Nicht selten, so warnte mich Dieter schon unterwegs, zieht sich die Abfertigungsprozedur vier, fünf oder noch mehr Stunden hin. Bei uns dauerte es diesmal sechs Stunden. Ich bin dabei zwei Mal eingeschlafen. Wie andere Ostblockstaaten, greift auch Rumänien zum Mittel des Zwangsumtausches, um die eigene Devisenkasse aufzubessern. So muss der westdeutsche Tourist pro Tag seines Aufenthaltes 25 Mark zum abenteuerlichen Kurs von eins zu fünf in rumänische Lei umtauschen.

Die Geldtasche wird auch dadurch belastet, dass ein Gesetz dem rumänischen Bürger verbietet, Ausländer bei sich zu beherbergen, außer bei direkter Verwandtschaft, wie Eltern, Kinder oder Geschwister. Wir haben natürlich im Hotel in Temeschwar übernachtet.

Damit schlägt die rumänische Regierung gleich zwei Fliegen mit einer Klappe. Einerseits kann sie zusätzliche Deviseneinnahmen aus den teuren Hotelübernachtungen verbuchen, wobei die Hotelunterkünfte keineswegs erstklassig sind, und andererseits werden unerwünschte Kontakte mit westlichen Ausländern erschwert. (Bemerkung: Nicht anders war die Situation im Dritten Reich, jedenfalls nach 1937, nicht wahr, Walter?).

Zwischenbemerkung: Bei meiner ersten Reise durch das Land 1975, wobei wir uns damals nur in Siebenbürgen bewegt haben, – Arad, Hermannstadt (Sibiu), Kronstadt (Brașov) und kurz in Schässburg (Sighișoara) – zeigte sich dem aufmerksamen Beobachter schnell die ganze wirtschaftliche Misere des Landes. Damals allerdings gab es noch etwas zu kaufen: Milch, Brot, Salami, Kaffee. Diesmal, im Jahre 1988, musste ich feststellen: Die Versorgungslage der Bevölkerung ist katastrophal. Es mangelt an den notwendigsten Gütern des täglichen Bedarfs. Man sagte uns: Eier, Mehl, Zucker und Speiseöl seien seit Jahren rationiert, (wie im Dritten Reich während des Krieges, nach 1942, nicht wahr, Walter?), und nur auf Lebensmittelkarte erhältlich. (Weißt du noch, wann in Deutschland die Lebensmittelkarten eingestellt wurde, weil es, endlich, genug zum Essen gab? Ich glaube, erst 1950. Du müsstest Dich besser erinnern, da Du älter bist.) Milch gibt es im Winter in Rumänien kaum. Obst und Gemüse sind in diesem einst so blühenden Agrarland („Kornkammer Europas" hieß es früher) knapp geworden. Südfrüchte existieren nur in den Vorstellungen der Leute, Fleisch gibt es nur selten und Kaffee ist ein absoluter Luxus und wohl auch ein Bestechungsmittel. Auch amerikanische Zigaretten sind Bestechungsmittel. Die schlechte Versorgungslage hat allerdings einen umfangreichen Schwarzmarkt entstehen lassen. Die dort gezahlten Preise sind sehr hoch, für westliche Zigaretten zahlt man fast den halben Monatslohn, wobei ein durchschnittlicher Arbeitnehmer etwa 2000 Lei im Monat verdient. (Das ist, umgerechnet, 200 bis 250 DM).

Apathie, Resignation und Verzweiflung breiten sich aus. Die Allgegenwart der Geheimpolizei schürt das Misstrauen im Volk und lässt Unmut nur im engsten Kreis der Familie und der Freunde laut werden. Hoffnung auf Veränderung gibt es nicht. Dennoch, und das hat mich sehr beeindruckt, können zumindest einige Menschen lachen und herrliche Witze erzählen. Natürlich nur leise, denn die Strafen sind drakonisch. Einen weiteren Witz, den ich mir gemerkt habe, schreibe ich Dir im Anhang dieses Briefes.

Seit über zwanzig Jahren regiert der Ceaușescu-Clan und lässt, wie damals in der NS-Zeit, jeden Opponenten verschwinden. So wurde mir über einen rumänischen Schriftsteller erzählt, der wegen eines Buches über die Stalinzeit in Rumänien im Jahre 1981 unter mysteriösen Umständen „gestorben" – sprich: umgebracht worden – ist. Sein Name ist *Marin Preda*.

Um die Bevölkerung von den miserablen Lebensumständen abzulenken, bemüht sich die Regierung intensiv um die Stärkung des rumänischen Nationalbewusstseins. (Die Deutschen wollten damals in der NS-Zeit Großdeutschland, die Rumänen wollen heute Großrumänien. Es ist verrückt, diese Parallelen festzustellen, nicht wahr?). Zu diesem Zweck wird die Geschichte so umgeschrieben, dass die Sozialistische Republik Rumänien als der krönende Abschluß, der glänzende Höhepunkt einer jahrtausendealten ruhmvollen Geschichte der Befreiung des rumänischen Volkes erscheinen muss, – natürlich unter der Führung des „Genius der Karpaten". (Hier werde ich erinnert an den „Größten Führer aller Zeiten", GröFaZ, der in der NS-Zeit unser Land verführt und die Welt in den Abgrund geführt hat). Außerdem forciert das diktatorische Regime in Rumänien das Bevölkerungswachstum. (Merkwürdige Parallelen zur nationalsozialistischen Familienpolitik, würde ich sagen). Diesem Ziel entspricht ein Gesetz zur Verhinderung von Abtreibungen. Es zwingt jede Frau, sich einmal monatlich vom Arzt auf eine mögliche Schwangerschaft untersuchen zu lassen.

Ein schlimmes Kapitel in der heutigen Realität des Vielvölkerstaates Rumänien, so wurde mir glaubwürdig dargelegt, ist die Lage der deutschen und der ungarischen Minderheit: Generell der Minderheiten, auch die Lage der Roma. (In Rumänien heißen sie Zigeuner). Die Zahl der Schwaben, im Banat, und der Sachsen, in Siebenbürgen, ist immer noch beträchtlich. Etwa 90 000 Deutsche und etwas über eine Million Ungarn leben noch in Rumänien. (Zum Vergleich: Im Jahr 1945 lebten über 700 000 Deutsche und etwa 1,3 Millionen Ungarn in Rumänien. Die Deutschen sind inzwischen ausgewandert und fast jeder will auswandern. Auch die Ungarn versuchen die Übersiedlung in den sozialistischen Nachbarstaat Ungarn. Ich kann hier nur nebenbei erwähnen: Auf der Rückfahrt haben wir kurz vor Budapest getankt und ein Mann hat uns angesprochen: Er sei ein Ungar aus Rumänien, aus der Gegend von Arad und er sei geflüchtet und wolle zu seinen Verwandten, die westlich von Budapest wohnen. Ob wir ihm nicht ein bisschen Geld geben könnten. Haben wir gemacht und dann erzählte er noch in gebrochenem Deutsch über die extrem schwierige Situation der ungarischen Bevölkerung in Siebenbürgen).
Man sagte mir, dass in Hermannstadt maximal 10 000 Deutsche leben. In Herrmannstadt, so sagte man uns, haben fast alle den Wunsch, sobald wie möglich, nach Westdeutschland auszuwandern. Zusätzlich zu den allgemeinen Schwierigkeiten,

die alle betreffen, fühlt sich die deutsche Minderheit isoliert, verachtet und diskriminiert. In der Öffentlichkeit, am Arbeitsplatz spricht man nicht gerne Deutsch und wenn ja, müssen sich die Deutschen gefallen lassen, als „Hitlers" tituliert zu werden. (Die langen Schatten unserer dunklen Vergangenheit, nicht wahr, Walter?)

In dem einen langen Gespräch mit dem evangelischen Geistlichen, habe ich sehr Schlimmes über die Unterdrückung der Kirchen gehört, was mir bisher nicht bekannt war. Katholiken und Protestanten sind entweder ungarisch- oder deutschsprachig, weshalb sie doppelt so viel beobachtet und unterdrückt werden, wie die rumänisch-sprachigen Orthodoxen. Die orthodoxe Kirche hat ihre Seele längst dem kommunistischen Regime verkauft, sagte mir Hermann Pfeiffer.

Diesmal habe ich wenige Menschen getroffen und so richtig nur mit einem gesprochen. Fazit:

Das politische System in Rumänien ist durchaus vergleichbar mit dem NS-System der Jahre 1933 bis 1945 im Deutschen Reich. Das ist, in Kürze, meine Konklusion.

Lass uns, lieber Walter, bald wieder ein persönliches Treffen arrangieren.

Mit besten Grüßen und in Vorfreude auf unsere hoffentlich baldige Begegnung.

In freundschaftlicher Verbundenheit – Ferdinand

PS. In dem beigefügten Anhang, die Fotokopie eines Dokumentes, findest Du aktuelle Angaben über: Die Lage der deutschen Minderheit in Rumänien.

Anhang 1. Diese Angaben über die Lage der Minderheiten in Rumänien hat uns ein evangelischer Geistlicher in Hermannstadt zugespielt, sagend, wir sollten im Westen wissen, wie es den Deutschen im sozialistischen Rumänien im Jahre 1988 gehe. Ein Lagebericht:

Januar 1945: Durchführung der von den rumänischen Behörden und der sowjetischen Führung schon seit Herbst 1944 insgeheim vorbereiteten Deportation von etwa 70 000 arbeitsfähigen deutschen Männern, Frauen und Mädchen in die Sowjetunion zur Zwangsarbeit.

März 1945: Totalenteignung aller deutschen Landwirtschaften und Grundbesitzer im Banat und in Siebenbürgen.

Juni 1948: Totalenteignung auch des deutschen Bürgertums. Enteignet, d.h. rumänisiert, werden 420 volksdeutsche Industriebetriebe verschiedener Größenordnung, 9450 Handelsunternehmen, 7840 Gewerbebetriebe. Die Folge: Abstieg des deutschen Bürgertums in die proletarische Deklassierung.

Rumänien ist seit dem 30. Dezember 1947 „Volksrepublik" und als Satellitenstaat der Sowjetunion dem „Aufbau des Sozialismus" verpflichtet.

1948/49: Offiziell macht das Regime der deutschen und auch der zahlenmäßig noch größeren ungarischen Minderheit Zugeständnisse, indem es allen rumänischen Staatsbürgern „ohne Unterschied der Rasse, Nationalität, Sprache und Religion" die volle Gleichberechtigung zuspricht.

Im Oktober 1968 (nach dem Einmarsch des Warschauer Paktes in Prag, bei dem Rumänien nicht mitgemacht hat): Gründung eines Rates der Werktätigen deutscher Nationalität, zugleich Gründung solcher Räte auch für die übrigen Nationalitäten. Ihre Hauptflicht ist die Erziehungsarbeit im Dienst des sozialistischen (eigentlich rumänischen) Patriotismus und Internationalismus gegen reaktionäre faschistische, irredentistische und nationalistische Anschauungen.

Juli 1972: Die Bukarester Nationalitätenpolitik wird in einer Rede von Ceauşescu klar umrissen. Er sagte: „Die spezifischen Merkmale der mitwohnenden Nationalitäten werden noch eine gewisse Zeit erhalten bleiben, dann aber im Zuge der gesellschaftlichen und nationalen Homogenisierung in unserer sozialistischen Nation mehr und mehr verschwinden."

Anmerkung: Nationale Homogenisierung ist hier als Synonym für Rumänisierung zu verstehen.

1987 lebten in Rumänien etwa 200 000 deutschsprachige Menschen, Ende 1988 werden es vermutlich nur 100 000 sein. Vergleich: 1939 waren es noch 780 000. Inzwischen fand und findet noch kontinuierlich ein Exodus in Richtung BRD statt. Alle wollen weg, denn ein weiteres Verbleiben in Rumänien führt unweigerlich in die vollständige Assimilation. – –

Anhang 2. Und nun, lieber Walter, komme ich zu dem besagten Witz. Ceauşescu und seine Frau befinden sich in einem Flugzeug und schauen nach unten. Da arbeiten unsere rumänischen Leute und bauen den Sozialismus auf, sagt er. Lass uns 10 Lei runterschmeißen, dann machen wir einen Rumänen glücklich. Sie darauf: Lass uns zwei Mal 10 Lei runterschmeißen, dann machen wir zwei unserer Leute glücklich. Und so reden sie weiter und die Summe wird mal von ihm, mal von ihr höher und höher angesetzt. Der Pilot, der das Gespräch mithört, interveniert plötzlich sehr energisch: Hören Sie endlich auf zu schwätzen! Ich werde sie beide gleich aus dem Flugzeug fallen lassen, und mache dadurch nicht zehn oder hundert, sondern zwanzig Millionen Menschen glücklich. –

Walter Böckle lacht aus vollem Herzen, als er einige Wochen später den Brief seines jüngeren Freundes liest. Seine Erfahrungen in der Sowjetunion sind ganz anders, viel positiver, denn dort ist inzwischen Michail Gorbatschow an der Macht, den Böckle als eine außergewöhnliche, humane und dialogbereite Gestalt erlebt. Gorbatschow strahlt Vertrauen und Zuversicht aus, wohl wissend, dass der Dialog mit dem Westen die wirtschaftliche Lage seines Riesenreiches nur verbessern kann. Das erste Treffen zwischen Michail Gorbatschow und Ronald Reagan 1985 in Genf verfolgte Böckle mit Spannung. Danach müsste bald beginnen, Schritt für Schritt, die atomare Abrüstung, denkt er sich, und lobt Gorbatschow und Reagan, weil sie eine erste gute Idee laut formulieren: *Niemals dürfe ein Atomkrieg entfesselt werden, denn es könne dabei keinen Sieger geben.* Ach, dieser Kalte Krieg, der uns so lange schon im Schach hält, denkt sich Böckle, wann nur wird er beendet sein? –

Nach dem Abitur seines Sohnes, Otto, der sich an der LMU München für Jura und Politische Philosophie immatrikuliert hatte, gelang Mitte Oktober 1990 endlich der lang geplante Umzug von Frankfurt nach München, so dass Ferdinand Klingenberg, inzwischen 56 Jahre alt, sich zufrieden fühlen durfte, zumal er bei der Staatsanwaltschaft die Stelle bekam, die zu ihm passte. Seine Tochter Barbara lebte inzwischen in Baden-Württemberg und unterrichtete Religion an einem Gymnasium in Karlsruhe.

Auch seine Frau Marie-Bernard fand die großräumige und helle Wohnung in der Türkenstraße sehr angenehm. Sie und Ferdinand staunten nicht wenig und voller Freude über den schnellen Vereinigungsprozess der beiden deutschen Staaten; ein Ereignis, das Ferdinand Klingenberg zwei Jahre zuvor noch als unmöglich angesehen hat.

Noch in Frankfurt rief ihn sein Freund Dieter Zillich an und teilte mit: Der rumänische Mann Iulian Constantinescu habe inzwischen seine Frau und Tochter bei sich, die kurz nach dem Sturz von Ceauşescu ausreisen konnten. Constantinescu habe ihm einen langen Dankesbrief geschrieben und zum Abendessen eingeladen.

„Ansonsten bedauere ich, dass du nach München umziehst, aber ich verstehe dich. Da bist du der Hochschule für Philosophie näher und für deine Promotion ist das von Vorteil. Wir bleiben in Kontakt, nicht wahr?"

„Natürlich Dieter, natürlich", antwortete ihm Ferdinand Klingenberg.

Vor allem die musikalische Kultur der Stadt München beeindruckte Ferdinand Klingenberg sehr, der mit seiner Frau, so oft es nur ging, im Gasteig den Münchner Symphonikern gerne zuhörte und die überaus hohe und feinsinnige Dirigentenkunst des ursprünglich aus Rumänien stammenden Maestro *Sergiu Celibidache* bewunderte. Außerdem konnte er, endlich, 1995 die Doktorarbeit an der Hochschule für Philosophie einreichen und nach den bestandenen Prüfungen wurde er im Mai 1996 promoviert. Seine musikalische Kultur, sein wachsendes Interesse für die Musik von Bach, Haydn, Mozart und Beethoven vertieft er in jenen Jahren, wiederum durch seine Frau Marie-Bernard angeregt, durch Musikseminare der *Musicosophia,* die eine einzigartige Schule des Hörens in Sankt Peter im Schwarzwald ist, welche den Leuten sehr behutsam und spannend die Kunst des richtigen Hörens beibringt. Gegründet wurde diese Schule von dem rumänischen Musikwissenschaftler und Philosophen *George Bălan.* Nur durch Zufall erfährt Ferdinand Klingenberg, dass Professor Bălan schon 1977 aus Rumänien expulsiert wurde, da er dort mit seinen musikalischen Meditationen zu viele Menschen um sich gesammelt hat, die lieber ihm und der klassischen Musik und weniger dem damals herrschenden rumänischen Diktator, Ceauşescu, zugehört haben. In den Jahren 1990–1998 besucht Ferdinand Klingenberg mit seiner Frau Marie-Bernard auch die Internationalen Kongresse der Musicosophia, die meistens im Monat August – abwechselnd in Frankreich, Spanien, Italien, Österreich, Schweiz oder Deutschland – stattfinden und staunt immer wieder darüber, wie die geheimnisvollen Klänge der Musik der großen Meister sein Inneres bewegen. Ferdinand Klingenberg lernt unterscheiden zwischen dem Geschehen in der Seele und dem Geschehen da draußen in der Politik, im Justizwesen und in der Wirtschaft. Jedenfalls wird er die Musik der großen Meister mehr und mehr als einen besonderen und einzigartigen Schatz des europäischen Geistes und der europäischen Kultur wahrnehmen und erkennen.

Es war die Zeit, in der der vor dem historischen Ereignis der Wiedervereinigung (1990) geschickt, umsichtig und klug agierende Bundeskanzler Helmut Kohl, „der Architekt der deutschen Einheit", nach sechzehn Jahren Kanzlerschaft abgewählt und fast gleichzeitig von einer üblen Spendenaffäre eingeholt wurde. Solche Affären sind seit der Zeit von Konrad Adenauer in der CDU fest verankert und das Pikante daran ist, wie Ferdinand Klingenberg es beurteilt, dass die Partei nach wie vor sich als „christlich" bezeichnet, nicht anders als ihre Schwesterpartei die CSU, deren Geschichte, zumindest phasenweise, als ein *mixtum compositum* von Intrigen, Lügen, Korruptionen, Amigo-Affären in Erscheinung tritt, wobei Ferdinand Klingenberg in der Gestalt von *Alois Glück* eine politische Persönlichkeit erkennt, die auf ihn ehrlich und menschlich integer wirkt. Ansonsten fällt es ihm nicht leicht, unter den in den ersten Reihen wirkenden „Größen der CSU" eine Gestalt auszumachen, der er sein volles Vertrauen schenken könnte.

Ferdinand Klingenberg, ein Mitglied der CDU, überlegt sich um das Jahr 2000 immer wieder, aus der Partei auszutreten. Er sieht allerdings für sich keine andere Alternative, weshalb er eine ganze Weile noch zögert.

8 Die fast goldenen Jahre der Europäischen Union (1999–2013)

• Fachtagung in Frankfurt: Was Europa zu bieten hat • Samuel Mátrai, Jean-Pierre Solignac, Walter Böckle und Ferdinand Klingenberg
im Gespräch über Europa • Kurze Philosophie der Geschichte Europas nach Yaakov Zur • Initiativen in Frankreich, die Judenfrage
zu klären Ein französischer Professor plädiert für „die Rechte des
menschlichen Wesens" • Ein holländischer Professor erörtert die
Bedeutung von Erasmus von Rotterdam für Europa • Der Jesuitenpater Bogdan Podskalski legt Zeugnis über seine Rettung ab und
entfaltet sieben Thesen über Europa • Weitere Gespräche zwischen
Ferdinand Klingenberg und Walter Böckle über die langen Schatten
der NS-Zeit • Der internationale Kongress der Psychiater in Berlin:
Dr. Frank Schneider entschuldigt sich das erste Mal öffentlich für
die unrühmliche Rolle vieler Psychiater in der NS-Zeit • Ein letztes Gespräch zwischen Walter Böckle und Ferdinand Klingenberg
• Russland gehört zu Europa

Ein Jahr vor der Jahrtausendwende findet in Frankfurt an
der Theologischen Hochschule der Jesuiten eine gut vorberei-
tete Veranstaltung über Europa statt. Der Kontinent scheint
seit 1991 die „fast goldenen Jahre" zu erleben, die mit der Fi-
nanzkrise 2008 zu Ende gehen wird. Die Organisatoren der
zweitägigen Fachtagung sind verschiedene politische und kulturelle Gremien, darunter auch das Deutsch-Französische Institut, das deutsche Außenministerium, zwei kirchliche Akade-
mien und die genannte Hochschule, welche die Veranstaltung
initiiert hat.

Über die in Frankfurt geplante Fachtagung erfährt Ferdinand
Klingenberg durch Walter Böckle, der ihm mit der Einladung
zum Thema „Was Europa zu bieten hat? Sein geistig-kulturel-
ler Beitrag in einer Welt der Finanzen" einige Zeilen mitschickt.
Ahnend, dass ihn, Ferdinand, das Thema sicher interessieren
würde, wäre er, Walter, sehr froh, würde Ferdinand dazukom-

men, zumal „wir uns seit einigen Jahren nicht mehr gesehen haben und ich, inzwischen schon 75 geworden, das Bedürfnis verspüre, Dich, lieber guter Ferdinand, wieder zu sehen und mit Dir, wie in alten Zeiten über Gott und die Welt zu reden."

Nach dieser Nachricht ist Ferdinand wie elektrisiert. Klar, dass er teilnimmt. Unter den Referenten, die aus Polen, Ungarn, Österreich, Deutschland, Frankreich, Holland, Italien und Spanien kommen, entdeckt er auch den Namen des Jesuitenpaters Bogdan Podskalski, den sein Vater, damals im Krieg, im September 1939, vor dem sicheren Tod gerettet und mit dem er schon, tief in der Seele bewegt, gesprochen und auch Briefe gewechselt hat.

„Wie schön, dass du gekommen bist", begrüßt ihn freudig Walter Böckle, als Ferdinand in einem bestimmten Restaurant in der Altstadt auftaucht und beim Anblick der weißen Haare von Böckle bei sich denkt: In der Tat, Walter ist älter geworden.

„Du weißt vielleicht noch, dass ich dir damals in München zwei meiner Studienfreunde vorstellen wollte. Es hat nicht geklappt, weil sie sich gerade nicht in München aufhielten. Weißt du noch? Heute aber werden sie zu uns stoßen und dann wirst du sie kennenlernen, meine alten Freunde aus der Studienzeit in München: Jean-Pierre Solignac, ein Franzose, ein überzeugter Europäer wie du, und Samuel Mátrai, ein ungarischer Jude, dem es gelungen ist, im Sommer 1944 mit seinen Eltern rechtzeitig vor den Nazis zu fliehen. Aber nun zu uns, mein Lieber. Wie geht es dir? Was machst du so in München?"

Ferdinand berichtet in Essenz: Er sei inzwischen Oberstaatsanwalt, der mit der organisierten Kriminalität zu tun habe. Das sei für ihn einerseits eine große Herausforderung. Andererseits habe er Gefühle der Enttäuschung, da es bisher nicht möglich war, „die früheren und noch heute unter uns lebenden Nazis" anzuklagen, bis auf eine Ausnahme, die sich gerade in diesen Tagen abzeichnet. Sollte er mit diesem besonders „perfiden Fall", bei dem die Vorbereitung der Anklageschrift und die Beweisführung ziemlich komplex sei, dann erst könne er sagen, dass er sein in der Jugend gestecktes Berufsziel erreicht habe. Inzwischen sei er aber in Philosophie promoviert worden mit einem Thema, das an der Grenze zwischen Recht und Ethik angesiedelt sei: *Römisches Recht und europäische Rechtsentwicklung mit besonderer Berücksichtigung der Grundwerte Europas*. Er interessiere sich nach wie vor für die in Deutschland, seiner Meinung nach, deutlich zu spürenden rechtsextremen, völkisch beladenen, allzu nationalistischen Manifestationen und verfolge aufmerksam, wenn hier und dort, allerdings selten, ein ehemaliger Nazi verhaftet und dann, meistens nicht oder nur für kurze Zeit ins Gefängnis komme. Sobald er pensioniert werde, „vermutlich in zehn Jahren", werde er mit Ludwigsburg enger kooperieren. Ach ja, fügt Ferdinand hinzu:

„Ich konnte ab und zu mit Simon Wiesenthal kooperieren, aber eher auf einer vordergründigen Ebene. Außerdem hat sich Frau Marianne Meyer-Krahmer, die Tochter von Carl Friedrich Goerdeler, den die Nazis am 02. Februar 1945 hingerichtet haben, gemeldet und ihr Buch über ihren Vater mir zugeschickt. Es heißt: *Carl Goerdeler. Mut zum Widerstand. Eine Tochter erinnert sich* (Leipzig 1998). Sie bedankte sich für meine damalige Ermutigung in München, vielleicht kannst du dich noch daran erinnern, es war vor 19 Jahren, als wir zusammen in München zu tun hatten. Das Buch zeigt mir erneut, wie unsere Kriegskindergeneration, und noch mehr deine Generation, Walter, nicht aus der Auswirkungssphäre des Zweiten Weltkrieges loskommt. Ich würde sogar sagen: unser gesamtes kulturelles Leben seit 1945 ist immer noch überschatten vom Grauen des Zweiten Weltkrieges. Aber ich wollte das jetzt nicht ausführlich erörtern."

Walter Böckle: „Du hast schon eine Menge erreicht, Gratulation! Der von dir sogenannte ‚perfide Fall' ... kannst du mir mehr dazu sagen oder bist du noch zum Schweigen verpflichtet bis zum Zeitpunkt der Anklageerhebung?"

Ferdinand: „Eigentlich muss ich noch schweigen, aber weil du es bist, erwähne ich einige Umstände aus dem Leben des ehemaligen SS-Mannes, der mit den Häftlingen in Theresienstadt, in der sogenannten *Kleinen Festung,* besonders brutal und pervers umgegangen ist. Er stammt aus Innsbruck, ist Jahrgang 1912 und konnte sich bisher immer wieder dem Zugriff der Justiz – mal in Südtirol, mal in Österreich, mal in Deutschland – entziehen. Die Justiz hat allerdings, ... wie soll ich es sagen, ... mehr oder weniger geschlafen und hatte kaum den festen Willen, diesen NS-Verbrecher verhaften zu lassen. Jetzt aber scheinen die Umstände seiner Verhaftung günstig zu sein. Wenn es dem Gericht in München gelingt, die noch lebenden drei Zeugen zu befragen und sie zum Prozess einzuladen, dann ... ja ... dann wird dieser Mann mit hoher Wahrscheinlichkeit lebenslänglich bekommen. Die Namen der Zeugen kennen wir inzwischen. Simon Wiesenthal hat uns bzw. mir direkt ihre Adressen mitgeteilt. Aber genug jetzt zu diesem Thema. Was gibt es bei dir Neues, Walter?"

Darüber hinaus, dass er inzwischen vierfach Opa sei, habe er begonnen, seine Memoiren zu schreiben, vor allem die Jahre 1930 bis 1950 habe er vor Augen. Inzwischen sei das Manuskript schon fast fertig und zwischendurch, beim Schreiben, habe er sich öfters wie erschlagen gefühlt. Bestimmte Kriegserfahrungen, die sich ihm tief eingeprägt haben, hätten ihn richtig erschüttert, gebeutelt, so dass er Weinkrämpfe bekam und habe mit dem Schreiben vorübergehend aufhören müssen. Albträume seien wiedergekehrt. Doch die andere Seite dieses nur angedeuteten inneren Geschehens sei gut gewesen, „ich denke hier, Ferdinand, an meine Erfahrungen mit deinem Vater, mit meinem ehemaligen Kommandeur, dem ich bis heute in meinem Herzen ein Denkmal setze. Er war der Glücksfall meines Lebens."

Ferdinand kann nicht mehr antworten, denn in jenem Moment tauchen die alten Freunde von Walter Böckle auf: Jean-Pierre Solignac und Samuel Mátrai. Der erste ist ein dünner, sympathisch wirkender, schwarz-grauhaariger Mann, groß gewachsen und Brillenträger. Der zweite, – mittlere Größe, kurze Frisur, heiteres Gesicht, – wirkt in seinem eleganten Anzug wie ein höherer Beamter im Außenministerium.

190

„Meine Güte, ihr seid auch älter geworden, seitdem wir uns nicht mehr gesehen haben", begrüßt sie Walter Böckle freudig und sichtlich bewegt.

Durch die Vermittlung von Walter Böckle werden Ferdinand, Jean-Pierre und Samuel schnell vertraut miteinander. Die Veranstaltung über Europa beginnt erst am nächsten Tag um 9 Uhr und endet am übernächsten Tag um 13 Uhr. Der Abend davor ist noch lang. Sie können sich austauschen. Zunächst erzählen alle etwas über sich selbst. Bald darauf dreht sich das Gespräch um die Europäische Union. Walter Böckle sieht zu wenig Bereitschaft bei einigen Ländern, auf Teile der nationalen Souveränität verzichten zu wollen. Jean-Pierre Solignac hebt die Notwendigkeit einer Europäischen Verfassung hervor, die zwar irgendwo in einer Schublade „bei uns in Paris" existiere, aber gerade Frankreich sich schwer damit tue, sich von seiner „alten Rolle des Hegemons" zu distanzieren. „Es gibt bei uns noch Leute, die Frankreich, mit einem bestimmten Pathos, als *la grande nation* erleben und bezeichnen. Und natürlich reklamieren wir für uns den Anspruch, als neue Republik nach dem Krieg aus dem Geist der Résistance erwachsen zu sein, so ähnlich, wie früher die DDR behauptet hat, der eigentlich gute, antifaschistische deutsche Staat zu sein", ergänzt Jean-Pierre Solignac mit einer gewissen Ironie in der Stimme.

Ferdinand Klingenberg ist der Ansicht, dass Deutschland und Frankreich, aber auch Deutschland und Polen und dann Russland und Polen sich viel mehr annähern müssten, damit, vielleicht in zwanzig Jahren, also etwa 2019 oder 2020, Europa ein emotional und politisch sicheres Fundament habe, natürlich in Verbindung mit einer Europäischen Verfassung, die er, als Jurist, sowieso als absolut notwendig erachte.

Ja, ja, sagt, Walter Böckle: Deutschland und Polen seien inzwischen auf dem Weg der Freundschaft, was aber zwischen Polen und Russland sicher noch nicht der Fall sei. Und:

„Ich stimme dir zu, Ferdinand, dass wir ein emotional und politisch sicheres Fundament brauchen. Zu bedenken gebe ich nur, dass wir in Europa so verschiedene Mentalitäten haben, dass das Bewohnen des ‚gemeinsamen Hauses‘, um hier in Anlehnung an Gorbatschow zu sprechen, sicher nicht ohne Konflikte gelingen wird. Ich erinnere an den Jugoslawien-Krieg, den wir nicht haben verhindern können. Es braucht mehr als zehn Jahre, bis wir emotional und politisch ein sicheres Fundament hinbekommen. Vielleicht, sage ich, vielleicht sind wir erst im Jahre 2045 so weit, einhundert Jahre nach dem Ende des Zweiten Weltkrieges. Aber auch damit bin ich vermutlich allzu optimistisch.“

Nun meldet sich auch Samuel Mátrai zu Wort: Aus der Sicht seiner bisherigen Lebensgeschichte, – immerhin sei er schon siebenundsechzig Jahre alt, wie Jean-Pierre auch, – könne er den geäußerten Ansichten „im Großen und Ganzen“ zustimmen, allerdings sei mit alldem ein Kernproblem Europas, nämlich der hasserfüllte Antisemitismus, „ein Krebsgeschwür im Organismus der EU“, leider nicht gelöst. Samuel schaut die anderen an. Alle schweigen betroffen. Er sei inzwischen in vielen europäischen Ländern gewesen und habe in mehreren Ländern den latenten Antisemitismus wahrgenommen, aber am stärksten seien die Juden immer noch in Deutschland „die verachtete Randgruppe, die Fremden, die Gehassten.“
Den Hinweis von Walter Böckle, dass doch inzwischen hier und dort auch ein jüdisch-christlicher Dialog existiere; dass die Bundesregierung viel Geld für die Erhaltung der jüdischen Kultur in Deutschland ausgebe; dass hier und dort, zum Beispiel in Rostock, ein jüdisches Kulturzentrum eingerichtet worden sei, wo beispielsweise „vor Kurzem“ der Jude Dr. Yaakov Zur zum Ehrenbürger der Stadt Rostock ernannt worden sei … diese und ähnliche Hinweise von Walter Böckle, die er in das Gespräch einzuflechten versucht, relativiert Samuel Mátrai gleich mit dem Einwand:
„Gut, gut, nur schauen wir auf der anderen Seite die Zahl der Angriffe auf Juden, auf jüdische Friedhöfe und Synagogen an, die seit 1946 bis heute 1999 in der Bundesrepublik stattgefun-

den haben. Es handelt sich um eine erschreckend große Zahl. Ich nenne nur einige Beispiele aus der jüngsten Zeit. Vor drei Jahren, also 1996, wurden im gesamten Bundesgebiet, sage und schreibe, 33 Friedhöfe geschändet. 1997 wurden 42 jüdische Friedhöfe geschändet. 1998 wurden 34 jüdische Friedhöfe geschändet. Und im April 1999, also in diesem Jahr, wurden nur in Nürnberg auf dem jüdischen Friedhof 85 Grabsteine umgeworfen. Ach ja, noch ein Beispiel: Im September 1998 haben Unbekannte, so hieß es in der Presse, die Umfassung des Grabes von Heinz Galinski in Berlin-Charlottenburg gesprengt. Er war der langjährige Präsident des Zentralrats der Juden in Deutschland. Genug der Beispiele.

Außerdem ist es als ein gesichertes Faktum festzuhalten, dass die deutsche Nachkriegsjustiz bis heute, leider, nicht gewillt ist, nationalsozialistische Verbrechen angemessen zur Anklage zu bringen. Kurz vor der Jahrtausendwende leben unter uns immer noch etwa sechstausend und mehr Personen, die in der NS-Zeit in das Verbrechen gegen die Juden, Romas und in die Tötung lebensunwerten Lebens ziemlich direkt involviert waren. Diese Leute sind 75 bis 90 Jahre alt, aber sie leben noch unter uns, ich würde sagen ein bürgerliches Leben. Einige sind Mitglieder in der CDU oder CSU oder FDP ... andere singen in einem Kirchenchor mit, wiederum andere veröffentlichen, natürlich unter Pseudonym, abstruse rechtsorientierte Artikel in der rechtslastigen Presse der DVU (Deutsche Volksunion) und wiederum andere sind oder waren bis vor Kurzem im Außen angesehene Professoren an verschiedenen Universitäten. Okay das reicht jetzt."

Auf die Frage von Walter Böckle, aus welcher Quelle er dieses „gesicherte Faktum" bzw. diese „gesicherte Fakten" und „die Zahlen" nehme, offenbart sich Samuel Mátrai so:

„Als wir in München studiert haben, lieber Walter, habe ich dir und Jean-Pierre erzählt, dass ich bei Radio Freies Europa arbeite. Was ich verschwiegen habe, war die Tatsache, dass ich auch für den Mossad gearbeitet habe – und zwar bis 1995. Heute kann ich das sagen. In all den Jahren hatte ich die Aufgabe, die in Europa lebenden Nazis aufzuspüren. Und einmal war ich sogar in Bolivien und suchte nach dem Gestapochef von Lyon. Meine Quelle ist demnach der israelische Geheimdienst, der über all diese Gegebenheiten besser informiert ist als du, – und hier bitte ich um Verständnis für diesen Vergleich, – über deine eigene Herkunft. "

Walter Böckle kommt aus dem Staunen nicht mehr heraus und findet zunächst die Worte nicht, die organisch passen würden, um Samuel Mátrai zu antworten. Auch Jean-Pierre staunt nicht wenig. Ferdinand schweigt und wartet auf die Fortsetzung. Kurz darauf fährt Samuel fort:

„Der ehemalige Leiter der Wiesbadener Staatsanwaltschaft, Dr. Fritz Bauer, war sicher eine starke Persönlichkeit, der gegen den Strom zu schwimmen wusste. Darum gab es zwischen Dezember 1963 und August 1965 die Auschwitz-Prozesse, die allerdings, im Rückblick betrachtet, nur eine halbe Sache waren oder noch weniger. Aber das bis heute vorhandene Grundproblem des mittlerweile vereinten Deutschlands, worüber ich mich freue, und das meine ich ehrlich, besteht weiterhin darin, dass die Justiz systematisch und wohl auch bewusst versagt hat. Dabei konnte auch eine vorbildliche Verfassung, wie sie die junge Bundesrepublik sich selbst gegeben hatte, nichts ändern. Das Versagen der Justiz war, nach meiner Einschätzung, Ausdruck eines fehlenden politischen Willens. "

Dem könne er als Jurist voll und ganz zustimmen, interveniert jetzt Ferdinand Klingenberg, denn seine ersten Erkundigungen über die Zentrale in Ludwigsburg lassen auch in ihm das Bild einer Justiz entstehen, die das im Grundgesetz festgeschriebene Rechtsstaatsprinzip nur formell beachtet und nur verbal betont, in der realen Praxis aber jahrzehntelang, und bis heute, systematisch ausgehebelt habe. Unsere deutsche Justiz sei ein Hauptteil jener „zweiten Schuld", die Ralph Giordano, ein bedeutender Journalist und Holocaust-Überlebender, uns bereits 1987 vorgehalten habe.

„Genau", sagt Samuel Mátrai, „und dieser *Ralph Giordano* meinte auch, dass die Deutschen die Terrorjahre der NS-Zeit allzu lange verdrängt und verleugnet hatten. Und dazu gehört auch, würde ich sagen, dass die sogenannten ‚Sondergerichte' und ‚Volksgerichte' des NS-Regimes zwischen 1940 und dem Zeitpunkt der bedingungslosen Kapitulation am 08. Mai 1945 gegen 16 000 deutsche Bürger die Todesstrafe verhängt haben. Auch darüber wird bis heute kaum gesprochen. Die Justiz versteht es wunderbar, den Mantel des Schweigens über all diese Verbrechen zu legen." Die Stimme von Samuel Mátrai klingt hier bitter.

Ferdinand Klingenberg will gerade erwähnen, dass zur Zeit gegen einen brutalen SS-Mann ermittelt werde und er selbst damit beschäftigt sei, doch Jean-Pierre kommt ihm zuvor und klinkt sich in das emotional beladene Gespräch ein mit den Worten:

Leider sei die Situation in Frankreich auch nicht rosig. Sogar in der ultrakatholischen Bretagne habe man in den vergangenen Monaten Gruppierungen ausgemacht, die sich bis heute als „Hitler-Anhänger" betrachten. Unfassbar, unvorstellbar! … Immerhin wolle er aber an *Klaus Barbie*, an den brutalen Gestapochef, an den „Henker von Lyon" erinnern, der 1983 an Frankreich ausgeliefert und in Lyon zu lebenslanger Haft verurteilt wurde. Inzwischen sei er schon, „Gott sei Dank," gestorben. Davon unabhängig, müsse man nüchtern feststellen:

Das Vichy-Regime von Marschall *Philippe Pétain* sei kein Ruhmesblatt „in unserer Geschichte" gewesen. Andererseits, so Jean-Pierre, habe man Mitte der 1980er Jahre durch Filme und Bücher damit begonnen, das gegen die Juden begangene Unrecht in Frankreich öffentlich zu machen. Es sei erinnert an die Publikation von Serge Klarfelds *Mémorial de la déportation des Juifs de la France;* es sei erinnert an den Film von Marcel Ophuls *Le Chagrin et la pitié* und nicht zuletzt an den Dokumentarfilm *Shoa* von *Claude Lanzmann.* …

„Aber sag mal Samuel, als du vorhin über Bolivien gesprochen hast, hast du gemeint, dass du dort nach Klaus Barbie gesucht hast?" – fragt Jean-Pierre.

Samuel nickt und deutet an, dass er in dieser Hinsicht erfolg-
los gewesen sei. Doch er wisse, dass, um sich auf Westeuropa
zu beschränken, in Frankreich und in Deutschland, ebenso in
Österreich und in Ungarn immer noch eine beträchtliche Zahl
von Menschen offen oder latent antisemitisch eingestellt seien.
Einige dieser Menschen, sagt er, „haben aktiv an der Deportation der Juden mitgemacht und leben noch unbehelligt in Österreich, in Ungarn und ich glaube auch in Rumänien. Das sind
die Leute, die in vorauseilender Gehorsamkeit der NS-Führung entgegengekommen sind, entweder aus Überzeugung
oder aus … aus anderen Gründen."

Er habe keine Zahl im Kopf, sagt Ferdinand Klingenberg, aber
er schäme sich zutiefst für jeden einzelnen antisemitischen Angriff auf Personen oder Institutionen, sei es in Frankreich oder
in Deutschland. Er fügt noch hinzu:
  „Und ich stimme dir zu, Samuel, dass wir in Deutschland
immer noch extrem verletzbar und auch gefährdet sind, denn
der brutale, direkte, hasserfüllte Antisemitismus ist, wie manche Untersuchungen zeigen, nicht nur Sache von Extremisten,
sondern entspringt oft aus der Mitte der bürgerlichen Gesellschaft."
  Jean-Pierre äußert sich ähnlich mit Bezug auf Frankreich,
denn auch dort gäbe es „verrückte Antisemiten", sich als „Su-
perfranzosen verstehende Typen", die einfach alles hassen,
was jüdisch sei. „Und Jean-Marie le Pen ist kein Vorbild, er
schreckt mich ab. Aber wie war es nochmal mit der Ehrung des
Yaakov Zur in Rostock?" – will Jean-Pierre nun wissen. Walter
Böckle erzählt:
  „Es gibt in Rostock seit einigen Jahren, ich glaube seit 1993
die ‚Stiftung Begegnungsstätte für jüdische Geschichte und
Kultur' im Max-Samuel-Haus. Und dort fand im Mai dieses
Jahres eine Veranstaltung statt, an der Yaakov Zur einige geschichtsphilosophische Gedanken vorgetragen hat. Er vertrat
die These, dass trotz aller Grausamkeiten der Geschichte und
des Holocaust, am positiven Sinn, an einen ‚Über-Sinn', wie

Viktor Frankl sagt, festgehalten werden müsse. Und dann sagte er: In der neuzeitlichen Geschichte Europas waren es zuerst die Russen (Peter der Große), dann die Franzosen (Napoleon) und dann die Deutschen (Hitler), die nacheinander grausame Eroberungskriege initiiert und unermessliches Leid auf die Menschen gebracht haben. Welche Nation wird die nächste sein, stellte er die Frage, und fügte dann hinzu: Er hoffe stark, dass dieser Kriegswahn zumindest in Europa keine Fortsetzung haben werde."

Walter Böckle wird bei diesen Worten sehr nachdenklich und blickt in die Ferne. Dann spricht er mit klarer Stimme:

„Ich stimme mit Yaakov Zur überein, dass wir heute, an der Schwelle des 21. Jahrhunderts, alle sehr wachsam sein müssen, damit keine inhumane Ideologie mehr sich zur politischen Macht auswachsen kann. Ich würde sagen: Die Europäische Union wird sich durch die geplante gemeinsame Geldwährung, durch die Einführung des Euro, in eine gute Richtung entwickeln."

„Immer vorausgesetzt", sagt jetzt Ferdinand Klingenberg, „dass die europäische Wirtschaftsgemeinschaft, die wir schon sind, zu einer echten Wertegemeinschaft wird. Und ich bin gespannt, was wir dazu morgen und übermorgen hören werden."

Im großen Festsaal der Hochschule der Jesuiten in Frankfurt sind etwa 150 Personen präsent. Nach der Begrüßung durch den Rektor der Hochschule spricht ein deutscher Professor über den Beitrag des Christentums zur Gestaltwerdung Europas. Unter anderem erwähnt er auch das Motiv „Jude und Heide" und führt hier aus, dass dem Christentum die universalistische Perspektive eigen sei; dass es über die Grenzen der eigenen Gemeinschaft hinausdenke und damit, in einem gewissen Maße universalistische Ansätze der Propheten des Alten Testaments fortführe. In der Diskussion nach dem Vortrag merkt Samuel Mátrai höflich, aber sehr betont an: Der am meisten universalistische Ansatz sei, seiner Ansicht nach, die Idee des jüdischen Monotheismus, also die Vorstellung, dass alle Menschen dieser Erde, jenseits der Rassenzugehörigkeit, im Grunde „Töchter und Söhne" des Ewig-Einen seien, weshalb Europa und besonders die christlichen Kirchen den schon begonnenen Dialog mit dem Judentum viel intensiver fortführen müssten, war es doch ein Papst vor einigen Jahrzehnten, der gemeint habe, dass „das Judentum der ältere Bruder des Christentums" sei. Der Beitrag von Samuel wird mit Beifall positiv aufgenommen.

Ein französischer Professor spricht dann über das unverzichtbar Eigene, was Europa in die Welt von morgen einzubringen habe. In Ansätzen sei Europa heute, 1999, sicher eine politische Wirklichkeit, in der Menschenrechte, Rechtsstaatlichkeit und die liberale Demokratie eigentlich nicht mehr zur Debatte stünden. Das sei die eine Seite. Doch der neu erwachte Fundamentalismus und ein extremer Nationalismus, die andere Seite im europäischen Geschehen, „leider auch bei uns in Frankreich", sei „für uns alle eine große Herausforderung, gegen alle Formen des Totalitarismus, des Nationalismus, der Fremdenfeindlichkeit und des Fundamentalismus anzukämpfen. Er schlage vor, statt *„droits de l'homme"*, eine Maskulinform für Menschenrechte, von *„droits de l'être humain"*, von den Rechten des menschlichen Wesens – also des Mannes und der Frau – zu sprechen, wohl wissend, dass wir „Werte und Macht zusammendenken müssen, da nur die Kombination von Werten und Macht eine gewisse Durchsetzung der Werte erlaubt." Jacques Delors habe vor wenigen Wochen gesagt:
»Nous avons besoin d'une Europe puissante et généreuse«.
Letzteres könnte man mit Großherzigkeit übersetzen und hinzudenken, was Delors noch gemeint hat, nämlich: Macht ohne Großherzigkeit sei uninteressant, und Großherzigkeit ohne Macht sei im Grunde nicht durchsetzungsfähig, also ohnmächtig. Gegen Ende des Vortrages erzählt der französische Professor, dass er Häftling gewesen sei in Dachau und dass er auch dort, in jenem furchtbaren Lager, Zeichen der Humanität ab und zu wahrgenommen habe. Unter anderem in der Haltung eines deutschen Kommunisten, der als Capo immer wieder be-

müht gewesen sei, die Häftlinge zu schonen. Und dann sagte der Professor:

„Anfang 1945, kurz vor dem Ende, hat ein SS-Mann diesen deutschen Kommunisten zwingen wollen, einen jungen russischen Häftling, der Brot gestohlen hat, öffentlich auszupeitschen. Und der Mann, der im Übrigen seit 1934 im Lager war, sagte: ‚Nein, das tue ich nicht, ich schlage keinen Mithäftling.‘ Und wir haben ihn, diesen deutschen Kommunisten, nie wieder gesehen. Ich weiß nicht, was aus ihm geworden ist, aber eines ist klar: Dieses Nein aus Dachau ist für mich persönlich ein Beweis der Permanenz der Menschenwürde und der Wirksamkeit eines höheren Lichtes. Das allein könnte die Essenz dessen sein, was Europa als etwas Eigenes der Welt von morgen zu geben hat.“

Dann spricht ein holländischer Philosophieprofessor und bezieht sich auf den großen Humanisten und Gelehrten Erasmus von Rotterdam (1466–1536), den er als den ersten modernen Europäer der Neuzeit bezeichnet, „dessen Gedanken visionäre Kraft hatten und bis heute aktuell sind.“ Man denke nur, was Erasmus in seiner bekannten Schrift „Lob der Torheit“ ausführt … Man müsse ihn, diesen bedeutenden Menschen der Stille und der unablässigen Arbeit am Geistigen, aus der Vergessenheit herausreißen und uns Heutigen wieder näherbringen, denn er sei, wie Stefan Zweig dargelegt habe, unter allen Schreibenden und Schaffenden des Abendlandes „der erste bewusste Europäer gewesen, der erste streitbare Friedensfreund, der bedeutendste Anwalt des humanistischen, des welt- und geistesfreundlichen Ideals.“ Nicht nur habe er viele Dinge geliebt: Dichtung, Philosophie, Kunstwerke, Sprachen, Völker und Menschen; und nicht nur habe er sich für die ethische Erhöhung der Menschheit eingesetzt, – heute würden wir sagen sich für bleibend gültige Werte der Humanität eingesetzt, – sondern, darüber hinaus, habe er den Feind des Geistes, den *Fanatismus* verachtet und mit seinen Mitteln, mit den Mitteln der Vernunft, des sinngerechten Denkens bekämpft.

Erasmus sei überzeugt gewesen, – „und darin dürfen wir ihm heute in Europa folgen", – dass Fanatismus ein Grundübel sei, der den kriegerischen Bogen überspanne und zerstörerische Konflikte zwischen Menschen und Völkern verursache. „Was wir heute von ihm lernen können", sagt der holländische Philosophieprofessor, „ist die harmonische Zusammenfassung der Gegensätze im Geiste der Humanität. Zur aktuellen Zeit, im Jahre 1999, sieht es nicht so aus, – einmal von dem tragischen Jugoslawienkrieg abgesehen, – dass wir in Europa wieder einen Krieg wollten, weshalb wir empfänglich sein können und dürfen gegenüber einer weiteren Botschaft des Erasmus von Rotterdam, die da lautet: Jede gewaltsame Umwälzung, jeder *tumultus* und jeder Krieg ist die gröbste, die inhumanste und gewalttätigste Form der Austragung von Konflikten, schlichtweg unvereinbar mit einer ethisch denkenden Menschheit." Europa brauche heute den Geist dieses geduldigen Genies, dem es wichtiger gewesen sei, die Deeskalation von Konflikten durch gütiges Begreifen der verschiedenen Standpunkte herbeizuführen und alles Extreme zu vermeiden, denn fanatische Missionierung, in welchen Bereichen auch immer, könne nicht die humanistische Lösung sein. …

Auch dieser Vortrag wird mit Interesse und Wertschätzung aufgenommen. Eine Frau aus dem Publikum, die sich als eine freie Journalistin präsentiert, merkt an: Schon die Zeitgenossen hätten den Stil dieses Mannes als „das Erasmische" bezeichnet, da sie in ihm, in seiner Haltung eine Art Bindekraft erkannt hätten, welche die Gegensätze zu vereinen vermag. Dem könne er nur zustimmen, meldet sich jetzt Walter Böckle zu Wort, denn nach seinen bescheidenen Erkenntnissen habe Erasmus von Rotterdam keinen unüberbrückbaren Gegensatz zwischen Jesus und Sokrates gesehen, und Philosophie sei für ihn eine andere Weise der Gottsuche gewesen im Vergleich zur Theologie …

Ferdinand Klingenberg staunt nicht wenig als er seinen alten Freund so reden hört. Er wusste noch nicht, dass Walter

Böckle, während er an seine Memoiren arbeitete, sich intensiv mit der Geistesgeschichte des Abendlandes beschäftigt hat, suchend nach einem tieferen Verständnis dessen, was in Europa, und besonders in Deutschland, in der ersten Hälfte des 20. Jahrhunderts passiert ist. Und gerade Erasmus von Rotterdam gab ihm, Walter Böckle, eine brauchbare Erklärung: Die Hochpotenzierung des in vielen Menschen latent vorhandene Fanatismus – in den verschiedenen Formen, wie: Faschismus (in Italien), Nationalsozialismus (in Deutschland), Bolschewismus (in Russland) – stürzte Europa in den Ersten und dann in den Zweiten Weltkrieg. Davor war es der „religiös gefärbte Fanatismus", der die Geisteskultur Europas und die mehr oder weniger stabile Ordnung der europäischen Gesellschaften bedrohte.

Am nächsten Tag, es war der 30. September 1999, tritt nach einer musikalischen Morgenmeditation, – gestaltet durch eine Flötistin und eine Geigerin, – Pater Bogdan Podskalski SJ als Referent in Erscheinung. Er besitzt anscheinend die Gabe der *captatio mentis,* denn die vier Freunde, Ferdinand, Walter, Samuel und Jean-Pierre sowie alle anderen etwa 150 Teilnehmenden hören gebannt zu. Ferdinand hat schon an dem Abend zuvor einige Details aus dem Leben dieses außergewöhnlichen Jesuitenpaters erzählt. Jetzt vernehmen alle aus seinem Munde die unaufgeregt, aber sehr klar vorgetragene Sinn-Botschaft. Podskalski redet langsam, immer wieder mit kurzen Pausen, da ihn zeitweise Emotionen überfluten. Er strahlt eine spürbare Wärme aus. Während seines Vortrages herrscht im Raum eine Stille wie in der Messe bei der Wandlung.

„Geehrte Damen und Herren, ich verstehe mich hier und heute als ein Zeuge der Humanität, die ich in den dunkelsten Jahren Europas, von 1939 bis 1945 und noch darüber hinaus, erfahren durfte. Stellen Sie sich vor: Es ist Mitte September 1939. Die Wehrmacht erreicht unsere kleine Stadt in Polen und meine Eltern und Großvater, der mit uns gewohnt hat, werden erschos-

201

sen. Ich bin damals 8 Jahre alt und werde, oh Wunder, durch einen deutschen Wehrmachtsoffizier, der mich im ersten Stock unter dem Bett entdeckt, gerettet. Inzwischen weiß ich seinen Namen: Franz Klingenberg, ein Generalmajor. Er sorgt dafür, dass ich in einem Nachbarort bei einem deutschen Pfarrer versteckt werde, der mir hilft, durch abenteuerliche Umwege, die ich hier nicht schildern kann, nach Schweden und von dort, wiederum durch abenteuerliche Umwege nach Lyon zu kommen. Nach dem Krieg werde ich katholisch und melde mich dort im Noviziat bei den Jesuiten an. Nach verschiedenen Studien in Holland, in der deutschen Schweiz und in Rom werde ich als damals 31-Jähriger, im Jahre 1962 zum Priester geweiht, wobei ich fünf Jahre zuvor in Rom miterlebe, wie einige europäischen Staaten die römischen Verträge unterschreiben, womit, so kann man im Rückblick sagen, das erste Kapitel der Europäischen Union – oder vielleicht nur ein Präludium zum ersten Kapitel der EU – gestaltet wird. Ich kann mich noch gut erinnern, wie ich an jenem Tag vor Glück geweint habe, spürend in mir die große Hoffnung, dass der Kalte Krieg, der damals schon im Gang war, Europa nicht erneut in den Untergang führen möge. Damals hat in dem sehr gefährlichen Konflikt zwischen der Sowjetunion und der USA, in der sogenannten Kubakrise, Papst Johannes XXIII. vermittelt und dabei Zuversicht und Hoffnung ausgestrahlt. Es war zugleich die Zeit des Aufbruchs, der *aggiornamento* in der Kirche durch das Zweite Vatikanische Konzil. Heute, am 30. September 1999 möchte ich im Geiste dieser großen Hoffnung einige Thesen darlegen, die nach meiner Einschätzung die Verbesserung der politischen, der ökonomischen, der sozialethischen und der spirituellen Kultur in Europa anvisieren.

Meine erste These lautet: Der erste Weltkrieg war die Urkatastrophe Europas und den zweiten Weltkrieg möchte ich bezeichnen als „den Höllensturz Europas". Im nächsten Jahr werden wir bedenken, dass der zweite Weltkrieg 55 Jahre zuvor beendet wurde, und schon heute dürfen und müssen wir uns alle, – alle halbwegs wache Menschen in ganz Europa, –

dankbar bewusst werden darüber, dass so eine lange Zeit in Frieden überhaupt das erste Mal der Fall ist in den 2500 Jahren europäischer Geschichte. (Freilich habe ich an dieser Stelle vom Jugoslawien-Krieg abstrahiert, der 1992–1994 getobt und fürchterliche Opfer verlangt hat und zehntausenden Menschen noch lange weh tun wird, wobei der Konflikt, wie die kürzlich stattgefundene Bombardierung von Belgrad durch die USA zeigt, noch nicht beendet ist. An und für sich wäre hier die EU zuständig gewesen, zu schlichten, doch wir sind anscheinend noch nicht so weit). Dennoch und als Fazit aus meiner ersten These: Der Prozess der Europäischen Union kann nur die Befriedung des ganzen Kontinents zum Ziel haben, sowohl politisch als auch wirtschaftlich. Und wenn ich vom ganzen Kontinent spreche, dann meine ich Europa vom Ural bis Großbritannien und von Norwegen bis Sizilien.

Meine zweite These lautet: Wir Menschen haben nicht nur eine irdisch-geschichtlich geprägte Identität, die vielfach schon in frühen Jahren durch Gewalt und Lieblosigkeit verletzt wird, sondern, und das ist eine theologische, eine spirituelle Aussage, wir haben auch himmlische Wurzeln und eine geistige Identität. Und wie auch immer diese transzendente Identität in der Sprache bezeichnet wird, – ob Gott, oder Adonai oder Allah, oder das Ewig-Eine, – wir sind alle eingeladen, uns auf diese himmlischen Wurzeln zu besinnen.

Wem aber nicht passt, hier über Gott oder das Göttliche zu sprechen, – da wir, wie ich weiß, in einer säkularisierten Welt leben, – der möge nach einem anderen Wort suchen, das ihm geeignet scheint, die nichtverhandelbare Würde eines jeden Menschen dieser Erde zu benennen und seinem fühlenden Bewusstsein näher zu bringen. Denn darum geht es letztlich: Das Wort *Gott* besagt, wenn man so will, dass der Mensch in seinem innersten Wesenskern „leuchtend" ist, auch wenn auf der alltäglich-empirischen Ebene dies vielen Menschen noch nicht zu Bewusstsein gekommen sein mag. Oder, wie Pater Karl Rahner, mein großer Lehrer, geschrieben hat: ‚Würde der Mensch das Wort *Gott* vergessen, hätte er damit das Ganze und seinen Grund vergessen und dann können wir nur sagen: Er würde aufhören, ein Mensch zu sein. Er hätte sich zurückgekreuzt zum findigen Tier.'

Meine dritte These lautet: Die Ideale der Französischen Revolution – Freiheit, Gleichheit, Brüderlichkeit, – möchte ich, sie ergänzend, in einer anderen Weise zur Sprache bringen. Nämlich: Freiheit als verantwortete Freiheit. Gleichheit als in der unverhandelbaren Würde gleichwertig. Und schließlich Geschwisterlichkeit als die vom Ewigen her mitgegebene Gleichwertigkeit von Frau und Mann.

Manche von Ihnen wissen vielleicht, dass ich mich in die byzantinische Kunstgeschichte vertieft habe, in der, jedenfalls in einem bestimmten Kunstwerk, die Gottheit bzw. die Trinität dargestellt wird, – ohne, dass ich das jetzt näher ausführen kann, – als ewige Einheit des Männlichen mit dem Weiblichen. Freilich bedeutet die ewige Gleichwertigkeit des männlichen und des weiblichen Pols keine Gleichartigkeit. Mag es komisch klingen oder auch nicht, ich als Mann, noch dazu als ein im Zölibat lebender Ordensmann, Jesuit und meiner jüdischen Wurzeln bewusst, bin außerstande ein Kind zu gebären. Dazu braucht der Mensch eine andere, eine spezifisch weibliche Kraft, die wir Männer nicht besitzen. Die praktische Folgerung aus dem Gesagten lautet: Unsere Gesellschaften in Europa werden gesünder, schöner, harmonischer, wenn Männer und Frauen miteinander in Wertschätzung, Freundschaft, Harmonie, gegenseitiger Anerkennung und Liebe umgehen – und zwar in allen Bereichen des Lebens: in der Politik, in der Wirtschaft, in der Kultur, im Bildungswesen und auch in unserer Kirche, die in dieser Hinsicht, – und das sage ich als Priester dieser katholischen Kirche, – noch allzu männlich und rückwärtsorientiert geprägt ist.

Meine vierte These lautet: Europa befindet sich an der Schwelle zum Jahr 2000 in einer relativ günstigen Übergangszeit, in der vor allem die stärkere Wirtschaft der westeuropäischen Länder den osteuropäischen Ländern zugutekommen sollte, ohne Gier, sondern vielmehr im Geiste der gesamteuropäischen und christlich verstandenen Solidarität. Und da ich schon so oft in der früheren Sowjetunion, im heutigen Russland war, um die byzantinische Kunst zu studieren, will ich nicht verschweigen, dass meiner tiefsten Überzeugung nach, die EU sehr entschieden, zugleich sanft und freundlich viele Kontakte zu Russland suchen darf und soll, immer im Bewusstsein, dass nur die Russen selbst ihren Weg zur Demokratie werden finden können, was in der gegenwärtigen Situation noch nicht klar erkennbar ist. Das heißt aber, nach meiner Ansicht, dass die EU einladend und wohlwollend auf Russland zu schauen hat, jede Chance wahrnehmend, die der Annäherung dienlich ist.

Meine fünfte These lautet: Im Jahre 1995 hat man sich in Deutschland an das Ende des Zweiten Weltkrieges 50 Jahre davor erinnert. Da wurde ich gebeten, für eine Zeitung einen Beitrag zu diesem Anlass zu schreiben. Es sei mir erlaubt, an dieser Stelle einen Satz aus meinem Beitrag zu zitieren.

„Alles, was ich dazu sagen kann, lässt sich zusammenfassen in dem Satz: Die geistige Welt wollte, dass Europa nach der Urkatastrophe des ersten und nach dem Höllensturz des zweiten Krieges nicht untergeht. Wollen wir das auch heute, im Jahre 1995, also 50 Jahre später? Ich will es. Ich persönlich glaube daran." Und heute, an dieser Stelle, in diesem Vortrag füge ich hinzu: Ich persönlich glaube daran, dass Europa vor seinem Aufstieg steht, doch den ‚Preis' dafür müssen wir alle bezahlen.

Da aber der Glaube ein sehr persönlicher Akt ist, eine Art Zustimmung zur Welt, der ja auch der Ewig-Eine, der Ur-Schöpfer zugestimmt hat, – und darin meine ich die Essenz der theologischen Idee der Schöpfung zu erkennen, – lade ich alle ein, die mich hier hören oder später das Gesagte vielleicht lesen, sich dieser Zustimmung anzuschließen. Jeder auf seine Weise und jeder so gut er nur kann. Der Glaube, wie ich diesen Begriff verstanden wissen will, bedeutet im Kern: Ich bejahe, dass ich vom Ewigen bejaht bin und deshalb bejahe ich auch die anderen ‚Ichen', mit denen mich mein Leben zusammenführt.

Meine sechste These lautet: Unsere natürliche, physische Lebenswelt ist diese Erde mit allerlei Verschmutzungen der

Flüsse und der Luft und Beschädigungen der Wälder. Die allerhöchste Spiritualität nützt uns gar nichts, wenn wir die natürlichen Grundlagen, die Biosphäre unserer Erde kaputt machen. Konkrete Maßnahmen kann ich hier nicht nennen, aber ich thematisiere die Freude, die ich verspüre, wenn ich in unserem großen Garten hier, in der Offenbacher Landstraße, lange Spaziergänge mache und mich mit unserem Gärtner, ein wunderbarer Jesuitenbruder aus Polen, unterhalte. Er sagte mir vor Kurzem: Sooft er im Garten arbeite, mit den Bäumen, Pflanzen und Blumen umgehe, spüre er die Kraft der Schöpfung und sei in der Seele dankbar, diese Gartenarbeit tun zu dürfen. Und hier fügt es sich harmonisch, einige Gedanken aus der „Rede des Häuptlings Seattle an den Präsidenten der Vereinigten Staaten von Amerika im Jahre 1855" zu zitieren, bei uns in Europa das erste Mal 1982 bekannt geworden. Darin sagt der „wilde Indianer": „Was ist der Mensch ohne die Tiere? Wären alle Tiere fort, so stürbe der Mensch an großer Einsamkeit des Geistes. Was immer den Tieren geschieht – geschieht bald auch den Menschen. Alle Dinge sind miteinander verbunden. (…) Die Erde ist unsere Mutter. Was die Erde befällt, befällt auch die Söhne der Erde. (…) Denn das wissen wir, die Erde gehört nicht den Menschen, der Mensch gehört zur Erde – das wissen wir. (…) Der Mensch schuf nicht das Gewebe des Lebens, er ist darin nur eine Faser. Was immer Ihr dem Gewebe antut, das tut Ihr Euch selber an." (In: Wir sind ein Teil der Erde. Walter-Verlag 1998, S. 24-26, 28. Auflage). Was der „wilde Indianer" mit prophetischer Klarheit 1855 gesagt hat, soll uns heute in Europa, und auf der ganzen Erde, eine ernst zu nehmende Mahnung sein. Ohne saubere Luft, ohne Wasser, ohne Flora und Fauna sind wir Menschen existenziell gefährdet.

Meine siebte und letzte These lautet, ich habe sie schon vorhin angedeutet: Europa steht vor seinem Aufstieg, doch der „Preis" muss bezahlt werden.

Diese kurz formulierte These besagt Mehreres. Zunächst dies: Das Wort „Preis" meint nicht Geld, sondern: **Verzicht** (auf Großmannssucht und auf Ausbeutung der physischen

Natur). **Demut** (als Anerkennung der eigenen Wahrheit und der Grenzen meines Menschseins und der Grenzen Europas). **Solidarität** (als aktives Mitfühlen und Mitgestalten der materiellen Lebensverhältnisse aller Menschen in Europa). **Sanfte Macht** (als die Kunst der Selbstbegrenzung, wenn die Dämonie des mit allen Mitteln Herrschen-Wollens einzelne Regierungen, oder einzelne Persönlichkeiten, oder Europa als Ganzes in Versuchung bringt, wie dies so oft in der Geschichte der Fall war). Sanfte Macht ist für mich der Kontrapunkt zur Hybris; der Kontrapunkt zur Großmannssucht. Was das Wort „Preis" noch umfasst, den wir zu zahlen haben, um den sozialethischen und geistigen Aufstieg Europas zu fördern, – was schon Erasmus von Rotterdam vorschwebte, wie wir gestern gehört haben, – soll nur stichwortartig angedeutet werden: Stichworte, die hier primär die einzelnen Menschen anvisieren. Es sind: Güte, der Wille zum Sinn, das Streben nach Wahrheit und Wahrhaftigkeit, das Streben nach Weisheit und die hohe Kunst, „das Fremde", gesamteuropäisch betrachtet, zu integrieren. Darüber hinaus: die Kinder zu schützen und zu fördern und die unbedingte Würde eines jeden Menschen mit Ehrfurcht zu achten. Hinter all diesen Stichworten verbirgt sich letztlich eine urgründige Ur-Kraft, LIEBE genannt, die sich in der Gestalt ,des großen Liebenden', in Jesus von Nazareth uns Menschen offenbart hat.

Und hier, zum Schluss, kommt mir wieder der deutsche Generalmajor, Franz Klingenberg in den Sinn. Ich war ein achtjähriges jüdisches Kind, aus seiner Sicht ein gänzlich fremdes Kind, das eigentlich hätte erschossen werden müssen. So verlangte das die Naziideologie. Doch der Generalmajor hat mich gerettet. Er hat sogar, wie ich weiß, sein eigenes Leben riskiert, um mich, damals und dort, an einem vorläufig sicheren Ort abzuliefern, so dass ich überleben konnte. Er hat eine ganz und gar persönliche und existenzielle Entscheidung getroffen, um mir zu helfen. Und später, in Schweden, haben mir andere Personen geholfen und ebenso auf dem langen und abenteuerlichen

Weg nach Frankreich, bis Lyon. Alles bloße Zufälle? Vielleicht. Vielleicht aber war das alles, was mir widerfahren ist und was ich erleben und erleiden musste (der frühe, gewaltsame Tod meiner Eltern und meines Großvaters) ein einziger, großer Zu-Fall, mit dem umzugehen ich in jungen Jahren schon lernen musste. Der vor zwei Jahren (im September 1997) verstorbe-ne Viktor Frankl, ein Wiener Psychiater und ein Überlebender von vier Konzentrationslagern, hat geschrieben (wobei ich ihn hier ein wenig abgewandelt zitiere):

Einige Monaten nach der Befreiung aus dem Konzentrati-onslager, auf das dort erlebte Grauen zurückblickend, habe ich eine merkwürdige Empfindung in mir: Ich kann es selber nicht ganz verstehen, wie ich überhaupt imstande war, all das durchzustehen und zu überleben, was das Leben im KZ von mir verlangt hat. Im Rückblick scheint mir manchmal, als sei das Grauen des Lagerlebens nur ein böser Traum gewesen. Nein, es war kein Traum, es war blutige Realität. Und doch wird irgendwann all das Erlebte und Erlittene von dem köst-lichen Gefühl gekrönt, von nun an nichts mehr auf der Welt fürchten zu müssen – außer den Verlust der Ehrfurcht und der Demut vor Gott.

Meine Damen und Herren, ich danke Ihnen für Ihre wert-volle Aufmerksamkeit, mit der Sie den Vortrag eines Zeugen verfolgt haben." – –

Nach diesen Worten hält sich das Publikum bestimmt zehn bis fünfzehn Sekunden ganz still. Dann aber bricht ein riesiger Applaus aus, der minutenlang dauert. Ferdinand muss gleich auf die Toilette, um unbemerkt weinen zu können. Die Stim-me dieses Paters, der insgesamt Authentizität, Wärme und Demut ausgestrahlt hat, seine wohlerwogenen Gedanken, die Sinn-Botschaft zu und über Europa, die Weise, wie der Pater sich an Franz Klingenberg erinnert und mit welcher Dankbar-keit er den Generalmajor charakterisiert hat, … das alles und manches mehr bewegt und erschüttert Ferdinand Klingenberg im innersten seiner Seele.

Nach dem feierlichen Mittagessen, bevor er die Fahrt nach München antritt, kann er noch mit Walter Böckle, Jean-Pierre Solignac und Samuel Mátrai eine Weile sprechen. Alle sind vom Vortrag des Jesuitenpaters Bogdan Podskalski sichtlich berührt, wobei, so sagt Walter Böckle, alle Referenten ein hohes Niveau des Intellektuellen gezeigt haben. „Aber das meiste Gefühl und die Wärme des Herzens habe auch ich bei Pater Podskalski wahrgenommen", sagt Walter Böckle zu Ferdinand Klingenberg gewandt als würde er ahnen, was sein jüngerer Freund betonen will. Und Ferdinand sagt es dann:

„Ja, Walter, in der Juristerei sprechen wir eine furchtbar kopflastige Sprache, die außer uns fast niemand versteht. Dieser Pater hat seine Sinn-Botschaft in der Sprache des Herzens vermittelt und das hat mich sehr berührt."

Jean-Pierre, inzwischen in Freiburg im Breisgau tätig, merkt an, dass die deutsch-französischen Beziehungen zwischen einzelnen Gruppen beider Länder zumindest nach seiner Einschätzung, erfreulich gut gedeihen, auch wenn auf der Ebene der politischen Ansichten immer wieder Dissonanzen vorhanden seien. Und Samuel Mátrai, der seit 1995 in der Botschaft Israels in Berlin als Kulturreferent arbeitet und einen Teil der Projekte mitgestaltet, welche die deutsch-jüdischen Beziehungen betreffen, äußert die Hoffnung, dass das Jahr 2000 eine „gute Wende" bringen möge im Sinne des Vortrages von Pater Podskalski, der auch ihn, Samuel, zutiefst beeindruckt habe. Schließlich habe man in Europa noch nie erlebt, dass 55 Jahre hindurch dieser Kontinent in Frieden war, „abgesehen jetzt vom Jugoslawien-Krieg, dessen Auswirkungen sehr viele Menschen noch etliche Jahre spüren und darunter leiden werden, wie Pater Podskalski ausgeführt hat. Ich möchte noch euch allen, zum Abschied, ein wunderschönes und wahres Zitat von *Martin Buber* mitgeben, den ich erst vor einigen Jahren entdeckt habe. Hier:

Das Ich des Menschen wird jedem Einzelnen gegenüber einem Du ganz bewusst. Die wahre Haltung des wahren Menschen zeigt sich im Wortpaar Ich-Du. Das Grundwort Ich-Du kann nur mit dem ganzen Wesen gesprochen werden. Wer Du spricht, steht in der Beziehung. –

Und dann spricht Samuel Mátrai feierlich und langsam: „Ich wünsche euch, ich wünsche uns, ich wünsche für ganz Europa und die Erde, dass wir … in Beziehung … stehen und bleiben. In guter, wertschätzender, harmonischer Beziehung."

In den nächsten zehn Jahren werden sich Ferdinand Klingenberg und Walter Böckle ab und zu treffen und sich weiterhin austauschen. Walter Böckle überreicht ihm im Sommer 2005 ein Exemplar seiner Memoiren mit dem Hinweis:

„Du wirst erneut feststellen, wie viel die Gestalt deines Vaters mir bedeutet hat. Er bleibt mein ehemaliger Divisionskommandeur auf den ich aufgeschaut habe. Ja, er war für mich, der ich meinen Vater ja nicht kannte, wie ein Vater."

Nach Lektüre des umfassenden, von Böckle selbst noch mit Schreibmaschine getippten und dann privat gebundenen Buches, das Böckle nur einem engen Freundeskreis zu Verfügung gestellt hat, bleibt Ferdinand Klingenberg bei dem Stichwort *Freiwilligkeit* stehen und versucht, die diesbezüglichen Überlegungen von Böckle, die er teilweise schon von früher kannte, erneut und noch einmal nachzuvollziehen. Manche Formulierungen leuchten ihm ein. Bei anderen Formulierungen, die in verschiedenen Zusammenhängen eingestreut werden, komme er nicht mit, äußert er einmal gegenüber seinem älteren Freund.

„Du bist, Gott sei Dank, verschont geblieben von der Nazi-Propaganda", sagt ihm Böckle in einem Telefongespräch im Herbst 2006. Und dann:

„Ferdinand, lass es mich einmal so sagen: Du bist, aufgrund deines Jahrgangs, außerstande, genau das nachzuvollziehen, was ich meine, wenn ich so und so formuliere. Jedenfalls war ich stets bemüht, ehrlich zu bleiben."

Ferdinand Klingenberg akzeptiert zunächst Böckles Argument. Er äußert sich mit hoher Wertschätzung über Böckles Verhalten damals im Winter 1942 in Russland, wo Böckle, trotz Befehl, die mit russischen Zivilisten vollen Häuser nicht angezündet hatte. In einem späteren Gespräch, im Mai 2007, will Ferdinand Klingenberg etwas anderes verstehen:

„Weißt du, Walter, immer wieder bleibe ich hängen bei deinem Besuch in Dachau und in Haar im Spätsommer 1944. In Dachau hast du den polnischen Professor getroffen, ihn gefragt, was er denn dort suche und seine Antwort gehört, dass du den Grund dafür bei deinen Vorgesetzten fragen solltest, und du hast nicht weitergefragt, wie du schreibst. Nach demselben Muster handelst du dann aber auch einige Wochen später in Haar, wo du die psychisch Kranken triffst, einen Propaganda-Vortrag des Psychiaters hörst und dann keine weiteren Fragen stellst ... Erst später, ein paar Jahre nach dem Krieg hörst du dann, wie du schreibst, dass jener Psychiater, Professor Pfannmüller wegen Euthanasie in Egelfing-Haar zu fünf Jahren Haft verurteilt wurde. Nun ich habe im *Personenlexikon zum Dritten Reich* nachgelesen, dass dieser Pfannmüller für den Tod von 3000 Patienten, darunter viele Kinder, verantwortlich war, die er ganz einfach verhungern ließ. Du aber schreibst: Er hätte die Kranken mit den damals üblichen medizinischen Mitteln bis zu ihrem natürlichen Ableben gepflegt und nur darauf geachtet, durch Sterilisierung eine Fortpflanzung zu verhindern. ... Und dann, Walter, fiel mir noch eine andere Situation, die du beschreibst, auf. Am besten würde ich mit dir persönlich darüber reden. Kommst du bald wieder nach München? Oder sollen wir uns in Frankfurt treffen?“

In der Fortsetzung des Gesprächs, das in der Wohnung von Ferdinand Klingenberg in der Türkenstraße in München stattfindet, kommt es im Spätsommer 2008 zu einer intensiven, leidenschaftlichen, sehr emotionalen, aber den Geist der Freundschaft nicht verletzenden Auseinandersetzung über das Dritte Reich, über das, was man damals schon hätte wissen können, wenn man es nur gewollte hätte, zum Beispiel die T4 -Aktion, die gegen die eigenen Bürger gerichtet war mit dem Ziel, „lebensunwertes Leben“ künstlich zu beenden, um Geld für die

Kriegswirtschaft zu sparen. Auch philosophische Fragen und die Situation der Europäischen Union werden erörtert.

Böckle versucht gar nicht, sich zu verteidigen, er meint nur, dass die „Gnadensonne der späten Geburt", – immerhin sei Ferdinand gerade mal ein halbes Jahr alt gewesen, als der Krieg zu Ende ging, – außerdem die heute und seit einigen Jahren zur Verfügung stehenden historischen Berichte über die Jahre 1933 bis 1945 einem Zeitgenossen es leichter machen, die NS-Geschichte ein Stück weit besser zu verstehen, als dies einem damals Involvierten möglich gewesen sei, wobei das alles nichts ändere mit Blick auf seine persönliche Geschichte, die war wie sie war.

„Und es war so", sagt Walter, „dass ich weder in Egelfing-Haar noch in Dachau weitere Fragen gestellt habe, sondern einfach froh war, diese dunklen Orte zu verlassen. Ja, ich hätte danach bei deinem Vater nachfragen können, wieso und warum ein polnischer Professor in Dachau eingesperrt gewesen sei. Vielleicht hätte er mir geantwortet, dass die Gestapo ihn als einen kommunistischen Widerständler entlarvt und ihn deshalb eingesperrt hätte. Vielleicht hätte dein Vater, der Generalmajor Franz Klingenberg und Leiter der Junkerschule in Bad Tölz, wo ich Weltanschauungslehrer war, … vielleicht hätte dein Vater gesagt, dass ich in Dachau selbst hätte nachfragen können, wie es um die Situation des polnischen Professors stand. Nun, geschätzter Ferdinand, ich habe nicht danach gefragt, weder in Dachau noch in Bad Tölz. Stattdessen haben wir in München, im ‚Haus der Deutschen Kunst', wie es damals hieß, – als wäre die Kunst lediglich eine deutsche Angelegenheit, – die Ausstellung ‚Entartete Kunst' besichtigt, und uns darüber unterhalten. Und da, genau da hatte ich mit meinen Junkern, die nicht alle ein Gymnasium besucht haben, eine wunderbare Übereinstimmung erlebt: Jene germanisch anmutende Kunst war schlichtweg Kitsch, haben wir alle einmütig festgestellt. Und ich habe mich damals furchtbar über diese wirklich blöde Deutschtümelei aufgeregt. Es ist wahr Ferdinand: den Goebbels konnte ich zu keiner Sekunde meines Lebens ausstehen."

Und dann erzählt Walter Böckle noch einmal, wie sehr er die weitsichtige Kulturpolitik von Generalmajor Franz Klingenberg in Bad Tölz schätzte, dem es ja darum ging, den Junkern durch musische Erziehung, geistige Besinnung, Vorträge, Rezitationen und Theateraufführungen, außerdem durch sogenannte „Ost-Europa-Tage" einen breiten und wirklich europäischen Kulturhorizont zu bieten. Einschließlich das Kennenlernen der russischen Kultur sowie der griechisch-orthodoxen Kirchenelemente mit ihrer Ikonen-Malerei habe Generalmajor Klingenberg gefördert.

„Ja, Walter, das alles hast du mir und meiner Mutter schon damals in Frankfurt erzählt und hier in deinen Memoiren wunderbar beschrieben", bestätigt Ferdinand. Nach einer kleinen Pause setzt er wieder an:

„Nur noch eine Frage, bitte sei nicht böse, will ich dir stellen. Es geht um diejenige Situationsschilderung in deinen Memoiren, wo du den jungen jüdisch-amerikanischen Soldaten verhörst. Wir haben schon öfters darüber gesprochen. Als er dir, im Verhör vor Angst zitternd, sagte, in Deutschland würden alle Juden umgebracht, hast du konsterniert geantwortet: Das sei Unsinn! Du hast ihm also nicht geglaubt. Und das alles spielt sich ab, zeitlich gesehen, gegen Ende März 1945, wenige Tage vor dem Tod meines Vaters, der sich den Amerikanern ergeben wollte."

„Das alles ist korrekt, ja. Und was willst du jetzt noch wissen?"

„Hast du denn Ende März 1945 tatsächlich nicht gewusst, was mit den Juden passiert ist?"

„Nein, habe ich nicht gewusst", antwortet Walter Böckle prompt und entschieden. Er wolle noch, fügt er hinzu, einen Satz von Viktor Frankl zitieren, den dieser wenige Wochen nach seiner Befreiung aus dem KZ an Freunde geschrieben habe, nämlich: *Wer kein analoges Schicksal habe, könne ihn nicht verstehen.* „Das besagt doch so viel, jetzt in meinen Worten und auf mich bezogen formuliert: Wer nicht die NS-Zeit und den Krieg aktiv erlebt hat, wie ich und auch dein Vater, der kann heute, aus der Perspektive der späten Geburt nicht alles verstehen und nachvollziehen. Aber in einem wesentlichen Punkt, Ferdinand, stimme ich mit dir überein: Wir leben inzwischen im Jahre 2008 und wir leben immer noch in der Auswirkungssphäre des Zweiten Weltkrieges. Deshalb habe ich geschrieben: Die langen Schatten der Vergangenheit sind noch da. Und das merke ich auch bei meinen Kindern, denen ich je ein Exemplar meiner Memoiren zum Lesen gegeben habe. Ich gebe zu: Wir haben in der Familie sehr wenig über den Krieg gesprochen, da ich der Ansicht war, meine Kinder sollen nicht all das Grauen erzählt bekommen, was ich und meine Generation erlebt hat. Doch inzwischen glaube ich, dass es zweckmäßig und sinnvoll ist, über die Vergangenheit zu sprechen und eine neue Kultur der Erinnerung – psychologisch, psychotherapeutisch, sozialpolitisch – zu pflegen, welche die Altlasten genauer anschaut, um sie dann langsam zu verabschieden."

Das werde wohl noch 50 Jahre dauern, meint Ferdinand Klingenberg, denn das Erbe unserer Väter und Großväter ist immer noch erdrückend. Ja, sagt Walter Böckle, und das zeige sich nach seiner Einschätzung vor allem in der großen Zahl der Angststörungen und der Depressionen, mit denen etliche Psychiater, vor allem die der jüngeren Generation, nichts anzufangen wissen. Danach erwähnt er noch einige Bücher von Hartmut Radebold: *Abwesende Väter und Kriegskindheit. Fortbestehende Folgen in Psychoanalysen* (2004) und *Söhne ohne Väter. Erfahrungen der Kriegsgeneration* (2004). Walter Böckle fügt noch hinzu:

„Im letzteren Buch, das dich interessieren dürfte, schreibt Radebold mit anderen Autoren auch über mögliche transgenerationale Folgen des Krieges und der Abwesenheit der Väter im Leben der Kinder. Je älter ich werde, Ferdinand, desto klarer wird es mir: Wir haben noch sehr viel zu tun in Europa, bis alle Wunden geheilt sind, falls dies überhaupt möglich ist."

Am 26. November 2010 findet in Berlin eine Gedenkveranstaltung statt. Es geht um die Rolle und Verantwortung der Psychiatrie und der Psychiater in der Zeit des Nationalsozialismus. Walter Böckle folgt der Einladung von Ferdinand Klingenberg und sie nehmen an der Veranstaltung teil.

Es ist überhaupt das erste Mal in Deutschland, dass dieses unrühmliche Thema im Rahmen einer internationalen Fachtagung öffentlich und in zwei Sprachen – auf Deutsch und auf Englisch – diskutiert wird. Dr. Frank Schneider, Präsident der Deutschen Gesellschaft für Psychiatrie, Psychotherapie und Nervenheilkunde (DGPPN), spricht Worte der Reue und Entschuldigung, sagend, dass es deutsche Psychiater gewesen seien, die die Euthanasie-Aktion mitorganisiert und „mit deutscher Gründlichkeit" durchgeführt hätten. Und dann sagt er:

„Kinder wurden getötet, Kranke ließ man absichtlich verhungern, an psychiatrischen Patienten wurden Versuche durchgeführt, bevor sie ermordet und ihre Gehirne untersucht wurden. Die Psychiatrie im Nationalsozialismus zählt zu den dunkelsten Kapiteln der Geschichte des Fachgebietes. Es erfüllt uns mit tiefster Scham, dass deutsche Psychiater an der Ermordung von ca. 80 000 Menschen, Debilen und Senilen, maßgeblich beteiligt waren."

Nach dem zweiten Vortrag, den ein Überlebender hält, sein furchtbares Leid während der Experimente in Auschwitz ausführlich schildernd, geht es Walter Böckle plötzlich so schlecht, dass er den Kongressraum verlassen muss. Ferdinand Klingenberg folgt ihm. Es sind die alten Bilder aus dem Krieg, sagt Böckle, die ihm immer noch zu schaffen machen und er, sich wiederholend, erzählt Ferdinand über seinen Besuch in Engelfing-Haar im Sommer 1944, als er dort, naiv wie er war, dem Vortrag des Nazi-Psychiaters geglaubt habe, dass die Kranken in der Einrichtung bestens versorgt würden. Man hat sie gezielt in den Tod befördert, murmelt Walter Böckle vor sich hin. Als er einige Zeit später das Buch von *Götz Ally – Die Belasteten. Euthanasie 1939–1945. Eine Gesellschaftsgeschichte* – liest, bekommt er einen Tobsuchtsanfall und erlebt ein Ohnmachtsgefühl, das ihn buchstäblich krank macht.

„Den Euthanasiemorden fielen zwischen 1939 und 1945 etwa 200 000 Deutsche zum Opfer. Die vielen Beteiligten sprachen beschönigend von Erlösung, Lebensunterbrechung, Gnaden-tod, Sterbehilfe oder eben von Euthanasie", schreibt Götz Ally in seinem akribisch dokumentierten Buch, das Walter Böckle nicht zu Ende lesen kann. Neben seinen körperlich bedingten Schwächen überfallen ihn tiefe Depressionen, so dass er wochenlang im Bett liegen muss. Seine Frau steht ihm bei und tröstet ihn, so gut es ihr gegeben ist.

Im Mai 2013, gratuliert Ferdinand Klingenberg persönlich seinem alten Freund Walter Böckle zu seinem 90.-sten Geburtstag. Inzwischen hat er physisch ziemlich abgebaut, doch geistig ist er präsent. Ferdinand stellt zufrieden fest: Seine Familie umgibt mit viel Liebe und Wertschätzung Walter, dem es guttut, dass auch einige ältere und jüngere Freunde gekommen sind, um ihm zu gratulieren. Von meinen alten Kriegskameraden sei allerdings niemand da, sagt Walter, „denn entweder sind sie schon tot oder so krank, dass sie sich nicht mehr bewegen können."

Ferdinand nützt eine kurze Phase, in der Walter, im Garten allein unter einem Baum, im Rollstuhl sitzend, zufrieden um sich schaut, und fragt ihn:

„Ist auch dir aufgefallen, Walter, dass wir beide, seitdem wir uns kennen, also seit 1963, fast immer nur über ein Thema gesprochen haben?"

„Worauf willst du hinaus?"

„Ich meine", antwortet ihm Ferdinand, „dass wir seit 50 Jahren fast jedes Mal, wenn wir uns ausgetauscht haben, über den Krieg und dessen Folgen gesprochen haben."

„Ja, das stimmt. Ich würde sogar sagen, dass wir zu 90% nur dieses Thema hin- und her gewälzt haben. Wundert dich das?"

„Ja, ein wenig schon, aber eigentlich nicht richtig. Du hast aktiv im Krieg gekämpft und ich bin der Sohn eines ehemaligen Wehrmachtsoffiziers. Und uns beide vereint eine schicksalhafte Gegebenheit: Wir kannten unsere Väter nicht."

Und im Übrigen, erzählt Ferdinand weiter: „Ich habe vor einigen Wochen *Max Mannheimer* in München gehört. Auch er hat indirekt von der Vaterwunde gesprochen. Er hat Dachau und Auschwitz überlebt. Ich habe mir sein Buch *Spätes Tagebuch* gekauft. Erschütternd."

Lang schaut Walter Böckle vor sich hin und es scheint so, als wäre er weit, sehr weit mit seinen Gedanken. Plötzlich sagt er:

„Ja, das verbindet uns schicksalhaft, diese Vaterwunde, … und …, und … kurz vor seinem Tod hat mir dein Vater von Auschwitz und was dort mit den Juden gemacht wird, erzählt. Damals und dort habe ich dieses furchtbare Thema, ich schwöre, das erste Mal gehört. Es war der 31. März 1945. … Und dein Vater sagte noch: Wir haben einen Zivilisationsbruch begangen. Ich solle die Junker in Bad Tölz retten, sagte er. Und ich habe es getan. In den letzten Kriegstagen habe ich, wiederum freiwillig, Fahnenflucht begangen und 19 Junker dazu angestiftet."

„Das hast du gut gemacht, Walter, sehr gut", antwortet Ferdinand.

„Ja. Nur das Thema Auschwitz, das ich immer wieder verdrängt habe, lässt mich nicht los." Walter Böckle schweigt sehr lange. Dann, nach den passenden Worten suchend, setzt er erneut an und spricht sehr langsam.

„Weißt du, Ferdinand, … ich glaube, es müssen noch mindestens 50 Jahre vergehen, bis dieses schreckliche Geschehen, dieser Scheißkrieg, an dem ich freiwillig, Furchtbares erlebend, teilgenommen habe, in Deutschland und auch in Europa so weit verarbeitet sein wird, dass dieser Kontinent wirklich als genesen betrachtet werden kann. … Während des Schreibens meiner Memoiren haben mich immer wieder alte Ereignisse plötzlich eingeholt und gequält, so, dass ich gezittert habe. Mir kam der schreckliche Winter in Russland in den Sinn und eine extrem schlimme Situation, in der ich dem Tod ins Auge sah. … Wir dürfen die Beziehungen zu Russland nicht abbrechen. Putin ist, leider, nicht Gorbatschow. Und dennoch, Russland, … ja, Russland gehört dazu, zu Europa. Schon wieder sind die

Spannungen zwischen EU und Russland im Kommen. Die Ukraine-Kriese … Das macht mir Sorgen."

Walter hält eine Pause, macht die Augen zu und dann, nach einer Weile fügt er hinzu:

„Denke daran, Ferdinand, Russland gehört auch dazu, zu Europa." Und als er gerade ein Erlebnis aus seinem Russlandfeldzug erzählen will, taucht seine älteste Tochter auf, um „Papa" zum Geburtstag zu gratulieren. Ferdinand Klingenberg bekommt noch mit, wie sehr sich sein alter Freund Walter Böckle freut, von der Tochter umarmt und liebevoll angesprochen zu werden und wie er dabei mit den Tränen kämpft. Solange er sich noch freuen kann, ist alles gut, denkt sich Ferdinand Klingenberg und erinnert sich an einen Satz, den Pater Podskalski ihm in einem Brief geschrieben hat: Freude sei die eigentliche Nahrung der Seele, und es sei kein Zufall, schrieb der Jesuitenpater, dass das Wort *Evangelium* frohe Botschaft bedeute.

Ferdinand Klingenberg zieht sich zurück, damit Papa und Tochter in Ruhe miteinander reden und die Freude miteinander teilen können. …

Einige Monate später kommt er noch einmal in die norddeutsche Stadt, in der Böckle gelebt hat, diesmal zum Begräbnis seines alten Freundes, der im Zuge seiner Schwäche und Krankheit diese Sichtbarkeit – in den letzten Tagen umgeben von der Fürsorge seiner Familie – verlassen hat. Er wird sich immer wieder daran erinnern, was Walter Böckle zuletzt gesagt hat:

Russland gehört zu Europa.

9 Die Krise der Europäischen Union (2015–2019)

• Die fast goldenen Jahre • Gespenster der Vergangenheit und der Ungeist des Rechtsextremismus • Der Prozess gegen Anton Malloth und das Geheimnis des Bösen • Der Prozess gegen Oskar Gröning und die Geste der Vergebung von Eva Moses Kor • Eröffnung des NS-Dokumentationszentrums und Begegnung mit Wendelin Teichmann • Vier Zeugen in München erinnern an den Holocaust 70 Jahre danach • Ferdinand Klingenberg im Gespräch mit der ungarischen Philosophin Ágnes Heller • Die osteuropäische Sicht der Philosophin auf Europa • Das bewegende Testament ihres in Auschwitz ermordeten Vaters • Die Rede von Heinrich August Winkler am 08. Mai 2015 • Fortsetzung des Gesprächs mit Ágnes Heller über den Wert des Zufalls und über die Wahrheitsfrage im September 2017 • Ihre Kritik an Viktor Orbán • Das Testament von Ágnes Heller: Die Europäische Union ist Europas letzte Chance • Die Hoffnung zu bewahren ist ein Soll

Ferdinand Klingenberg lebt seit Herbst 1990 in der Türkenstraße in München-Schwabing. Der Umzug von Frankfurt nach München fiel zusammen mit der Vollendung der deutschen Einheit.

Was noch fünf Jahre davor sich niemand in Europa so richtig vorstellen konnte, – den Zusammenbruch des Kommunismus ohne Blutvergießen, das Auftauchen eines weitsichtigen und human denkenden Mannes in der Sowjetunion namens *Michail Gorbatschow,* die Öffnung der Grenze in Ungarn im Sommer 1989, die friedlichen Protestaktionen der Bevölkerung der DDR, die Zustimmung der früheren Alliierten zur Vereinigung der beiden deutschen Staaten, – wurde in wenigen Monaten plötzlich Realität und der deutsche Bundeskanzler *Dr. Helmut Kohl,* „der Kanzler der Einheit", durfte bis 1996 die ersten Früchte seiner sicher geschickt gestalteten Politik genießen. Drei Jahre später hat ihn eine dumme Parteispendenaffäre eingeholt. Eine unangenehme Sache, die bei der CDU eine

lange Tradition hatte und das Image der sich als „christlich"
bezeichnenden Partei öfters ramponiert hatte.

Es folgten in Europa jedenfalls die fast „goldenen Jahre" von
1991 bis 2008, und wenn man vom Jugoslawienkrieg in den
Jahren 1991-1994 absieht, der aber trotzdem tragisch genug
war, lebten die europäischen Menschen, inzwischen fast seit 70
Jahren, in Frieden und in einem relativ großen Wohlstand. Mit
dem Ende der Grenzkontrollen zu den osteuropäischen Ländern sind am 21. Dezember 2007 die letzten Reste des Eisernen Vorhangs gefallen. Nach der Ost-Erweiterung des Schengen-Raums auf 24 Staaten, trat die gänzlich neue Situation in
Europa ein, dass von da an etwa 400 Millionen EU-Bürger ohne
Passkontrolle vom Baltikum bis nach Portugal reisen konnten.
Bundeskanzlerin *Angela Merkel* feierte die Grenzöffnung zusammen mit den Regierungschefs von Polen *(Donald Tusk)* und
Tschechien *(Mirek Topolanek)* im sächsischen Zittau. Sie sagte:
„Heute haben die Bürgerinnen und Bürger durch 24 Länder
freie Fahrt. Diejenigen, die etwas älter sind, wissen, dass dies
keine Selbstverständlichkeit ist." Es sei eine große Freude",
dass für junge Leute eine neue europäische Normalität begin-
ne, sagte Angela Merkel bei der symbolischen Aufhebung des
Schlagbaums zwischen Zittau und dem polnischen Porajów.
Und dann fügte sie noch hinzu: 62 Jahre nach dem Ende des
Zweiten Weltkrieges und 18 Jahre nach dem Fall der Berliner
Mauer „bedeutet die Ausdehnung des Schengen-Raums für
viele ehemalige Ostblock-Staaten einen weiteren Schritt ins
vereinigte Europa. Die Reisefreiheit betrifft neben Polen und
Tschechien auch Ungarn, die Slowakei, Slowenien und die drei
Baltenstaaten. Außerdem tritt die Mittelmeerinsel Malta dem
Verbund bei, der damit von 15 auf 24 Ländern wächst. Das
Schengen-Abkommen gilt nun in 22 EU-Staaten sowie in Is-
land und Norwegen."
So berichtete die Presse über dieses große Ereignis, das auch
in Ferdinand Klingenberg die Hoffnung stärkte, dass aus dem
EU-Projekt nach weiteren Jahren etwas Dauerhaftes wird. Ir-

gendwie spürte er in sich den Geist seines Vaters, sooft er sich dem Projekt Europa widmete.

Doch die Gespenster der Vergangenheit tauchten wieder auf und haben in verschiedenen Ländern Europas, so auch in Deutschland, den extremen Nationalismus und Rechtsradikalismus, den Antisemitismus und den Populismus auf die Bühne der Geschichte geholt. Asylantenheime wurden angezündet und dunkelhäutige Ausländer wurden angegriffen. Vom „Aufstand der Anständigen" war die Rede, die dringend notwendig sei, um die Würde eines jeden Menschen und die demokratische Ordnung zu verteidigen. Vielleicht verhält es sich aber so, dass diese Gespenster nie wirklich verschwunden sind, sondern nur in Latenz waren? Hinzu kamen islamistische Terroraktionen, – dessen Höhepunkt die Zerstörung des World-Trade Center am 11. September 2001 in den USA war, – die den Konflikt zwischen Europa und der islamischen Welt verschärften und auf beiden Seiten Hass-Ströme generierten. In Deutschland entstand eine regelrechte Islamophobie, die „die deutsche Krankheit", *German Angst*, wie *Sabine Bode* dieses Phänomen in ihrem 2006 veröffentlichten Buch in Anlehnung an die Angelsachsen nannte, noch mehr vertiefte. Kräfte des Vertrauens und der Zuversicht wurden nur von Wenigen verbreitet und bestimmte Massenblätter verstanden es gut, immer wieder neue Bedrohungen auszugraben, auszumalen und die auf „uns in Deutschland" wartende Zukunft in düsteren Farben darzustellen. Ferdinand Klingenberg sieht mancherlei Dinge auch in düsteren Farben, doch für ihn ist der Hass der Neonazis gegen alles Fremde die eigentliche Gefahr, die es abzuwenden gilt.

Er hat auf seine Weise, durch Vorträge und Essays, an der neueren Entwicklung teilgenommen und seine Stimme erhoben. Er mahnte immer wieder die Prinzipien der Rechtsstaatlichkeit an, betonend, dass Deutschland nur mit der EU zusammen eine Zukunft hat und dass die Ausländerfeindlichkeit „uns nicht gut zu Gesicht steht" nach alldem, was Nazi-Deutschland den Menschen angetan hat. Mit einigen Kollegen aus dem Justizwesen, – darunter Richter, Rechtsanwälte und Staatsanwälte, – war er gar nicht zufrieden, da er ihre latente Neonazigesinnung, die sie geschickt verbergen konnten, schnell durchschaut hat. Er wusste wohl, dass er sie nicht direkt bekämpfen kann und doch suchte er einen Weg, seinem Vorbild, Fritz Bauer folgend, sie in Grenzen zu verweisen.

Als Staatsanwalt, der gegen Kriminelle die Anklage erhebt, hat er, das erste Mal überhaupt, einen entscheidenden Beitrag geleistet während des Prozesses gegen Anton Malloth. Das Monate lange Durcharbeiten der Akten dieses bestialisch brutalen SS-Mannes, der im Gestapo-Gefängnis *Kleine Festung* in Theresienstadt zahlreiche Häftlinge zu Tode gefoltert und nach Angaben der Zeugen die langsamen Qualen der Häftlinge auch genossen hat, konfrontierte Ferdinand Klingenberg mit dem abgrundtief Bösen. Er beantragte die Verurteilung des ehemaligen SS-Mannes zu einer lebenslangen Freiheitsstrafe. Das Schwurgericht unter dem Vorsitz von Jürgen Hanreich folgte seinem Antrag und verkündete das Urteil am 31. Mai 2001. Eine später erfolgte Revision der Verteidigung, unterstützt von der Hilfsorganisation für NS-Täter „Stille Hilfe", wurde vom Bundesgerichtshof im Februar 2002 verworfen, so dass Anton Malloth, trotz seines hohen Alters, er war 89 Jahre alt, die letzten Monate seines Lebens in Haft verbringen musste. Die allerletzten Wochen, da er nicht mehr haftfähig war, verbrachte er in einem Pflegeheim in Straubing und dort ist er im Oktober 2002 gestorben.

Im Laufe des Jahres 2000 und bis zum Urteilsspruch, während der akribischen Durcharbeitung der Akte Anton Malloth, tauchte in Ferdinand Klingenberg immer wieder dieselbe Frage auf: Wie konnte es zu diesem ungeheuerlichen Verbrechen, zu dieser teuflischen Mordmaschinerie der Nazis und zum Zusammenbruch einer ganzen Gesellschaft kommen? ... In langen Gesprächen mit dem Jesuitenpater Johannes über das *mysterium iniquitatis,* das Geheimnis des Bösen, kam Ferdinand Klingenberg zu der nicht ganz befriedigenden Einsicht, dass der einzelne Mensch sich in seinem Willen mit dem Gedanken der Vernichtung verbünden kann. Tun dies viele Einzelne in einer Gesellschaft gleichzeitig, – was im Dritten Reich zweifelsohne der Fall war, – kommt es zu einer Kumulation des Bösen.

Bis zu seiner Pensionierung, im Februar 2014, hat sich Ferdinand Klingenberg engagiert eingesetzt, rechtsorientiertes und völkisches Gedankengut beim Namen zu nennen, und allzu deutliche faschistoide Tendenzen des Antisemitismus und der Fremdenfeindlichkeit argumentativ zurückzudrängen, und die Idee Europas als eine noch viel intensiver zu gestaltende rechtlich fundierte, sozial-ethische, solidarische, Wirtschafts- und Wertegemeinschaft hochzuhalten. Mehrmals hat er deutlich und leidenschaftlich auch die heuchlerische Haltung mancher in der Bundesregierung auf unterschiedlichen Ebenen tätigen politischen Persönlichkeiten öffentlich kritisiert, die, nur dem Schein nach legal, Waffenexporte in Krisengebiete genehmigt haben. Dem deutschen Investigativ-Filmemacher *Daniel Harrich* hat er für seinen exzellenten Film, *Meister des Todes* (2015), in einem persönlichen Brief gratuliert. Anscheinend sei es möglich, wenn auch in einem Mikromaßstab, durch einen Film die Heuchelei der Waffenexporteure zu demaskieren. Als möglich erachtet er auch, einem Rechtsanwaltskollegen, Olaf Klemke, einen kurzen Brief zu schreiben, in dem er seine zwielichtige Vorgehensweise in dem NSU-Prozess kritisch unter die Lupe nimmt. Es sei eine absurde juristische Haarspalterei, einen Sachverständigen für Demografie heranzuziehen, der dann im NSU-Prozess bezeugen solle, dass wegen der Einwanderer „das deutsche Volk in seiner bisherigen Identität im Jahre 2050 eine Minderheit gegenüber den Nichtdeutschen sein wird." Hierzu schreibt Ferdinand Klingenberg dem „geehrten Kollegen", dass er, Olaf Klemke, mit solch einem Antrag die Rolle des Anwalts mit der Rolle des Propheten verwechsle. Olaf Klemke antwortet ihm freilich nicht, sein Horizont bleibt auf der Ebene eines Frosches, denkt sich Ferdinand Klingenberg. Er kann dies letztlich nicht ändern, er kann aber Argumente vortragen und hoffen, dass sie bei anderen weitsichtigeren Kollegen zünden.

Im April 2015 stellt sich die bayerische Hauptstadt ihrer braunen Vergangenheit und eröffnet, reichlich spät und nach mindestens einer zehnjährigen Diskussion, das NS-Dokumentationszentrum in der Briennerstraße 34, später in Max-Mannheimer-Platz umbenannt.

„Wer heute mit Blick auf die Feldherrnhalle bei Sonnenschein einen Kaffee trinkt", schreibt in diesem Zusammenhang Franziska Brüning in der Süddeutschen Zeitung, „denkt in der Regel nicht daran, dass dieser Ort eine zentrale Kultstätte der Nationalsozialisten war. München, die Stadt mit Herz, ist natürlich schön, und es fällt leicht, darüber hinwegzusehen, dass hier Adolf Hitlers politische Karriere begann. Die Stadt selbst hat viele Jahre lang nur ihre guten Seiten betont, die Auseinandersetzung mit ihrer NS-Vergangenheit aber gescheut. Dabei ist unstrittig: München war die Keimzelle des Nationalsozialismus" (SZ, 29.04.2015, Beilage, II). Es steht fest: München hat in besonderer Weise mit „Altlasten" zu kämpfen.

Das NS-Dokumentationszentrum, am 30. April 2015 eröffnet, soll klären, hieß es, warum die bayerische Landeshauptstadt so eng mit dem Aufstieg der Nationalsozialisten verstrickt war. Ferdinand Klingenberg weiß es: In der Nazizeit wurde die Stadt zu einer Art Testgelände für den Nazi-Terror im ganzen Land – erfolgreich. Hitlers *Mein Kampf* wurde in der Nähe des Isartors verlegt und das Pressehaus des *Völkischen Beobachters,* der Parteizeitung, stand in der Schellingstraße. Und die Nazi-Propaganda hat in München besonders gut funktioniert. Die Masse der nichtdenkenden, nicht tiefer fühlenden Menschen bleibt Masse, ob in Moskau, Bukarest, Budapest, Belgrad, München, Berlin, Paris oder London. Die Mechanismen einer wirksamen Propaganda, die auf die Psyche des Erdenmenschentieres abzielt, verfehlt ihre Wirkung nicht, und das ist umso mehr der Fall, je mehr eine zunächst politische Minderheit sich der Institutionen – der Kirchen, der Ausbildungsstätten, der Medien – bemächtigt. Dabei operiert die Propaganda mit Angstbildern.

Diese Zusammenhänge hat das NS-Dokumentationszentrum in München plastisch dargestellt.

Gleich am ersten Wochenende nach seiner Eröffnung haben ca. 20 000 Menschen das Zentrum besucht, schätzt Direktor *Winfried Nerdinger.* Noch nie habe er so viele positive Rückmeldung auf eine Ausstellung bekommen, sagte er (vgl. SZ, 4. Mai 2015, Lokalteil) und es freue ihn, dass der dazugehörige Ausstellungskatalog in den ersten Tagen schon von mehreren hundert Menschen gekauft wurde. Ferdinand Klingenberg besucht mit seiner Frau Marie-Bernard das NS-Dokumentationszentrum. Die neuen Details, die auf vier Etagen zu sehen und zu hören sind, verschlagen seiner Frau zeitweise den Atem. Nach vier Stunden fühlen sie sich von der aufgenommenen Negativenergie erschöpft. Als sie beim Kaffeetrinken im Erdgeschoß mit einem aus Göttingen angereisten Mann ins Gespräch kommen, der sich als Wendelin Teichmann, ein pensionierter Lehrer für Geographie, vorstellt, hören sie von ihm die Worte:

„Ich bin das erste Mal in München und besuche das Doku-Zentrum hier auf Empfehlung eines Freundes. Es ist schrecklich mit meinen 81 Jahren festzustellen, dass ich in ein Volk der Mörder hineingeboren wurde. Ich wusste ziemlich viel über die NS-Zeit. Mit einem aufgeschlossenen Geschichtslehrer lasen wir bereits 1953 in einer Arbeitsgemeinschaft Eugen Kogons *,Der SS-Staat*‘. Nicht die ganze Bundesrepublik war damals schon so weit. Aber, … aber, was hier und heute in diesem NS-Dokumentationszentrum in München mir noch zu Bewusstsein kommt, ist schlichtweg grauenvoll. Wir haben unsere beste Geistes-Kultur verraten. … Mein Gott, wie konnte es so weit kommen?“

Betroffen nickt Ferdinand Klingenberg, während Marie-Bernard, seine französische Frau die Worte spricht: „Ich fühle mich auch wie erschlagen, Herr Teichmann. Hoffen wir trotzdem! Hoffen wir mit einer starken Hoffnung im Herzen, Herr

Teichmann, dass dieses Dokumentationszentrum uns Heutigen einen starken Anstoß gibt, uns entschieden zu wehren, wenn neue Propagandaworte uns verführen wollen."

Bevor sie sich verabschieden, merkt Ferdinand Klingenberg an: Auch er suche nach Antwort auf die Frage, wie es denn möglich gewesen sei, dass es mit den Deutschen so weit kommen konnte. Ansätze einer Antwort habe er in dem Buch *Das Ende. Kampf bis in den Untergang. NS-Deutschland 1944/45* von *Ian Kershaw* gefunden. Und noch etwas, fügt Ferdinand hinzu:

„Viktor Frankl, ein Wiener Psychiater, der auch im KZ war und überlebte, vertrat die These, dass es keine Kollektivschuld gäbe, sondern nur eine persönliche, und, so sagte er: Es existiere eine planetarische Verantwortung, ‚die uns Heutige verpflichtet, sofort Widerstand zu leisten, wenn das Böse sich wieder ausbreiten will.‘ Herr Teichmann, mich beeindruckt es immer wieder, wenn ich Texte von Viktor Frankl lese. Wenn Sie mögen, empfehle ich Ihnen zwei Bücher von ihm: *Der Wille zum Sinn* und *trotzdem Ja zum Leben sagen. Ein Psychologe erlebt das Konzentrationslager.*"

„Ich danke Ihnen für die Buchtipps," antwortet Wendelin Teichmann, und fügt hinzu: „Jetzt möchte ich aber gehen, und mich in meinem Hotelzimmer ausruhen. Ach ja, wenn Sie mir Ihre Adresse geben, werde ich Ihnen ein Buch zuschicken, das ich geschrieben habe. Vielleicht interessiert Sie das Thema meines Buches: Außenseiterbriefe über das Christentum und Europa. Geistesgeschichte in einer, … wie soll ich es sagen, in einer eigensinnigen Annäherung." Ferdinand Klingenberg schreibt ihm seine Adresse auf. Wendelin Teichmann bedankt sich und wünscht ihm und seiner Frau „noch einen schönen Abend."

Sein Rentendasein bescherte Ferdinand Klingenberg im Großen und Ganzen eine ruhige, entspannte und sehr glückliche Zeit mit seiner drei Jahre älteren französischen Frau. Sie genossen die musikalische Kultur der Stadt München, besuchten miteinander interessante Vorträge, konnten einmal auch mit Max Mannheimer sprechen, seine Haltung bewundernd, und freuten sich, als sie im Herbst 2015 Großeltern wurden.

Doch dann wurde Marie-Bernard unerwartet schwer krank. Im Mai 2016 hat sie diese Sichtbarkeit verlassen. Das Einzige, was Ferdinand Klingenberg tröstet, ist der Umstand, dass er ihr jeden Tag, bis zuletzt beistehen konnte und ihre Hand in seiner Hand hielt als sie aufhörte zu atmen. Diese Erfahrung an der Grenze war eigenartig. Als hätte er gespürt, wie die unvergängliche Seele seiner Frau sich aus ihrem Körper langsam entwindet. Ein Hauch des Jenseitigen hat ihn berührt und das erste Mal harrte er über eine Stunde lang im Gebet. Die Zeit nach ihrem Tod ist für Ferdinand Klingenberg nicht leicht.

Noch drei Jahre später merkt er in bestimmten Situationen, – wenn er auf der Straße glücklich wirkende ältere Paare sieht, – dass er die Trauer über den Tod seiner Frau noch nicht überwunden hat. Er meditiert und arbeitet abwechselnd, um seinen Seelenschmerz besser ertragen zu können. Ab und zu kann er, wenn er will, Gespräche führen mit Pater Johannes, der in der Kaulbachstraße wohnt und in der Hochschule für Philosophie früher als Professor wirkte, inzwischen nur als Seelsorger tätig ist. In bestimmten Momenten, wenn er in seinem Herzen die Sehnsucht nach der leiblichen Gegenwart seiner verstorbenen Frau spürt, und das ist besonders im Monat November eines jeden Jahres der Fall, nimmt Ferdinand Klingenberg ihren letzten Brief in die Hand und liest:

Mein liebster Ferdinand, mon amour, als wir uns kennengelernt hatten, äußerten wir beide den Wunsch, dass wir miteinander alt werden wollen. Das ist uns gelungen viele Jahre. Dass mich diese heimtückische Krankheit nun seit Monaten so sehr quält, tut mir leid für Dich. Gerne hätte ich Dir in den letzten Monaten viel mehr Zärtlichkeit, Nähe und Streicheleinheiten geschenkt, es kam aber umgekehrt: Du warst und bist die ganze Zeit für mich da und verbringst Stunden an meinem Bett, hältst meine Hand und schaust mich lieb an. Danke, danke, danke!

Ferdinand Klingenberg muss aufhören, weiterzulesen. Ihm kommen die Tränen. Solch ein Glück, das er durch die Liebe seiner Frau zu ihm und zur Familie erleben durfte, kommt nicht noch einmal. Das ist ihm sehr bewusst. Der Gedanke, dass er sich mit 76 Jahren erneut verlieben könnte, liegt außerhalb seines Horizontes. Neben der Trauer, die er nicht unterdrückt, wenn er mit sich allein ist, regen sich auch Gefühle der Dankbarkeit in ihm. Als Kind sehnte er sich nach seinem Vater, den er gar nicht kannte; der kurz vor dem Ende des Zweiten Weltkrieges gestorben ist und der ihm ein wertvolles Tagebuch hinterlassen hat. Und als Erwachsener wollte Ferdinand Klingenberg eine ganze, heile Familie. Marie-Bernard hat es ihm ermöglicht. Er und sie wurden Eltern von zwei Kindern, eines Sohnes, Otto, und einer Tochter, Barbara, die gut geraten sind. Er hätte nur öfters zu Hause sein sollen, um mehr Zeit mit seinen Kindern zu verbringen, als sie noch klein waren, denkt er sich. Und dann fällt ihm ein, dass die Konjunktivform – hätte, wäre, Fahrradkette – sowohl von den gegenwärtigen Aufgaben ablenken als auch essenzielle Erkenntnisse ermöglichen kann, je nachdem.

Die 140 Quadratmeter Wohnung kommt ihm seit dem Tod seiner Frau leer vor. Meistens, wenn er nicht lange Spaziergänge im Englischen Garten macht, oder sich nicht mit dem Jesuitenpater in der Kaulbachstraße unterhält, verbringt er seine Zeit in seinem Arbeitszimmer, in dem auf 40 Quadratmetern fast nur Bücherregale und ein breiter, altmodischer Schreibtisch, dazu ein bequemer Bürostuhl, zu sehen sind. Neben dem großen Fenster ragt eine Zimmerpflanze hoch. Das Grüne beruhigt ihn und erinnert ihn an die Hoffnung. Er freut sich, wenn Margarete, die Putzfrau – eine aus Rumänien stammende Ungarin, die Kraft und Optimismus ausstrahlt – alle zwei Wochen kommt, sich mit ihm unterhält und dann die Wohnung sauber macht. Mit ihr erlaubt sich Ferdinand Klingenberg eine „Abweichung" von der „juristischen Korrektheit": er bezahlt sie „schwarz" und ziemlich großzügig, da er weiß, dass Margarete zwei studierende Töchter hat, die sie mitfinanzieren muss. Rumänien ist zwar seit 2008 Mitglied der EU, doch auch noch im Jahr 2019 vielfach korrupt und rückständig. Der frühere Regierungschef, Victor Ponta, war in den Augen von Ferdinand Klingenberg, nicht anders als Silvio Berlusconi in Italien, eine der korruptesten Witzfiguren auf der Bühne der europäischen Politik. Wer in Rumänien 600 bis 700 Euro im Monat verdient, dem geht es relativ gut, sagt Margarete.

Doch die Mehrheit der Bürger in Rumänien verdient eher weniger. Sehr viel Geld verschwindet in den dunklen Kanälen der Korruption, die auch nach dem Abgang von Victor Ponta blüht.

Laura Codruţa Kövesi, die Frau, die 2013 bis 2018 die oberste Korruptionsbekämpfungsbehörde Rumäniens leitete, bekam mehrmals Morddrohungen. Ob sie ohne ihre Bodyguards noch am Leben wäre? Bestimmte politische Kräfte in Rumänien, Gespenstergestalten des Kommunismus, haben ihre Versetzung erzwungen. Bald wird sie als neue EU-Generalstaatsanwältin in Brüssel arbeiten. Ferdinand Klingenberg meint jedenfalls, dass er einigermaßen Bescheid über die wahre „rechtsstaatliche" und wirtschaftliche Situation in dem EU-Land Rumänien wüsste. Doch mehr als Rumänien bewegen ihn die Korruptionen und die seit 2013 deutlich zu spürenden rechtsextremistischen Tendenzen und Taten in Deutschland und in anderen EU-Ländern. Die Korruption ist kein osteuropäisches Phänomen. Sie ist überall auf Erden präsent und scheint unausrottbar zu sein. Und dennoch kann man sie nicht einfach so hinnehmen, stellt irgendwann Ferdinand Klingenberg fest. Erschüttert haben ihn die Anschläge von Islamisten im November 2015 in Paris.

In den Jahren danach muss er wiederholt Erschütterung und Bestürzung erleben. Die Ermordung des Ministerialrats Walter Lübke am 1. Juni 2019 in Kassel, dann der Angriff auf die jüdische Synagoge in Halle, dann die wachsende Zahl der Gewalttaten der Neonazigesinnten, von denen einige in der Bundeswehr, bei der Polizei wie auch in anderen Behörden ihr Unwesen treiben, beängstigen ihn zeitweise sehr. Was Samuel Mátrai 20 Jahre zuvor in Frankfurt kritisiert hat, – die Juden seien immer noch eine gefährdete Randgruppe in Deutschland, – erweist sich nach wie vor als harte und brutale Realität.

Und als am 19. Februar 2020 ein rechtsextremer Rassist neun junge Menschen in Hanau ermordet, ist Ferdinand Klingenberg außer sich. Sein ganzes Mitgefühl gilt den Hinterbliebenen, den Angehörigen der sinnlos Ermordeten. Dem Mörder kann keinen Prozess mehr gemacht werden. Er hat zuerst seine Mutter und dann sich selbst erschossen. Ferdinand Klingenberg spürt das dämonisch Böse hinter diesen abscheulichen Taten. Scham und Wut, Trauer und Ohnmacht besetzen sein Inneres. In manchen Teilen der deutschen Bevölkerung blüht weiter oder immer noch oder schon wieder das nationalsozialistische, das antisemitische und das rassistische Gedankengut, stellt er fest, sich an manche Aussagen von Samuel Mátrai erinnernd, und sucht reflektierend aus der Kraft der Verzweiflung nach Antworten auf die Warum-Frage. *Warum die Deutschen – Warum die Juden?* Dieses Buch von *Götz Ally* hat er schon gelesen und den Zusammenhang zwischen Neid und Rassenhass in den Jahren 1800–1933 verstanden. Aber heute, im Jahre 2019, so fragt er sich, könnte es denn nicht ein bisschen besser sein? Lernen wir denn aus der Geschichte nichts dazu?

Den Verfassungsschutz als Ganzes, dessen Aufgabe darin besteht, die demokratische Ordnung zu schützen, kann er nicht mehr ernst nehmen. Sich an manche Tagebucheintragungen seines Vaters erinnernd, der in verschiedenen Formulierungen den einfachen menschlichen Anstand betont hatte, fühlt sich Ferdinand Klingenberg motiviert, noch etwas Hilfreiches und Sinnvolles zu tun. Aber was?

Am Abend des 01. September 2019, es ist ein Sonntag, stellt er nüchtern und realistisch fest, dass seine Bemühungen um ein nichtnationalistisch eingestelltes Deutschland und Europa nur wenig gefruchtet haben.

In Thüringen und Brandenburg konnte die AfD punkten, die Kommentare der etablierten Parteien danach ähnelten einem Katzenjammer und Ferdinand Klingenberg sieht im Spiegel, beim Zähneputzen, einige Sorgenfalten auf seiner Stirn. Ich werde diesen Verirrten Widerstand leisten, solange ich Kraft habe, denkt er und spürt für Minuten, wie seine hintergründige Resignation verschwindet.

Genugtuung erfüllt ihn darüber, dass der deutsche Bundespräsident, Frank-Walter Steinmeier, an jenem Sonntagmorgen, auf den Tag genau 80 Jahre nach Beginn des Angriffs auf Polen, sich nicht nur mit Zeitzeugen trifft und mit ihnen spricht, sondern ausdrücklich um Verzeihung und Vergebung bittet für all das schlimme, furchtbare Grauen, was Nazi-Deutschland der polnischen Nation angetan hat. Den entscheidenden Satz spricht Steinmeier sogar auf Polnisch und erntet Beifall und hohe Anerkennung von der polnischen Bevölkerung.

Einige Tage vor diesem hochsymbolischen Akt der Bitte um Vergebung spricht Ferdinand Klingenberg mit dem Historiker *Peter Oliver Loew* vom Deutschen Polen-Institut. Loew bestätigt, was Ferdinand Klingenberg im Tagebuch seines am 31.03.1945 verstorbenen Vaters vorfand, dass nämlich der Angriff auf Polen von den Nazis von Anfang an als ein Zerstörungskrieg geplant gewesen sei, „der mit einer Versklavung und teilweisen Vernichtung der Bevölkerung in Polen, und der Slawen generell, einherging", und dass dabei primär die Juden, dann aber auch die nichtjüdischen Polen ausgerottet werden sollten. Schon am ersten Tag töteten Soldaten der Wehrmacht in Wieluń 1200 Zivilisten und bombardierten ein Krankenhaus. Dieser Ort sei eigentlich ohne jede strategische Bedeutung gewesen, so sagte Loew. Die barbarische Zerstörung eines Krankenhauses diente eher als ein Test für die Schlagkraft der Luftwaffe. In Wahrheit war es schon in den ersten Stunden das erste furchtbare Kriegsverbrechen des NS-Regimes im Zweiten Weltkrieg, und, so fügte Loew hinzu, er sei froh, dass

Steinmeier auch diesen Ort besuchen werde. Es sei allerhöchste Zeit, dass ein Bundespräsident diesen Schritt tut, bestätigt Klingenberg.

In den nächsten Tagen richtet er seine Aufmerksamkeit auf bestimmte Personen in der AfD, die sehr deutlich, scharf und schamlos rechtsextremistische Positionen vertreten, nicht verbergend, dass, wenn sie die ganze Macht im Lande für sich ergreifen würden, gewaltig ausräumen, säubern und diktatorisch regieren würden, weil „unser Volk das so will". So ähnlich verkündete großmäulig ein AfD-Vertreter. Diese sogenannte „Alternative für Deutschland" hat Ferdinand Klingenberg von Anfang an als einen Wolf in Schafpelz gebrandmarkt und als „Alternative für die Zerstörung Deutschlands" (AfZD) bezeichnet. Er fühlte sich erinnert an das Jahr 1933, an Eindrücke eines damals lebenden Psychologen, der sich über die Massenpsychologie des Faschismus Gedanken machte und seine Eindrücke vom schnellen Aufstieg der NSDAP treffsicher formuliert hat: *Die Wähler von damals haben sich für eine bestimmte Richtung entschieden.* Das heißt: Sie wählten eine destruktiv autoritäre, extrem nationalistische, rassistische und antisemitische Partei. Und zwar nicht, weil sie dazu verführt worden sind, sondern aus voller Überzeugung. Klingenberg fragte sich, ob es denkbar und möglich sei, dass sich die Geschichte wiederholen könnte. …

In dem früheren CDU-Mann, Alexander Gauland, erkannte er eine zutiefst frustrierte und mit seinem Leben unzufriedene Persönlichkeit nach dem Motto: Alter schützt vor Torheit nicht. Die Zahl der Jahre oder ein Doktortitel sagen nichts über die Reife einer Persönlichkeit. In dem etwa 30 Jahre jüngeren Andreas Kalbitz sah er den aufstrebenden Machthungrigen, dem er, wegen seiner Neonazi-Vergangenheit, die Kalbitz stets leugnete, keine echte demokratische Gesinnung attestieren konnte. Inzwischen war Ferdinand Klingenberg aus der CDU ausgetreten und schämte sich für die Haltung eines CSU-Politikers gegenüber den Migranten. Sicher war er nicht naiv und auch nicht der Ansicht, dass man alle, die kommen wollen, aufnehmen könnte. Vielmehr sah er die langfristige Lösung des Migrantenproblems in einer Art Marschall-Plan, den die EU zusammen mit den USA und einigen anderen reichen Ländern auf mindestens zwanzig Jahren voraus umsetzt, die Armut durch funktionierende Infrastrukturen dort bekämpfend, wo die Leute nicht mehr leben können. Doch der Hass gegen die schon in Europa lebenden Ausländer, so allgemein und pauschal, sowie der wachsende Antisemitismus waren seine Sache nicht.

Dass sich in Deutschland innerhalb der parlamentarischen Demokratie seit 2013 solch eine nur scheinbar bürgerliche AfD-Partei immer mehr etabliert, die gar nicht bemüht ist, ihre Verwurzelung in der neonazistischen Szene und im völkischen Gedankengut zu verbergen, das ging dem humanistisch gebildeten und zutiefst demokratisch denkfühlenden Juristen Ferdinand Klingenberg nicht in den Kopf. Wenn es in Deutschland nur einhunderttausend Menschen gibt, die von anderen – von Ideologen und Propagandisten – emotional so sehr abhängig sind, dass sie bei den Wahlen jede Vernunft ausschalten, dann wackelt unsere Demokratie gewaltig, stellt er fest. Ihm fallen Sätze aus dem Tagebuch seines Vaters ein; Sätze, die er Anfang März 1945, wenige Wochen vor seinem Tod, aufgeschrieben hatte und die er, gerade heute, zum wiederholten Male liest. Sein Vater schrieb:

„Sei dir bewusst, mein Sohn, dass die Anbetung der politischen Autorität, die auf Diktatur gründet, eine Schwäche unserer deutschen Mentalität ist. Wer immer außerhalb von sich selbst Sicherheit sucht, – in einem Führer, in einer Partei, in der Kirche, in der Wissenschaft oder wo auch immer, – der ist, früher oder später, verführbar. Dieser Verführung bin ich zuerst 1936, leider, auch verfallen, als ich den Gedanken zuließ, der Führer werde Deutschland zu neuer Größe führen. Dabei hat mich mein Vater gewarnt, sagend, dieser Führer bereite den Krieg vor. Heute, 03. März 1945, während ich diese Zeilen schreibe, sehe ich deutlicher denn je, wie töricht ich war.

Töricht und naiv. Ich wünsche mir, dass die Alliierten endlich den Sieg herbeiführen und dass dieses sinnlose Morden ein Ende hat. Autorität, im wahrsten Sinne, kann nur eine geistige Autorität sein, die nicht seiner Großmannssucht, sondern dem wirklichen Wohl der Menschen dient, die ihm anvertraut sind. In diesem gottverdammten Krieg haben wir alle Menschlichkeit vergessen, wir sind zu Erdentieren geworden. Ein Großteil der Wehrmacht verwandelte sich in eine tierische Horde, ohne Moral, ohne Anstand, ohne ein Gefühl für das Rechte.

Bei dir, wenn du erwachsen sein wirst, und bei deiner Generation, soll das ganz anders sein. Der vor wenigen Wochen hingerichtete Carl Friedrich Goerdeler sagte: Den einfachen menschlichen Anstand wiederherzustellen, sei das größte Problem. Und ich lege dir ans Herz, mein Sohn: Habe Mut und werde du ein anständiger Mensch. Handle so, dass die niedrige Zahl der anständigen Menschen in unserem Land durch dich höher wird. "

Ferdinand Klingenberg lässt diese Worte seines Vaters, die er schon so oft gelesen hat, erneut auf sich wirken. Ja, er hat das Seinige getan: als Rechtsanwalt, dann als Richter, als Staatsanwalt, und auch als Autor von etlichen Essays zum Verhältnis des Rechts zur Ethik. Dabei hat er sich öfters inspirieren lassen durch Professor *Wolfgang Waldstein*, der international einer der bedeutendsten Kenner des Naturrechts gilt. Der aus Finnland stammende Rechtshistoriker verhalf Ferdinand Klingenberg zur Gewissheit, dass es universale ethische Normen gibt, die dem Recht vorausgehen; dass es ein Gesetz über allen Gesetzbüchern gibt; ein Gesetz, das jedem Menschen „ins Herz geschrieben" ist. Die Bildung des Rechtsbewusstseins sei eine der wichtigsten Aufgaben, um eine europäische Wertegemeinschaft auf der Grundlage des gemeinsamen Erbes an geistigen Gütern wiederherstellen zu können; nur auf dieser Basis sei es möglich, eine menschenwürdige Zukunft der Menschheit zu sichern, schrieb der finnische Rechtsgelehrte.

Das NS-Regime wie die kommunistischen Diktaturen in Osteuropa und anderswo haben diese Grundeinsicht gänzlich ignoriert, und wir in Deutschland sind im Jahre 2019 wieder an einem Punkt angelangt, denkt sich Ferdinand Klingenberg, an dem Vorzeichen einer – zumindest von manchen Kreisen – erneut gewünschten Diktatur hörbar, sichtbar, wahrnehmbar werden, wenn man sich den Schlagwortwahn der AfD-Propaganda vor Augen hält. Von den sogenannten „Reichsbürgern" und von dem wachsenden Antisemitismus gar nicht zu sprechen … Ferdinand Klingenberg spürt, dass er noch eine Aufgabe zu erfüllen hat, welche sich in der Form eines Buches konkretisieren könnte. Ja, das ist es, denkt er sich. In diesem Moment meldet sich telefonisch sein Sohn Otto aus London: Es gehe ihm gut, seine Forschung in dem Ludwig-Wittgenstein-Institut komme prächtig voran, alles sei in Ordnung und dann „morgen, am 02. September, schaue dir im Bayerischen Fernsehen die Sendung *Lebenslinien* an. Ich weiß Papa, dass dich das Thema interessiert. Es geht um die Naziärztin Johanna Haarer aus der Sicht ihrer Tochter Gertrud Haarer. Ich rufe dich bald wieder an, sei herzlich umarmt."

Der Name Johanna Haarer, einer ideologisch verirrten Ärztin, die eine Hitleranbeterin war, ist ihm bekannt. Ferdinand Klingenberg hat die Nazizeit gründlich studiert. Und er setzt sich mit ihr weiterhin so intensiv auseinander, dass er zeitweise keine Lust mehr verspürt, weitere Details des radikal Bösen, der Dämonie und der hybriden Megalomanie zu erfahren. Doch „etwas" in ihm, ein undefinierbares tieferes Gefühl, spornt ihn an, mit der Aufarbeitung der dunkelsten Phase der deutschen Geschichte nicht aufzuhören. Dieses „etwas" waren sicher auch die Impulse aus seines Vaters Tagebuch sowie das weltberühmte Buch „*trotzdem Ja zum Leben sagen*" des Wiener Psychiaters und Arztphilosophen *Viktor Frankl*, – den damals auch Bogdan Podskalski in seinem Frankfurter Vortrag zitierte, – ebenso aber sein Inneres, das zutiefst erschüttert wurde, als er, gerade mal 19 Jahre alt, die von *Fritz Bauer* angestoßenen Prozesse in Frankfurt mitverfolgt und das erste Mal das Ausmaß der Mordmaschinerie der Nazis erahnt hatte. Er kann sich immer noch gut daran erinnern, dass an dem zweiten

Verhandlungstag in einer heftigen Diskussion, in einer Gruppe junger Menschen, ein österreichischer Schönling über die „Deitschen" wie ein Spatz schimpfte, Österreich als Opfer der Nazis darstellend, worauf Ferdinand Klingenberg deutlich den Satz sprach: „Tja, wobei den größten Führer aller Zeiten wir allerdings aus Österreich bekommen haben." Der schöne Jüngling hörte sofort auf, weiter über die Deutschen zu schimpfen.

Und auch die Gestalt von *Simon Wiesenthal* war ihm Ansporn, dem Schlagwortwahn der subtil zersetzenden Kräfte mit seinen Mitteln Kontrapunkte zu setzen und die Kraft des sinngerechten Denkens – der Philosophie und des auf der Ethik basierten Rechts – ins Feld zu führen. Denn seine „Waffe", das wusste Ferdinand Klingenberg mit Gewissheit, kann nur das mit „dem Logos schwangere Wort sein", wie dies einmal Pater Johannes treffend formuliert hat, dessen Wirkung in einem argumentativen Gedankengang die Fratze des Schlagwortes durchaus entlarven kann. Ja, die Idee, ein Buch zu schreiben, in dem sinnschwangere Worte und Gedanken so aneinander gefügt werden, dass ihre erhellende Kraft jeder spüren kann, wenn er offen ist, arbeitet in ihm. Ein Buch, in dem die von ihm erkannte Essenz und Quintessenz einfließt. Ein Buch über Europa, dessen Aufstieg, anders als Oswald Sprenger 1922 „prophezeite", bevorsteht, wobei bestimmte geistige Leistungen und Anstrengungen zu erbringen sind, – im Ost-, Mittel- und Westeuropa, – wollen wir den „Untergang des Abendlandes" vermeiden. Das war die Grundidee, die Ferdinand Klingenberg seit dem Vortrag von Pater Bogdan Podskalski zutiefst beschäftigt.

Ferdinand Klingenberg hat noch vor seiner Pensionierung, in Ludwigsburg in der „Zentralen Stelle zur Aufklärung nationalsozialistischer Verbrechen" mit Thomas Walter, einem Kollegen, zusammengearbeitet. Damit realisierte er, nach dem Fall Anton Malloth, zum zweiten Mal sein Berufsziel, das er sich als junger Jurastudent gesetzt hat: Naziverbrecher anzuklagen und vor Gericht zu stellen.

Das Ergebnis diesmal war, dass *John Demjanjuk,* eine ukrainische Hilfskraft im Vernichtungslager Sobibór, vor Gericht gestellt und im Mai 2011 in München verurteilt werden konnte. Jahrzehnte hindurch wurden Naziverbrecher von der bundesdeutschen Justiz – vielfach von Mitgliedern der CDU und CSU, aber auch von einigen Mitgliedern der FDP – verschont. Nach dem historischen Anstoß des Oberstaatsanwalts Fritz Bauer 1963 in Frankfurt, geschah bis zur Jahrtausendwende in der alten BRD nicht allzu viel in Punkto Jagd auf Naziverbrecher. Die Abrechnung mit dem Nationalsozialismus wurde eher im kommunistischen Ostdeutschland vorangetrieben, wovon man in der früheren DDR ideologisch natürlich profitierte und den Mythos des antifaschistischen Staates verfestigte. In der alten BRD dagegen gab es bis 2000 noch immer etliche Leute, die nazifreundliche Ansichten vertraten. Diese wurden von den Behörden im vereinten Deutschland keineswegs verurteilt. Im Gegenteil: Sie haben sich schnellstens mit den Rechtsradikalen aus der ehemaligen DDR verbündet, deren Zahl die Stasi selbst, wie aus einer Dokumentation hervorgeht, auf etwa 17 000 Personen schätze.

Ferdinand Klingenberg sammelt die Fakten und denkt immer wieder über das 20. Jahrhundert nach, dabei auch die Werke des britischen Historikers *Tony Judt* lesend, und notiert erste Gedanken zu einem Buch, das er als ein geistiges Projekt seines Lebens ansieht.

Etwa um das Jahr 2000 herum wehte in Ludwigsburg plötzlich ein anderer Wind. Eine jüngere Generation von Staatsanwälten stimmte in dem Grundsatz überein: *Mord verjährt nicht.* Ferdinand Klingenberg und Thomas Walter argumentierten mit dem Modell einer Fabrik: Jeder, der in der Fabrik in irgendeiner Weise am Ablauf des Produktionsprozesses beteiligt sei, trage für das Endprodukt Mitverantwortung. Und im Fall der Vernichtungslager sei das Endprodukt „ein fürchterlicher Berg Asche der getöteten und verbrannten Menschen", weshalb ein jeder, egal an welcher Stelle er mitgemacht habe, letztlich Beihilfe zum Mord geleistet habe.

Noch leisten einige, allzu laut brüllende AfD-Leute nicht explizit Beihilfe zum Mord, aber ihre Parolen kommen einer Volksverhetzung gleich und die giftige Wirkung ihrer Worte wird von einer breiten Masse eingesaugt, die nicht merkt, – oder nicht merken will, – dass sie vergiftet wird, sinniert Ferdinand Klingenberg über die Dummheit vieler seiner Landsleute. Ja, die Dummheit mancher juristischer Kollegen und Persönlichkeiten aus der Politik der vergangenen 30 Jahre hat ihn phasenweise seinen Zorn erregt. Während seiner zweiten Reise in Rumänien hörte er, wie der evangelische Geistliche Hermann Pfeiffer, leise redend, Einstein zitierte, der gesagt haben soll: Er kenne zwei Unendlichkeiten. Die Unendlichkeit Gottes und die Unendlichkeit der Dummheit der Menschen. Er sei sich aber nicht sicher, welche Unendlichkeit denn größer sei.

Daran musste jetzt Ferdinand Klingenberg denken. Dass auch in anderen europäischen Ländern – in Ungarn, Österreich, Polen, Italien, Frankreich, Russland – politisch unaufgeklärte, ja, dumme Massen leben und Vertretern diktatorischer Strömungen zujubeln, erlebt er als zusätzliche Sorge um Europa zu alldem, was er in Deutschland, vor allem nach 2007, wahrgenommen hat und wahrnimmt. Der gewaltbereite Rechtsextremismus hat eindeutig ziemlich viele Menschen erreicht und stellt eine sehr reale Gefahr dar. Ein großes Positivum war, wie er meint, dass John Demjanjuk 2011 überführt und verurteilt werden konnte.

Vier Jahre später, im Juni und Juli 2015, stand *Oskar Gröning,* „der Buchhalter von Auschwitz", in Lüneburg vor Gericht. Auch ein Positivum. Daran war Ferdinand Klingenberg nicht direkt beteiligt. Er hat nur den ganzen Prozess sehr aufmerksam verfolgt. Worüber er staunt, und dann wiederum nicht staunt, ist der merkwürdige Umstand, dass Oskar Gröning schon 2005 vor die Öffentlichkeit getreten ist. Das britische Fernsehen hat damals, am 08. Mai 2005, zum 60-jährigen Gedenken des Zweiten Weltkrieges, eine mehrstündige Sendung ausgestrahlt. Und Oskar Gröning hat ziemlich offen erzählt. Er wiederholte seine Geschichte auch einem Spiegel-Reporter gegenüber. Dieser hat Oskar Grönings Worte auch veröffentlicht. Die deutsche Justiz hat damals nicht reagiert, stellt Ferdinand Klingenberg fest. Und ich? Was habe ich denn damals gemacht? Wie war das Ganze nochmal? Ferdinand Klingenberg sucht in einem Ordner und wird bald fündig.

DER SPIEGEL veröffentlichte das Gespräch mit Oskar Gröning am 09.05.2005. Ferdinand Klingenberg beginnt, obwohl schon kurz vor Mitternacht ist, den Text zu lesen.

Oskar Gröning ist Jahrgang 1922. Seit 60 Jahren sucht er nach einem anderen Wort für Schuld. Er erzählt die Geschichte eines Mannes, der er einmal – vor allem in den Jahren 1940 bis 1945 – war.
    „Ein neuer Transport war angekommen. Ich hatte Dienst auf der Rampe. Mein Auftrag war, das Gepäck zu bewachen. Die Juden waren schon abtransportiert. Plötzlich hörte man die Schreie eines Babys. Es lag auf der Rampe, eingewickelt in Lumpen. Eine Mutter hatte es zurückgelassen, vielleicht weil sie wusste, daß Frauen mit Kleinkindern sofort vergast wurden. Ich sah, wie ein anderer SS-Mann das Baby an den Beinen packte. Das Geschrei hatte ihn gestört. Er schleuderte das Baby mit dem Kopf gegen die Eisenstangen eines Lkw, bis es ruhig war."
    Oskar Gröning macht eine Pause. Er war zwei Jahre lang SS-Mann in Auschwitz. Wenn er nachts träumt, enden die Träume mit Schreien. Das Schreien wird zum Tosen, das Tosen zum Summen, das Summen zur Stille. Es sind die Todeslaute aus den Gaskammern. Gröning hat nicht getötet. Er hat kein Zyklon B in die Schächte gefüllt, keine Scheiterhaufen angezündet. Er hat nur zugesehen. Er stand dabei, erst schockiert, dann gleichgültig. Er bekam Routine.
    Gröning war ein gewissenhafter Buchhalter. Er zählte das Geld der Juden, sortierte es, verschloss es in einem Tresor. Er war ein Buchhalter des Terrors. Wie kam er dazu?
    Oskar Gröning ist 1921 geboren. Er ist einer der wenigen, die für die SS in Auschwitz waren und noch leben. Seine Geschichte, eine deutsche Geschichte, ist die Geschichte von Verführung und Fana-

tismus, von Tätern und Mittätern, von Leben mit Schuld, von der Suche nach anderen Begriffen für Schuld und von der verdunkelten Erkenntnis, die irrsinnig irre Wege ging. Vom Versuch eines Mannes, Vergangenheit zu bewältigen, die so dunkel ist, daß sie niemals endet. „Disziplin, Gehorsam, Zucht, so sind wir erzogen worden", sagt Gröning.

Später hatte er die SS in den Wochenschauen gesehen. Er fand sie zackig, die zackigste Truppe von allen. 1940 meldete er sich freiwillig. Freiwillig? Warum denn? „Es war die spontane Begeisterung, im Krieg nicht zu spät zu kommen beim letzten Siegen", sagt er. Gröning ist 21 Jahre alt, als er an einem Oktobertag 1942 in Auschwitz ankommt. Bald erfährt er, daß die meisten Juden vergast werden. Am selben Tag fängt Oskar Gröning an, Geld zu zählen. Er glaubt an Adolf Hitler und Joseph Goebbels. Er glaubt, daß es die deutsche Aufgabe ist, das Weltjudentum zu vernichten. Er glaubt, daß Deutschland den Ersten Weltkrieg wegen der Juden verloren hat. So sagten Hitler und seine Leute. Oskar Gröning will diesen Krieg hier gewinnen. ... Wieder eine lange Pause.

Abends liegt er im Bett und kann nicht schlafen. Du bist in einen Laden geraten, der stinkt, denkt er. Er unterscheidet zwischen Exzessen durch Einzelne und Massenmord durch das Ganze. Die Exzesse sind für seine Begriffe Barbarei, der Massenmord legitimiert. Warum legitimiert, das kann er nicht begründen.

Oskar Gröning redet seit fünf Stunden. Es ist dunkel geworden über der Lüneburger Heide, er hat sein Leben in Auschwitz erzählt, nüchtern, wie einen Dokumentarfilm. (...) Es ist halb neun, die Haustür öffnet sich, seine Frau. Als ihr Mann 1948 aus britischer Gefangenschaft nach Hause kam, sagte er zu ihr: „Mädchen, tu dir und mir einen Gefallen: Frag nicht nach. Stell mir, bitte, keine Fragen." Sie fragt immer noch nicht. Gröning bietet an, im Hotel weiterzureden. Er will vorankommen. Abrechnen. Spürbar ist die starke Tendenz zur Rechtfertigung. Der Mensch Oskar Gröning, ein Kästchen im Organigramm von Auschwitz. So sah er das. So sieht er das. Er bleibt einsam mit diesem Blick. Eine Absolution bekommt er nicht.

1968, als die groß gewordenen Kinder die Vätergeneration anklagte, waren seine Söhne 26 und 19 Jahre alt. Sie studierten und kamen selten nach Hause. Sie wussten, daß ihr Vater in Auschwitz gewesen war, aber sie sprachen darüber nicht mit ihm. Sie hatten keine Fragen. Das bedrückende Schweigen konnten die Söhne ab einem bestimmten Zeitpunkt nicht mehr aushalten. Es gibt nur einen, mit dem Oskar Gröning in den ganzen Jahren die Wahrheit bespricht, Gott. Er möchte sich von etwas befreien, aber er weiß nicht, wie er das nennen soll. Schuld? Verbrechen? Schwere Sünde? Ist er Täter? Mittäter? Oder, auch das hält er für möglich, nichts davon? Er stellt dieselben Fragen wie ein ganzes Land, wie überaus viele Menschen in Deutschland und in der Welt. Er bekommt keine Antwort.

Gröning beginnt ein bürgerliches Leben, als der Krieg vorbei ist. Er arbeitet als Lohnbuchhalter in einer kleinen Fabrik. Er hat einen Dackel und sammelt Briefmarken. Er ist Mitglied in einem Verein. Wo soll er sonst sein im Land der Vereine und Verbände? 1985 besucht er die jährliche Hauptversammlung. Er redet mit einem anderen Sammler über Briefmarken und Politik, der andere sagt: Es ist unglaublich, daß jetzt schon Leute strafrechtlich verfolgt werden, die den Holocaust leugnen, obwohl der ja tatsächlich nie stattgefunden habe. Es ist die Zeit nach der Rede des Bundespräsidenten Richard von Weizsäcker zum 08. Mai 1985, zum vierzigsten Jahrestag nach Beendigung des Zweiten Weltkrieges. Da wird zum ersten Mal, endlich, ausgesprochen, dass Deutschland von einer fürchterlichen Diktatur befreit worden sei.

Es ist ein großer Moment im Leben von Oskar Gröning, als der andere in jenem Verein sich darüber empört, dass Holocaustleugner strafrechtlich verfolgt werden. Er spürt in seinem Inneren eine Explosion. Gröning sagt: Ich weiß da etwas mehr, wir können bei Gelegenheit darüber sprechen. Der Sammlerfreund schenkt ihm ein Buch „Die Auschwitz-Lüge" des Altnazis Thies Christophersen. Gröning schickt das Buch zurück, er legt ein paar Blätter Papier dazu, Selbstgeschriebenes, seine persönliche Antwort auf Christophersen. Ich habe alles gesehen, schreibt Gröning. Die Vergasungen, die Verbrennungen, die Selektionen. In Auschwitz sind 1,5 Millionen Juden ermordet worden. Ich war dabei.

Es ist ein Brief an sein Gewissen. Ein halbes Jahr später werden seine Anmerkungen in einer Neonazi-Zeitschrift veröffentlicht. Gröning kann sich nicht mehr verstecken. Er rennt nach vorn, er sieht eine Chance. Er kann seine Vergangenheit einsetzen, als wäre sie eine Wertmarke. Er könnte zum Kronzeugen gegen die Auschwitz-Lüge werden. Er sieht einen Auftrag, eine Mission, einen Sinn-Funken. Und mildernde Umstände vielleicht. Er setzt sich hin und schreibt. Drei Wochen lang. Gröning lässt die Seiten binden und schenkt sie seinen Söhnen. Er glaubt, etwas erklärt zu haben. Erlöst zu sein. Der Vater erwartet Freispruch. Sein ältester Sohn, inzwischen Jurist, reagiert nicht. Der jüngere, ein Philologe, schreibt Fragen an den Rand. Die Söhne sprechen stille Urteile, sprechen aber mit dem Vater nicht über das Thema.

Neun Stunden hat Oskar Gröning vor den Kameras der BBC gesessen. Der Sender arbeitete an einer Dokumentation, es ging um Auschwitz. Die BBC wollte einen SS-Mann und der SS-Mann wollte Vergebung. Auch von der BBC kam kein Freispruch.

Haben Sie Schuld?

Oskar Gröning denkt lange nach. Es geht darum, die richtigen Worte zu finden. Dann sagt er: „Schuld hängt eigentlich immer mit Taten zusammen, und da ich meine, ein nicht tätiger Schuldiger geworden zu sein, meine ich auch, nicht schuldig zu sein."

Wenn Sie kein Täter waren, was waren Sie dann? Ein Mittäter?

„Ich weiß es nicht. Man wehrt sich doch dagegen. Ich bringe mich in Schwierigkeiten mit dieser Frage. Mittäter wäre mir schon fast zu viel. Ich umschreibe das mit ‚Rädchen im Getriebe'. Wenn Sie das als Schuld bezeichnen wollen, dann bin ich ein ungewollt Schuldiger. Juristisch bin ich nicht schuldig."

Und moralisch?

„Vom christlichen Standpunkt betrachtet, von den Zehn Geboten her, vom Gebot: Du sollst nicht töten, ist Mithilfe schon ein Verstoß. Obwohl, auch das ist eine Frage: War das Mithilfe zum Töten, was ich getan habe?"

Sie hatten eine Funktion in einem Apparat, der zum Töten da war.

„Ich sage es einmal anders: Ich fühle mich schuldig gegenüber dem Volk der Juden, in einer Truppe gewesen zu sein, die diese Verbrechen begangen hat, ohne daß ich dabei Täter war. Das jüdische Volk bitte ich um Verzeihung. Und den Herrgott bitte ich um Vergebung."

Als das Tonband aus ist, sagt er: „Ich werde mit der Antwort nicht fertig." Er sucht sie seit 60 Jahren.

Oskar Gröning hat alles gesagt, was er sagen kann. Es gibt keine Fragen mehr. Es muß reichen. Er wünscht sich jetzt, daß man ihm vergibt. Oder, wenn das nicht geht, daß man ihn versteht.

Franz Klingenberg legt den Text zur Seite. In den nächsten Tagen sinniert er mit gemischten Gefühlen weiter und vergegenwärtigt sich das Schicksal von Oskar Gröning, dessen Begeisterung in den Krieg zu ziehen, ihn unwillkürlich an Walter Böckles Naivität erinnert.

Erst 2015 kommt es zur Anklage von Oskar Gröning: Beihilfe zum Mord an 300 000 Juden in Auschwitz-Birkenau. Im NS-Prozess in Lüneburg hat der 93-jährige Gröning – oh, welch eine noble Seltenheit – Reue gezeigt: „Für mich steht außer Frage, dass ich mich moralisch mitschuldig gemacht habe. Ich bitte um Vergebung. Über die Frage der strafrechtlichen Schuld müssen Sie [die Richter] entscheiden."

Das Geständnis ist ungewöhnlich, weil sich NS-Täter vor Gericht oft auszureden versuchten oder schwiegen. Ihre Reaktionsmechanismen, das weiß Ferdinand Klingenberg allzu gut, reichen Ende 1945 im Nürnberger Prozess und dann ebenso 1963 bis 1965 in den Frankfurter-Auschwitzprozessen von Selbstbetrug und Selbsttäuschung über Verteidigungshaltungen – nach dem Motto: ich habe nur Befehle ausgeführt, – bis zu sorgfältiger Vertuschung, Verheimlichung und Verleugnung. Und dann, 2015, ist plötzlich das Gegenteil der Fall. Der 93-jährige Oskar Gröning entschied sich zu sprechen. Am 21. April 2015 erlebte die Welt einen Angeklagten, der immerhin seine moralische Mitschuld am Massenmorden in Auschwitz „mit Demut und Reue" bekannte. Das sei ein ganz neuer Akzent in der schäbigen unguten Geschichte der juristischen Aufarbeitung der NS-Verbrechen, schrieb Heribert Prantl in der *Süddeutschen Zeitung* am 22.04.2015.

Die Geste von Eva Moses Kor, damals 81, ist auch etwas Neues und Unerhörtes. Als Häftling A-7063, wartete sie ein Leben lang auf solch ein Geständnis. Sie wurde mit 10 Jahren aus Rumänien deportiert und in Auschwitz vom Terrorarzt Josef Mengele gequält. Ihre Eltern und ihre Zwillingsschwester wurden vergast. „In einer halben Stunde war meine ganze Familie weg", sagte Eva Moses Kor, eine kleine Frau mit blauem Hemd und türkisfarbener Jacke (SZ, 22.04.2015). Sie hat ein Jahr später ein sehr wichtiges Buch veröffentlicht mit dem Titel: *Die Macht des Vergebens.*

Nur im Kontext betrachtet, kann man ihre unerhörte Geste fühlend verstehen, denkt sich Ferdinand Klingenberg, Abstand nehmend von der Hysterie mancher Journalisten, die diese Geste als „unerlaubt", als „vermessen" oder gar als „unerhört", jedenfalls ziemlich negativ, beurteilt haben. Ja, ein Teil unserer freien Presse, sinniert Ferdinand Klingenberg weiter, ist immer wieder durch Hysterie und Hyperreflexion gekennzeichnet. Oder durch Sensationslüsternheit. Er lenkt seine Gedanken wieder auf den Buchhalter von Auschwitz.

Oskar Gröning hat vor dem Gericht in Lüneburg um Vergebung gebeten. Er hat Reue gezeigt. Thomas Walter, der Kollege von Ferdinand Klingenberg, vertrat 51 Nebenkläger. In seinem Plädoyer sagte er mit bewegter Stimme:

„Über die wahren Dimensionen der Hölle von Auschwitz können wir uns heute kaum ein einigermaßen adäquates Bild machen, denn sie leben allein in den Herzen und Seelen der Überlebenden." – Dann lässt Thomas Walter eine Zeugin zu Wort kommen. Sie berichtet von den letzten Tagen im Leben ihrer Mutter, die mit 71 Jahren in Auschwitz an Krebs starb. Die Zeugin, Angela Orosz-Richt, sagt: „Die Albträume meiner Mutter kamen zurück. Mengele stand an der Tür zu ihrem Krankenzimmer. Auch das Morphium ließ ihn nicht verschwinden. Auschwitz hat uns nie verlassen."

Das hat auch Eva Moses Kor gesagt. Und dennoch hat sie dem Angeklagten die Hand gereicht. Kann man das Ungeheuerliche, wofür die Worte fehlen, vergeben? Darf man es vergeben? Wer kann hier vergeben? So lauteten einige Fragen in den Zeitungen.

Eine Antwort, der Ferdinand Klingenberg zustimmt, lautete: Ja, man darf vergeben! Denn der Verletzte, der Missachtete, der Gedemütigte, der Geschundene und Gepeinigte kann dies tun, wenn er *die Geisteskraft* dazu besitzt, wie der hohe und erhabene Meister von Nazareth, der seinen Peinigern vergeben hat. Und ihm ähnlich tat es auch die aus Rumänien stammende kleine jüdische Frau Eva Moses Kor. Als eine Überlebende von Auschwitz, Nebenklägerin im Prozess, hat sie nun dem Angeklagten, Oskar Gröning, vergeben. Eva Moses Kor trug in sich eine enorme *Geisteskraft* für deren positive Entfaltung sie allerdings Jahrzehnte gebraucht hat.

Schon einige Zeit *vor* dem Prozess hat sie gesagt: „Ich habe den größten Teil meines Lebens gelitten. Erst unter den Nazis, dann unter meinem Hass auf die Nazis."

Als sie einen SS-Arzt traf, der seine Untaten bereute, hat sie dies bewogen, ihm zu vergeben. „Ich habe einfach allen Nazis vergeben, und sie konnten sich nicht einmal dagegen wehren", erklärte sie.

Das sei kein bitterer Spott, das sei keine Pointe, keine billige Inszenierung; das sei Gnade, hieß es in der Süddeutschen Zeitung. Die alte Frau Kor hat keine Erklärung im Namen der Opfer, der anderen Überlebenden, der Nebenkläger im Verfahren, abgegeben; nur persönlich hat sie vergeben, für die Taten, die an ihr selbst begangen wurden. Es ist auch dies, angesichts der Ungeheuerlichkeit der Verbrechen, etwas Unfassbares, ein dem Verstand nicht zugängliches Phänomen. *Das Gefühl des Herzens kann viel feinfühliger sein als der Verstand scharfsinnig,* schrieb einmal Viktor Frankl. Und wer dürfte dieser Frau vorhalten, dass sie gefühllos gehandelt hat, als sie für ihr Vergeben die große Bühne, den Gerichtssaal und das Fernsehen gewählt hat? Denn: Am 26. April 2015 war sie auch bei Günther Jauch im ARD zu sehen.

Ferdinand Klingenberg hat die Sendung nicht gesehen. Er war mit seiner Frau zwei Monate, bis zum 28. April 2015, in Paris, Lyon und Bordeaux und hat die Geschichte der *Résistance* studiert, die Verwandtschaft seiner Frau besucht, seine Französischkenntnisse aufgefrischt und schöne Wanderungen mit Marie-Bernard gemacht.

In Bordeaux kam er das erste Mal mit dem portugiesischen „Gerechten" *Aristides de Sousa Mendes* in Berührung. Ein französischer Journalist, *José-Alain Fralon,* hat ein Buch über ihn geschrieben: *Le Juste de Bordeaux* (1998). Drei Jahre später erschien dieses Buch auch auf Deutsch: *Der Gerechte von Bordeaux.* Mit großer Bewunderung erfährt Ferdinand Klingenberg, wie Aristides de Sousa Mendes als Botschafter von Portugal in Bordeaux 30 000 Menschen vor dem Holocaust bewahrt, indem er allen ein Visum für Portugal ausgestellt hat, obwohl ihm seine Regierung verboten hat, „human" zu sein. Innerlich verneigt er sich vor diesem „menschlichen" Menschen.

Dieses „Humane" erkennt Ferdinand Klingenberg auch in der Haltung jener Frau, die während des Prozesses gegen Oskar Gröning in Lüneburg den Nazis vergibt. Sie bezeugt das erlittene Böse und greift der strafrechtlich festzustellenden Schuld voraus. Kann sie das? Darf sie das?
Vergeben sei eine höchstpersönliche Gabe, so Heribert Prantl. Solch ein Opfer, wie Frau Eva Kor geleistet hat, ist eine enorme geistige Leistung, die den Zeitgenossen zeigt: „Vergebung passt eigentlich nicht in die endliche Ordnung der Dinge, doch genau das macht sie zum Ereignis. Das macht sie zum gesetzlosen Wunder", schrieb Heribert Prantl in der *Süddeutschen Zeitung* am 29.04.2015. Ferdinand Klingenberg sinniert einige Minuten nach. Dann kann er aus dem Inneren zustimmen: Vergebung überschreitet die natürliche und endliche Ordnung der Dinge, sie ist, wenn sie vollzogen wird, ein unerhörtes Ereignis – nur in der Seele wahrnehmbar, und ihre Initialzündung wird durch einen transzendenten Quell-Grund, durch das Göttliche selbst, ermöglicht. Doch was fangen wir in Deutschland mit dem aktuellen Antisemitismus, mit den verrückten Reichsbürgern und den „völkisch Denkenden" aus der AfD an? Sind sie überhaupt Denker und Denkende? … Nach einer Bemerkung von Pater Johannes lassen sich ziemlich viele Menschen, die denkfaul und denkbequem sind, allzu leicht von Schlagworten treffen, erinnert sich Ferdinand Klingenberg.

Es ist der 07. Mai 2015. Wenige Tage nach seiner Rückkehr aus Frankreich und nach dem kurzen und aufwühlenden Gespräch im NS-Dokumentationszentrum mit dem 81-jährigen Wendelin Teichmann, sitzt Ferdinand Klingenberg unter den über 300 Zuhörern in der Allerheiligen-Hofkirche im Zentrum von

München, Residenzstraße 1. Ganz Europa, und so auch die bayerische Hauptstadt, blicken 70 Jahre nach Beendigung des Zweiten Weltkrieges zurück, fragend, „wo wir heute stehen."

Die Süddeutsche Zeitung (SZ Forum) lässt vier KZ-Überlebende zu Wort kommen. Das Publikum lauscht 90 Minuten gebannt. Klingenberg sieht um sich herum ziemlich viele junge Menschen, doch die Mehrheit der Anwesenden sind ältere Personen. Eine Frau neben ihm weint still vor sich hin, während *Eva Umlauf*, 72, die als Kind mit ihrer schwangeren Mutter in Auschwitz war, ihre Geschichte erzählt. Ferdinand Klingenberg fühlt auch Erschütterung. Obwohl die erzählende Frau keine direkte Erinnerung an Auschwitz hat, durch ihre Mutter ist sie mit dem Ort des Grauens dennoch und immer noch verbunden. „Auschwitz ist immer in mir", sagt Eva Umlauf, die später Medizin studiert hat und als Psychotherapeutin arbeitete. Sehr klar spricht sie aus: Ja, es gibt eine „Gefühlserbschaft". Damit meint sie das, was Menschen, die erlebte Grausamkeiten und Traumata nicht verarbeiten können, an ihre Kinder weitergeben in nonverbalen – und manchmal auch in verbalen – Botschaften. Sie erwähnt hier die Bücher von Sabine Bode und bezieht sich auf Untersuchungen von Hartmut Radebold. Dass der Begriff *Gefühlserbschaft* eine tiefere Bedeutung hat, leuchtet Ferdinand Klingenberg sofort ein, wenn er an seinen Vater denkt, den er nicht mehr kennenlernen konnte, da er vier Monate alt war, als sein Vater am 01. April 1945 in der Nähe von Germersheim seinen Verletzungen erlegen ist.

Die Zeugen des Grauens der NS-Herrschaft an diesem Tag in München sind sehr verschiedene Persönlichkeiten. Dass sie so öffentlich sprechen können und dürfen, – endlich, – erachtet Ferdinand Klingenberg an jenem Tag als ein hoffnungsvolles Zeichen für eine Art Wandlung und als Offenheit der heutigen Menschen in Deutschland gegenüber dem dunkelsten und grauenvollsten Kapitel im 20. Jahrhundert. Doch dann wird er aufgerüttelt, denn unisono von allen Vier wird bestätigt, dass in Europa, so auch in Deutschland, der Antisemitismus nicht verschwunden sei. – Sind die Juden, oder die Afrikaner weniger Menschen? Die Antwort auf diese unausgesprochene Frage der Vier ist nur den geistig Blinden und den Unwilligen unklar, denkt sich Ferdinand Klingenberg. Dann spricht der nächste Zeuge.

Richard Wadani, geboren 1922 in Prag, aufgewachsen in einer sozialdemokratisch geprägten Arbeiterfamilie, erlebte als Soldat „die fürchterlichen Taten der Wehrmacht" gegen die Zivilbevölkerung im Osten. Anfang 1942 sagte er sich: „Jetzt ist Schluss! Das mache ich nicht mehr mit!" Er hat für sich eine existenzielle Entscheidung getroffen. So wie mein Vater damals, denkt sich Ferdinand Klingenberg als er sagte: Ich werde die Division nicht über den Rhein führen … Die erste Flucht gelang Wadani nicht und nur durch ein Wunder kann er sich dem Todesurteil entwinden. Er gibt aber nicht auf. 1944 schafft er es, zu den Amerikanern überzulaufen und kämpft in der tschechoslowakischen Exilarmee an der Seite der Alliierten. Ja, er sei desertiert und er habe das Kriegsende in England als eine „unfassbare Genugtuung", als eine „Freude fast ohne Ende" erlebt. Dafür, dass er desertierte, wird er nach dem Krieg in Österreich Jahrzehnte hindurch beschimpft, geschmäht, verachtet und gemieden. – Irgendwo typisch für Österreich, denn dieses Land hat sich als Gesamtgefüge seiner dunklen Vergangenheit noch nicht so richtig, aus dem ganzen Herzen gestellt, denkt sich Klingenberg.

Jahrzehntelang, sagt Wadani, habe man in Österreich kein Problem damit gehabt, der Mitglieder von SS und Waffen-SS ehrend zu gedenken. Als er 1946 nach Wien zurückkehrte, habe er überall gehört: „In Wien gab es keine Nazis." Er sei unsagbar enttäuscht und empört gewesen: „Was für eine unglaubliche Verdrängung! Was für eine fürchterliche Lüge!" Dabei gab es in Wien einen Mann namens Viktor Frankl, ein Psychiater, ein Überlebender von vier Konzentrationslagern, der im Mai 1946 seine Stimme erhob und sagte: *Frage nur jemand die österreichischen Juden, die in den Konzentrationslagern waren, und er wird von ihnen hören, wie die Wiener SS, aller übrigen SS voran, gefürchtet war.* Das ist die historische Wahrheit, rief Wadani leidenschaftlich aus. Die damalige große Gefahr, das österreichische Pharisäertum, sei bis heute in Österreich nicht ganz gebannt. Bestimmte Kreise würden immer noch behaupten, Österreich habe 1938 unter Zwang „eine Ehe" mit Deutschland geschlossen. Besser würde hier das Wort *Prostitution* passen, sagt Wadani in Anlehnung an Viktor Frankl, und fügt nach einer kurzen Pause hinzu: In den Jahren der Okkupation durch die Nazis habe sich Österreich prostituiert. Und heute erzählt Österreich das Narrativ von dem ersten Opfer.

Richard Wadani behielt seine Geschichte lange Zeit für sich. Es gab aber auch andere Deserteure und auch sie schwiegen – aus Angst. Man hat sie in Wien als „Schweine" und als „Vaterlandsverräter" abgestempelt, sagt er. Doch Wadani gibt nicht so schnell auf. 2002 gründet er das Personenkomitee „Gerechtigkeit für die Opfer der Militärjustiz". Nach 2009 beginnt sehr langsam, in Schneckentempo, die Rehabilitierung der Wehrmachtsdeserteure. Ähnlich sei die Situation in Deutschland, bemerkt SZ-Redakteur *Christian Krügel,* der diese besonders wichtige Gedenkveranstaltung moderiert. Er fügt hinzu: „Im Mai 2007 haben sich die Christdemokraten geweigert, das *Gesetz zur Aufhebung nationalsozialistischer Unrechtsurteile* auch auf Deserteure auszuweiten. Erst zwei Jahre später, im September 2009, kam in diese Sache Bewegung. Damit erst wurde in Deutschland der Widerstand einfacher Soldaten anerkannt, die, das muss man auch sagen, die häufigsten Opfer dieser Vorschrift gewesen waren."

Und Ferdinand Klingenberg denkt sich: Ja, ja, dass man den Deserteuren der Wehrmacht 65 und 70 Jahre später in Österreich und Deutschland Ehre erweist, darf als ein kleiner Fortschritt auf einem enorm langen Weg der Vergangenheitsbewältigung betrachtet werden. Und dann spricht in der Allerheiligen-Hofkirche eine weitere Persönlichkeit über seine Erfahrungen in der NS-Zeit.

Abba Naor, der dritte Zeuge, 85, ist inzwischen Urgroßvater. Er überlebte zwei Außenlager des KZ Dachau, darunter Kaufering I. Dort seien die Verhältnisse extrem gewesen, sehr schlimm. Unvorstellbar schwere physische Arbeit habe man tun müssen, sagt er. Wie er das überstehen konnte? „Ich wollte leben, ganz einfach leben – das war meine Kraft, und nicht der Glaube an Gott", sagt er. Bis heute wisse er nicht, „wieso mich meine Frau geheiratet hat, denn ich hatte 1950 nichts, gar nichts zu bieten. Kein Beruf, kein Geld, nichts. Aber heute kann ich sagen: Meine Familie ist der Sieg über die Nazis." Naor ging später zum Mossad, zum israelischen Geheimdienst und wurde Beamter. Er sagt: „Wenn die große Familie zusammenkommt und wir uns freuen, sehe ich bis heute auch diejenigen, die nicht überlebt haben: meine zwei Brüder, meine Mutter und viele andere, die ermordet wurden. Ich kann mich nur teilweise freuen, denn diese Vergangenheit gibt meiner Seele keine Ruhe, obwohl ich zwei Kinder, fünf Enkel und acht Urenkel habe. Nur mein Vater und ich haben überlebt. Meinen Vater fand ich nach dem Krieg hier in München wieder", berichtet Abba Naor nüchtern und doch mit bewegter Stimme. Er habe seine Erfahrungen in dem Buch *Ich sang für die SS. Mein Weg vom Ghetto zum israelischen Geheimdienst* öffentlich gemacht, sagt Abba Naor. Es mache ihn traurig und „es fühlt sich bitter an, dass in Europa, 70 Jahre nach dem Zweiten Weltkrieg, der Antisemitismus wächst. Wir müssen in Deutschland und in Israel die Jugend aufklären." – Wir, denkt sich Ferdinand Klingenberg, das sind die Politiker, die Lehrer, die Justiz, die Kirchen, die Hochschulen und ein jeder Europäer, der zur Aufklärung fähig ist.

Ágnes Heller, 86, die vierte Zeugin, eine ungarische Philosophin, die in Budapest als 15-Jährige vor der Erschießung in letzter Minute wie durch ein Wunder gerettet wird, formuliert deutliche und sehr leidenschaftliche Worte. „Was heißt lernen?" Sie antwortet mit Bezug auf den Titel der Veranstaltung – »Hat Europa aus dem Holocaust gelernt?« – durch Klärung der Begriffe. Es gäbe weiterhin ein Antisemitismus, der als Waffe der Populisten, der extremen Rechten und halbfaschistischer Parteien benutzt werde. Die zweite, in linken Kreisen spürbare Variante des Antisemitismus manifestiere sich als Hetze gegen Israel. Nur der alte Antijudaismus, der von den Kirchen ausgegangen sei und Juden als „Christusmörder" verunglimpfte, sei fast gänzlich überwunden, sagt die Philosophin und fährt, wiederum differenzierend, fort: Ungarn erkläre gern, der Judenmord im Zweiten Weltkrieg sei allein den Deutschen anzulasten. „Das stimmt so nicht. Das waren auch die Ungarn selbst, vor allem die Freikreuzler, denn allein hätten die Deutschen es wohl nicht geschafft, eine beinahe halbe Million ungarischer Juden zu ermorden." Und dann erwähnt sie noch, dass 2014 in Budapest, endlich, ein Buch erschienen ist, in dem Einzelheiten der Geschichte des Holocaust in Ungarn nachzulesen sind. Ágnes Heller studierte später Philosophie, wurde 1977 von der kommunistischen Regierung Ungarns ausgewiesen und übernahm in den 1980er Jahren an der New School in New York den Lehrstuhl von Hannah Arendt. Sich auf Hegel beziehend, sagt sie sehr vehement: „Die Menschen lernen nicht", denn aus der Geschichte lerne die Menschheit nur, dass sie nichts lernt. Leider. Dennoch sei es sinnvoll, in die Schulen zu gehen und die Jugend aufzuklären, ihr zu erzählen, was man als KZ-Gefangene erlebt hat.

Die vier Menschen auf dem Podium der Allerheiligen-Hofkirche wurden in Nováky, in der Slowakei (Eva Umlauf), in Prag (Richard Wadani), im litauischen Kaunas (Abba Naor) und in Budapest (Ágnes Heller) geboren und von der Nazidiktatur für ihr Leben geprägt. Sie sprechen an diesem Abend eine ziemlich gute deutsche Sprache, stellen sich für Fragen aus dem Publikum zur Verfügung und betonen einstimmig: „Wir müssen weitermachen, die Jugend aufklären und weitererzählen, was wir erlebt haben. Wir müssen viel mehr nachdenken und dann umdenken. Jeder muss damit bei sich selbst anfangen. Aufklärung! Aufklärung! Wir dürfen die Hoffnung nicht aufgeben, dass spätere Generationen bessere Menschen werden als wir es waren und sind!" –

Tief in der Seele bewegt, denkt Ferdinand Klingenberg über die Botschaft der vier Zeugen nach. Er kann noch sehr lange mit der Philosophin *Ágnes Heller* sprechen, nachdem sie seine Einladung zum Abendessen „Im alten Gasthof" freudig annimmt. Eine ausgezeichnete Gelegenheit, einen Dialog unter vier Augen zu führen. Die ungarische Philosophin, in der der Geist von Hannah Arendt weiterlebt, – so empfindet es zumindest Ferdinand Klingenberg, – sagt ihm u.a.:

„Die Deutschen müssen, auch nach 70 Jahren, mit den Auswirkungen von zwei Diktaturen umgehen. Über den Nationalsozialismus haben wir gerade gesprochen, darüber wissen Sie, wie ich merke, Bescheid. Dieses Regime war, daran habe ich keinen Zweifel nach alldem, was ich erlebt habe, die Inkarnation des Bösen auf Erden.

Über die Zerstörungen der kommunistischen Diktatur wissen die Ostdeutschen mehr, und natürlich wir in Ungarn, und die Leute in ganz Osteuropa. Dieser Teil der jüngsten Geschichte Europas ist in Westdeutschland und in den Ländern Westeuropas, so jedenfalls mein Eindruck, nur wenigen Menschen bekannt. Oder würden Sie sagen, dass Sie über die kommunistische Diktatur in Rumänien oder die stalinistische Zeit in Ungarn oder in der früheren Sowjetunion gut informiert sind?"

Ferdinand Klingenberg erklärt sich: Er sei zwar 1975 und 1988 einige Tage in Rumänien und auf der Rückfahrt auch in Ungarn gewesen, dennoch seien seine Kenntnisse, zumindest über Oppositionelle in Osteuropa, spärlich. Ihm fallen nur einige Namen ein: Kardinal Mindszenty (Ungarn), Marin Preda (Rumänien) und Alexander Solschenizyn (Russland) und natürlich Lech Walesa (Polen). Alle hätten während der kommunistischen Diktatur in irgendeiner Weise Widerstand geleistet und teuer dafür bezahlt. Doch er könne nicht behaupten, die Geschichte der osteuropäischen Länder im 20. Jahrhundert gut zu kennen, auch wenn er sich über Rumänien und Polen bis

zu einem gewissen Grad informiert habe. Höflich antwortet
Ágnes Heller:

„Ich sehe Ihr Interesse an der Geschichte. Wenn Sie erlauben,
zähle ich einige Fakten auf und nenne Parallelen, die meines
Erachtens mit Blick auf den Antisemitismus zwischen Ungarn
und Deutschland bis heute bestehen."

„Ich bitte Sie, klären Sie mich auf!"

„Also: Den Namen *Miklós Horthy* haben Sie sicher gehört.
Er war zunächst der letzte Kommandant der österreich–ungarischen Kriegsmarine und wurde am 01. März 1920 in Budapest
zum Reichsverweser gewählt. Kurz darauf, am 04. Juni 1920,
erlitt Ungarn, wie ich es finde, ein tiefes Unrecht. Das Abkommen von Trianon nahm dem historischen Ungarn zwei Drittel
des Vorkriegsterritoriums. Das empfinden die meisten Ungarn
bis heute als Schicksalsschlag und als Unrecht. Auch das Deutsche Reich musste Territorien abgeben gemäß dem Vertrag
von Versailles. Da gibt es also ein ähnliches Schicksal: Ungarn
und Deutschland erleiden nach dem Ersten Weltkrieg schwere
Verluste. Seit Trianon gab es jedenfalls für Horthy zwei Ziele.
Erstens: Die nationale Schmach zu tilgen, das heißt, die verlorenen Gebiete in das Ungarnreich heimzuholen. Zweitens: Die
Entfaltung der jüdischen Mittelklasse in den Großstädten wie
Budapest, Szeged, Pécs, Győr einzugrenzen. Und so kam es,
dass Ungarn als erster Staat nach dem Ersten Weltkrieg in Eu-
ropa, im September 1920 einen Numerus clausus für jüdische
Studienbewerber einführte. Man hat diese Maßnahme mit dem
‚christlichen Gedanken', mit der ‚nationalen Idee' und mit dem
Begriff ‚Rassenschutz' begründet. Meines Erachtens war es
letztlich der pure Neid auf die Juden, die in vielen Bereichen –
Wirtschaft, Wissenschaften, Medizin, Verlagswesen, Musik,
Theater usw. – eine führende Rolle in Ungarn gespielt haben."

„Das erinnert mich sehr stark an die Demagogie von Hitler
in der zweiten Hälfte der 1920er Jahre", bemerkt Ferdinand
Klingenberg.

„Ja. Es gibt aber noch mehr Parallelen zwischen Ungarn und
Deutschland. Bevor ich vergesse: Kennen Sie das Buch von

Götz Ally ‚*Warum die Deutschen? Warum die Juden?*‘ Es ist im Fischer Verlag 2011 erschienen und ich habe es ein Jahr später entdeckt."

Ja, er habe das Buch gelesen, sagt Ferdinand Klingenberg.

„Dann wissen Sie, dass der Heidelberger Historiker die Phänomene Gleichheit, Neid und Rassenhass von 1800 bis 1933 in Deutschland analysiert. Seine Konklusion: Es ist der Neid auf die Juden, die in großer Zahl in bürgerlichen Berufen vorankommen und die Deutschen mit ihren Erfolgen herausfordern bzw. neidisch machen. Bei uns in Ungarn hat schon in den 1970er Jahren *Száraz György* ein ähnliches Buch geschrieben mit dem Titel: *Egy előítélet nyomában.* Auf Deutsch: „Auf den Spuren eines Vorurteils." … Ágnes Heller hält hier eine Pause, sammelt ihre Gedanken und fährt fort:

„Zurück nun zum Ausgangspunkt. Horthy wollte Großungarn wiederherstellen und suchte Unterstützung in Deutschland. Der Ministerpräsident *Gömbös Gyula* fuhr 1933 nach Berlin und nahm von dort zwei Botschaften mit nach Budapest: Hitler sei eine weltgeschichtliche Persönlichkeit und trete für eine Revision des Friedensvertrages von Versailles ein, so wie auch Ungarn den Vertrag von Trianon revidieren wolle. Das war seine aus Deutschland mitgebrachte Botschaft vor dem ungarischen Parlament. Gömbös plädierte für eine engste Zusammenarbeit mit dem Dritten Reich, wobei er zwei Gegner hatte, die den Antisemitismus und eine aggressive Politik nicht unterstützt haben: *Graf Teleki Pál* und *Mester Miklós.* Diese beiden, obzwar ungarische Patrioten, dachten eher in christlich-humanistischen Kategorien, ein gesundes Nationalbewusstsein befürwortend und den Hass auf das Fremde ablehnend. Der antisemitische Flügel war aber stärker. Man beschloss drei sogenannte Judengesetze, zunächst 1938, dann 1939 und dann 1941, um Hitler zu imponieren."

„Und was genau sollten die Gesetze regeln?" fragt Ferdinand Klingenberg.

Ágnes Heller konnte nur die Essenz skizzieren: Es sei im Wesentlichen darum gegangen, Territorien mit Hilfe des

Dritten Reiches zurückzugewinnen, den Anteil der Juden in bestimmten Berufszweigen auf 20% zu reduzieren und ihren übermäßigen Einfluss auf das kulturelle und intellektuelle Leben einzudämmen. Als sich dann 1941 Ungarn dem Angriff auf die Sowjetunion anschloss, habe man das dritte Gesetz verabschiedet: Dieses habe die Ehe von Juden mit Nichtjuden verboten.

„Sie sehen, Herr Klingenberg", sagt die Philosophin, „auch hier eiferte Ungarn den Nürnberger Gesetzen von 1935 nach und man entblödete sich nicht zu behaupten, das Gesetz würde ‚die Rassenreinheit der ungarischen Nation' schützen. Denn von der sogenannten Rassenreinheit konnte schon lange nicht mehr die Rede sein. Eine reinrassige Nation gibt es in Europa seit dem Dreißigjährigen Krieg (1648) nicht mehr. Aber es gibt in fast allen Ländern immer noch extreme Nationalisten, die unter Größenwahn und Großmannssucht leiden. Diese Leute lügen viel, sind oft narzisstisch gestört und vielfach auch böswillig. Ihnen geht es nicht wirklich um das Gemeinwohl, um das *bonum commune,* wie es auf Latein heißt."

„Dem stimme ich zu", sagt Ferdinand Klingenberg. „Die Deutschen wollten Großdeutschland, früher wollte Napoleon Frankreich als Großfrankreich etablieren, dann wollte Stalin die sowjetische Weltherrschaft, dann …"

„Bitte um Nachsicht, wenn ich sie unterbreche: Auch kleinere Länder wie Ungarn, Rumänien, Polen, Serbien wollten irgendwann ein Großreich zustande bringen, als würde die Größe nur mit dem Territorium zu tun haben", interveniert jetzt Ágnes Heller. „Aber lassen Sie mich den Gedankengang beenden. Durch das Paktieren mit Hitler gelang es Horthy, zunächst ganz ohne Krieg, zwischen 1938 und April 1941 fast die Hälfte der verlorenen Gebiete zurückzuholen. Man hat Miklós Horthy als den sogenannten Landvermehrer, auf Ungarisch *Országgyarapító,* gefeiert, aber der Preis, der Ungarn nur vier Jahre später bezahlen musste, war enorm. Denn es folgte dann ab Mai 1944 die Deportation der ungarischen Juden nach Auschwitz. Die SS, die Wehrmacht, die Gestapo und die ungarische Polizei haben in drei Monaten über 400 000 jüdische Menschen nach Auschwitz deportiert. Merkwürdigerweise war es Miklós Horthy, der irgendwann im Juli 1944, die Einstellung der Deportation angeordnet hatte, vermutlich auf Druck von zwei seiner Berater, denen es gelungen ist, sein Gewissen anzusprechen. Bevor er auf die Seite der Sowjetunion wechseln konnte, stürmte die Wehrmacht die wichtigsten Regierungsstellen und nahm seinen Sohn und dann auch ihn fest. Es folgte die drei Monate dauernde grauenvolle Herrschaft der Pfeilkreuzler unter der Führung von *Ferenc Szálasi*, der für den Tod von mindestens 50 000 Menschen verantwortlich war. Im März 1946 wurde Szálasi gehängt."

„Und was ist mit Horthy passiert?"

„Ach so, Horthy. Die Deutschen haben ihn in Bayern inhaftiert, wo er durch die US-Armee Anfang Mai 1945 befreit wurde. Er stellte sich dem Nürnberger Kriegsverbrechertribunal zur Verfügung als Belastungszeuge. Das war Taktik, damit er nicht Stalin oder Tito ausgeliefert wird, denn Tito hätte ihn allzu gerne verhaftet wegen des Angriffs auf Jugoslawien im Jahre 1941. Nach Nürnberg bekam Horthy Asyl in Portugal, wo er 1957 starb. Dass die Ungarn ihn heute wieder so sehr verehren, hat weniger mit der Kehrtwende seiner Politik, sondern vielmehr mit seinem Nationalismus, oder etwas milder ausgedrückt, mit seinem übereifrigen Patriotismus zu tun."

Ágnes Heller wirkte jetzt plötzlich sehr müde, sie entschuldigte sich und meinte, dass sie am nächsten Tag noch Zeit habe, um das Gespräch fortzusetzen, sofern Klingenberg das wolle.

Und so saßen sie einen Tag später um die Mittagszeit auf der Terrasse des Monopteros in der Veterinärstraße mit Blick auf den Englischen Garten.

Sie wolle, sagte Ágnes Heller, eine These wagen, die sie besser als Arbeitshypothese bezeichnen würde, um europäische Phänomene im 20. Jahrhundert zu charakterisieren. Gespannt hört ihr nun Ferdinand Klingenberg zu, als die Philosophin zu reden beginnt:

„Dass wir uns heute, am 08. Mai 2015, an einen historischen Tag erinnern, ist Ihnen wie mir sehr bewusst. Wussten Sie, dass Europa von 1945 bis heute, das erste Mal überhaupt, einen kontinuierlichen Frieden von 70 Jahren erlebt hat? Davor gab es nur vier Jahre ohne Krieg in der europäischen Geschichte der letzten 2000 Jahren."

Ferdinand Klingenberg merkt an, man dürfe hier den Jugoslawienkrieg von 1991 bis 1994 nicht vergessen. Und dann fragt er, für wann denn die vier Jahren ohne Krieg zu datieren seien. Von 1720 bis 1724 antwortet die ungarische Philosophin und fährt fort:

„Ich als eine in Osteuropa sozialisierte Person, als ungarische Jüdin, die später auch Australien und die USA, aber auch Westeuropa sehr gut kennenlernen durfte, sehe es so: Fast ganz Europa wurde im 20. Jahrhundert von drei ganz und gar schlimmen Ideologien und inhumanen Weltanschauungen regelrecht vergiftet. Und an dieser Stelle gebe ich freimütig zu: Es tut mir bis heute weh, dass ich, einige Jahre in meiner Jugend, nach Gerechtigkeit suchend, mich der Ungarischen Kommunistischen Partei angeschlossen habe. Das war ein schwerer Irrtum meines Lebens. Was ich aber eigentlich sagen will, ist: Nur zwei oder drei Länder konnten sich dieser Vergiftung entziehen. Die Giftspritzen waren: der italienische Faschismus, der deutsche Nationalsozialismus und dann der russische Stalinismus. Und ich behaupte: Alle drei waren dämonische Zerstörungskräfte. Nüchtern-realistisch betrachtet, haben die drei dämonischen Strömungen diesen Kontinent so sehr durchdrungen und vergiftet, dass praktisch alle Länder Europas bis heute darunter leiden, wenn auch in abgeschwächter Form. Die damaligen Ausnahmen sind vielleicht die Schweiz, Großbritannien und Frankreich."

„Und Sie wollen damit sagen, wir hätten in Europa diese dämonischen Kräfte noch nicht überwunden?"

Die ungarische Philosophin Ágnes Heller antwortet prompt und ihre Augen funkeln:

„Nein, haben wir nicht. Die Spätauswirkungen des Stalinismus und des Kommunismus halten Osteuropa immer noch, wenn auch sehr subtil, im Griff. Die vom Kommunismus vergiftete Mentalität in Osteuropa ist weiterhin wirksam. Lesen Sie, falls Sie es noch nicht kennen, das Buch von *Herta Müller, Atemschaukel.* Sie kommt aus dem Banat/Rumänien und wurde im Jahre 2009, wenn ich mich richtig erinnere, mit dem Nobelpreis für Literatur ausgezeichnet. Und ebenso empfehle ich den *Roman eines Schicksallosen* von *Imre Kertész,* der 2002 mit dem Nobelpreis für Literatur ausgezeichnet wurde. Solche Bücher haben einen hohen Aufklärungswert, gerade auch für Westeuropäer, finde ich zumindest. Aber lassen Sie mich auf die zerstörerische Kraft der Ideologien zurückkommen.

Der Stalinismus wie der Kommunismus dekomponierten das Bewusstsein für die persönliche Verantwortung, da das Kollektiv das vorherrschende Prinzip war und meistens ein Diktator an der Spitze des Kollektivs. In Ungarn hat irgendwann *János Kádár* verstanden, den Leuten einen winzigen individuellen Freiraum und eine gewisse Selbständigkeit zu lassen. Es würde zu weit führen, das alles heute erschöpfend zu erörtern. Vielleicht nur einen Aspekt hebe ich hervor: Der Kommunismus ist als Gedanke schon im Ansatz verfehlt: ein falscher, ein verderblicher Gedanke. Es ist absolut unmöglich, dass alle *alles* besitzen, oder dass alles *allen* gehört. Wir haben zwar alle dieselbe menschliche Würde, aber wir Menschen sind keineswegs gleich auf der Ebene der Kompetenzen, des Könnens und der intellektuellen und geistigen Wachheit.

Mein Doktorvater, *Georg Lukács,* hat sich zwar als einen marxistischen Philosophen verstanden, war aber intellektuell im Vergleich zu sehr vielen ungarischen Parteikadern turmhoch erhaben. Damit Sie mich besser verstehen, bringe ich ein deutsches Beispiel: Der Philosoph *Karl Jaspers* war im Vergleich zu den Nazibonzen oder sagen wir im Vergleich zum Nazi-Ideologen *Alfons Rosenberg* sowohl menschlich wie auch kulturell und philosophisch eine transzendente Größe. Kommen Sie mit?"

„Ja, ja, ich bitte Sie, fahren Sie mit diesen spannenden geschichtsphilosophischen Reflexionen fort", sagt Ferdinand Klingenberg.

„Gut. Im Grunde verhält es sich so, dass die Weltanschauung des Nationalsozialismus und des Kommunismus die zwei Seiten derselben Medaille darstellen, freilich mit unterschiedlichen Akzentuierungen. Dass der Kommunismus als ‚links' und der Nationalsozialismus als ‚rechts' bezeichnet wird, ist dabei nicht einmal das Entscheidende. Denn: Hitler und Co wollten die Überlegenheit einer Rasse erreichen, die über alle anderen herrscht. Stalin wollte die Diktatur des Proletariats und strebte ebenfalls die maximale Herrschaft über andere an. Ich würde sogar sagen: Im Zweiten Weltkrieg haben zwei extrem dämonische Gestalten zunächst sich verbündet, und dann sich bis zur Vernichtung bekämpft. Und hier werde ich persönlich und sehr subjektiv: Stalin ist für mich eine gewissenlose, dunkle, böse und dämonische Gestalt und dennoch bin ich irgendwie einverstanden damit, dass er mit den Angloamerikanern Hitler besiegt hat. Denn ich persönlich sehe in Hitler – und in einigen anderen Nazis – das radikal Böse, um hier einen Ausdruck von *Hannah Arendt* zu verwenden. Europa wäre inzwischen untergegangen, hätte Hitler gesiegt. Aber bitte, verstehen Sie mich richtig: Beide, Stalin und Hitler, waren dämonische Gestalten und beide haben das Böse gefördert, wie vermutlich kein System zuvor. Und beide waren besessen von der Macht und litten an der Megalomanie.

Wissen Sie, Herr Klingenberg, nach einer alten Legende aus der jüdischen Weisheitstradition, können nur die Engel die Macht miteinander teilen und ihre Macht gegenseitig respektieren, ohne neidisch oder eifersüchtig aufeinander zu sein. Dämonen sind dazu unfähig, denn jeder Dämon will *nur sich selbst* behaupten auf Kosten aller anderen."

„Wenn ich Sie richtig verstanden habe", sagt nun Franz Klingenberg, „könnte man sagen, dass der Zweite Weltkrieg letztlich der Kampf zweier Weltanschauungen war, die beide die absolute Herrschaft angestrebt hatten – repräsentiert und verkörpert in den Gestalten von Hitler und Stalin. Ist es das, was Sie gemeint haben?" –

Ágnes Heller antwortet prompt: „In Essenz ja. Aber noch etwas wollte ich Ihnen erzählen, was mir viel wichtiger ist, als alles, was ich bisher ausgeführt habe. Es ist etwas sehr Persönliches und Intimes. Es hat mit meinem Vater zu tun, der Mitte Januar 1945, wenige Tage vor der Auflösung des Konzentrationslagers, in Auschwitz ermordet wurde. Mein Vater hat einen Brief an mich hinterlassen, den ich immer bei mir trage wie ein Heiligtum. Der Brief ist auf Ungarisch, ich übersetze den Text für Sie. Mein Vater hat geschrieben:

„Meine liebe, teure Tochter, ich wünsche, dass mir niemand nachtrauert. Weder äußerlich noch innerlich. Die Menschen, die mich geliebt haben, mögen heiter an mich denken und auf die Weise, wie ich voll Vertrauen und im Glauben an die Menschheit, meinen Lebensweg begonnen habe. Meine liebe Tochter, Ági, wenn du irgendwann diese Zeilen liest, denke in Liebe an Deinen Vater. Und, meine liebe Tochter, denkst Du so an mich, dann erinnere Dich daran, dass Dein Leben ausgeglichener und harmonischer sein wird, wenn Du den Weg der Liebe wählst. Du brauchst nur ein bisschen mehr Glück haben als Dein Vater. Ich habe keine Angst um Dich. Siehst Du, meine Tochter, trotz allem, was in den letzten Jahren passiert ist, trotz dem äußeren Schein nach, habe ich meinen Glauben nicht verloren. Meinen Glauben daran, dass die kosmischen Gesetze ewig gültig, während im Vergleich zum All, die Gesetze der auf unserem kleinen Planeten irrenden Menschen veränderbar sind. Hier kann das Böse die Überhand gewinnen, doch der letzte Sieg gehört der Güte. Jeder gute Mensch trägt zum Erringen des Endsieges der Güte bei. (...) Ich nehme Abschied von allen, die ich geliebt habe und die mich geliebt haben. Bewahrt mich froh und heiter in eurer Erinnerung."

Ágnes Heller, die ungarische Philosophin, ist sichtlich bewegt, als sie das Vorlesen des Testaments ihres Vaters, der Mitte Januar 1945 in Auschwitz vergast wurde, beendet. Und Ferdinand Klingenberg kämpft mit seinen Tränen. Er entschuldigt sich und geht auf die Toilette. Dort kann er heulen. Mit elementarer

Gewalt brechen in ihm lang in Latenz ruhende Gefühle hoch, die irgendwie in jenen Momenten ihm auch seinen Vater vergegenwärtigen, den er gar nicht kennenlernen konnte, weil er in den frühen Stunden des 01. April 1945 in der Nähe von Germersheim gestorben ist, bevor er sich den Amerikanern ergeben hätte können. Erst nach Minuten kann Ferdinand Klingenberg sich wieder fangen und zum Tisch zurückkehren.

Dieser Brief, erzählt Ágnes Heller weiter, sei auf wundersamen Wegen zu ihr gekommen, denn „mein Vater hat ihn im Zug geschrieben und in einem zerfetzten Umschlag aus dem Zug geworfen, bevor der Zug das ungarische Territorium verlassen hat. Bis heute weiß ich nicht, wer den Brief an mich weitergeleitet hat. Ich weiß nur, dass der Brief seine Handschrift trägt."
Es folgt eine lange Pause. Die Beiden sinnieren vor sich hin. Später nimmt F. Klingenberg den Faden auf. Er erzählt über seinen Werdegang etliche Einzelheiten. Ágnes Heller hört ihm aufmerksam zu. Dann bekundet er sein Interesse für den Werdegang der Philosophin. Sie beginnt lebhaft zu erzählen:

Nach der Hölle des Nationalsozialismus, habe sie sich nach Erlösung gesehnt und sei Mitglied der Ungarischen Kommunistischen Partei geworden. „Wissen Sie, Herr Klingenberg, wie ich schon vorhin sagte, das belastet mich zeitweise bis heute und es macht mich traurig, denn die Diktatur des Kommunismus hat sich als die Kehrseite des Nationalsozialismus entpuppt. Als ich 1947 in die Partei eintrat, dachte ich, – oh welch eine Naivität einer 18-Jährigen, sage ich im Rückblick, – dass da eine gute Sache gemacht wird, dass ich da für mehr Gerechtigkeit kämpfe. Bald kam der Terror. Zwischen 1949 und 1953 lebten wir in Ungarn in einer buchstäblichen Angststarre. Der stalinistische Terror tobte, es war die Zeit der Berufsverbote und Internierungslager. Man hatte Angst vor jedem, man konnte sich niemandem anvertrauen. Hast du irgendwo so nebenbei gesagt, dass ein bestimmter sowjetischer Film im Kino nicht nach deinem Geschmack war, am nächsten Tag wusste es der Parteisekretär, und es war nur Glück, wenn du ohne Gefängnisstrafe deinen Alltag weiterleben durftest. Im Übrigen habe ich sehr bald realisiert, dass der Parteialltag ganz und gar nichts mit meinen Gedanken, sozialethischen Vorstellungen und Ideen zu tun hatte. Denn: Ich war philosophisch interessiert, wollte Zusammenhänge verstehen und den Sinn im Leben finden. Mein Lehrer, der Philosoph Lukács György, – eine herausragende Lichtgestalt meines Lebens, – hat mir nicht nur Karl Marx, sondern vor allem Immanuel Kant und Sören Kierkegaard nahegebracht. Später habe ich mich mit Simone Weil, Hannah Arendt und Karl Jaspers viel beschäftigt. Zugleich wurde in jener dunklen stalinistischen Zeit meine Tochter geboren, und das hat mir viel Glück und Freude bedeutet. Mitten in der Dunkelheit gab es einen Lichtstrahl."

„Spannend, sehr spannend", sagt jetzt Ferdinand Klingenberg und macht einen Sprung. „Wie sehen Sie die gesellschaftliche Situation in Deutschland heute?"

Ágnes Heller: „Einerseits ist die Vereinigung der beiden deutschen Ländern eine enorme Chance, und zwar für ganz Europa. Andererseits, und das mag jetzt pessimistisch klingen, ist Deutschland immer noch vom Grauen von Auschwitz überschattet. Ich bin sicher nicht dafür, dass man eine Art Kult mit der deutschen Schuld betreibt, doch ich bin sehr dafür, dass viele Bürger und Bürgerinnen dieses Landes die Verantwortung spüren und aktiv etwas tun, damit sich nicht mehr wiederholen kann, was in der NS-Zeit der fürchterliche Fall war. Mit Viktor Frankl bin ich der Ansicht, dass es eine ‚planetarische Verantwortung' gibt, die uns auferlegt, den Zerstörungskräften entschieden und mutig Widerstand zu leisten."

Ferdinand Klingenberg: „Ach schön, dass Sie Viktor Frankl erwähnen. Ich schätze ihn auch sehr, denn seine Sinn-Theorie oder Sinn-Philosophie, die auch eine therapeutische Ausprägung gefunden hat unter der Bezeichnung Logotherapie und Existenzanalyse, gehört nach meinem Empfinden zu den besten Aufbaukräften, die wir heute dringend brauchen. Nun aber sprechen Sie von Zerstörungskräften. Welche meinen Sie denn, wenn ich fragen darf?"

Ágnes Heller: „Ich meine schlichtweg Neid und Hass und liebelose Härte sowie die fürchterliche Tendenz, die auch bei uns in Ungarn sehr stark ist, die anderen, die nicht so sind wie wir, auszugrenzen. Bei uns in Ungarn sieht es sehr danach aus, dass Viktor Orbán auf dem besten Weg ist, ein Tyrann zu werden. Das sage ich in aller Deutlichkeit, auch in Ungarn übrigens, wenn wir irgendwo öffentlich diskutieren. Ein Freund von mir, der noch die Diktatur von Ceauşescu in Rumänien erlebt und in Klausenburg (Cluj) doziert hat, sagte mir neulich: Er sehe sehr große Parallelen zwischen der Haltung von Orbán und der Haltung des früheren rumänischen Diktators, der, wie Sie wissen, im Dezember 1989 von seinen eigenen Leuten erschossen wurde, samt seiner Frau. Und dennoch, und trotz aller deutlich zu spürenden rechtsextremistischen Tendenzen, sage ich:

Wir dürfen die Hoffnung nicht aufgeben, dass wir in Europa, vielleicht in einhundert oder vielleicht erst in dreihundert Jahren ein wirklich humanes Leben führen werden, ohne Angst vor einem neuen Krieg. (Nach einer Pause fügt sie hinzu): Die Europäische Union ist allerdings zu schwach. Es fehlt immer noch eine Europäische Verfassung, die alle Länder verpflichtet. Und: Auch in sogenannten demokratischen Ländern gibt es totalitäre Elemente. Ich gehe noch einen Schritt weiter: Europa heute, im Jahre 2015, ist nicht nur Freiheit und Demokratie, leider, sondern ebenso die Heimat zweier Diktaturen, zweier Weltkriege und zahlreicher Konzentrationslager. Diese gab es im Reiche Stalins ebenso wie im Dritten Reich und auch in anderen europäischen Ländern. ... (Es folgt eine lange Pause, in der Ágnes Heller vor sich starrt. Erst nach Minuten fährt sie fort): Im Übrigen muss ich noch sagen, dass ich den Menschen und Philosophen *Jürgen Habermas* und seine Bemühungen um ein vereintes Europa sehr schätze. Dennoch meine ich, dass Habermas, was die Vereinigung Europas anbelangt, einem naiven Optimismus huldigt." – –

Nachdem er sich an jenem 08. Mai 2015 gegen 15 Uhr von Ágnes Heller verabschiedet, sie bittend, ihn unbedingt wieder zu besuchen, wenn sie sich in der nahen Zukunft wieder in München aufhalten sollte, taucht in Ferdinand Klingenberg unwillkürlich die Frage auf: Wird Auschwitz Deutschland verlassen? Und, wenn ja, wann? Hans Frank, der Schlächter von Polen, soll im Nürnberger Prozess gesagt haben, dass man sich noch in tausend Jahren an das Grauen erinnern werde, was „wir durch den Krieg und den Holocaust der Menschheit angetan haben." Ferdinand Klingenberg stöhnt. Ein Druck in seiner Brust macht sich ihm bemerkbar und er als Jurist schämt sich, dass das jahrzehntelange Versagen der deutschen Justiz genau dorthin geführt hat, was Fritz Bauer vermeiden wollte: zum Scheitern der Verurteilung der meisten NS-Täter, die noch 2015 in bürgerlicher Freiheit lebten.

In den Nachrichten verfolgt er aufmerksam die „Rede zum 70. Jahrestag des 8. Mai 1945 im Deutschen Bundestag". Der von ihm sehr geschätzte und renommierte Historiker *Heinrich August Winkler,* dessen monumentales Werk über *Die Zeit der Weltkriege 1914–1945* Ferdinand Klingenberg schon gelesen hat, sagt es unmissverständlich: Die Deutschen seien an jenem Tag von sich selbst befreit worden und greift damit einen Gedanken von Richard von Weizsäcker auf, den der frühere Bundespräsident am 08. Mai 1985 das erste Mal in dieser Klarheit ausgesprochen hat. Ja, das glaubt und weiß Ferdinand Klingenberg auch, und das war irgendwie auch die Botschaft seines Vaters in dem Tagebuch: Mögen die Alliierten bald kommen und uns befreien. Und, so sagte Winkler weiter:

„Es sollten Jahrzehnte vergehen [nach 1945] bis sich in Deutschland, nicht zuletzt dank der bahnbrechenden Forschungen von jüdischen Gelehrten wie *Joseph Wulf, Gerald Reitlinger, Raul Hilberg* und *Saul Friedländer,* die Einsicht durchsetzte, dass der Holocaust die Zentraltatsache der deutschen Geschichte des 20. Jahrhunderts ist. Gleichzeitig wuchs eine andere Erkenntnis: Der von den alliierten Soldaten, nicht zuletzt denen der Roten Armee, unter schwersten Opfern erkämpfte Sieg über Deutschland hatte die Deutschen in gewisser Weise von sich selbst befreit – befreit im Sinne der Chance, sich von politischen Verblendungen und von Traditionen zu lösen, die Deutschland von den westlichen Demokratien trennten." Und dann sagte Heinrich August Winkler auch: Abgeschlossen sei die deutsche Auseinandersetzung mit der eigenen Vergangenheit nicht, „und sie wird auch es niemals sein. Jede Generation wird ihren Zugang zum Verständnis einer so widerspruchsvollen Geschichte wie der deutschen suchen. Es gibt vieles Gelungene in dieser Geschichte, nicht zuletzt in der Zeit nach 1945, über das sich die Bürgerinnen und Bürger der Bundesrepublik Deutschland freuen und worauf sie stolz sein können."

Ferdinand Klingenberg liest am nächsten Tag mehrmals die herausragende Rede des Historikers Heinrich August Winkler und fühlt sich angeregt, auch über das, was nach 1945 gelungen ist, nachzusinnen. Die Licht-Funken, die da sind, die einzelnen vorbildhaften Gestalten der europäischen Geschichte sollten und müssen viel mehr Beachtung bekommen, denkt er sich. Ferdinand Klingenberg nimmt sich vor, darüber demnächst ein Essay zu veröffentlichen. Als europäisch-christlich gesinnte Vorbilder sind, wie er meint, Albert Schweitzer, Robert Schuman, Jean Monnet, Dag Hammarskjöld, Roger Schutz und Angelo Roncalli zu sehen. Diese Gestalten liefern politische, sozialethische und spirituelle Impulse für eine neue Vision, welche Europa braucht. Ferdinand Klingenberg zweifelt nicht daran, dass eine europäische Identität nur transnational gefunden werden kann, und zwar erst dann, wenn die in der jüdisch-griechisch-römisch-christlichen Tradition überlieferten ethischen, rechtlichen, philosophischen und spirituellen Grundeinsichten und Grundwerte erneut ins Bewusstsein der Vielen in Europa gehoben werden. Von allein geht das alles nicht. Es braucht eine breit angelegte Bildungsoffensive. –

Mitte September 2017, sechzehn Monate nach dem Tode seiner Frau, sitzt Ferdinand Klingenberg zum zweiten Mal mit Ágnes Heller in einem Biergarten in München zusammen. Die ungarische Philosophin hielt mehrere Vorträge in Köln, Stuttgart und München und sie rief ihn an, sagend, dass sie ihrerseits einem Treffen mit Freude entgegensehe, wenn es ihm passe. Ferdinand Klingenberg hat sofort zugestimmt. Sie wolle mit seinem Einverständnis den Faden des im Mai 2015 geführten Gesprächs aufnehmen, sagt Ágnes Heller und beginnt zu sprechen:

„Zunächst fange ich irgendwo an. Gegenwärtig arbeite ich an einem Buch, das im nächsten oder übernächsten Jahr veröffentlicht werden soll. Ich kreise darin um eine Idee, die ich so umschreiben würde: Der Wert des Zufalls. Sie erinnern sich noch an den Brief meines Vaters, den ich Ihnen hier in München, vor zwei Jahren, vorgelesen habe?"

„Ja, ja, ich erinnere mich sehr gut", antwortet Ferdinand Klingenberg.

„Gut, dann knüpfe ich hier an. Mein Vater hat den Brief im Zug nach Auschwitz geschrieben und aus dem Zug hinausgeworfen, vermutlich noch in Ungarn. Durch merkwürdige Zufälle ist der Brief bei mir gelandet. Natürlich hat jemand den Brief gefunden, die Adresse mit meinem Namen auf dem Umschlag gelesen und dafür gesorgt, dass der Brief mich erreicht. Die ganzen Umstände, die ich hier andeute, lassen mich den Wert des Zufalls erkennen, wobei das Wort Zufall, jedenfalls im Deutschen, auch so interpretiert werden kann, dass man es mit Bindestrich schreibt: Zu-Fall. Das heißt dann, dieses und jenes ist dir zugefallen, weil es dir zugedacht war, weil du gemeint warst. Können Sie mir folgen?"

Ferdinand Klingenberg bejaht und Ágnes Heller fährt in ihrer lebendigen Art fort:

„Nun, unabhängig davon, ob man Zufall sagt und damit eine unerklärliche blinde Kausalkette meint, oder Zu-Fall sagt und damit eine durch höhere Absicht einer höheren Macht *gelenk-*

te Kausalkette meint, in beiden Fällen handelt es sich aus der Sicht des Einzelnen, der aus Bedrängnissen gerettet wird, um einen schwer definierbaren Wert. Als die Pfeilkreuzler, Sie wissen, die ungarischen Nazis, hunderte Menschen an der Donau niedergeschossen und die Leichen in den Fluß gestoßen haben, bin ich als ein damals 15-jähriges Mädchen, wie durch ein Wunder dem sicheren Tod entkommen.

Ein ungarischer Soldat, der davor etliche Menschen schon erschossen hat, schob mich beiseite und sagte: Verschwinde schnell! Zufall? ... Oder Zu-Fall? Und dann erlebte ich ein zweites Wunder oder einen zweiten Zu-Fall. Ich bat einen deutschen SS-Mann, er möge mich in das jüdische Ghetto begleiten, weil ich Angst habe, erschossen zu werden. Und der SS-Mann hat es getan, freundlich und höflich. Zufall oder Zu-Fall? Solche und weitere Situationen meines Lebens kommen mir zunehmend in den Sinn, seitdem ich 80 wurde, und heute ist diese Idee, der Wert des Zufalls, so weit in mir gereift, dass ich etwa ein Drittel meines Buches schon geschrieben habe. Als Philosophin habe ich im Lauf der Jahre gelernt, für komplexe Zusammenhänge eine möglichst einfache Sprache zu finden, die sozusagen auch der Mann von der Straße, also jedermann verstehen kann, sofern er gerne liest."

„Sollte Ihr Buch auch auf Deutsch erscheinen, werde ich es sicher lesen", sagt Ferdinand Klingenberg, worauf die Philosophin andeutet, dass dies geplant sei.

„Lassen Sie mich noch etwas zum ungarischen Wort für Zufall sagen. Es heißt: *véletlen*. Das Wurzelwort *vél* (dritte Person Singular) oder *vélekedni* (Infinitiv) bedeutet eine nicht sichere, sehr subjektive, auch spekulative Meinung eines Einzelnen, der sich über ein komplexeres Phänomen Gedanken macht und zu keinem sicheren Urteil kommt. Oder auch: etwas als wahrscheinlich ansehen, wähnen, sich einbilden. Ich will nur sagen, dass wir hier letztlich mit der *Wahrheitsfrage* konfrontiert sind, im Sinne von: Ist das und das, was ich mir da einbilde, was ich wähnend als wahrscheinlich erachte, oder mir vorstelle, wahr oder nicht wahr? Ist Wahrheit oder sind Wahrheiten

Sache des Wähnens, der Einbildung, der Wahrscheinlichkeit, der Parteiideologie, des Zufalls? Oder ist Wahrheit, jetzt im philosophischen Sinn des Wortes, etwas transsubjektiv Gültiges, Festes, Nicht-Machbares jenseits alles allzu subjektivistischen Wähnens?"

Ágnes Heller hört auf und starrt eine ganze Weile vor sich hin. Ferdinand Klingenberg hält die eingetretene Stille aus und wartet, bis die Philosophin bereit ist, weiterzureden. Sie aber schweigt und scheint in Gedanken versunken zu sein. Irgendwann sagt Ferdinand Klingenberg: Er sei für diese Ausführungen sehr dankbar, und halte die Idee über den Wert des Zufalls überaus spannend. Dann erzählt er der Philosophin die Geschichte des Tagebuches seines Vaters, Franz Klingenberg, – der nur fünf Wochen vor dem Ende des Krieges bei Germersheim gestorben sei, kurz bevor er sich den Amerikanern ergeben wollte, – und wie dieses Tagebuch durch Walter Böckle zu ihm kam. Auch diese Umstände könne man als Zu-Fall deuten. Denn hätte Böckle nicht überlebt, – inzwischen sei er auch gestorben, – wäre das Tagebuch höchstwahrscheinlich verloren gegangen. Mit dem Tagebuch seines Vaters aber, habe er einen Anruf oder eine Art Einladung empfunden, im Geiste seines Vaters eine neue Vision für Europa herauszuarbeiten oder besser gesagt, „durch eine Inspiration eine Vision zu empfangen, die Europa aus der Spirale der Gewalt herausführt."

„Da haben wir beide etwas Wertvolles von unseren Vätern geerbt, nicht wahr?"

Ja, und noch etwas sei ihm zur Wahrheitsfrage eingefallen, antwortet Ferdinand Klingenberg.

„Vor einigen Tagen habe ich mich mit einem alten Jesuitenpater in der Hochschule für Philosophie unterhalten, mit Pater Johannes."

„Haben Sie Kontakte zur Hochschule?", fragt Ágnes Heller ganz aufgeregt. Ja, er habe dort auch promoviert vor vielen Jahren über ein sozialethisches Thema, antwortet Ferdinand

268

Klingenberg und kommt auf den angefangenen Gedankengang über die Wahrheit zurück.

„In einem bestimmten Zusammenhang zitierte Pater Johannes einen Satz von Blaise Pascal, der da lautet: ‚*Die Wahrheit ist früher als alle Meinungen und Ansichten, die man mit Bezug auf sie hegen mag. Man verkennt ihr Wesen, wenn man annimmt, sie habe erst zu sein begonnen, da sie begann erkannt zu werden.*‘ Ist es das, was Sie vorhin gemeint haben?"

Ágnes Heller: „Oh ja, und das klingt sehr gut, dieser Satz ist wahr, denn Wahrheit besteht, bevor man sie, wer auch immer, erkennt. Ich gestehe, dass ich Pascal nicht allzu gründlich gelesen habe, außer einige Fragmente aus seinen Gedanken. Auch für uns Philosophen gilt: Das Weiterlernen hat kein Ende. Ich würde sogar sagen: Zwei Dinge dürfen wir niemals aufgeben, nämlich das Weiterlernen und das Weiterhoffen." … Später fügt sie noch hinzu:

„In Ergänzung zu dem obigen Zitat würde ich noch den Begriff der *Wahrhaftigkeit* ins Spiel bringen. Das würde dann, im Kern, nichts anderes bedeuten als die praktische Anerkennung eines sinnbezogenen zwischenmenschlichen – oder auch zwischen den Ländern und Nationen bestehenden – Sachverhaltes. Denn die Wahrheit, oder mit Hannah Arendt gesprochen, *die Tatsachenwahrheit* und die Tatsachenwahrheiten werden durch ihre gegenseitige Anerkennung zu demjenigen Gut, das ethisch erstrebenswert und von daher auch ethisch gesollt ist. Damit wird keineswegs die Definition von Pascal in Frage gestellt. Wahrheit ist auch für mich, das habe ich schon bei Kant gelernt, jenseits der allzu subjektiven Meinung angesiedelt, aber dennoch nur subjektiv, also mit den Erkenntniskräften des Individuums fassbar.

„Könnten Sie mir das etwas näher erklären?"

„Gerne, Herr Klingenberg, zumal Sie mir eine schöne Gelegenheit bieten, spontan zu dozieren", schmunzelt Ágnes Heller. „Also: Wir sprechen in der Philosophie von der Wahrheitshermeneutik. Bestimmt haben Sie in Ihrem Studium bei den Jesuiten von Hans-Georg Gadamer gehört, der sich mit der hermeneutischen Frage beschäftigt hat. Hermeneutik besagt, in Kürze, die Kunst der Auslegung, des Verstehens eines alten Textes oder eines historischen Ereignisses oder einer historischen oder auch aktuellen Persönlichkeit. Bei der oder bei einer Hermeneutik der Wahrheitsfrage ist man bestrebt, die unterschiedlichen Formen, in denen sogenannte Wahrheitstheorien die *eine* Wahrheit oder *mehrere* Wahrheiten zu fassen suchen, genau zu beachten. Diese Theorien taugen dann etwas, wenn sie behilflich sind, die reale, die tatsächliche, oder wenn Sie so wollen, die ontologische Wirklichkeit zu erkennen. Die eine Theorie spricht von Wahrheit als Annäherung an die Wirklichkeit; die andere von der Wahrheit als Kommunikation und Konsens; die dritte Theorie spricht von der Wahrheit als Kohärenz und Kontextualität (hier sind dann die historischen Ereignisse und deren Deutung ein heikles Problem); und eine vierte Theorie spricht von der Wahrheit als Narration oder von der narrativ vermittelten Wahrheit."

„Entschuldigen Sie, wenn ich hier eine Frage stelle: Ist unter narrativer Wahrheit etwa die Art und Weise zu verstehen, wie Jesus in den Gleichnissen oder wie orientalische spirituelle Traditionen in Form von Erzählungen hohe Lehre vermittelt haben?"

„Durchaus, ja", antwortet die Philosophin. „Die Gleichnisse Jesu sind, in meinen Worten ausgedrückt, in Form von Bildern vermittelte Wahrheiten bezüglich Lebensgesetze, die Geistiges und Leibliches miteinander verknüpfen. Aber bitte berücksichtigen Sie, dass das von mir Gesagte, – ich bin ja keine Theologin, – nicht unbedingt von der Institution Kirche gedeckt ist. Ich meine nur, dass viele Gleichnisse Jesu, aber auch die sogenannte Bergpredigt, echte und, wie Pinchas Lapide der renommierte jüdische Religionsphilosoph gezeigt hat, auch in der jüdischen Weisheitstradition vorhandene Lebens-Lehre ist, die erst später zu einer Dogmatik ausgebaut wurde, welche eine Kirche sicher gebraucht hat, um die Kontinuität zwischen Jesus und ihrer historisch-institutionellen Existenz zu rechtfertigen."

„Danke", antwortet Ferdinand Klingenberg, darum bittend, noch einmal auf die Wahrheitsfrage zurückzukommen.

„Gut", fährt die Philosophin fort. „Nehmen wir in den Blick die sogenannte Kontextualität der Wahrheit. Meine jugendliche Verirrung, als ich für kurze Zeit Mitglied in der Ungarischen Kommunistischen Partei wurde, was ich bis heute bedauere, wäre ein Beispiel dafür, dass ich damals Wahrheit als ein in sich schlüssiges gedankliches System verstanden habe, in dem sicher auch, wie soll ich es sagen, Keime der Wahrheit anzutreffen waren, aber ohne Bezug auf die konkrete, ethisch vertretbare Praxis. Die Art und Weise, wie damals und dort in Ungarn, wie in anderen stalinistisch geprägten osteuropäischen Ländern, die politische Führung auf die Welt blickte, war ja die Perspektive des Kampfes. In anderen Worten: der Kampf des Proletariats gegen die ausbeuterische kapitalistische Bourgeoisie, gegen den Kapitalismus schlechthin, stellte unsere ,Wahrheit' dar. Oder anders gesagt: Wir empfanden es als unsere Wahrheit. Außerdem, mich persönlich störte das dahinterstehende *Menschenbild,* dem ich in meinem Inneren, rein gefühlsmäßig nicht meine Zustimmung geben konnte."

„War das nicht eher eine Ideologie? Ich würde nämlich unterscheiden zwischen Wahrheit und Ideologie und noch einmal zwischen Ideologie und Wahn", bemerkt Ferdinand Klingenberg.

„Dem ist zuzustimmen, Herr Klingenberg, vergessen wir aber nicht", antwortet Ágnes Heller, „dass in jeder Ideologie, sei sie noch so abstrus, ein Körnchen Wahrheit steckt, sonst könnte keine Ideologie zur politischen Macht werden. Es mag verrückt klingen, aber ich meine es wirklich so: Das Körnchen Wahrheit bei Hitler war, dass der Versailler Vertrag den Deutschen tiefes Unrecht angetan oder jedenfalls in den Deutschen ein tiefes Unrechtempfinden ausgelöst hat. Was alles danach noch hinzukam, der ganze Rassenwahn, der von Hitler angezettelte Krieg und der Holocaust usw. ist natürlich die Folge einer grauenvollen Ideologie, die zuletzt Europa in den Abgrund führte. Weiter:

Während Hitler seine Weltanschauung an die Rasse geknüpft hat, haben Stalin und seine Nachfolger, letztlich durch die irrige Idee des Klassenkampfes von Karl Marx angeregt, ihre Weltanschauung verknüpft mit dem Kampf des Proletariats gegen die Kapitalisten. Wir wissen: Stalin hat alle eliminiert, die ihm nicht passten. In der kommunistischen Ideologie war das Körnchen Wahrheit mit der Idee der gerechteren Verteilung der materiellen Güter verbunden, – und darin allein bin ich mit Karl Marx einer Meinung, – wobei die Umsetzung dieser an sich guten Idee in der Praxis scheitern *muss*, weil die gerechte Verteilung, wenn denn so etwas überhaupt möglich ist, von sehr weisen, gereiften politischen Persönlichkeiten vorgenommen werden muss, denen die ethische Verantwortung im Sinne von Immanuel Kant bewusstseinsmäßig präsent ist. Stattdessen wurde in den Ostblockländern etwa 15 Jahre nach dem Zweiten Weltkrieg gemordet und sehr viele landeten für Jahre – meist unschuldig – im Gefängnis. Die politische Führung in den Ostblockländern haben Banditen übernommen.

Erst Mitte der 1960er Jahre nahmen die Ostblockländer langsam und zögerlich Abstand von dieser Art von Wahrheit, da ihnen, nicht zuletzt unter dem Druck des Westens, langsam dämmerte, dass das Weitermorden nicht einmal mit dem so laut propagierten ‚sozialistischen Humanismus‘ vereinbart werden kann."

„Wenn Sie erlauben, würde ich hier anmerken: Auch die Unterstützung der Wirtschaft in den Ostblockländern durch den Westen war, zumindest nach 1970, an die Einhaltung der Menschenrechte geknüpft, oder?" Ágnes Heller bejaht und fährt dann fort:

„Lassen Sie mich noch ein zweites Beispiel zur Wahrheitsfrage anfügen. Erinnern wir uns an die Befreiung von Paris am 25. August 1944, und erinnern wir uns an die damals gehaltene Rede von *Charles de Gaulle*. Ich kann jetzt nur die Essenz zitieren: Als französischer Patriot bekämpfte er Hitler aus England und hat die heroischen Taten der *Résistance* in seiner

Rede an die Nation ziemlich übertrieben. Er sagte ungefähr dies:

Paris sei befreit, es habe sich selbst befreit mithilfe der französischen Armee und der Unterstützung von ganz Frankreich ... so ähnlich sprach de Gaulle damals und in seiner flammenden Rede war sicher ein Wahrheitskern drin. Es existierte eine Résistance tatsächlich, beginnend mit dem Jahr 1942, wobei, so stellen auch einige französische Historiker fest, die Zahl der aktiven Widerstandskämpfer nicht über 400 Tausend war. Dies nun berücksichtigend, ist es Faktum, also eine Tatsachenwahrheit, dass die französische Hauptstadt nicht von der Résistance befreit worden war, die sicher heroisch gekämpft hatte, das will ich gar nicht bestreiten, sondern die Befreiung wurde durch die amerikanische Armee ermöglicht, deren Führung damit einverstanden war, dass den Einzug nach Paris eine französische Division vornimmt, der General de Gaulle voranschreitet. Und sicher wollte de Gaulle durch seine Rede dem geschundenen Land seinen alten nationalen Stolz wiedergeben. Können Sie mir folgen, Herr Klingenberg?"

„Ja, ja, bitte fahren Sie fort."

„Nun, auf diese Weise hat de Gaulle den Mythos, wenn Sie so wollen, eine Art narrative Wahrheit, ins Bewusstsein der Franzosen implantiert: Wir Franzosen haben gegen die Nazieindringlinge heroisch gekämpft und unser Land befreit usw. Verstehen Sie? Doch diese Art der Wahrheitsproduktion durch den Mythos haben meines Wissens fast alle, eigentlich alle europäischen Länder irgendwann praktiziert, und weil ich aus Ungarn komme, darf ich Ihnen sagen: Auch die heutige ungarische Regierung, nur dem Schein nach pro-europäisch, operiert mit Propaganda, mit dem Konzept der ,heroischen ungarischen Nation', die, nachdem sie sich von der Sowjetherrschaft befreit habe, sich nicht unterdrücken lässt durch die Bürokraten in Brüssel. Wiederum gilt: Natürlich gibt es eine Bürokratie in Brüssel, nicht anders als im Vatikan oder im Weißen Haus oder im Kreml, oder im Rathaus Münchens, aber das berechtigt Viktor Orbán nicht, eine autokratische, nationalistische und illiberale, antieuropäische Politik zu betreiben. In seinem Kontext aber, oder in seiner Perspektive, ist Europa nur eine Geldquelle und die demokratischen Werte zählen in seinen Augen nicht."

„Dabei sah 1989, als Ungarn den Eisernen Vorhang geöffnet hat, noch alles ganz anders aus, und Orbán gerierte sich zunächst, zumindest bis 2004, als ein Politiker mit europäischer Gesinnung. Oder täusche ich mich?" – fragt Ferdinand Klingenberg.

„Ach wissen Sie", und die Stimme der Philosophin klingt an dieser Stelle bitter, „die ungarische Geschichte ist im Grunde eine traurige Geschichte, die in den letzten 150 Jahren (weiter in die Vergangenheit will ich nicht blicken) von bestimmten Menschen immer wieder in die falsche Richtung gelenkt wurde. Die Regierungen in Ungarn haben fast immer den schlechtesten Weg gewählt. Die negativen Folgen trugen nicht sie selbst, nein, sondern die kleinen Leute, die Bevölkerung, vor allem die Bauern. Ungarn ist geprägt von ethnischem Nationalismus, der jetzt mit Viktor Orbán zur führenden staatlichen Weltanschauung, zur üblen Ideologie geworden ist."

„Tja, Frau Dr. Heller, das hatten wir Deutsche im Dritten Reich ebenso und auch heute sind wir in Deutschland nicht frei von der Anfälligkeit gegenüber der Naziideologie."

„Ja, wobei mein Eindruck ist, dass hier noch eine weitgehend freie Presse existiert, die alles oder fast alles veröffentlicht, wonach dann bestimmte Köpfe rollen. Bei uns in Ungarn wird die freie Presse gerade abgebaut, es gibt nur noch ein oder zwei unabhängige Presseorgane, und so etwas wie eine widerstandsfähige Opposition, die der Regierung Grenzen setzen kann, ist so gut wie verschwunden.

Die Regierenden in Ungarn heute sind in meinen Augen Barbaren. Den Begriff der echten Kultur kennen sie nicht mehr. Sie kennen höchstens die Fußballstars und einige Schauspieler. Philosophische, künstlerische, literarische Kultur bedeutet ihnen nichts. Wenn Sie in Deutschland einen Björn Höcke haben, der angeblich Lehrer für Geschichte ist, aber anscheinend keine Ahnung von Geschichte hat, dann haben wir in Ungarn mindestens drei Dutzend Höcke-ähnliche Gestalten, darunter auch teilweise namhafte Akademiker, die nicht an Tatsachenwahrheiten der Geschichte, sondern an ihrer Machterhaltung interessiert sind. Man kann sie wunderbar mit nationalistischen Parolen füttern."

„Auch bei uns in Deutschland beobachte ich bei manchen Akademikern ein ähnliches Verhalten, und auch unsere Politiker wollen, genauso wie in Ungarn, ihre Macht erhalten. Dass sie allerdings nach vier oder acht Jahren abgewählt werden können, finde ich beruhigend", sagt Ferdinand Klingenberg.

„Diese Leute, ob in Ungarn, Deutschland oder anderswo, wollen lediglich die aus politischen Interessen und Zweckmäßigkeiten gespeiste Darstellung der Wahrheit gelten lassen," fährt Ágnes Heller fort, „und dazu gehört, dass für sie – jedenfalls in Ungarn – nichts existiert, nichts als Reales anerkannt wird, was sie nicht direkt oder indirekt kontrollieren können. Orbán gewinnt die Mehrheit durch ethnischen Nationalismus und Ausländerhass. Er bezahlt viel Geld der Kirchen, damit sie den übertriebenen ungarischen Nationalismus gekoppelt mit einem für mich merkwürdigen Christentum mittragen, und die Mehrheit der Bischöfe und viele Priester folgen dieser Linie. Es gibt ein spezifisch ungarisches Wort dafür: *magyarkodás,* das heißt so viel wie in Deutschland das Wort Germanentum oder Deutschtümelei."

Ferdinand Klingenberg nickt und sagt sehr langsam:

„Geehrte Frau Heller, daraus würde folgen, dass wir heute, im Jahre 2017, und 72 Jahre nach Beendigung des Zweiten Weltkrieges, eigentlich nichts aus der Geschichte gelernt haben. Und das empfinde ich im Moment als furchtbar tragisch, da auch in Deutschland eine ganze Menge Leute laut und unverschämt das alte ,völkische Gedankengut' – Sie wissen, was ich meine – verbreiten."

„Schauen Sie, Herr Klingenberg, nach den Weltkriegen kam in Europa die Hoffnung auf, dass wir aus der Geschichte gelernt haben oder hätten. Heute mit meinen 88 Jahren muss ich leider feststellen, und zwar in Anlehnung an Hegel, dass das Einzige, was man aus der Geschichte lernen kann, ist, dass man nie etwas aus ihr lernt. Was Hegel damals etwa um 1825 in seiner geschichtlichen Realität festgestellt hat, scheint mir heute, fast 200 Jahre später, immer noch gültig zu sein. Denn, und jetzt frage ich Sie, Hand aufs Herz: Haben wir etwas Essenzielles aus unserer europäischen Geschichte gelernt?"

Nach langem Zögern antwortet Ferdinand Klingenberg so:

„In meiner Perspektive, und das heißt, aus der Sicht eines geistig offenen Mitteleuropäers mit deutschen und französischen Wurzeln, ist sicher gänzlich sinnwidrig, dumm und unfassbar primitiv, die eigene Nation, welche auch immer, so hochzustilisieren, dass man sagt: Unsere eigene Nation sei die beste von allen, andere Nationen missverstehen uns, weil sie das nicht erkennen. Und solange wir diese Hybris nicht ablegen, stimme ich mit Ihnen überein: Nein, wir haben aus der Geschichte nichts gelernt. Nicht in Deutschland und anscheinend nicht in Ungarn."

„Ich würde sagen, Herr Klingenberg, dass wir hier nicht nur von Ungarn und Deutschland sprechen, denn diese heillosen Tendenzen sind von Russland bis Großbritannien in ganz Europa, und ich würde sagen in der ganzen Welt am Werk. Die alten Gespenster des Nationalismus sind wieder da, sie sind gefährlich – und das ist, leider, *eine* Tatsachenwahrheit. Außerdem habe ich sehr stark den Eindruck, dass wir alle wieder nur zuschauen, wie damals in den 1930er Jahren. Dazu noch etwas Wichtiges: *Der Verrat Europas oder der zurückweichende Mensch,* so in etwa könnte ich den Titel eines ungarischen Buches übersetzen, das ich vor etwa zwei Jahren gelesen habe. Die Analyse des Autors über den Aufstieg Hitlers und über die ängstlich-vorsichtige und vor dem Aggressor zurückweichende Haltung der Großmächte – Frankreich und Großbritannien – hat mir eingeleuchtet und mich erschüttert. Der Autor, *Tamás Maklári,* den ich nicht kenne, fasst die Essenz seines 2009 veröffentlichten Buches in einer Widmung zusammen, die man ungefähr so übersetzen kann:

Die Geschichte Europas im 20. Jahrhundert wurde grund-
sätzlich durch drei Hauptdarsteller determiniert. Erstens von
demjenigen Bösen, das den Scheiterhaufen angezündet hat.
Zweitens von dem Opfer, der auf dem Scheiterhaufen ver-
brannte. Und drittens von denjenigen Gutmenschen, die den
Scheiterhaufen umstanden und zuschauten. Und Tamás Maklári, der Autor, fügt noch hinzu: *Dieses Buch handelt von den*
Gutmenschen.

Aus meinem tiefsten Herzen wünsche und hoffe ich, Herr
Klingenberg, dass wir heute, angesichts der stark wachsenden
totalitaristischen, rechts oder linksradikale Tendenzen nicht tatenlos zuschauen."

Die Philosophin Ágnes Heller blickt in Richtung des Englischen Gartens und scheint in kurzer Versenkung zu sein. Dann
sagt sie: Sie habe kürzlich ein englisches Buch gelesen: *Germa-*
ny and the New Europe, von *Stephen Green,* der sich als ein
Liebhaber der deutschen Kultur entpuppt. Aber:
„Dieser Mr. Green fragt sich im letzten Teil des Buches auch,
ob es eine europäische Identität gibt, die alle Länder der EU
sozusagen in einem festen Band vereint, ohne die Pluralität
aufzuheben? Er kommt zu dem Schluss, und ich stimme ihm
zu: Europa, so sagt er, sei mehr als nur eine geographische Bezeichnung, und die Europäer, – von Russland bis Portugal, von
Norwegen bis Sizilien, – hätten kulturelle Gemeinsamkeiten,
die in ihrer *Geistesgeschichte* stärker und tiefer verankert seien
als die zweifelsohne gewichtigen Differenzen und Mentalitäts-
unterschiede, die natürlich auch gegeben sind."
„Oh", sagt begeistert Ferdinand Klingenberg, „das ist vortrefflich gesagt, sehr gut. Dem kann auch ich zustimmen", und
dann erzählt er in Kürze, was Pater Bogdan Podskalski damals
in Frankfurt im September 1999 über die vier Grundwurzeln
Europas, über ein Quartett der europäischen Werte ausgeführt
hat.
„Damit kann ich sehr viel anfangen", antwortet Ágnes Heller, „denn aus der griechischen Philosophie haben wir die lei-

denschaftliche Suche nach der Wahrheit und den Wahrheiten geerbt. Das kann ich als Philosophin sofort bestätigen. Ich würde sogar weitergehen und sagen: Die Wahrheit bleibt jenes Grundkriterium, mit dessen Hilfe wir, in allen Gebieten, Irrtümliches vom Wahren unterscheiden. Und, wenn ich mich richtig erinnere, war es der jüdisch-holländische Philosoph *Baruk de Spinoza,* der gesagt hat. *Veritas norma sui et falsi est.* Die Wahrheit ist die Norm ihrer selbst und des Falschen. Aber, wer in der Politik denkt heute solche Gedanken, Herr Klingenberg? Und *wen* in der Politik interessiert wirklich die Sache mit der Wahrheit?"

„Mir fällt spontan nur ein Name ein", antwortet dieser: „Der frühere deutsche Bundespräsident, *Richard von Weizsäcker* hatte meines Erachtens einen lebendigen Bezug zur Wahrheit und zu den historischen Wahrheiten und besaß den Mut, die historische Wahrheit über die Befreiung Nazideutschlands durch die Alliierten auszusprechen – in jener berühmten Rede vom 08. Mai 1985. Und vielleicht auch *Roman Herzog* war ein Bundespräsident, der es mit der Wahrheit ernst gemeint hat."

„Ja, Herr Klingenberg, ich habe die Rede von Richard von Weizsäcker damals auch gelesen, sie wurde, glaube ich, in 15 Sprachen übersetzt. Ich persönlich meine, eine integre und reife Persönlichkeit in Richard von Weizsäcker erkannt zu haben. Aber kommen wir nochmal auf dieses Quartett der europäischen Werte zurück. Was sagte noch dieser Pater Podskalski? … Ach ja: Das römische Recht verbindet alle Europäer, oder?"

„Genau", sagt Ferdinand Klingenberg. „Als Jurist und auf diesem Gebiet mich einigermaßen zu Hause fühlend, stelle ich fest, dass unsere sozialpolitische und gesellschaftliche Ordnung, die Gesetzgebung und viele Prinzipien der Rechtssprechung, z. B. in *dubio pro reo,* oder *reddere suum cuique,* oder *pacta sunt servanda,* ein Erbe des römischen Rechts und damit auch ein Wertbaustein der europäischen Identität ist. Und ebenso dann die Idee des Monotheismus aus der jüdischen Weisheitstradition und sicher auch das Ethos des Jesus von

Nazareth, der, nach meinem Empfinden, die Wirklichkeit der Macht der Liebe verkörpert hat."

„Mit dieser Formulierung kann ich als Jüdin sehr viel anfangen. Das ist alles wunderbar, Herr Klingenberg. Ich fasse zusammen, was ich von Ihnen gerade hörte: die Suche nach den Wahrheiten, der Respekt vor der Ordnung des Rechts, der Gedanke des einen Gottes und die Macht der Liebe bilden das Quartett der europäischen Werte, zumindest im Lichte dessen, was Sie in Anlehnung an jenen Pater Podskalski erzählt haben. Sicher sind diese Überlegungen, auch nach meiner Einschätzung, enorm wichtig, und wenn sehr viele Europäer sich damit beschäftigen würden, natürlich auch die Politiker, würden wir, etwas pathetisch ausgedrückt, den ‚Untergang des Abendlandes‘ vermeiden. Aber ganz ehrlich, Herr Klingenberg, sind wir heute so weit, diesem Werte-Quartett Wirkungsweite im europäischen Raum zu öffnen? ... Befinden wir uns nicht schon wieder im Sumpf eines ethnischen Nationalismus?"

Nun, er könne hier nicht eine allzu optimistische Antwort geben, meint Ferdinand Klingenberg, er wolle aber weiterhin hoffen, dass der Weg der europäischen Menschen in die Richtung dieses Wert-Quartetts führe.

Worauf nun die Philosophin Ágnes Heller energisch und leidenschaftlich antwortet:

„Hoffen will ich auch. Im Moment, seit etlichen Jahren, sehe ich aber das Problem, dass Europa als solches keine geistig-kulturelle Identität, sondern viele einzelne nationale und nationalistische oder gar provinzialistische Identitäten hat, innerhalb derer die einzelnen Nationen oft mit der völlig falschen Einbildung leben, dass *nur* der ethnische Nationalismus eine Zukunft habe. Gewiss wollen die Leute, wollen wir alle zu irgendeiner Gemeinschaft gehören, und dagegen ist nichts zu sagen. Auch ich bin letztlich, nachdem ich viele Jahre im Ausland lebte und unterrichtete, nach Budapest zurückgekehrt. Dass ich mich dort, abgesehen von der abscheulichen Politik von Orbán wohl fühle, schließt nicht aus, dass ich mich zugleich als eine europäische Jüdin empfinde, in der europäischen Geistestradition verwurzelt. Nur meine ich ganz allgemein gesprochen: Von einer gesamteuropäischen Identität, in der sich ein Russe, ein Engländer, ein Ungar, ein Franzose, ein Schwede, ein Süditaliener usw. erkennt, – davon sind wir noch weit entfernt. Fragen Sie nur einen 15-Jährigen, in welchem Land auch immer, was es bedeutet, ein Europäer zu sein. Ich vermute stark, der Befragte wird die Frage gar nicht verstehen."

„Meiner Ansicht nach müssen noch viele Vorurteile abgebaut werden, bis es so weit ist", sagt Ferdinand Klingenberg.

„Ja, natürlich, und darüber hinaus brauchen wir eine gesamteuropäische Bildungsoffensive, um eine europäische Identität, im Sinne des vorhin erörterten Werte-Quartetts, Schritt für Schritt zu entwickeln. Und dazu brauchen wir zunächst einmal ein Lehrbuch der europäischen Geschichte, das in allen Schulen Europas und in allen Sprachen übersetzt als Grundlage für eine minimale geschichtliche Bildung verwendet wird. Solch ein Lehrbuch müssten natürlich die besten Historiker Europas konzipieren und schreiben. Kommen wir irgendwann so weit, dass schon Kinder in der Grundschule im Ansatz verstehen, was es bedeutet, ein Europäer zu sein, dann wird es Europa geben. Sonst nicht."

Diese letzten Worte spricht die Philosophin sehr betont, energisch, mit einem fast prophetischen Pathos.

Beim Abschied von der Philosophin Ágnes Heller hat sich Ferdinand Klingenberg nicht vorstellen können, dass er diese lebendige, vitale, leidenschaftlich, aber auch präzis und scharfsinnig denkende und fühlende ungarische Philosophin zum letzten Male sieht. Im Sommer 2019 erreicht ihn die Nachricht, dass Ágnes Heller am 19. Juli 2019 im Alter von 90 Jahren gestorben ist. Ferdinand Klingenberg zündete eine Kerze an und dachte einige Minuten an die Gespräche mit der Philosophin und an ihre Augen, die so stark gefunkelt haben, als sie über die Schwächen und Stärken Europas sprach.

Am 01. August 2019 liest er in der *Frankfurter Allgemeinen Zeitung* ein Interview mit ihr. Es freut ihn zu vernehmen, dass diese große Denkerin der Gegenwart für ihr Lebenswerk posthum den mit 15 000 Euro dotierten Friedrich-Nietzsche-Preis erhält. Er nimmt sich vor, ihr im Herbst 2018 erschienenes Buch „*Der Wert des Zufalls*" zu lesen. Viele Gedanken aus dem Interview mit der Philosophin lösen starke Resonanz und Zustimmung in ihm aus und erinnern ihn an die Gespräche mit ihr. Ágnes Heller sagt u. a.:

Zur Welt gehört auch unsere eigene Biographie. Mein Lieblingsphilosoph ist Kant. Er ist die letzte und einzige Antwort auf die moralische Situation der Moderne. Mein anderer Liebling ist Kierkegaard. Er hat eine Antwort auf Kant gegeben – nicht eine metaphysische Antwort, sondern eine existentielle.

Ja, ich hatte schreckliche Erlebnisse in der NS-Zeit. Nach dem Holocaust richteten sich meine Fragen an die menschliche Natur allgemein. Nicht: Wie können Deutsche so etwas tun, sondern: Wie können *Menschen* so etwas tun? Wie kommen Gesellschaften zustande, in denen so etwas, wie die Ermordung von 6 Millionen Juden, möglich wird. Das waren meine Fragen.

Im Übrigen: Hitlers Reich war nicht einfach Barbarei, es war das Böse, wie sich das Böse im Totalitarismus verkörpert. Barbarei ist, wenn wir einander hassen und töten wollen. Das kann Barbarei sein, ja. Aber wenn Herr Himmler von der SS sagt: Ihr *sollt* töten, es ist eine Pflicht zu töten: Das ist keine Barbarei. Das ist *das radikal Böse.*

Nach all dem Grauen muss ich heute sagen und bin davon überzeugt: Die Europäische Union ist Europas letzte Chance. Wenn sie zerfällt, wird Europa untergehen wie das Römische Reich.

Die Gegenwart, jetzt gegen Ende 2018, – sagt Ágnes Heller im Interview, – macht mir schon große Sorgen. Europa wirkt auf mich wie ein großes Museum mit beeindruckenden Sammlungen aus vielen Jahrhunderten, aber ein Museum ist keine politische Einheit. Die Frage ist doch, ob wir als Einheit bestehen bleiben, ob wir in der Welt zählen. Europäer waren die Ersten, die den Universalismus – im Sinne der unbedingten Würde aller Menschen, jenseits Rasse und Klasse und im Sinne der Freiheit des Einzelnen – gedacht haben. Wenn diese Vergangenheit nicht mehr Gegenwart ist, dann werden wir uns selbst verlieren. Zwar spricht man immer wieder von ‚europäischen Werten‘, aber wir müssen unterscheiden: Auf der einen Seite stehen die Werte der Aufklärung (Freiheit, Gleichheit, Brüderlichkeit) und der liberalen Demokratie, und auf der anderen Seite haben wir die Werte – oder Unwerte? – des Totalitarismus, der Diktatur, der Megalomanie. Beide Wertstränge sind europäische Erfindungen. Welche von beiden werden wir morgen wählen? Die Antwort hängt nicht allein von mir, sondern von allen Einzelnen ab.

Mein Freund, Jürgen Habermas, der große Verdienste um das europäische Denken hat, war in dieser Hinsicht etwas optimistischer als ich. Er sah das transzendentale Europa, den Kontinent der philosophischen Ideen, den Freiheitsgedanken. Aber Europa, sagte ich ihm in einem Gespräch, ist empirisch. Schauen wir uns um! Dann sehen wir, wie gehandelt wird, wie viele Dinge korrumpiert werden und wie Europa wirklich, de facto ist.

Wir müssen die unterschiedlichen Perspektiven, die in West-, Mittel- und Osteuropa vorherrschen, zunächst begreifen lernen. Vor der sogenannten Systemwende, also vor 1989, waren viele Osteuropäer, auch ich, unsagbar naiv. In der kommunistischen Diktatur dachten sie, alles im Westen sei wunderbar, gerecht und human – im Westen seien nur bewährte Demokratien, starke Institutionen, Gewaltenteilung zwischen Legislative, Judikative und Exekutive, und dass das alles die Freiheitsrechte garantieren würde. Das war unsere osteuropäische Naivität.

Und jetzt spreche in nur für mein Land Ungarn. Der Katholizismus in Ungarn ist politisch geprägt, und ich würde sagen, der Großteil der Ungarn ist nur in einem traditionellen Sinn religiös. Mit dem spirituellen Gehalt des Christentums hat das überhaupt nichts zu tun. Es gibt in Ungarn aber auch einen Calvinismus, der in der Zeit des Habsburgerreiches eine Stimme des Widerstands war. Das wäre ein Beispiel für eine eher progressive Religion. Es ging damals um Freiheit. Fast alle ungarischen Schriftsteller und Dichter waren Calvinisten.

Heute ist es umgekehrt. Die Religion ist national und reaktionär. Der ungarische Katholizismus ist, von wenigen Ausnahmen abgesehen, ein Bollwerk gegen die Europäische Union und besonders gegen Muslime. Sehen Sie sich Viktor Orbán und seine vier Kinder an: Seine Weltanschauung hat sich von Kind zu Kind geändert, und das letzte Kind wurde schließlich katholisch getauft. Er verkörpert den – uralten und auch in Europa sehr oft gedachten – Gedanken, dass Religion eine Funktion des Politischen ist.

Viktor Orbán hat in Ungarn eine Tyrannei eingerichtet, im alten, griechischen Sinn des Wortes, also eine Gewalt- und Willkürherrschaft. Alles, was der Tyrann will, geschieht. Und was der Tyrann nicht will, das geschieht nicht. So einfach ist das mit Orbán. Ich beschreibe ihn nicht als Faschisten, denn dieser Begriff hatte in der ersten Hälfte des 20. Jahrhunderts seinen Sinn. Heute nicht mehr. Inzwischen hat sich ein neuer Typus der Tyrannei herausgebildet. Ist Wladimir Putin ein Faschist? Nein. Bolschewik? Sicher nicht. Ein Nazi? Auch nicht. Was ist er dann? Ein Tyrann. Wie Erdogan. Die alten Begriffe lassen sich nicht mehr auf diesen Herrschertypus anwenden. Wir sind aber auf genaue Begriffe angewiesen, denn wenn wir keine angemessenen Begriffe finden, werden wir die heutige Welt nicht verstehen.

Was das Erstarken des ethnischen Nationalismus in Ungarn – oder auch in Polen und Rumänien – anbelangt, so handelt es sich hier um ein komplexes Phänomen. Ein Element ist sicherlich, dass Osteuropäer die alte Dominanz der Sowjetunion nicht so schnell vergessen können, denn sie sind gebrannte und vielleicht, so kann man sagen, auch traumatisierte Kinder. Man sieht dieses Phänomen ja auch in Ostdeutschland. Zweitens: Die osteuropäischen Länder hatten nie eine Demokratie, nicht einmal für zwanzig Jahre. Woher sollten sie das sofort beherrschen?

Politiker wie Viktor Orbán sind die Folge des gescheiterten Versuchs, nach 1989 die Demokratie einzuführen und zu stabilisieren. Es gab in Ungarn oder Polen ja auch anständige Regierende. Aber sie glaubten blind daran, dass die demokratischen Institutionen es richten würden, und hatten anscheinend keine Ahnung von der eigenen Bevölkerung und von der Zerstörung, welche die kommunistische Diktatur moralisch wie wirtschaftlich verursacht hat. Das war ihre Einfalt, ihre Naivität: nicht zu wissen, dass ihr Volk daran gewöhnt war, dass alle Entscheidungen von oben kommen. Und Orbán ist das Abbild dieser Sehnsucht: Er ist da, empfinden die Leute, er verteidigt euch gegen Russland und Soros und die Migranten. Er schützt die ungarische Kultur, die ungarischen Traditionen, er erledigt einfach alles für euch! Und: er schützt euch auch vor Brüssel! So einfach ist das und doch kompliziert. Menschen mögen kein Chaos. Sie sehnen sich nach Sicherheit. Und bei Viktor Orbán fühlen sie sich sicher. Früher gab es, wie man weiß, eine klar abgegrenzte Klassengesellschaft. Jetzt ist es eine diffuse Massengesellschaft. Und in einer solchen Gesellschaft gewinnt man die Wahl nur mit Ideologie und Propaganda.

Das alles und manches mehr, was ich nicht ausgeführt habe, heißt für Europa und für die Europäische Union, dass wir vor einem großen Problem stehen. Denn Orbán schafft eine starke Identität oder zumindest ein starkes Identitätsgefühl. Europa dagegen hat keine, das ist seine Schwäche. Wenn man heute herumfragt, was Europa bedeutet, verstehen die meisten Menschen nicht einmal, wonach man fragt. Und das ist unser großes Problem in Europa. Würden wir die Grundwurzeln Europas neu entdecken und ernst nehmen, könnte dies ein Ausweg aus der aktuellen gefährlichen Sackgasse sein. – –

Ferdinand Klingenberg befindet sich nach Lektüre dieses Textes viele Tage in einem sehr nachdenklichen Zustand. Er geht spazieren, spricht mit dem alten Jesuitenpater Johannes, schreibt und liest sehr viel. In zwei Monaten schafft er es, mehrere Bücher zu lesen, wie: *Die Tagesordnung* von Éric Vuillard (2018); *Zerbricht der Westen? Über die gegenwärtige Krise in Europa und Amerika* von Heinrich August Winkler (2017); *Faschismus. Eine Warnung* von Madeleine Albright (2018); *Spätes Tagebuch. Theresienstadt – Auschwitz – Warschau – Dachau* von Max Mannheimer (2013); *Nachdenken über das 20. Jahrhundert* von Tony Judt mit Timothy Snyder (2012) und Dr. Edith Eva Eger, *Ich bin hier und alles ist jetzt. Warum wir uns jederzeit für die Freiheit entscheiden können* (2017) zu lesen. Seine eigenen Gedanken, Kommentare und Gefühle dazu schreibt er mit der Hand in einem großen Heft auf und fragt sich immer wieder: Wie finden wir bloß den Ausweg aus der seit über zehn Jahren andauernde Krise der Europäischen Union?

Ferdinand Klingenberg erkennt die Richtigkeit vieler Analysen und Reflexionen, die er in den genannten Büchern vorfindet. Alle laufen auf eine Warnung hinaus, ähnlich den Warnungen, die der Prophet Jeremia oder Jona in den biblischen Zeiten ausgesprochen haben. Der Grundtenor der Warnungen ist immer dasselbe: Gebt acht, die Krise ist sehr ernst! Es geht um Leben und Tod!

Ja, wir sind Barbaren und wir *wollen* es sein, legt Madeleine Albright, die frühere Außenministerin der USA in einem Kapitel dar, in dem sie über die Entstehung des Totalitarismus in seinen verschiedenen Formen – in Italien, Sowjetrussland, Deutschland, Spanien – reflektiert. Ferdinand Klingenberg kennt schon manche Aspekte, andere aber sind für ihn neu. Mit besonderer Intensität liest er dann noch das Buch von Vittorio Hösle, *Globale Fliehkräfte. Eine geschichtsphilosophische Kartierung der Gegenwart* (2019) und findet darin, nach etlichen Erschütterungen während der Lektüre, die er zwischendurch auch mit Pater Johannes bespricht, einige krafterfüllte Sätze, die in ihm eine ganz starke Resonanz hervorrufen. Die Idee der Menschenrechte sei das Fundament der friedlichen Fortentwicklung, heißt es, „und diese Idee hat so tiefe Wurzeln in der westlichen Kultur, dass mit dem Ende des Abendlandes der ganzen Welt etwas Entscheidendes und vielleicht Unersetzliches fehlen würde." Hier erklingt auch der Gedanke, dass die westlichen Demokratien sich selbst demontieren, wenn sie nicht sehr bald umkehren, womit Hösle auch das rasche Beenden der Umweltzerstörung meint. Dieser Aspekt ist im Bewusstsein von Ferdinand Klingenberg nur am Rande präsent, doch die erneute Lektüre des Buches lässt ihn fühlend erkennen, dass *die Hoffnung* auf eine Wende zum Besseren hin ein *Soll* bzw. eine moralische Pflicht ist, welche die Chancen erhöht, „beim Handeln verantwortlicher Optimist zu bleiben."

Jeder einzelne Mensch wie auch die verschiedenen Regierungen handeln auf der Ebene eines bestimmten Bewusstseinsniveaus, das verschiedene Grade hat, und die von mir bisher erreichte Bewusstseinsebene, denkt sich Ferdinand Klingenberg, motiviert mich zum Handeln auf meine Weise – durch Schreiben.

Die seit Jahren in ihm schlummernde Idee, das Buch über Europa, über eine neue Vision von Europa zu schreiben, nimmt plötzlich greifbare Konturen an und in den ersten Septembertagen 2019 fängt er an, eine Grundstruktur auszuarbeiten.

10 Vor seinem Aufstieg *muss* Europa den „Preis" bezahlen (September 2019 – Ostersonntag 2021)

● Einladung zum Vortrag am 08. Mai 2020 ● Die Großzügigkeit Gorbatschows dem Westen gegenüber ● Sechs Studenten in Krakau diskutieren über Europa ● Das Problem der Korruption und das Vorbild von Robert Schuman ● Die Politik ist laut und liebt die Stille nicht ● Manifestation der Großmannssucht ● Gespräche mit dem alten Jesuiten Pater Johannes ● Was Frau Professorin Barbara Schellhammer zu sagen hat ● Was die Professorin Gesine Schwan zu sagen hat ● Ferdinand Klingenberg ringt um sein Thema: Der Aufstieg Europas fordert seinen „Preis"! ● Noch ist die NS-Vergangenheit nicht vergangen ● Historische Prozesse dauern länger ● Ferdinand Klingenberg träumt von seinem Vater und von seiner Frau ● Barbara, seine Tochter, tröstet ihn ● Kann sich die Geschichte wiederholen? ● Otto, der Sohn von Ferdinand Klingenberg, ist Optimist ● Ein langes Nachwort: Der Aufstieg Europas fordert Opfer

Am 26. September 2019 bekommt Ferdinand Klingenberg Post. Eine Anfrage der Bayerischen Akademie für Kunst und Wissenschaft erreicht ihn, ob er bereit sei, am **08./09. Mai 2020** im Rahmen einer zweitägigen Gedenkveranstaltung einen Vortrag mit Diskussion zu halten. Fünfundsiebzig Jahre nach Beendigung des Zweiten Weltkrieges, so die Veranstalter, wolle man zum Thema „Widerstand damals und Widerstand heute: Neue Wege in Europa zu seinem möglichen Aufstieg" namhafte Referenten gewinnen, so auch ihn, Ferdinand Klingenberg. In dem vorläufig skizzierten Programm tauchen noch Namen auf, wie: Jürgen Müller-Hohagen (vom Dachauer Institut), Berthold Goerdeler (München, Vorstand der Goerdeler-Stiftung und Enkelsohn von Carl Friedrich Goerdeler), Gesine Schwan (Europa-Universität Viadrina in Frankfurt/Oder), Julian Nida-Rümelin (Universität München) und Carla del Ponte (Generalbundesanwältin in der Schweiz, Chefanklägerin des

Internationalen Strafgerichtshofs in den Haag von 1999 bis 2007).

Ferdinand Klingenberg antwortet gleich am nächsten Tag: Ja, er nehme die ehrenvolle Einladung an. Der vorläufige Titel seines Vortrages solle heißen: *Der Aufstieg Europas fordert seinen „Preis"!* Daraus könnte sein Buch entstehen, dessen Grundgedanken er seit Jahren in sich trägt, denkt er sich.

Das Thema bewegt ihn nicht nur seit der Vereinigung der beiden deutschen Staaten 1990, die er, mit einigen anderen, die von Politik etwas verstehen, als ein Quasi-Wunder betrachtet, als hätte der Himmel den Deutschen noch eine Chance gegeben, nachdem sie von 1939 bis 1945 insgesamt 53 Kriegsgegner bestialisch behandelt und gedemütigt haben – in einem selbstmörderischen Krieg, und nachdem sie von 1949 bis 1989 in zwei getrennten und feindselig gegenüberstehenden Staaten existierten.

Ferdinand Klingenberg erinnert sich noch an jenem Tag im Mai 1990 als der charismatische Sowjetführer *Michail Gorbatschow,* den Klingenberg von Anfang an als eine äußerst sympathische und vertrauenswürdige Persönlichkeit wahrgenommen hatte, in Washington war und in einer aufgeregten Diskussion mit *George Bush* äußerte: Die Deutschen hätten das Recht über die Mitgliedschaft in einem Bündnis – ob Nato oder nicht – selbst zu entscheiden. Was danach bis zur endgültigen Vereinigung der beiden deutschen Staaten auf der diplomatischen Ebene geschah, wie viele und verschiedene „Kräfte" mitgewirkt haben, damit der Prozess der Vereinigung friedlich abgeschlossen werden konnte, ist auch 30 Jahre später nur Wenigen bewusst. Und einige aus diesen Wenigen wissen es: Eine Art Wunder bewirkende Macht des Himmels hat mitgemischt, signalisierend, dass Deutschland nur in und mit Europa zusammen bestehen kann.

In den Tagen nach Erhalt der Einladung zum Vortrag fragt sich Ferdinand Klingenberg: Stehen wir in Europa wirklich vor dem Aufstieg? Sind wir uns in Europa gegen Ende 2019 bewusst, dass wir es selbst in der Hand haben, das bisher Errungene zu bewahren oder es auch kaputt zu machen? Wird die Annäherung zwischen der EU und Russland, trotz der seit Jahren andauernden Konflikte, doch noch gelingen? Und da erinnert sich Ferdinand Klingenberg an den letzten Satz von Walter Böckle: Er solle nicht vergessen, dass Russland zu Europa gehöre. Ja, denkt sich Ferdinand Klingenberg und vergegenwärtigt sich noch einmal die Großzügigkeit Gorbatschows dem Westen und Deutschland gegenüber. Letztendlich er war es nämlich, dem die Vereinigung zu verdanken ist und Ferdinand Klingenberg zögert nicht, seine Einsicht im Gespräch mit dem alten Jesuiten, Pater Johannes, zu teilen:

„Vermutlich würdest du mir zustimmen, dass die eigentliche Tat Gorbatschows die Ermöglichung der Vereinigung der beiden deutschen Staaten war, oder?"

„Gewiss", antwortet Pater Johannes, „leider sind aktuell die Beziehungen zwischen Russland und der EU ziemlich angespannt. Bis Russland auch Teil der EU wird, wird es noch … ja, … eine ganze Weile dauern."

Die EU aber ist schon da, reflektiert Ferdinand Klingenberg, mag sie sich noch so teenagerhaft verhalten. Gewiss, einige, vielleicht ein Dutzend Politiker und sonstige europäische Bürger besitzen die Einsicht, dass es zur Europäischen Union keine Alternative mehr gibt; dass Nationalismen nicht die humane Zukunft sein können, und, dass gegenüber den Vereinigten Staaten von Amerika und dem Aufstieg Chinas die EU sich viel mehr als bisher behaupten müsse, wenn auch nicht unbedingt militärisch. Oder muss sich die EU auch militärisch behaupten, wie der französischen Präsident Emmanuel Macron seit 2017 immer wieder vorschlägt? Doch Selbstbehauptung, wie die Psychologen sagen, sei nur möglich, wenn jemand, der Heranwachsende, schon ein Selbst hat und es auch fühlt. In Analogie dazu, denkt sich Ferdinand Klingenberg, könne die EU mit einem noch sehr teenagerhaften Heranwachsenden verglichen werden: unreif, verführbar, oft unsicher, aber auch voller Kraft.

Ein europäisches „Selbst" bzw. eine tief durchfühlte europäische Identität hat sich bisher nur in wenigen Menschen herausgebildet. Wissen wir zumindest in Grundzügen, was es heißt, ein Europäer zu sein und welche nicht verhandelbare Werte damit gegeben sind?

Ferdinand Klingenberg blättert und liest in den Zeitungen, die er einige Tage ungelesen liegen ließ. Er findet auch Artikel aus den Jahren 2011-2013, die er zwar aufbewahrt, aber noch nicht gelesen hat. Nachdem er die entschiedene Abrechnung von *Ferdinand von Schirach* mit seinem Nazi-Großvater *Baldur von Schirach*, – der ab 1940 Reichsstatthalter in Wien und für die Deportation der österreichischen Juden verantwortlich war, – noch einmal liest, abgedruckt im Mai 2011 im SPIEGEL, und merkt, dass er für seinen jüngeren Juristenkollegen viel Sympathie empfindet, dem die Idee Europas auch wichtig zu sein scheint, fällt sein Blick auf einen in einer Tageszeitung veröffentlichten Bericht über Europa, in dem der Autor im März 2012 der Frage nachging, was eigentlich Europa sei und was es bedeute den Menschen, zu sagen, „ich bin ein Europäer?"

In dem Bericht unterhalten sich einige Studenten in Krakau in einem im jüdischen Viertel liegenden alten Lokal, dessen Besitzer der 1950 geborene Joachim Russek sei. Er spricht sehr gut Deutsch und unterhält sich gerne mit den Studenten: Francisco, Sarah, Gabriel, Hannah, Magdalena und Ildikó: ein Spanier, eine Polin, ein Franzose, zwei Deutsche und eine Ungarin, alle um 1988-1991 geboren, also die junge Generation aus der Sicht von Russek. Bis auf die Polin, alle Auslandsstudenten, heißt es in dem Bericht, gefördert vom Erasmus-Programm der Europäischen Union. – Wie interessant, wie spannend, denkt sich Ferdinand Klingenberg: das Förderprogramm wurde genannt nach Erasmus von Rotterdam, nach dem ersten modernen Europäer aus dem 16. Jahrhundert, dessen Bedeutung der holländische Philosophieprofessor damals auf der Fachtagung in Frankfurt, im September 1999, gewürdigt und als Vorbild für Europa dargestellt hat, erinnert sich Ferdinand und liest weiter:

Die Studenten seien voller Zuversicht und strahlen Optimismus aus. Ja, so müsste Europa sein! Voll mit unbekümmerten jungen Menschen, für die Grenzen keine Grenzen mehr sind, die keine Angst haben, sich auf Fremdes einzulassen, die offen, unbefangen und neugierig sind mit dem Selbstvertrauen im Herzen, dass sich alles irgendwie fügen wird. Vergesst die Krise in Griechenland nicht und die Kosovo-Konflikte, sagt Joachim Russek und fügt hinzu: Der Friede in Europa sei gar nicht selbstverständlich und dann erzählt er den Studenten, dass er den Zweiten Weltkrieg noch lange hinter sich gespürt habe, „im Rücken", obwohl er nach dem Krieg auf die Welt gekommen sei. Und als er gedacht habe, die Nachwirkung sei vorbei, kam Jugoslawien und seither überlege er immer wieder: Werden wir es in Europa ohne Krieg schaffen? Die Studenten hören ihm zu. Hannah sagt: Ja, sie glaube daran, dass wir es ohne Krieg schaffen. Russek aber, so fährt er fort, habe Angst vor der Wiederkehr der alten nationalen Egoismen. Es gefalle ihm gar nicht, dass in Europa die Finanzanalysten und Banker herrschen. Man schaue nur genau hin, was in den einzelnen Ländern passiere: „Geld und Gier regieren die europäische Welt!" Er sei zwar katholisch, doch vom wahren Geist des Christentums in Europa könne er nicht reden. Ildikó, die ungarische Studentin, wendet ein: So pauschal könne man das nicht behaupten, denn es gäbe, zum Beispiel in Rumänien, einen Franziskanerpater, der seit 1993 über 4000 verwaisten Kindern in Siebenbürgen Heimat, Schulung und Bildung biete und sein christlich-humanitäres Projekt sei so vorbildhaft, dass Institutionen wie einzelne Personen aus Österreich, Ungarn, Deutschland, Schweiz, Liechtenstein und Frankreich dieses Projekt seit vielen Jahren unterstützen. Darauf Joachim Russek: „Bis heute glaube ich auch an das Gute, an das Gerechte. Doch die extreme Korruption in Rumänien ist schon sehr schlimm. Außerdem: Es gibt immer noch in verschiedenen europäischen Ländern zu viele gierige und machthungrige Menschen, die das europäische Projekt gefährden. Gelingt es uns nicht, vor dem Geld die Werte der Humanität und Solidarität zu setzen, haben wir bald ein ziemlich großes Problem."

Ferdinand Klingenberg fühlt Zustimmung. Der Autor des Zeitungsberichtes kommentiert: Jesus von Nazareth, würde er heute leben, bräuchte gewiß mehr als eine Geißel, um all die Derivatehändler und Fondmanager zu vertreiben, denen die Sakralität der Person nichts bedeutet. Kein schönes Bild, das Ganze, aber manchmal wird versucht, es in helleren Farben zu malen.

Ferdinand Klingenberg findet den Zeitungsbericht exzellent geschrieben und spürt, während er weiterliest, dass der Spanier Francisco, der in Krakau Philosophie studiert, den springenden Punkt trifft, als er sagt: Die Gier der Banken sei das Eine und das werde, leider, noch ganz lange so bleiben. Das andere aber seien integre Persönlichkeiten, die in der Politik, Wirtschaft und Kultur etwas bewirken können, wie damals zum Beispiel Robert Schuman.

Ja, sagt jetzt der Franzose Gabriel. Mit Recht bezeichnet man ihn als „Vater Europas", da er eine Vision hatte, die uns heute zu fehlen scheint. Und dann erklärt er den anderen Studenten: Schumans Vater sei Lothringer gewesen. Seine Heimat sei plötzlich deutsch geworden und so „wurde er Reichsdeutscher und sein Sohn Robert auch. Aber 1919 war Lothringen wieder französisch, und jetzt erst wurde Robert Schuman, der in Bonn, Berlin und München Jura studiert und beide Sprachen sehr gut beherrscht hatte, Franzose. Ein Grenzgänger der besonderen Art und vielleicht gerade deshalb so hervorragend geeignet als Grundsteinleger für ein einiges und friedliches Europa. Wir studieren nun alle in Krakau, kommen aus verschiedenen Ländern, lernen polnisch und können vielleicht auch Robert Schuman nachahmen durch eine neue Vision? Ich glaube, wir brauchen in Europa eine neue Vision." – Gut, sehr gut spricht dieser Student, denkt sich Ferdinand Klingenberg und liest den Zeitungsbericht zu Ende. Dabei vergegenwärtigt er sich noch einmal die enorme politische Leistung von Robert Schuman, der fünf Jahre nach dem Krieg die geniale Idee hatte, die Kohle- und Stahlproduktion der alten Feinde Deutschland und Frankreich, die sich über zwanzig Mal bekriegt hatten, zusammenzulegen und so Europa auf den Weg zu bringen. Können seine von Jean Monnet inspirierten Sinn-Impulse von 1950 heute, siebzig Jahre später, noch zünden?

Robert Schuman ist 1963 gestorben und so wurde ihm erspart, das Erstarken der antieuropäischen, fremdenfeindlichen Hetzer vom „Front National" gerade in seiner Heimat Lothringen miterleben zu müssen. Was er geleistet hat für die deutsch-französische Aussöhnung und für Europa, ist ein enorm wichtiges Kapitel der Geschichte, eigentlich eine Art Wunder, wodurch Europa aus seinem jahrhundertelangen Kreislauf von Mord und Verderben herausgeführt wurde. Und auch der andere große Mann, Albert Schweitzer, der sich als Deutscher und als Franzose zugleich bezeichnete, ist ein Vorbild der Humanität für Europa. Beide, Schuman und Schweitzer, hatten bleibend gültige Werte und geistig inspirierte Ideen gehabt, die in ihrem Leben zur Inkarnation gelangt sind, ethisch und politisch vorwärts zeigende Wirkung entfaltet haben.

Das ist heute dringender denn je, denkt sich Ferdinand Klingenberg. Damit Europa sich weiterhin in diese Richtung entwickelt, benötigt es Sinn-Ziele, die anspruchsvoller sein müssen als rein ökonomische oder kurzfristige politische Ziele, die meist selbst wieder, durch die ungute Verflechtung der Politik mit der Wirtschaft, ökonomische Ziele sind. Die Rückbesinnung auf Immanuel Kant gehört hierher: „Aufklärung ist der Ausgang des Menschen aus seiner selbst verschuldeten Unmündigkeit. Und Unmündigkeit ist das Unvermögen, sich seines Verstandes, ohne die Leitung eines anderen zu bedienen. Selbstverschuldet ist diese Unmündigkeit, wenn die Ursache derselben nicht am Mangel des Verstandes, sondern der Entschließung und des Mutes liegt, sich seiner ohne Leitung eines anderen zu bedienen." – Die Wirkung von Immanuel Kant in der Philosophie war ungeheuer groß. In den Verhältnissen der Staaten zueinander sehr gering.

Schon nach dem 08. Mai 2015, nach dem ersten langen Gespräch mit der ungarischen Philosophin Ágnes Heller, hat Ferdinand Klingenberg erneut die *Neue Zürcher Zeitung* für sich bestellt, außerdem liest er seit Jahrzehnten ziemlich regelmäßig die *Süddeutsche Zeitung,* die *Frankfurter Allgemeine Zeitung, Le Monde, Die Zeit* und *Der Spiegel.* Mit seinen 76 Jahren zieht er es vor, sich nicht nur aus dem Internet, sondern eher aus solchen Zeitungen und Zeitschriften zu informieren, die, nach seiner Einschätzung, noch einen halbwegs seriösen Journalismus kultivieren. Natürlich kennt er auch den Sensationsjournalismus, die Propagandaartikel und die gelenkte Berichterstattung. Von diesen distanziert er sich und wähnt, dass die von ihm ausgesuchten Zeitungen noch einigermaßen korrekt und seriös berichten. Als die Abgründe der „Spiegel"-Affäre um *Claas Relotius* bekannt werden, der vierzig Journalistenpreise kassiert hat, ohne dass die so „kritischen" SPIEGEL-Redakteure gemerkt hätten, dass Relotius in seinen sogenannten Reportagen viele Jahre hindurch erfundene Texte geliefert hat, die gar nichts mit Fakten zu tun haben, fragt sich Ferdinand Klingenberg, wie es denn nun um die Wahrheit beim SPIEGEL steht. Was ist denn los, mit dem deutschen Journalismus? Wem kann man noch trauen, wenn man die als seriös geltenden Zeitungen liest und sich auf einmal herausstellt, dass ausgerechnet in der SPIEGEL-Redaktion ein Lügner arbeitet und schreibt, wie *Juan Moreno* in seinem Buch, *Tausend Zeilen Lüge. Das System Relotius und der deutsche Journalismus* auf über 280 Seiten enthüllt hat. Als kurz nach der Entlarvung des Lügners die SPIEGEL-Redaktion öffentlich *mea culpa, mea culpa, mea maxima culpa* spricht, will Ferdinand Klingenberg dem größten deutschen Nachrichtenmagazin noch eine Chance geben und bestellt die Zeitschrift nicht ab. Was ihm am SPIEGEL besonders gefällt, sind die historischen Berichterstattungen über die NS-Zeit und deren Auswirkung bis heute, die er als einen wichtigen Beitrag zur Aufklärung des tatsächlichen Geschehens erachtet. Was ihm nicht gefällt, ist, dass DER SPIEGEL die europäische Idee mit ihren Werten und Wurzeln zu wenig thematisiert. Zum Thema *europäische Identität,* stellt Ferdinand Klingenberg Ende September 2019 fest, hat der DER SPIEGEL kaum nennenswerte Schriften geliefert.

Bestimmte Themen im Jahre 2019 wiederholen sich, weil sie aktuell sind: Brexit, Trump, Syrienkrieg, Klimawandel, Migranten, Korruptionen hier und dort, wobei die in Deutschland entlarvten Korruptionen Ferdinand Klingenberg immer wieder erschüttern und erkennen lassen: Der Unterschied zwischen der Korruption in Ungarn oder Rumänien und in Deutschland besteht lediglich in der Sprache. In Ungarn lügen und korrumpieren etliche führende Politiker auf Ungarisch. In Rumänien lügen und korrumpieren zahlreiche führende Politiker auf Rumänisch. In der Slowakei lügen und korrumpieren manche Politiker auf Slowakisch. In Deutschland lügen manche Politiker auf Deutsch und die Wirecard-Affäre zeigt eine strukturell und systemisch bedingte Somnambulität auch im Bereich der Finanzkontrolle. Wie sich da Olaf Scholz, der Finanzminister, zu entwinden versucht, findet Ferdinand Klingenberg geschmacklos und unehrlich.

Korruption ist transnational, wahrscheinlich noch älter als die Prostitution und in jedem Land dieses Planeten ist sie Sache des Erdenmenschentieres. – So hat Ferdinand Klingenberg in einem kurzen und ungemein klar formulierten, in der Schweiz abgedruckten Zeitungsartikel gelesen, der mit dem vielsagenden Satz endete: *Corruptio optimi pessima* (Cicero). Die Korruption der Besten, ist das Schlimmste. Es ist allerdings nicht ausgemacht, wer denn „die Besten" sind. Bei Cicero waren es die Mitglieder des römischen Senats. Bei uns in Europa müssten es die in der Politik, Wirtschaft, Bildung und Kirche tätigen Führungspersönlichkeiten sein, denkt sich Ferdinand Klingenberg, und wenn *sie* es sind, haben wir den Feind im Inneren. Nur wenige Wochen später wird er lesen: Die größte Bedrohung im Projekt des Westens komme aus dem Westen selbst, „von einem Westen, der seine Werte verleugnet" (Heinrich August Winkler). Und Donald Trump, der 2019 noch an der Macht ist, stellt sich als ein herausragend brillantes Beispiel dar, was die Verleugnung und gar Zerstörung der Werte des Westens anbelangt.

In den Zeitungen taucht zum wiederholten Male, und den europäischen Raum betreffend, der Begriff „Rechtspopulismus" auf. Der Name des ungarischen Premier Viktor Orbán und anderer ähnlich Gesinnten wird häufig erwähnt und die „illiberale" Mentalität, die sie verkörpern, wird meistens kritisch in Frage gestellt. Seit etwa zehn Jahren werden Missbrauchsfälle von Kindern im Raum der Kirche bekannt, nachdem ein Jesuit in Berlin das Problem öffentlich gemacht hat und Ferdinand Klingenberg, im Gespräch mit Pater Johannes, seinem alten Jesuitenfreund, erkennt darin eine eigene Form der Korruption, die den Kindern dauerhaft schadet. Diesem Thema schenkt er zunächst wenig Aufmerksamkeit, denn sein eigentliches Thema – Europa steht vor seinem Aufstieg, doch der Preis muss bezahlt werden – absorbiert seine Konzentration. In manchen Momenten fragt er sich allerdings auch: Gehört der angemessene, liebevolle Umgang mit den Kindern in unserer Gesellschaft nicht auch zum Kernthema Europas? Wer wird denn in zehn oder zwanzig Jahren Europa gestalten? … Werden es gesund entwickelte oder verletzte, traumatisierte Kinder sein, die 2040 und 2050 die Geschicke der EU formen und lenken werden?

In Frankreich scheint der noch nicht 40-jährige *Emmanuel Macron* seit seiner Wahl 2017 eine neue Hoffnung zu verkörpern, aber es ist nicht so, dass man sagen könnte, die *Le Pen* Richtung sei tot. Der Ungeist des extremen Nationalismus ist 2019 und 2020 in Europa nicht tot. Der grässliche Ungeist des Antisemitismus in Europa ist nicht nur nicht tot, – als hätte Europa den Holocaust vergessen, – sondern auf erschreckende Weise lebendig. Die Gespenster der Vergangenheit kehren zurück. Ferdinand Klingenberg nimmt die Fakten zur Kenntnis:

In Deutschland wird die AfD oft in den Mittelpunkt der Berichterstattung gerückt, das hat Vorteile und Nachteile. In Ungarn, nicht anders wie in Polen und der Slowakei, wird die Ordnung des liberaldemokratisch verfassten Staatsgebildes langsam, aber sicher demontiert und eine „illiberale Demokratie" angestrebt. Das sagte auch die Philosophin Ágnes Heller, erinnert sich Ferdinand Klingenberg.

Ein konkretes Beispiel für die korrupte Niveaulosigkeit der Politik in Rumänien illustriert ihm ein Brief von Hermann Pfeiffer, den er in jenen Tagen bekommt. In Essenz schreibt der evangelische Geistliche aus Temeschwar: Quasi als Fortsetzung des Gesprächs mit Ferdinand Klingenberg im Herbst 1988, wolle er ihn einfach informieren: Der Diktator sei zwar vor 30 Jahren ermordet worden, aber immer noch verhält es sich so, dass im Korruptionsindex von Transparency International Rumänien den 70. Platz belegt – und liegt damit in der EU auf einem der hinteren Plätze. Und Peiffer fügt hinzu: „Kennt jemand die Mentalität der *politischen Führung* in Rumänien, wie sie sich seit 1945 *realiter* manifestiert hat, kann er dem Satz, dass sich in Rumänien letztlich eine rechtsstaatlich denkende Regierung durchgesetzt hat, mit bestem Willen nicht zustimmen. Vielleicht in hundert Jahren wird es so weit sein, Herr Klingenberg, dass in Rumänien rechtsstaatliche Verhältnisse herrschen werden. Vielleicht. Die allermeisten Vertreter der rumänischen Regierung seit 1945 bis heute, entpuppten sich jedenfalls als sehr, sehr korrupt. Dass Rumänien inzwischen Mitglied der EU ist, hat an der Balkan-Mentalität in diesem Land kaum etwas geändert. Aufs Ganze gesehen, gab es in Rumänien – und in anderen Staaten des früheren Ostblocks – keine demokratische Tradition, welche das Bewusstsein der Rechtsstaatlichkeit in vielen Bürgern und Bürgerinnen dieser Länder hätte stärken können. Es grüßt Sie herzlich mit allen guten Wünschen, Ihr Hermann Pfeiffer."

Auch in Italien gibt es reichlich Verführte, die einem Möchte-Gerne-Präsidenten zujubeln, der an Großmannssucht leidet, sinniert Ferdinand Klingenberg. Es gibt Momente, in denen ihm Matteo Salvini mit seinen demagogischen Inszenierungen vorkommt, wie Benito Mussolini, mit dem Unterschied, dass Salvini nicht ganz so laut schreit, wenn er populistische Parolen von sich gibt. Und was Ferdinand Klingenberg noch auffällt, ist der Umstand, dass in allen Ländern Massen von Menschen den Demagogen zujubeln. Verführung impliziert zweierlei: Den Verführer und diejenigen, die sich verführen lassen.

Neuentfachte Nationalismen, propagandistisch geschürte „Ängste vor dem Fremden", politische und wirtschaftliche Korruption im großen Stil sind heute zwar keine neuen Phänomene, sie können aber in Verbindung mit einem nicht geistgelenkten technischen Fortschritt auf dem Gebiet der Waffen die Menschheit auslöschen.

Als Ferdinand Klingenberg mit dem alten 88-jährigen Jesuiten, Pater Johannes, der sehr viel in der Welt herumgekommen ist, während eines langen Spaziergangs im Englischen Garten über all diese Dinge redet, hört er den Pater sagen:

Gewiss stehe Europa nicht vor seinem Untergang, wie Oswald Spengler 1922 in seinem Buch *Der Untergang des Abendlandes* prophezeit habe, doch der „Preis" für seinen späteren Aufstieg, in eine neue Zeit hinein, „in der kein Krieg mehr unser Leben zu vernichten droht, muss in Europa von uns allen bezahlt werden. Was sagt dazu der Jurist in dir, Ferdinand? Bevor du antwortest, noch ein Gedanke. Die Europäische Union ist vor sieben Jahren, am 12. Oktober 2012 mit dem Friedensnobelpreis ausgezeichnet worden. Du kannst dich sicher erinnern. Ich habe mich darüber sehr gefreut und dachte mir: Wir alle, 500 Millionen Europäer, wurden geehrt. Wir wurden gewürdigt für die Leistungen nach dem Zweiten Weltkrieg, für – man kann es auch so sagen – den Ausbau der *sozialethischen Dimension* unseres Lebens in Europa. Inzwischen schreiben wir Oktober 2019 und ich stelle fest, ohne Pessimist zu sein, dass immer noch viele Menschen in Armut leben, auch bei uns in Deutschland; dass immer noch und im großen Stil Korruptionen unser Leben erschüttern und dass das Musterland der Demokratie, die USA, dabei ist, sich selbst zu demontieren. Ich bin sicher nicht Pessimist. Nur, diese Phänomene finde ich beunruhigend. Aber nun zu meiner Frage: Was sagt der Jurist in dir bezüglich der Idee des ‚Preises', den wir in Europa zahlen müssen, wollen wir – nicht den Untergang des Abendlandes, wie Oswald Spengler meinte, sondern – den Aufstieg Europas vorantreiben?"

Nach kurzer Überlegung antwortet Ferdinand Klingenberg: In der jetzigen rechtlichen Konstruktion der EU seien einige Schwachpunkte festzustellen, die einer dringenden Korrektur bedürfen. Und dann:

„Ich meine, erstens, dass das Mehrheitsprinzip, das in der Praxis, wie es heute gehandhabt wird, nicht gut funktioniert. Zweitens bin ich überzeugt, und das verkünde ich seit Jahren, dass Europa eine Europäische Verfassung braucht, die juristisch ermöglicht, dass man Regierungen, die aus dem rechtlichen Rahmen ausscheren, strafrechtlich Grenzen setzen kann, indem man, beispielsweise, die Gelder streicht; dass man in der Außenpolitik mit einer Stimme spricht und dass weitere Grundrechte, welche beispielsweise die Ökologie und die Technologie betreffen, in die Europäische Verfassung aufgenommen werden. Darüber hinaus müsste eine Verfassung der EU für bestimmte Bereiche das Prinzip der besonders qualifizierten Mehrheit einführen, dem alle Staaten der EU zustimmen. Ich meine damit die Zwei-Drittel-Mehrheit der Stimmen."

„Sicher, Ferdinand, sicher", antwortet P. Johannes, „ich würde nur ein noch grundsätzlicheres Prinzip als einen Schritt davor befürworten."

„Nämlich?"

„Sofern die liberale Demokratie oder ,das Projekt des Westens', wie der bedeutende Historiker Heinrich August Winkler formuliert, weiterhin Bestand haben soll, ist es unausweichlich, dass alle EU-Länder mindestens *ein* moralisches Prinzip anerkennen, das die Menschen bei der Suche nach einer gerechten oder *gerechteren* Politik leitet. Dieses allererste ethische Prinzip, das deinen Überlegungen vorausgeht und mit einem bestimmten Menschenbild zu tun hat, kann und darf nicht eine Funktion der Meinungen der jeweiligen Mehrheit sein, weder in einem Land noch in der EU. Kannst du mir folgen?"

„Ja, ja."

„Unser Ordensgründer, Ignatius von Loyola, erkannte dieses allererste ethische Prinzip als ein in Gott begründetes Ur-Prinzip. Heute können die meisten oder jedenfalls viele Menschen in Europa mit ‚Gott' nichts anfangen. Deshalb brauchen wir, meiner Ansicht nach, eine andere, sozusagen vernünftige Annäherung an dieses ethische Prinzip, indem man zum Beispiel sagt: Es hat einen ‚idealen Seinscharakter', es ist eine Sollens-Notwendigkeit, es verbietet kategorisch, den Mitmenschen physisch zu zerstören und seine Würde anzugreifen, und es motiviert uns alle, unsere angeborene Tendenz zur Egozentrik zu überwinden. Es ist ein Prinzip der Selbsttranszendenz mit Blick auf den einzelnen Menschen und mit Blick auf Europa, würde ich sagen. Das war auch die Auffassung von *Ignatius von Loyola*. Er sagte sinngemäß: Nur Einzelne können die angeborene Selbstsucht in sich selbst transzendieren; nur einzelne Menschen können in sich selbst Neid und Hass und Großmannssucht überwinden, freilich immer wieder ‚mit Gottes Hilfe', an die Ignatius noch geglaubt hat. Und nur dann, wenn viele einzelne Menschen der Großzügigkeit, der Liebe zum Nächsten und der Demut den Vorrang in ihren Herzen geben, wird sich in Europa der Weg zu mehr Verständnis, zu mehr Harmonie, mehr Licht und mehr Sanftheit im Umgang miteinander ebnen." … Nach einer Pause des Nachdenkens und Nachfühlens antwortet Ferdinand:

„Meinst du letztlich nicht den Rat des Evangeliums, der da lautet: *Was du nicht willst, das dir die anderen antun, tue auch du den anderen nicht an?* Meinst du diese jesuanische Lehre mit dem allererst ethischen Prinzip, das nicht den Meinungen der Mehrheiten unterstellt ist?"

Der alte Jesuit, Pater Johannes, nickt und dann spricht er langsam, feierlich die Worte: „Was du willst, das dir die anderen antun, – nämlich, dass sie sich zu dir wertschätzend, wohlwollend und liebevoll verhalten, – genau das sollst du gegenüber den anderen praktizieren. Doch dieses ‚Soll', mein lieber Ferdinand, kommt nicht auf Befehl von Oben zustande;

in unserem Orden waren wir nicht einmal fähig, die Kinder zu
schützen, die uns anvertraut sind. Diesen schrecklichen Skan-
dal um den sexuellen und emotionalen Missbrauch der Kinder
in der Kirche durch Geistliche, darunter auch einige Jesuiten, –
ich schäme mich sehr dafür, – will ich jetzt nicht diskutieren.
Ich will nur hervorheben: Das gemeinte ethische Prinzip kann
auch nicht durch Gesetze verordnet werden, die kirchenrecht-
lich oder staatsrechtlich Sanktionen nach sich ziehen. Mit dem
Ernstnehmen dieses ethischen Prinzips sollte ein jeder Mensch
bei sich selbst anfangen. Dazu aber brauchen wir eine kluge,
angemessene Erziehung, die schon in frühen Jahren dem Heranwachsenden etwas vermittelt, – ein gewisses Urvertrauen,
– das als Basis der Persönlichkeitsentwicklung bestehen bleibt
und ebenso eine gewisse Empathie für die anderen. Ich glaube
jedenfalls, Ignatius von Loyola hat aus diesem Grunde seine
Exerzitien entwickelt, also die geistlichen Übungen, die auf
die Schulung der Affekte und vor allem des Willens abzielen –
und zwar bei den einzelnen Menschen. … Mein Ordensbruder,
Pater *Franz Jálics,* bekannt als ein großer Exerzitien-Meister,
war der Ansicht: Erziehen können wir nicht die Massen. Erziehen können wir nur Einzelne. Das glaube ich auch. Und auf
seine Weise hat dies auch Pater *Hugo Enomiya-Lasalle* vorge-
lebt und praktiziert, indem er den Zen-Buddhismus mit dem
Christentum verband und Menschen, sehr sanft und gar nicht
missionarisch, auf dem Weg zur kleinen oder großen Erleuchtung begleitet hat. Im Grunde handelte es sich bei beiden, bei
Pater Jálics wie bei Pater Lasalle, um den Weg in die innere Stille. … Weißt du, Ferdinand, ich wünsche mir, dass unsere Poli-
tikerinnen und Politiker in ganz Europa, mindestens alle zwei
Jahre Exerzitien machen sollten, eine ganze Woche, in großer
Stille. … Aber die Politik ist laut und mag die Stille nicht. Eine
tiefere Bewusstseinswandlung, die erfühlen lässt, dass unsere
Tiefe hell ist, setzt die Stille voraus."

Inzwischen sind der alte Jesuit und Ferdinand Klingenberg
zum Berchmanns-Haus in der Kaulbachstraße 31 zurückge-

kehrt. Bevor er sich verabschiedet, sagt Ferdinand, er habe noch ein Thema, das er gerne ansprechen würde, worauf Pater Johannes, mit Hinweis auf wichtige Termine, die er wahrzunehmen habe, ihn für den nächsten Tag zum Gespräch einlädt.

Da es regnet und das Wetter am 02. Oktober 2019 eher kühl ist, sitzt Ferdinand Klingenberg nun im Zimmer des alten Jesuiten, Pater Johannes, und trägt sein Anliegen vor.

„Seit dem Tod meiner Frau, im Mai 2016, wiederholen sich bei mir manche ungewöhnlichen Träume, die, da bin ich mir sicher, mit meinem Vater zu tun haben. Dass ich früher von ihm geträumt hätte, ist mir nicht präsent. Wie du weißt, er ist am 01. April 1945 bei Germersheim tödlich getroffen worden, kurz bevor er sich den Amerikanern ergeben wollte. Ich habe ihn nie kennenlernen können. Nun träume ich, meistens in den letzten Tagen des Monates März, dass eine Gestalt, in der ich meinen Vater zu erkennen meine, mir irgendwelche warnende Signale sendet, die ich in meinem Gefühl, im Traum, zugleich als Hoffnung und als Erschrecken wahrnehme. Das Traumbild der Gestalt meines Vaters erscheint verschwommen. Nur der Gefühlswert dieser Signale, die ich kaum beschreiben kann, ist immer wieder dasselbe: Hoffnung und Erschrecken. Auch nachdem ich morgens aufwache, fühlt es sich so an. Inzwischen habe ich in den Jahren 2017, 2018 und dann auch heuer 2019 jedes Mal in den letzten Tagen des Monates März geträumt. Anscheinend kommen die Träume anlässlich seines Todestages oder kurz davor. Danach bin ich mehrere Tage unter dem Eindruck dieser Träume. Hast du eine Idee, was diese Träume bedeuten?"

Pater Johannes, der alte Jesuit, antwortet nach einer Weile:

„Nur als eine vage Ahnung kann ich dazu etwas sagen. Zuvor jedoch frage ich Dich: Liest du noch öfters im Tagebuch deines Vaters?"

„Ja, immer wieder, und gerade in diesen Tagen öfters, nachdem ich die Einladung erhielt, im Mai 2020 einen Vortrag zu halten, … du weißt, … anlässlich der 75-jährigen Beendigung des Zweiten Weltkrieges. Und das Wenige, was er über ein neues Europa geschrieben hat, lese ich öfters."

Er könne sich vorstellen, antwortet der alte Jesuit, dass die Gedanken aus dem Tagebuch in der Seele von Ferdinand etwas auslöse, das er im wachen Bewusstsein noch nicht erfasst habe und nun im Traum verarbeite. Das Gefühl der Hoffnung und des Erschreckens könne auf einen warnenden Charakter des Traumes hindeuten.

„Letztlich kannst nur du selbst, Ferdinand, die Botschaft der Träume in Worte fassen. Ich beziehe mich auf eine uralte biblische Tradition und sage: Unter bestimmten Umständen ist es durchaus möglich, dass ‚hohe geistige Lenker‘, wir nennen sie in der christlichen Tradition ‚Engel‘, das Gehirn eines schlafenden Menschen erreichen, um eine wichtige Botschaft oder einen *hohen geistigen* Rat zu vermitteln. Der in der Bibel überlieferte Traum des Pharao lehrt meines Erachtens deutlich, dass alle Deutung der Symbolik oder der Signale der Träume nur durch die Intuition des Träumenden zu erlangen ist. Nur du kannst deinen Traum deuten. Was sagt nun deine Intuition, Ferdinand?"

„Ich müsste diese Signale optisch besser sehen, wenn auch nur im Traum. Dann erst kann oder könnte ich vielleicht intuitiv deuten, was der Gefühlswert Hoffnung und Erschrecken zugleich konkret besagen wollen," antwortet Ferdinand.

„Da wir uns beide mit dem Schicksal und der Zukunft Europas beschäftigen, und du vor allem seit Wochen vermutlich die diesbezüglichen Gedanken deines Vaters liest und auch an ihn denkst," sagt jetzt Pater Johannes, „würde ich dir empfehlen, tief in deine Seele hineinzuhorchen, denn es sind die Seelenkräfte, die erfühlen und in für das Gehirnbewusstsein fassbare Form gießen, was eine geistige Botschaft, und sei es nur im Traum, eigentlich besagen will."

„Jedenfalls ist es mehr als merkwürdig, dass ich praktisch kurz vor dem Todestag meines Vaters in der letzten Zeit solche Träume habe und mit meiner Frau, die vor drei Jahren und einigen Monaten aus dieser Sichtbarkeit gegangen ist, nicht träume", sagt Ferdinand.

Unser Seelenleben sei sehr geheimnisvoll, antwortet Pater Johannes und schlägt vor, das Gespräch zu unterbrechen und nach einigen Minuten Stille, einen langsamen Satz aus der B-Dur Serenade von Wolfgang Amadeus Mozart anzuhören. Ferdinand ist einverstanden und während er den Bläsern lauscht, macht er die Augen zu und fühlt nach innen. Eine unbeschreiblich schöne Seelenlandschaft macht sich seinen inneren Sinnen wahrnehmbar. Er empfindet eine Sehnsucht, die er in Worten nicht benennen kann. Und seine verstorbene Frau, Marie-Bernard kommt ihm in den Sinn, die in ihm, sanft und mit Taktgefühl, die Liebe zur großen Musik des Abendlandes geweckt hat.

Später zeigt ihm der alte Jesuit zwei Bücher, die er gerade studiert und sagt:

„In diesem Buch, wie du siehst, spricht *Michail Gorbatschow*, den wir beide hochschätzen. Meine besondere Sympathie für ihn resultiert nicht nur daraus, dass wir beide Jahrgang 1931 sind, sondern weil ich in diesem Mann den bedeutendsten Politiker des 20. Jahrhunderts erkannt habe. Es hat mich immer wieder beeindruckt, wie harmonisch er mit seiner Frau Raissa gewirkt hat. Man konnte spüren, dass er seine Frau wirklich liebt. Als sie gestorben ist, hat Gorbatschow den im offenen Sarg liegenden Leichnam seiner Frau noch einmal innig geküsst. Ich habe diese Szene im Fernsehen verfolgt und in jenem Augenblick sind mir die Tränen gekommen." Der alte Jesuit hält einen Moment inne und fährt dann fort:

„Schau: *Was jetzt auf dem Spiel steht. Mein Aufruf für Frieden und Freiheit* heißt sein Buch und es ist im September 2019 schon in der zweiten Auflage erschienen. Sehr lesenswert"! Es ist voll von guten, realistisch abgewogenen Gedanken, die aus der reichen Erfahrung eines verantwortungsbewussten Politikers stammen. Ich möchte dir nur einige Sätze vorlesen. Gegen Ende seines Buches spricht Gorbatschow zu den Deutschen und gibt ihnen seinen Rat:

Denken Sie nach über die Vergangenheit und die Gegen-
wart. Bedenken Sie, wohin es uns führen kann, wenn wir den
gegenwärtigen Weg der Feindseligkeit fortsetzen. Ich forde-
re von niemandem, auch nicht von der Presse, auf Kritik zu
verzichten. Aber Kritik ist eine Sache, die Wiederbelebung
eines Feindbildes eine völlig andere. Wer Nationen gegenein-
ander aufstachelt, verhält sich wie der Rattenfänger aus dem
berühmten Märchen. Heutzutage kann so ein Rattenfänger
die ganze Menschheit an einen Punkt führen, von dem es kein
zurück mehr gibt. (...) Wir können und müssen für normale,
gute Beziehungen zwischen Russland und Deutschland sorgen.
Hier sind vor allem unsere politischen Führer gefragt. Aber es
gibt auch eine Verantwortung, die bei jedem Einzelnen von uns
liegt. Das Wohlergehen Europas hängt davon ab, und in der
heutigen, globalen Welt auch das des gesamten Planeten.

„Könntest du diese und weitere Gedanken von Gorbatschow
für deinen Vortrag brauchen?" – fragt jetzt Pater Johannes.

„Oh ja, das spricht mich sehr an. Ich werde das Buch schon
morgen kaufen und sehr bald lesen", antwortet Ferdinand
Klingenberg.

Pater Johannes reicht ihm nun ein zweites Buch mit den
Worten:

„Falls es dir ergangen sein sollte, hier ist die Botschaft des
Dalai Lama auf Französisch aus dem Jahr 2017: *Faites la ré-*
volution! L'Appel du Dalaï-Lama à la jeunesse, und ich habe
auch die deutsche Übersetzung 2018: *Der neue Appell des Da-*
lai Lama an die Welt: Seid Rebellen des Friedens. Da du ja so
gut Französisch kannst, kannst du gerne die französische Ausgabe mitnehmen, wenn Du magst."

„Ja, gerne, wobei ich mir die Bücher, in beiden Sprachen,
ebenfalls schnell besorgen werde."

„Bis dahin aber", spricht der alte Jesuit, „höre dir die folgenden Zitate an. Zuerst reflektiert der Dalai Lama auf die europäische Entwicklung zum friedlichen Miteinander, motiviert die
Jugend zum Abreißen der Mauer des Egoismus, des Individu-

alismus, des Stolzes und der Habgier und dann beschreibt er seine Erfahrung, die er im November 1989 in Berlin gemacht hat. Man spürt oder ich jedenfalls spüre hier seine emotionale Berührung. Ich zitiere:

Möglich geworden war diese Annäherung durch die Politik von Glasnost und Perestroika, die seit 1986 von meinem Freund Michail Gorbatschow propagiert wurde, der damals Präsident der UdSSR war. Er verweigerte den Schießbefehl auf die jungen Menschen [auf der Straße] und hat erst kürzlich erklärt, dass der Fall der Mauer einen Dritten Weltkrieg verhindert habe. (…) Das 21. Jahrhundert wird das Jahrhundert des Friedens sein – oder das Ende der Menschheit bringen. evt.

„Nun, geschätzter Ferdinand, was meinst du dazu?" fragt der Jesuitenpater Johannes mit einer bestimmten Neugierde in seiner Stimme.

Ferdinand Klingenberg zuckt in diesem Moment zusammen und deutet nur an: Er glaube, das sei die Botschaft, die ihm sein Vater im Traum übermitteln wolle, nämlich, dass Europa von nun an nur bestehen könne, wenn man den Ausgleich suche, der den Frieden bewahre. „Genau, genau, das ist es", sagt Ferdinand Klingenberg aufgeregt. „Das Gefühl der Hoffnung in meinem Traum bedeutet, dass es möglich ist, den Frieden zu bewahren, indem wir den Ausgleich suchen, was immer auch Verzicht bedeutet, und im Gefühl des Erschreckens erlebe ich im Traum die Warnung, nämlich was dann geschieht, wenn es uns nicht gelingt, den Frieden zu bewahren. Denn dann …"

Ferdinand Klingenberg beendet den Satz nicht, sondern verabschiedet sich relativ bald. Er könne sich melden, wenn er Bedarf nach weiteren Gesprächen habe, sagt Pater Johannes. Und: „Vergiß nicht, falls wir uns bis dahin nicht sehen, zu unserer akademischen Feier Ende November zu kommen. Diesmal wird eine junge Professorin den Festvortrag halten und ich glaube, sie hat Substanzielles zu sagen."

„Ich werde kommen, natürlich", antwortet Ferdinand und bevor er geht, überreicht ihm Pater Johannes einen großen

Briefumschlag mit Texten, die er für sein Thema „Europa"
brauchen könnte.

In den nächsten Wochen will sich Ferdinand Klingenberg
nicht weiter mit den Verirrten Europas beschäftigen. Lieber
konzentriert er sich darauf, das von ihm selbst gewählte Thema für den **08./09. Mai 2020** – für den 75. Jahrestag nach Beendigung des Zweiten Weltkrieges – in wichtigen Stichworten
festzuhalten.

Wir brauchen einen Neustart, notiert er sich und dann
schreibt er in einem Fluß: Europas Geschichte nach dem Zweiten Weltkrieg beginnt mit dem Motto „Nie wieder Krieg! So
etwas wie die Shoa dürfe sich nie wiederholen!" (Kapitel 1).
Dann: Es folgt das westliche Wohlstandswunder, mit Hilfe der
Amerikaner, und parallel dazu etablieren sich die osteuropäischen Diktaturen, nach dem zunächst stalinistischen, dann so-
wjetkommunistischen Modell in dem früheren Ostblock und
damit gleichzeitig beginnt der Kalte Krieg von 1949 bis 1989,
und damit der Kampf der Systeme (Kapitel 2). Dann folgt der
Mauerfall (November 1989) und die friedliche Osterweiterung
mit dem Scheitern des kommunistischen Modells in Osteuropa, und parallel damit entstehen die zunächst wirtschaftlichen
Grundlagen der EU. Zugleich erleben wir den Zerfall Jugos-
lawiens und dabei Massentötungen von Zivilisten. Die Nato
und Westeuropa schaut ohnmächtig zu (Kapitel 3). Und dann
kommt die Einführung der neuen Währung sowie die weitere
Konsolidierung der europäischen Wirtschaftsgemeinschaft, die
aber bis heute noch keine solide Wertegemeinschaft geworden
ist; es fehlt immer noch eine Europäische Verfassung (Kapitel
4). Die Jahre von 1990 bis 2008 mögen als goldene Jahre gelten,
voller Hoffnung, dass die liberale Demokratie überall siegt,
doch dann beginnt eine Dauerkrise: Griechenland, Finanzen,
Flucht, Furcht und Korruption, Luxemburg, Fifa, Vatikan-
bank. Der Mangel an Solidarität mit den Schwächeren und den
Schutzbedürftigen schlagen tiefe Wunden im Gefüge der EU.
Gleichzeitig erwachen die verschiedenen Nationalismen in eu-

ropäischen Ländern – von Russland über Rumänien, Ungarn bis Frankreich – als wüssten viele Menschen nicht mehr, wer sie eigentlich sind. Der grässliche Antisemitismus bei uns in Deutschland sei – nachdem wir den Holocaust zu verantworten haben – nicht nur gänzlich fehl am Platz, sondern zeige auch die Ohnmacht des Rechtsstaates, notiert Ferdinand Klingenberg (Kapitel 5). Und dann muss er überlegen, wie es mit der Geschichte Europas weitergeht, was alles in Kapitel 6 hineingehört und notiert: Seit der Wahl des neuen Präsidenten in den USA (2016) befindet sich die ganze westliche Welt, das sogenannte Projekt des Westens in einer Dauerkrise. In den Jahren von 2016 bis heute schreiben wir alle, jeder auf seine Weise, die Geschichte Europas weiter, und im Moment ist nicht abzusehen, wann diese Krise, einschließlich die durch den Klimawandel verursachte Krise, überwunden werden kann, wobei den Kern der Krise Ferdinand Klingenberg in der Erstarkung der Hass-Ströme und im Verschwinden des Rechtsbewusstseins zu erkennen meint.

Es folgen mehrere Wochen intensivste Beschäftigung mit dem Thema. Ferdinand Klingenberg arbeitet jeden Tag mindestens 6 Stunden. Er macht sich Skizzen, liest erneut in dem Tagebuch seines Vaters, studiert neuere und neueste Fachliteratur in der Bayerischen Staatsbibliothek und im Institut für Zeitgeschichte. Zwischendurch hört er Musik: Bach und Mozart. Beide Großmeister erhellen sein Inneres und in manchen Momenten hat er den Eindruck, dass Bach und Mozart ihn direkt ansprechen und ihn überwörtlich die hohe Botschaft der Harmonien erfühlen lassen. In ihrer Musik erklingt die helle, die erlöste Dimension des Menschseins und diese Schätze Europas leuchten überall auf Erden, wo diese Musik gespielt wird.

Auf das Recherchieren im Internet verzichtet Ferdinand Klingenberg lieber, da die dort aufgeführten Quellen, so jedenfalls seine Einschätzung, oberflächlich, nicht präzis und vielfach unzuverlässig sind. Er schreibt alle Gedanken auf, die ihm als wichtig und passend erscheinen. Er macht das altmodisch, mit der Hand, in einem großen Heft. Später kann er die Texte in den Computer hineinschreiben und noch einmal gestalten, neu formulieren, bis sie so geschliffen, so klar und den von ihm erkannten *Tatsachenwahrheiten* entsprechend klingen, dass er selbst zufrieden ist. Zwischendurch, er kann es nicht ganz lassen, verfolgt er die Nachrichten des europäischen und weltpolitischen Geschehens, die, so sein Eindruck, gegen Ende des Jahres 2019 wenig Gründe zum Optimismus liefern, da gewisse Einzelne, die größer erscheinen wollen als sie sind, den Ausgleich massiv stören, der den Frieden bewahren kann.

Die Manifestation der Großmannssucht meint er nicht nur in der Türkei, Ungarn und Italien, sondern auch an der Parade der (Ohn-)Macht in Peking wahrzunehmen. Der 70. Gründungstag der Volksrepublik bietet Anlaß, einen Mann auf dem Gipfel der Macht zu sehen, der sich einbildet, wie in der NS-Zeit bei uns der Führer, über 1,4 Milliarden Menschen herrschen und womöglich die ganze Erde unter seinen Willen zwingen zu können. Den größten Weisheitslehrer der chinesischen Kultur, *Lao-Tse*, den Ferdinand Klingenberg überaus schätzt, seitdem er vor etlichen Jahren das *Tao Te King* in der Übersetzung von Richard Wilhelm und Carl Dallago gelesen hat, scheint die heutige chinesische Regierung nicht mehr zu kennen, denkt er sich. Wiederholt sich die Geschichte? Auch wir Deutschen haben die Ethik von Immanuel Kant und die Lehren von Goethes Faust und die Wertphilosophie von Max Scheler und die Mahnungen von Stefan Zweig und Karl Jaspers ignoriert, als wir uns vom Ungeist der NS-Ideologie haben verführen lassen. Und weiter:

Am **03. Oktober 2019** feiern wir 30 Jahre deutsche Einheit und eine ganze Menge Leute bei uns sind mehr frustriert als zufrieden, obwohl es uns Deutschen nie so gut gegangen ist, wie heute. Bundespräsident Frank-Walter Steinmeier motiviert die Deutschen in einer Rede zu mehr Demokratie, die gefährdet sei, wenn immer weniger echte Demokraten sich dort zeigen, wo sie gebraucht werden.

Diese und weitere Nachrichten binden teilweise seine Aufmerksamkeit, während Ferdinand Klingenberg an seinem Vortrag arbeitet, der Mitte November 2019 als eine grobe handschriftliche Skizze vorläufig ruhen kann. Als er einige Tage später das Gefühl hat, er müsse daran weiterarbeiten, wird sein Geist in der Hochschule für Philosophie am **28. November 2019** durch einen brillanten Vortrag erneut „befruchtet".

Die junge Professorin, *Dr. Barbara Schellhammer,* die im Rahmen der traditionellen Akademischen Feier in der Hochschule für Philosophie den Festvortrag hält, beeindruckt ihn so sehr, dass er sich nicht nur Notizen macht, sondern Frau Dr. Schellhammer anschließend darum bittet, den Text ihres Vortrages bekommen zu dürfen. Die Professorin, vielleicht Mitte dreißig, unterhält sich sehr freundlich mit ihm und bittet um seine Adresse. Ein paar Tage später liest Ferdinand Klingenberg den ganzen Vortrag und fühlt Zustimmung und Begeisterung. Er ruft Pater Johannes an und sagt ihm: Gott sei Dank, dass auch in der jüngeren und jungen Generation solche Menschen anzutreffen seien, denen die Werte Europas präsent sind.

Professorin Schellhammer stellt gleich nach den einleitenden Gedanken ihres Vortrages, „Gesellschaftlicher Wandel und kulturelle Trägheit. Impulse zu einer transformativen Philosophie in Zeiten des Umbruchs", Folgendes fest:

Wir erleben einen *Verlust des Vertrauens in die Demokratie* und die *Gefährdung des europäischen Zusammenhalts.* Das identitär-nationalistische Narrativ der Abschottung führt zu Spaltungen im Inneren und zur Ausgrenzung nach außen. Alteingesessene Volksparteien verlieren an Bedeutung und neue politische Bewegungen gewinnen an Momentum. Zugleich erschüttern uns unberechenbare Einschläge nationalistischer wie extremistischer Gewalt.

Die Professorin sagt es nicht, aber jeder weiß, was sie meint: Den Mord an Walter Lübke, den Angriff auf die Synagoge in

Halle, die Neonazi Aufmärsche in Deutschland und in anderen Ländern …

Ferdinand Klingenberg kennt seine deutsche Identität; diese wurzelt in der Sprache und der geistig-philosophischen Kultur des deutschen Sprachraumes, erweitert durch seine aus Colmar stammende Mutter und durch seine verstorbene französische Frau, in Richtung Frankreich, das ihn immer wieder tief beeindruckt, sooft er sich dort aufhält. Überhaupt das romanische, das lateinische Element Europas hat ihn schon in der Jugend fasziniert. Über das slawische und jüdische Element der europäischen Kultur hat er manche Informationen durch Pater Podskalski und teilweise auch von Walter Böckle bekommen. Wie sehr das jüdische Element zu Europa gehört, wurde Ferdinand Klingenberg so richtig tief bewusst, als er vor Jahren das Jüdische Museum mit seiner Frau Marie-Bernard in Venedig besucht hat. Er erinnert sich noch heute an die treffende Zusammenfassung ihrer Eindrücke: „Europa wäre mindestens 40% ärmer an Kultur und Zivilisation, hätten die Juden ihre Kultur, ihren Beitrag und ihre Geistesschätze nicht eingebracht."

Ferdinand Klingenberg weiß genau, dass er als Deutscher und Europäer, als *ein europäisch fühlender und denkender Deutscher* reden wird, nicht verschweigend, was er von seinem Vater, dem Divisionskommandeur und Generalmajor Franz Klingenberg, geistig geerbt hat. Er weiß schon, dass er seine politischen und sozialethischen Prinzipien, auch in Anlehnung an den deutsch-italienischen Philosophen *Vittorio Hösle*, deutlich benennen wird, etwa so:

Im Folgenden vertrete ich einen demokratischen Liberalismus im weiten Sinne, der die meisten westeuropäischen Parteien von den christlich geprägten Konservativen bis zu den Sozialdemokraten einschließt. In diesem Sinne bejahe ich, dass *allen* Menschen, jenseits von Rasse und Klasse, bestimmte Grundrechte zustehen aufgrund ihrer nicht verhandelbaren Würde. Ich bejahe außerdem die Herrschaft des Rechts und die Mechanismen der Gewaltenteilung, –

Legislative, Judikative, Executive, – die eine vom Staat unterschiedene freiheitliche Gesellschaft mit Marktordnung kennt, welche allerdings nach dem Prinzip Verantwortung (Hans Jonas) nicht der Gier dient, sondern sozialethische Grundsätze berücksichtigt. Darüber hinaus bin ich überzeugt, dass zur Lösung politischer Fragen nicht die unkontrollierten Affekte, nicht die Großmannssucht, nicht die mit Waffengewalt durchgeführte Eroberung neuer Territorien, und auch nicht ein subtil geführter Wirtschafts- und Desinformationskrieg, sondern der gesunde Menschenverstand und die Vernunft (im Sinne von Kant) – oder noch besser: *die Geisteseinsicht* – die richtigen Instrumente sind, wobei die männlichen und weiblichen Kräfte harmonisch zu bündeln und ihre Eigenarten zu respektieren und zu berücksichtigen sind. Das schließt für mich bestimmte Normen und Sollens-Notwendigkeiten ein, welche der Politik, auch mit Blick auf den Umgang mit der physischen Natur, *ethische Grenzen* auferlegen, die ich auch für die Gestaltung der Wirtschaft als gegeben erkenne. Schließlich, aber nicht zuletzt, kann ich den Krieg nur als absolute „ultima ratio", und das heißt, nur im Verteidigungsfall akzeptieren, wohl wissend, dass er trotzdem mehr zerstört, als aufbaut. Denn Krieg, so sagt auch der Dalai Lama, sei ein absoluter Anachronismus.

Sein Thema arbeitet in Ferdinand Klingenberg weiter. Immer wieder taucht in ihm die Erinnerung an Pater Bogdan Podskalski SJ auf und das, was er in seinem Vortrag im September 1999 in Frankfurt gesagt hat: Europa stehe vor seinem Aufstieg, doch der „Preis" müsse bezahlt werden. So lautete eine These des jüdisch-polnischen Jesuitenpaters Podskalski, das kürzlich auch Pater Johannes wiederholt hat, und Ferdinand Klingenberg erfühlt, dass das damit Gemeinte gerade geschieht, wenn auch nur halbherzig. Den „Preis" wirklich für unseren Aufstieg zu bezahlen, denkt er sich, werden wir erst dann bereit sein, wenn der Leidensdruck so stark sein wird, dass eine Umkehr unausweichlich wird, falls es noch Menschen gibt, die dann umkehren können.

Zustimmend bezieht er sich auch auf *Gesine Schwan*, deren Überlegungen – *Ohne Solidarität hat Europa keine Zukunft* – in ihm ebenso auf Resonanz stoßen wie die Gedanken von Michail Gorbatschow und des Dalai Lama. Die Politikwissenschaftlerin hat schon 2017 in einem Aufsatz geschrieben: Seit der Bankenkrise 2008 sei die Europäische Union immer mehr in die Krise geraten und die zentrale Ursache dafür liege in der konstanten Verweigerung der Solidarität durch die nationalen Regierungschefs, „vor allem durch die dominante deutsche Bundesregierung. Wenn die Europäische Union in Zukunft noch mehr durch die zentrifugale Logik des Europäischen Rates regiert wird, ist ihre Desintegration abzusehen."

Den ersten historischen Teil seiner Reflexionen findet Ferdinand Klingenberg zunächst als einen möglichen Ausgangspunkt für seine Darlegungen. Dabei ist er sich noch gar nicht sicher, ob er diese Gedanken vortragen wird. Doch er schreibt alles auf, was in ihm zur Gestaltung drängt. In einem weiteren Gedankengang skizziert er in Grundzügen die Konsequenzen mancher Entscheidungen, die Menschen vor Jahrzehnten getroffen haben und hält fest:

Es ist nicht so, dass das, was früher der Fall war, einfach vorbei ist. Es gibt eine *gegenwärtige* Vergangenheit, wie Kierkegaard sagt. Was unsere Eltern und Großeltern getan haben, hat auf uns, so oder so, Auswirkung. Bestimmte Entscheidungen und Aktionen, die vor Jahrzehnten – vor 80 oder gar 100 oder noch mehr Jahren – getroffen und durchgeführt wurden, haben bis heute, nicht immer segensreiche Auswirkungen, weil, erstens, die damals in den Willen einzelner Menschen generierten Impulse noch nicht erschöpft und noch nicht zu Ruhe gekommen sind und weil, zweitens, geschichtliche Prozesse generell viel länger (100 bis 150 Jahre) dauern als zeitlich überschaubare Geschehnisse des Alltags. Zur Illustration seiner Aussageabsicht wählt Franz Klingenberg neben den Beispielen der Französischen Revolution (1789) und des Versailler Vertrages (1919), den heillosen Hitler-Stalin-Pakt (23. August 1939) mit jenem berüchtigten Zusatzprotokoll, der damals die Weise regelte, wie zwei Schurken, Räuber, Verbrecher und von der Großmannssucht Besessene, – Hitler und Stalin, – Europa unter sich aufzuteilen dachten. Nur andeutungsweise geht Franz Klingenberg darauf ein, was die Sowjets damit bis Dezember 1989 machten, als Michail Gorbatschow darüber hat abstimmen lassen, ob das Abkommen, also der Hitler-Stalin-Pakt, rechtens war oder ein Bruch internationaler Normen darstellte und zum Ergebnis kam: Die Geheimprotokolle seien nicht rechtens gewesen. (Ich darf hier einfügen, bemerkt im Text Ferdinand Klingenberg, „dass ich in Churchill und Gorbatschow die bedeutendsten Politiker des 20. Jahrhunderts erkannt habe. Herausragend bedeutend auch im Sinne einer Vision für Europa, welche die beiden mit je unterschiedlichen Akzenten hatten und zum Ausdruck brachten").

Doch 2019, so Ferdinand Klingenberg in einer Fußnote, habe die neue russische Regierung die unter Gorbatschow vorgenommene Bewertung und Korrektur dieses „Teufelspaktes", der die Aufteilung Polens zwischen Hitler und Stalin ermöglicht hatte, erneut in Frage gestellt. (Von der seit Jahren andauernde Ukraine-Krise gar nicht zu sprechen). Die neue Debatte darüber sei nicht nur Ausdruck einer Stalin-Nostalgie, sondern sie ziele auf Russlands Umgang mit dem Völkerrecht und tangiert durchaus (nicht unbedingt in die gute Richtung) die aktuelle Weltpolitik. Dieses Beispiel zeige, fügte Ferdinand Klingenberg hinzu, wie manche vor 80 Jahren getroffenen Entscheidungen die geopolitischen und atmosphärischen Realitäten in Europa bis heute beeinflussen und noch beeinflussen werden. – Andererseits, fügt er später hinzu, sei es als ein großes Positivum anzusehen, dass die Völkergemeinschaft es geschafft hat, den Internationalen Strafgerichtshof im Juli 2002 in Den Haag zu gründen, und einige Verantwortliche für die Kriegsverbrechen in Jugoslawien zu verurteilen.

Zwischendurch war er sich nicht immer sicher, ob er das alles *in dieser Form* am 08. Mai 2020 wird sagen wollen, und ob nicht auch „die andere Seite", die heillose Politik von Donald Trump und die von Gorbatschow genannten, noch *vor* Donald Trump begangenen Fehler des Westens thematisiert werden müsse und natürlich die besondere Verantwortung, die Deutschland zu tragen habe. Im Sinne von Walter Böckle will es Ferdinand Klingenberg nicht darauf anlegen, nur die russische Regierung zu kritisieren, auch wenn er inzwischen klar erkennt, dass die „politischen Manöver des Wladimir Putin" in die falsche Richtung führten und noch führen, falls die „Zar-Allüren" dieses Mannes auf Dauer, jedenfalls in den nächsten zehn Jahren, dominierend bleiben sollten.

Doch den Kerngedanken findet Ferdinand Klingenberg wichtig und zutreffend: Historische Prozesse, aus Entscheidungen Einzelner hervorgegangen, oder von Regierungen und Allianzen generiert, dauern in ihren Folgen und Auswirkungen über hundert und mehr Jahre an. Das gilt für Ferdinand Klingenberg im Guten wie im weniger Guten und ebenso im Bösen. Von seiner humanistischen und juristischen Prägung her findet Ferdinand Klingenberg die Menschenrechtserklärung der UNO (1948) und das deutsche Grundgesetz (1949) als zwei sich unbedingt positiv auswirkende Kräfte, die fundamentale Werte bewahren und schützen. Eigentlich sei das bisher Ausgearbeitete weniger für seinen Vortrag geeignet, denkt er sich, aber in dem Buch, das aus diesem Stoff entstehen soll, würden auch diese Gedanken ihren Platz bekommen.

Für seinen Vortrag arbeitet er, als Kontrapunkt, in dichten Sätzen heraus, welch einen hohen Wert das deutsche Grundgesetz von 1949 sowohl für Deutschland wie für Europa habe, und dass man den Geist dieses Grundgesetzes nicht aushöhlen dürfe. Er reflektiert über die Bedeutung der Römischen Verträge zur Europäischen Wirtschaftsgemeinschaft, unterschrieben am 25. März 1957, betonend, dass die damaligen Gründerstaaten – Westdeutschland, Frankreich, Italien und die Beneluxländer – die spätere Europäische Union, „die seit über 20 Jahren die einzige Alternative für Europa, auch für uns Deutschen, darstellt", vorbereitet hätten. Angesichts der Krise Europas gegen Ende des Jahres 2019 sei es besonders relevant, „uns daran zu erinnern, dass dieses positive Ereignis von damals (1957) bleibende und gute Auswirkungen gezeitigt hat, die wir nicht leichtsinnig aufs Spiel setzen dürfen." Doch die Geschichte verlaufe nicht linear, sondern eher in Wellenbewegungen und heute, so formuliert Ferdinand Klingenberg, „nehmen wir in verschiedenen Ländern Europas bestimmte, merkwürdig agierende Menschen wahr, die genau das verherrlichen, was die Alliierten im Mai 1945 besiegt hätten: die Diktatur." Und sogar in Großbritannien und in den USA würden solche Leute leben, fügt er in Klammern hinzu.

Danach zitiert er ein wichtiges Dokument. Diesen Teil formuliert Ferdinand Klingenberg, in etwa, so aus:

Im Gegensatz zu Alexander Gauland, der die NS-Zeit mit einem „Vogelschiss" verglichen habe, wodurch das frühere CDU-Mitglied nur seine erschreckenden Unkenntnisse über unsere Geschichte manifestiert habe, „will ich an dieser Stelle auf das **Hirtenwort der deutschen Bischöfe vom 23. August 1945** hinweisen", nämlich:

Viele Deutsche, auch aus unseren Reihen, haben sich von den falschen Lehren des Nationalsozialismus betören lassen, sind bei den Verbrechen gegen menschliche Freiheit und menschliche Würde gleichgültig geblieben; viele leisteten durch ihre Haltung den Verbrechen Vorschub, viele sind selber Verbrecher geworden. Schwere Verantwortung trifft jene, die aufgrund ihrer Stellung wissen konnten, was bei uns vorging, die durch ihren Einfluß solche Verbrechen hätten verhindern können, und es nicht getan haben, ja diese Verbrechen ermöglicht und sich dadurch mit den Verbrechern solidarisch erklärt haben.

Ferdinand Klingenberg führt dann aus: Die Vergangenheitsbewältigung sei in Deutschland fast vorbildhaft vorangetrieben worden, nachdem die Bundespräsidenten Richard von Weizsäcker und später Roman Herzog entsprechende Impulse gesetzt haben, jedenfalls im Vergleich mit manchen anderen Ländern Europas, – er denkt hier einen Augenblick an Österreich, Ungarn, Rumänien und Russland, – und das könne man u.a. an den Büchern von Sabine Bode ablesen, die mehrere Millionen Kriegskinder und Kriegsenkel zur Bewältigung der Altlasten motiviert hätten. Außerdem sei als ein gutes Zeichen anzusehen, dass seit 2005 zunehmend nach positiven Vorbildern gesucht werde, also nach Menschen, die im europäischen Horizont dachten und Menschen, die in der NS-Zeit aus Überzeugung Widerstand geleistet hätten. Solche Menschen, wenn auch eher selten, seien in allen Nationen anzutreffen. „Diese Menschen haben das Ethische dem schweren Unrecht vorgezogen", so Ferdinand Klingenberg. In Yad Vashem sei am 23.09.2019 etwas sehr Wichtiges bekannt gegeben worden, nämlich:

Die israelische Holocaust-Gedenkstätte Yad Vashem habe bislang „627 Deutsche ausgezeichnet, weil sie sich in der NS-Zeit für Juden eingesetzt haben. Am Montag fand die Zeremonie erstmals am Ort des Geschehens statt: in Schnaitsee bei Traunstein.

Michael und Alois Köhldorfner stehen vor der Scheune, an der diese dramatische Geschichte ihren Anfang hat, im Mai 1945, wenige Tage vor Kriegsende. Als hilfsbereiten Mann beschreiben sie ihren Vater, als einen, der als Zimmerer und Jäger vor Gefahr nicht zurückschreckt. In dieser Nacht hört er Geräusche. Mit dem Gewehr im Anschlag schaut er nach. Sohn Michael Junior läuft ihm als Siebenjähriger hinterher.

„Mein Vater ist da rein und hat gefragt: Ist da jemand?" Und dann, erzählte Michael Köhldorfner, „sind sie da runtergekommen, völlig abgemagert, mit ein paar Kleiderfetzen am Körper und Zementsäcken an den Füßen, die sie sich als Schuhe umgebunden hatten."

Unter dem Dach hatten sich zwei Juden versteckt, *Henrick Gleitmann* und *Bernhard Hampel* aus Krakau – Häftlinge aus dem KZ Flossenbürg in der Oberpfalz. Bis zum Einbruch der Dunkelheit waren sie und andere Gefangene unterwegs, auf einem der sogenannten Todesmärsche, vorbei an Schnaitsee. Das von den Nazis vorgegebene Ziel war: das Konzentrationslager Dachau. – Gleitmann und Hampel konnten sich absetzen und fanden in der Scheune Unterschlupf. Das war ihre Rettung, denn erst am Tag zuvor hatten die Nazis zwölf Mithäftlinge erschossen und am Straßenrand bei Schnaitsee liegen gelassen.

Köhldorfners kleiden die Geflüchteten neu ein und bieten ihnen Unterkunft. In Nazi-Deutschland galt das als ein schweres Verbrechen. Die Nacht verläuft dramatisch. SS-Offiziere tauchen auf, die vor einem Tag in demselben Raum schliefen, wo die Juden waren. Michael Köhldorfner Junior sagte: Die zwei Juden ebenso, wie mein Vater und meine Mutter, hätten standrechtlich erschossen werden können. Doch alle hatten Glück. Ein Nazioffizier habe nur verbal gedroht, aber nichts verraten. Wenige Tage später war der Krieg vorbei. Hampel wandert bald nach Frankreich aus. Gleitmann zieht es in die USA. Doch 1984 kommt er mit seiner Frau Rachel zurück nach Schnaitsee. Ein Foto von damals zeigt sie in der Stube der Köhldorfners, mit ihrer Retterin Cäcilia in der Mitte. Auf die Rückseite des Fotos haben sie auf Englisch geschrieben: *„Möge Gott so gut zu Euch sein, wie Ihr zu anderen wart."*

Franz Klingenberg ist an dieser Stelle seines Manuskriptes sehr bewegt. Er steht vom Schreibtisch auf und muss einige Schritte in der großen Wohnung tun. Diese Geschichte, wie viele andere Geschichten, die die Überlebenden des Holocaust inzwischen öffentlich und öfters erzählt haben, – darunter *Max Mannheimer, Yehuda Bacon, Charlotte Knobloch, Ignaz Bubis* und viele andere, – nehmen die Gaulands, die Höckes, die Weidels und ähnliche Gestalten in anderen Ländern Europas, nicht zur Kenntnis, denkt sich Klingenberg aufgeregt. Diese Leute leugnen ganz reale Fakten oder betreiben Geschichtsfälschung. Sie lesen nicht, was neulich *Niklas Frank* (Jg. 1939), der Sohn des Massenmörders Hans Frank, der in Polen der Stellvertreter Hitlers und dann in Nürnberg von den Alliierten hingerichtet worden war, in aller Deutlichkeit geschrieben hat:

Oft betrachte ich meines Vaters Totenfoto. Wie er nach seiner Hinrichtung da liegt mit kaputtem Genick. Zurzeit lacht er mich frech an, denn das Schweigen wurde beendet – von der AfD. Mein Vater wurde 1946 auch für „Verbrechen gegen die Menschlichkeit" verurteilt. Nein, kein AfD-Mitglied ist per se ein Verbrecher, aber im Kampf gegen die Menschlichkeit kommen viele von ihnen gut voran. Seit Jahren verfolge ich ihren Auftritt und kann es nicht fassen: Da spricht ja mein Vater! Das ist ja genau seine verlogene, feige, tückische Argumentation. Wie damals er, wollen auch heute wohl viele AfD-Leute eine Diktatur. Das entnehme ich etwa den Drohungen der AfD gegen die unabhängige Presse und Justiz. Zum Beispiel: „Bei uns bekannten Revolutionen wurden irgendwann die Funkhäuser sowie die Pressehäuser gestürmt und die Mitarbeiter auf die Straße gezerrt. Darüber sollten Medienvertreter hierzulande einmal nachdenken" (AfD-Fraktion, Hochtaunuskreis). Und der AfD-Bundestagsabgeordnete Heiko Heßenkemper scheint gleichfalls meines Vaters Meinung zu sein: „Wir müssen die Medien und den öffentlich-rechtlichen rot-grünen Propagandaapparat angreifen und schwächen."

Der Essay des 80-jährigen Niklas Frank bringt unsere Probleme auf den Punkt, er hat uns, der breiten Masse in Deutschland, die Augen geöffnet, denkt sich Ferdinand Klingenberg und gleich fügt er den nächsten Gedanken hinzu: Geöffnet bei denjenigen, die *sehen wollen*. Wenige Monate später kommt ein Wutanfall von Niklas Frank in Form eines Buches auf den Markt: *Auf in die Diktatur! Die Auferstehung meines Nazi-Vaters in der deutschen Gesellschaft.* Die Lektüre bestätigt den Eindruck von Ferdinand Klingenberg: Eine beträchtliche Zahl von Menschen in Deutschland sind im Jahre 2020 tatsächlich diktaturanfällig. Sie weigern sich, die realen und guten Chancen der innerhalb der EU erreichten Errungenschaften wahrzunehmen, jammern auf hohem Niveau und geben ihre persönliche Verantwortung für die Verbesserung des Möglichen ab.

Viele wollen nicht sehen, was Sache ist. Viele wollen nicht sehen, was der Fall war. Viele waren damals und sind heute gleichgültig. So ist das. Wer nicht will, obwohl er die Aufklärung wollen könnte, bleibt in seiner engen, nebelhaften Welt und spuckt das Gift des völkischen Gedankengutes der Nationalsozialisten in den Raum der Öffentlichkeit hinein, oder ist einfach Mitläufer, oder betreibt Geschichtsfälschung. Dem humanistisch gebildeten Ferdinand Klingenberg ist einigermaßen bekannt, dass Geschichtsfälschung auch in anderen Ländern Europas praktiziert wird und dabei erinnert er sich daran, was ihm Hermann Pfeiffer, der evangelische Geistliche in Temeschwar 1988 über die Fälschungen der Geschichte durch rumänische Historiker gesagt hat: Einige Professoren der Akademie der Wissenschaften in Bukarest hätten sich schon Ende der 1960er Jahre verpflichtet, die Geschichte Rumäniens so zu schreiben, wie ihnen „der Genius der Karpaten" vorgegeben habe als wäre er ein kompetenter Historiker. Dabei sei er ein Schuster mit sechs Klassen gewesen, so damals Hermann Pfeiffer.

Dieser Versuchung sind aber auch in Deutschland, in der NS-Zeit etliche, namhafte Akademiker erlegen, denkt sich Ferdinand Klingenberg, denn zum 50.-sten Geburtstag des Führers haben sie, miteinander wetteifernd und aus Opportunismus sich gegenseitig fertig machend, ein dickes Band herausgegeben, – Die Hitler-Festschrift *Deutsche Wissenschaft. Arbeit und Aufgabe*, Leipzig 1939, – dessen wissenschaftliches Niveau eine Schande darstellt, für das man sich bis heute schämen muss. Fälschungen sind auch ein sehr altes Phänomen. Nicht nur Urkunden, Münzen und Geldscheine werden gefälscht, sondern auch wissenschaftliche Fakten und die Geschichte, deren Deutung verschiedene totalitäre Regierungen interessegeleitet dargestellt wissen wollen. Begonnen hat damit in der Neuzeit Bonaparte Napoleon, der erste moderne Diktator in Europa. Was alles dem Erdenmenschentier einfällt, wenn es größer erscheinen will, als es ist, wird noch einige Jahrhunderte sein Charakteristikum bleiben.

Ferdinand Klingenberg löst sich aus dieser dunklen und primitiven Sphäre der Machenschaften der Kleingeister und weiß, dass er dieser Lügen-Linie nicht folgen will. Er zieht es für sich selbst vor, bei den Tatsachenwahrheiten zu bleiben in all dem, was er in seinem Vortrag und in seinem Buch zu sagen beabsichtigt.

Als er zu diesem Thema in zwei Büchern, – *Wolfgang Benz, Im Widerstand. Größe und Scheitern der Opposition gegen Hitler* (2018), und *Ulrich Sieg, Geist und Gewalt. Deutsche*

Philosophen zwischen Kaiserreich und Nationalsozialismus
(2013), – die passenden Stellen nachlesen will, fällt ihm ein Zeitungsausschnitt, der seit Jahren irgendwo auf seinem Schreibtisch lag, in die Hand:

Das neue Jahrtausend, sagte der Dalai Lama im Dezember 1999, werde keine wundersamen Veränderungen in der Gesellschaft bringen und wer darauf warte, verschwende nur seine Zeit. Die Menschheit müsse die Welt selbst verändern, indem sie ihre Einstellung ändere. Einstellungen können aber nur Einzelne bei sich selbst ändern. –

Genau: Auch ihre Einstellung zur historischen Wahrheit und Wahrheiten, zu den nicht verhandelbaren Werten Europas und zur Würde der eigenen und der fremden Personen, können nur Einzelne bei sich selbst ändern, wenn sie anständig, ehrlich und redlich sind, denkt Ferdinand Klingenberg die Botschaft des Oberhaupts der Tibeter weiter.

Es geht um ein einerseits – andererseits und dann drittens, nämlich: das Negative nicht ganz ignorieren, das Positive, das uns seit 1945 und vor allem seit 1990 in Europa gelungen ist, stärker hervorheben und dann, blitzt der Gedanke in Ferdinand plötzlich auf, die „Gründe für eine humanere europäische Gesellschaft" konkret aufzeigen, benennen und den Mut zur Person und den Mut zur umfassenderen Wirklichkeit herausarbeiten. Ja, darauf käme es an, sagt er sich, und meditiert, studiert, liest weiter über sein Thema, und tauscht sich öfters mit dem alten Jesuiten, Pater Johannes aus.

Eigentlich sei das bisher Ausgearbeitete oder das Meiste daraus weniger für seinen Vortrag geeignet, denkt er sich, aber in dem Buch würden diese Gedanken ihren Platz bekommen, aber auch andere noch, die er später einfügt: „Politiker und ihre Anhänger, die sagen, ihr Land sei das größte – oder die sich *wünschen,* dass ihr Land das größte ist –, sind Kleingeister. Das Größte ist entweder eine Welt, in der wir alle friedlich koexistieren können, oder gar nichts. Menschen, denen nur ihre eigene Nation am Herzen liegt, klingen wie Kinder, die sich über ihre jeweilige Ecke auf dem Spielplatz streiten" (Benjamin Ferencz).

Diesen Teil seines Vortrages, in dem Ferdinand Klingenberg eine neue Vision für Europa sowie den Mut zur Person und den Mut zum geistigen Antlitz Europas reflektieren und entfalten will, kann er nur stichwortartig auf Papier bringen, da er Ende Dezember 2019 von einer heimtückischen, seltenen Krankheit überfallen wird. Als Ferdinand Klingenberg drei Monate später das Krankenhaus verlässt, ist schon die Corona-Pandemie beängstigende Realität. In seiner Wohnung angekommen, muss er mindestens zwei Wochen, auch wegen seines Alters, in Quarantäne bleiben.

Nur Margarete, die ungarische Putzfrau aus Rumänien, die eine ältere Dame in München-Pasing zu Hause pflegt und betreut, kommt in ihrer Freizeit ein, manchmal auch zwei Mal pro Woche, um ihn zu versorgen. Die Gespräche mit der dynamischen, immer optimistisch wirkenden 60-jährigen Frau bauen ihn auf, zumal seine Kinder – Otto und Barbara – und seine Enkelkinder, auch wegen der geographischen Distanz, vorläufig nicht nach München kommen können. Aber sie rufen ihn oft an und Ferdinand Klingenberg, seit vier Jahren ein Witwer, fühlt sich glücklich und ist dankbar für den unschätzbaren Wert der Familie. Auch für die anregenden Gespräche, die er mit Pater Johannes führen darf, ist er dankbar und außerdem meldet sich in der letzten Zeit Dieter Zillich, sein alter Freund aus der Frankfurter Studentenzeit.

Im Laufe der Monate April bis Dezember 2020, nachdem die geplante Gedenkveranstaltung zum 75-jährigen Ende des Zweiten Weltkrieges wegen der Corona-Pandemie nicht stattfinden konnte, arbeitet Ferdinand Klingenberg weiter an seinem schon recht umfangreichen Manuskript. Relativ kontinuierlich informiert er sich aus den großen Zeitungen und aus etlichen Dokumentarsendungen über die Geschichte der Ausbreitung der rechten Gewalt und der ideologischen Vergiftung der Gesellschaft durch das NS-Gedankengut. Wie wenig ihn die Gefahr der Corona-Pandemie emotional berührt, findet er selbst erstaunlich. Andererseits stellt er fest, dass sowohl auf der Ebene der politischen Führung als auch in einem beträchtlichen Teil der Bevölkerung in Deutschland eine merkwürdige Mischung von Hysterie, Angst, suchtartige Kritik und Kompetenzgerangel sich breit macht. Die nach seiner Ansicht ernst zu nehmende Pandemie-Krise, die ihn emotional wenig tangiert, wäre eigentlich die große Chance, sich nicht nur von primitiven Verschwörungstheorien zu verabschieden, – die sehr verschiedene Leute, vielfach unklare Köpfe, darunter auch Akademiker, in den Medien verbreiten, – sondern die große Umkehr in der Mentalität, in der geistigen Haltung gegenüber der Mit- und Umwelt zu vollziehen, denkt er sich, wohl wissend, dass es wiederum nur Einzelne sein können, die umkehren, wenn sie wirklich wollen.

Es gelingt ihm, zwischen Weihnachten und Neujahr ein letztes Kapitel zu schreiben, das er einige Tage ruhen lässt. Im neuen Jahr liest er noch einmal sein Manuskript. Danach trifft er die Entscheidung, den gesamten Text in Buchform herausgeben zu lassen und sollte es, vielleicht mit einem Jahr Verspätung zu dem Vortrag kommen, vielleicht im Mai 2021, könnte er einen Teil aus dem reichen Material auswählen und vortragen.

Am 07. Januar 2021, einen Tag nachdem in Washington das Kapitol gestürzt wurde, und ihn die ganze Trump-Misere mehr als empört hatte, wobei Trumps Abwahl in ihm ein richtiges Glücksgefühl hervorruft, stilisiert Ferdinand Klingenberg erneut und zum letzten Mal, wie er meint, **das Nachwort** seines Manuskriptes. Die für ihn selbst zufriedenstellende Ausgestaltung eines dichten und konzentrierten Nachwortes – und ebenso weitere Korrekturen und Ergänzungen, die er im Text vornimmt, – dauert aber viel länger, als er am Anfang dachte, außerdem hat er zwei Kapitel neu geschrieben und zwischendurch musste er, wegen einer Kontrolle, drei Tage im Krankenhaus verbringen. Keine angenehme Zeit. Mit dem sichtlich

322

erschöpften Krankenhauspersonal fühlt er, selber an Erschöpfung leidend, mit und nachdem er wieder zu Hause ist, schickt er den Schwestern Blumen und für jede eine Schweizer Schokolade.

Erst nach dem Holocaust-Gedenktag, der am **27. Januar 2021** im Bundestag begangen wurde und da Charlotte Knobloch eine authentische, sehr emotionale und wahrhaftige Rede hielt, setzt sich Ferdinand Klingenberg wieder hin, um sein Nachwort noch einmal zu stilisieren und zu verfeinern. Auf das Buch von *Aleida Assmann, Der europäische Traum* (2018) und auf das Buch des 100-jährigen *Benjamin Ferencz,* der in den Nürnberger Prozessen ein Chefankläger war, macht er im Nachwort aufmerksam.

Wenn Benjamin Ferencz sein Buch *Sag immer deine Wahrheit* nennt und sehr authentisch darlegt, „Was mich 100 Jahre Leben gelehrt haben", so ähnlich will auch ich im Nachwort dieser Reflexionen meine Wahrheit, meine Erkenntnisse in verdichteter Form noch einmal zusammenfassen, formuliert Ferdinand Klingenberg in einigen Sätzen und, zumindest für Sekunden, scheint er zufrieden zu sein. Am nächsten Tag bekommt er von seinem alten Freund Dieter Zillich ein Buch zugeschickt, „mit besten Grüßen, dieses Buch wird dich bestimmt interessieren. Melde dich mal wieder – Dieter." Das Buch fesselt seine Aufmerksamkeit: *Terror gegen Juden. Wie antisemitische Gewalt erstarkt und der Staat versagt. Eine Anklage.* Der Autor ist *Ronen Steinke,* ein Jurist wie er, und Redakteur der Süddeutschen Zeitung. Während Ferdinand Klingenberg dieses Buch mit Erschütterung liest, wird er wieder krank und muss mehrere Wochen die Arbeit ruhen lassen. Es tut ihm gut, einige Tage keine Zeitungen zu lesen, keine Fernsehsendungen anzuschauen und sich nur einer spirituellen Lektüre zu widmen, die ihm Pater Johannes, der alte Jesuit, vorbeibringt mit den Worten: „Das wird deine Seele stärken." Ferdinand Klingenberg kann nur eine halbe Stunde kontinuierlich lesen, danach braucht er viel Ruhe.

Die erste Corona-Impfung bekommt er im Krankenhaus und er wird Mitte März entlassen.

Seine Tochter darf ihn besuchen und bleibt zehn Tage bei und mit ihm. Ferdinand Klingenberg fällt auf, wie sehr seine Tochter Barbara, vom Beruf Religionslehrerin, ihn plötzlich an seine verstorbene Frau Marie-Bernard erinnert. Ist es die äußere Ähnlichkeit? Ist es der Tochter liebevolle Art, mit ihm umzugehen? … Ist es der Klang ihrer Stimme? …

Abends, bevor er einschläft, packt ihn eine undefinierbare Sehnsucht. Wonach? Nach der Vereinigung mit seiner geliebten Frau im Jenseitigen? Nach einer Licht-Welt, die keinen Hass, Streit, Nationalismus, Terrorismus, Antisemitismus und Boshaftigkeit kennt? … In manchen Momenten, in denen seine Seele sich für sein Gehirnbewusstsein bemerkbar macht, erlebt er sich in seinem innersten Selbstempfinden und erahnt, dass es einen lichtvollen Zustand des geistigen Bewusstseins gibt, dem gegenüber selbst das wacheste Leben des Alltags nur wie ein Schatten erscheint. Die Gegenwart seiner Tochter in der Wohnung, in der Türkenstraße, erinnert Ferdinand Klingenberg an die Liebe zu seiner Frau Marie-Bernard, die nicht vergangen ist, die ihn mit ihr immer noch verbindet, und wie sie ihm oft den Satz mit Wärme in ihrer Stimme zugeflüstert hat: *Ferdinand, mon amour, wie sehr ich mich freue, dass wir uns kennen. Ich liebe dich, mon amour.* – Seine Gefühle in solchen Momenten sind derart intensiv, dass Ferdinand Klingenberg sich für Minuten ins Bad begibt, damit Barbara, seine Tochter, nicht merkt, wie hemmungslos er weinen muss.

Einmal sagt sie ihm: „Papa, ich verstehe dich, denn auch ich liebe Mama, nach wie vor. Sie sagte mir einmal: ‚Barbara, allein die Liebe zählt, was auch immer passiert.' Und wir beide glauben daran, nicht wahr, Papa?"

Wortlos umarmen sich Papa und Tochter. Nach einer Weile sagt Barbara: „Und jetzt hören wir den Schlußteil der *Zauberflöte* an: *Die Strahlen der Sonne vertreiben die Nacht …* Ferdinand Klingenberg nickt, „oh ja", und erinnert sich, dass

Die Zauberflöte die erste Oper war, die er mit Marie-Bernard, während der ersten Verliebtheit, damals in Frankfurt, gesehen und gehört hat.

Man wird den 31. März 2021 schreiben, einen Mittwoch vor Ostern, an dem Ferdinand Klingenberg, nachdem er sich wieder besser fühlt, an seinem Schreibtisch sitzt, die letzten Seiten seines Manuskriptes noch einmal durchliest und das Gefühl hat, nun kann er mit dem noch zu verbessernden Nachwort das Ganze abschließen. An jenem Tag aber rufen ihn verschiedene Leute an – eine Cousine seiner Frau, die sich nach seinem Gesundheitszustand erkundigt, sein Sohn Otto, der ihn bald am Karsamstag besuchen will, sein Freund Dieter Zillich, der ihn auf einen „sehr wichtigen" Artikel über und mit Ferdinand von Schirach in der *ZEIT* aufmerksam macht – und so wird er beim Schreiben öfters unterbrochen.

Dann liest er am Nachmittag den empfohlenen Artikel – *„Endlich unser Europa". Der Schriftsteller und Jurist Ferdinand von Schirach will EU-Bürgern ein Anrecht auf eine gesunde Umwelt, faire Produkte und den Schutz vor Manipulation durch Digitalkonzerne garantieren. Ein Gespräch über sein neues Buch „Jeder Mensch"* – und fühlt sich wie elektrisiert. Ja, das ist das große Projekt, das wir brauchen. Diese sechs Grundrechte, die Ferdinand von Schirach vorschlägt, sind zentrale Bausteine auch in meiner Vision, denkt sich Ferdinand Klingenberg und lässt die sechs Grundrechte noch einmal auf sein Gemüt wirken:

Artikel 1 – Umwelt: Jeder Mensch hat das Recht, in einer gesunden und geschützten Umwelt zu leben. Artikel 2 – Digitale Selbstbestimmung: Jeder Mensch hat das Recht auf digitale Selbstbestimmung. Die Ausforschung und Manipulation von Menschen ist verboten. (Ja!) Artikel 3 – Künstliche Intelligenz: Jeder Mensch hat das Recht, dass ihn belastende Algorithmen transparent, überprüfbar und fair sind. Wesentliche Entscheidungen muss ein Mensch selbst treffen. Artikel 4 – Wahrheit: Jeder Mensch hat das Recht, dass Äußerungen von Amtsträgern der Wahrheit entsprechen. (Ja!!). Artikel 5 – Globalisierung: Jeder Mensch hat das Recht, dass ihm nur solche Waren und Dienstleistungen angeboten werden, die unter der Wahrung der universellen Menschenrechte hergestellt und erbracht werden. Artikel 6 – Grundrechtsklage: Jeder Mensch kann wegen systematischer Verletzungen dieser Charta Grundrechtsklage vor den Europäischen Gerichten erheben. (Ja, ja, ja!!!).

Ja, vortrefflich, innovativ, das Ethische mit dem Recht und der Wahrheit verbindend – das ist es, frohlockt Ferdinand Klingenberg und nimmt sich vor, dem jüngeren Kollegen zu gratulieren und auf der im Artikel angegebene Webseite – www.jeder-mensch.eu – für diese Grundrechte zu stimmen. Und bevor er Pater Johannes anrufen und ihm seine Begeisterung erzählen kann, klingelt sein Telefon: Der alte Jesuit weiß schon Bescheid und er werde, mit anderen Ordensbrüdern, auch für die Grundrechte stimmen.

Gegen Abend macht Ferdinand Klingenberg noch einen kleinen Spaziergang in Schwabing und nachdem er die Spätnachrichten anschaut, – wieder wird u.a. die Korruption einiger CSU und CDU-Leute im Zusammenhang mit der Maskenaffäre thematisiert, – will er schlafen. In der Nacht auf Gründonnerstag und dann auf Karfreitag träumt er wieder, sehr intensiv und diesmal anschaulich, dass sein Vater sich in Germersheim befindet, dass im Traum der 31. März 1945 ist und dass sein Vater, Generalmajor Franz Klingenberg die Entscheidung trifft, sich den Amerikanern zu ergeben. Er sieht seinen Vater, im Traum, wie er das Haus, in dem er sich mit seinem jungen Adjutanten Walter Böckle unterhielt, verlässt. Er sieht, wie sein Vater sich in eine Richtung bewegt, wo ein Lichtstrahl – ist es der Vorbote des Sonnenlichtes, die Aurora, die Morgenröte? – sehr hell aufblitzt. Ferdinand Klingenberg kann in seinem Traum die Gestalt seines Vaters für zwei Sekunden deutlich sehen. Ja, er ist es, mein Vater, denkt er sich, und just in dem Augenblick, in seinem Traum, verschwindet sein Vater und der Lichtstrahl leuchtet nicht mehr so hell. Ferdinand Klingenberg, immer noch im Traumzustand, fragt sich: Ist das nun real oder nur ein Traum?

Am nächsten Tag, am Gründonnerstag, am 01. April 2021, geht er, nach innen fühlend und nachsinnend, umher in der Wohnung, dann begibt er sich auf einen längeren Spaziergang im Englischen Garten und denkt nach und fühlt, und fühlt und denkt nach. … Habe ich seinen Tod nach 76 Jahren im Traum nacherlebt? … Ist der helle Lichtstrahl, und dann seine plötzliche Abschwächung die Botschaft? … Heißt das, dass nach einer lichtvollen Phase wieder eine dunkle Phase auf uns zukommt? Ist dieses Traumbild, fragt sich Ferdinand Klingenberg, als eine Art Symbol für die Wellenbewegung des Lebens zu verstehen? Als ein Symbol für meine menschliche und unsere europäische Situation? Es gibt keinen unbegrenzten Fortschritt auf dieser Erde, hallt in ihm ein Gedanke öfters wider.

In dem zweiten Traum sieht Ferdinand Klingenberg seine Frau Marie-Bernard, die nichts sagt, sondern ihn, im Traum, irgendwie liebevoll anschaut. Das beruhigt ihn. Seine Seele erfüllt die Gewissheit, dass er sie wiedersehen wird – im Jenseits; dass die einmal erlebte, durchlebte und erfahrene Liebe zwischen ihm und ihr, zwischen Ich und Du, nicht vergänglich ist. Bis dahin, bis zum Wiedersehen im Jenseitigen, hat er noch etwas im Diesseits zu erledigen.

Am nächsten Tag, am Karfreitag, am 02. April 2021, blättert Ferdinand Klingenberg während des Frühstücks in verschiedenen Zeitungen, doch seine Gedanken kreisen immer wieder um den Traum, in dem er mit seinem Vater in geheimnisvoller Weise Nähe erlebte.

Unvermittelt und direkt setzt sich ein Gedanke in seinem Kopf fest, dem er in verschiedenen sprachlichen Formulierungen Ausdruck verschafft: Leben ist Wellenbewegung. Leben wollzieht sich nach dem Gesetz der Wellenbewegung. Die Geschichte kann sich wiederholen. Der Westen, wie er sich in den letzten zehn Jahren geriert, wie er seine Werte verrät, würde es verdienen, in der Vorhölle zu landen. Oder er schafft es, einen wirklichen Neuanfang zu setzen. Die Transformation werden nicht die Massen, sondern nur Einzelne, vielleicht viele Einzelne, vollziehen. Eine Geschichte von Sören Kierkegaard kommt ihm in den Sinn: In einem Zirkus erzählt der Clown vor dem lachenden Publikum, dass der Zirkus brennt und die Leute sich in Sicherheit bringen sollten. Die Leute aber lachen nur, weil sie dem Clown nicht glauben. Dieser aber wiederholt laut und deutlich: Das sei kein Witz, „der Zirkus brennt wirklich." Die Leute lachen weiter ... am Ende sind sie alle verbrannt.

Einen Tag darauf, am 03. April 2021, am Karsamstag, – für Ferdinand Klingenberg ein höchst symbolischer Tag, – kommt sein Sohn Otto zu Besuch und bleibt zwei Tage bei ihm. Die Gespräche mit seinem Sohn tun ihm gut, denn seine Ansichten des Aufstiegs Europas sind hoffnungsvoll und optimistisch. Otto ist Politikwissenschaftler und ein Kenner der Ideen, die Europa im 19. und 20. Jahrhundert geprägt haben. Er sagt, dass wir es aktuell sicher nicht leicht haben, da die Krise nicht nur wegen Corona relativ komplex sei, aber er sehe Licht am Ende des Tunnels, weil viele gute Initiativen überall, sich den Zersetzungskräften entgegenstemmen und sie zurückdrängen, wo es nur gehe. Aus der Weise, wie er spricht, wird seinem Vater fühlbar, dass sein Sohn sich von den Altlasten der Geschichte nicht mehr so erdrückt fühlt, wie er dies phasenweise immer noch spürt. Bewegt in der Seele sagt er irgendwann seinem Sohn:
„Deine optimistische Sicht auf die Welt tut mir gut und ich merke, was der Altersunterschied ausmacht. Die Generation deines Jahrgangs 1973 emanzipiert sich viel leichter aus der Sphäre der Altlasten und kann die aktuelle Entwicklung und Verwicklung anscheinend anders sehen und optimistischer beurteilen als meine Generation. Jedenfalls tut es meinem Gemüt gut, dir zuzuhören, mein Sohn."

Spät am Abend, kurz vor Mitternacht, während Ferdinand Klingenberg noch wach ist und einige Sätze zu schreiben versucht, bekommt er eine elektronische Nachricht:

Die Sehnsucht nach Leben, nach Gemeinschaft, nach Liebe ist stärker als Angst, Leid und Tod! Die Macht der Auferstehung schenke uns tiefes Vertrauen und Gelassenheit und stärke unsere Sehnsucht! Hallelujah!

Die Nachricht kommt von Pater Johannes, dem alten Jesuiten, der ihn nach der liturgischen Feier mit dieser Osterbotschaft begrüßen und aufmuntern will. Und da fällt Ferdinand Klingenberg ein, dass er die Texte, die Pater Johannes ihm vor einigen Monaten in einem Briefumschlag überreicht hat, noch nicht gelesen hat. Der Umschlag liegt auf seinem Schreibtisch. Er wird sie morgen, am Ostersonntag lesen, nimmt er sich vor und schläft bald ein.

Als Ferdinand Klingenberg am nächsten Tag, am **04. April 2021**, am Ostersonntag aufwacht, nimmt er wahr, wie ihn ein ungemein klares und helles Gefühl durchströmt. Es ist 7 Uhr und sein Sohn schläft noch. Die Ostersonntagliturgie in der Hauskapelle der Jesuiten im Berchmanns-Kolleg, an der Ferdinand Klingenberg mit seinem Sohn teilnehmen wird, beginnt um 11 Uhr. Er hat noch Zeit, sich vorzubereiten und zu lesen. Ferdinand Klingenberg öffnet den Briefumschlag von Pater Johannes, sieht drei Blätter und bleibt mit seiner Aufmerksamkeit beim Text auf das erste Blatt fixiert, dessen Inhalte, während er nur mit den Augen liest, in seinem Inneren erklingen, als würde in ihm Jemand, ein ungemein klarer Geist sprechen:

Erneuerung im irdischen Leben heißt, die Wirklichkeit im eigenen Innersten empfinden lernen.

Um die verkümmerte seelische Empfindungsfähigkeit so zu erkräftigen, dass der Erdenmensch in sich selber gottesbewusst zu werden vermag, ist die Erweckung freier und froh zuversichtlicher Bereitschaft, Gottes inne werden zu wollen, nötig.

Diese innere Bereitschaft verlangt kein konfessionell verfasstes Glaubensbekenntnis, sondern besteht nur im Willen, all das in das Gehirnbewusstsein aufzunehmen, was aus der Sphäre der Transzendenz den einzelnen Menschen erreichen will. Dabei ist die Neigung, Einfaches zu komplizieren, sicher nicht behilflich, weshalb sie ignoriert werden soll. Das höchste aller geistigen Ziele, die fühlbare Verbindung mit dem Ur-Grund, kann der Mensch nur in seinem Innersten erreichen – in der Stille. Mutvoll der im Innersten erlebbaren Wirklichkeit zu vertrauen, ist Voraussetzung dessen, was geistige Erleuchtung, geistige *illuminatio* ist.

Auf dem zweiten Blatt liest Ferdinand Klingenberg handgeschriebene Zeilen von Pater Johannes. Der alte Jesuit teilt ihm mit: Er gehe auf sein neunzigstes Lebensjahr zu und nachdem er in der Welt so viel herumgekommen und in verschiedenen Kulturkreisen so viele Menschen erlebt habe, sei ihm *Gewissheit* geworden, dass die allermeisten Menschen überall auf Erden im Grunde und eigentlich *friedlich* leben wollen. Und dies gelinge nach seiner Erfahrung überall dort, wo sie den sinnvollen Kompromiss suchen und den Ausgleich, der den Frieden bewahre. „Die äußeren Strukturen unserer Existenz – und ich meine damit Politik, Wirtschaft, Wissenschaft und Technik usw. – wirken nur dann lebensfördernd, wenn wir mit unserer seelischen Selbstempfindung immer wieder in Kontakt bleiben. Die humane Gestaltung der sogenannten sozialethischen Dimension gelingt uns umso besser, je mehr wir, jeder einzelne Mensch, das eigene »Ich im Licht« mit wachsender Bewusstheit erleben. Dazu brauchen wir Anleitung, Begleitung, Exerzitien. Dennoch meine ich, mein lieber Ferdinand, dass auf dieser Erde kein »Paradies« möglich ist, wohl aber eine dauerhafte friedliche Koexistenz. Wenn du von diesen Texten etwas für dein Buchprojekt brauchen kannst, verwende sie ruhig nach deiner Einsicht. – In freundschaftlicher Verbundenheit, Pater Johannes."

Und dann nimmt Ferdinand Klingenberg das dritte Blatt in die Hand und liest: Eine neue Wertung aller Werte, eine neue Besinnung auf die Grund-Werte Europas ist unerlässlich, will man vermeiden, dass dieser Kontinent in absehbarer Zeit zugrunde gerichtet wird. Zwar ist es nicht möglich, dass einige wenige gerechte Menschen für alle Gerechtigkeit schaffen könnten, und dennoch liegt es im Bereich der Möglichkeit, dass jeder einzelne Mensch Rechtlichkeit erstrebt, wodurch der dennoch weiterwirkende und nicht gänzlich eliminierbare Unrechtswille immer wieder in Grenzen verwiesen wird. –

Oh ja, denkt sich Ferdinand Klingenberg und sinnt lange nach über das bisher Gelesene. Inzwischen ist es 8 Uhr, sein Sohn Otto begrüßt ihn lächelnd und freundlich und verschwindet im Bad. Ferdinand Klingenberg kann noch das Nachwort zu seinem geplanten Buch durchlesen:

Das vergangene 20. Jahrhundert, in dem aus Europa zwei Weltkriege ausgegangen sind, war, global betrachtet, zweifelsohne ein Jahrhundert der grauenvollen Gewalt. Die Zahl der durch Menschenhand getöteten Mitmenschen beträgt um die 200 Millionen.

Nach der eigentlich wundersamen Entstehung der Europäischen Union, zu der für uns in Europa keine Alternative besteht, befinden wir uns im Jahr 2021, nicht zuletzt durch die Krise der Corona-Pandemie bedingt, vor einer existenziellen Kreuzung. Der eine Weg führt zu mehr Licht und Klarheit im spirituellen, psychologischen und ökonomisch-ökologischen Sinn des Wortes. Der andere Weg führt dorthin, wo wir eigentlich nicht hinwollen, aber hinkommen könnten, wenn wir nicht aufpassen: in den Abgrund.

Wenn in diesem Buch sehr wichtige Phänomene wie Klimawandel, Erosion der Demokratie in den USA wie in Europa, die ungute Haltung etlicher Politiker, die das Schicksal großer Länder bestimmen, Kindesmissbrauch im großen Stil, unglaubliche Korruption, wie z. B. der Wirecard-Skandal usw., nicht berücksichtigt worden oder nur nebenbei gestreift worden sind, heißt das beileibe nicht, dass wir die angedeuteten Phänomene ignorieren dürfen. Es ist nur so, dass ein Autor in einem Buch *nicht alles* abhandeln kann und sich notwendigerweise auf einige oder vielleicht nur auf ein Haupt-Thema beschränken muss, um dieses Eine in klaren Konturen zu analysieren, zu beschreiben, in wesentlichen Zügen darzustellen und, so gut es ihm gegeben ist, Wege aus der Krise zu zeigen.

Mich hat in diesem Buch das sehr dunkle Phänomen des Nationalsozialismus, dessen weitreichende Auswirkungen und die seit etwa 1995 zunehmend stärker werdenden Neonazi-Bestrebungen in unserem Lande primär beschäftigt. Zugleich habe ich, wie ich meine, die fundamentalen Werte Europas aufgezeigt, von denen ich nur vier in Erinnerung rufe: der jüdische Monotheismus (alle Menschen sind Töchter und Söhne des Ewig-Einen); die griechische Philosophie (die Suche nach der Wahrheit und den Wahrheiten bringt uns wirklich weiter); dann das römische Recht (die Ordnung der Gesellschaft kennt verbindliche Normen und Prinzipien, die universal gelten), und das Ethos des Jesus von Nazareth (nach dem Motto: die Macht der Liebe ist auf jeden Fall der Liebe zur Macht vorzuziehen, ohne dass die Macht an sich verteufelt wird. Nur: Die Macht der Liebe ist eine urgeistige Macht, an der dennoch jeder Mensch Anteil hat, wenn er sich das bewusst macht).

Als Jurist und als ein europäisch fühlender und christlich-jüdisch geprägter Humanist, – meine Urgroßmutter war Jüdin, meine Mutter und meine Frau waren Französinnen, – bin ich in meiner beruflichen Tätigkeit, fühlbar von meinem Vater Generalmajor Franz Klingenberg inspiriert, über 50 Jahre hindurch nicht müde geworden, immer wieder das Eine in verschiedenen Variationen zu wiederholen: Wir Deutschen haben Glück gehabt nach dem Zweiten Weltkrieg. Wir in Europa haben Glück gehabt, dass der Kalte Krieg nicht in einer atomaren Katastrophe geendet hat. Nun haben wir noch die Chance, die von inneren Feinden stark gefährdete Europäische Union weiterhin und sehr entschieden zu einer echten Wertegemeinschaft und vielleicht zu einem Bundesstaat auszubauen mit einer eigenen europäischen Verfassung. Und wir müssen uns klar bewusst machen: Europa steht vor seinem Aufstieg, doch der „Preis" **muss** bezahlt werden.

Wir haben, im 20. Jahrhundert, schlimmer gewütet als jedes Tier, Notwendigkeit verlangt nun das Aufwachen zum Geistes-Sieg!

Daran müssen wir in Europa – und überall auf Erden – arbeiten. **Daran,** dass wir keine Macht erstreben, welche nur durch Menschenmord zu begründen wäre; **daran,** dass die Anderen, seien sie einzelne „Fremde" bei uns oder andere Länder und Nationen, ebenso zu der einen und ganzen Menschheitsfamilie gehören, – Söhne und Töchter des Ewig-Einen sind, – wie wir; **daran,** dass wir nie mehr die Anderen beneiden, da Neid und Hass und liebelose Härte fürchterliche Zerstörungskräfte sind, die sich in uns immer noch fatal auswirken, wenn wir nicht aufpassen; **daran,** dass wir den ersten Gedanken, der uns zum Unrechttun und zum Bösen verführen will, in uns selbst erwürgen; **daran,** dass wir fühlend erkennen, dass, wie Platon sagte, diese ganze Schöpfung aus der neidlosen Güte Gottes existiert, und wir Menschen demnach zu dieser praktischen Haltung der neidlosen Güte eingeladen sind; **daran,** was Carl Friedrich Goerdeler uns hinterlassen hat in den Worten: *Das größte Problem ist die Wiederherstellung des einfachen menschlichen Anstands.* –

Mein Buch, das einzelne Menschen ansprechen will, ist letztlich ein Plädoyer für eine Kultur des Rechts und der schlichten menschlichen Anständigkeit, der Großherzigkeit, der Liebe und der Barmherzigkeit. Neue Menschen braucht Europa, die diesen Heilungs-Kräften Raum in sich selbst geben. Viele solche Menschen braucht Europa und die ganze Erde. Mit einigen Zitaten, die Kraft- und Licht- und Sinn-Funken in sich bergen, schließe ich dieses Buch.

Seit der Heiligsprechung von Pater Maximilian Kolbe dürfte ich ohne Zögern von Heiligen sprechen, aber ich spreche lieber von anständigen Menschen, die sich in der Minderheit befinden. Diese Tatsache ist eine *Einladung*, sich der Minderheit der anständigen Menschen anzuschließen; denn die Welt liegt im Argen und es wird alles noch viel ärger werden, wenn nicht *jeder einzelne* sein Möglichstes tut. – (Viktor Frankl, 1983).

Nicht vor dem „*Untergang*" des Abendlandes ist die Menschheit angelangt, wie manche wähnen, sondern sein späterer höchster *Aufstieg*, fordert die Opfer, die der wache Mensch des Abendlandes heute zu beklagen hat!!!
Wer Ohren hat zu hören, – höre! – (Bô Yin Râ, 1922)

> **W**ir gehen einer neuen Welt entgegen, –
> Wenige ahnen, wo wir alle schreiten!
> Wahn weiß noch Träume zu erregen,
> In denen Tausende sich selbst entgleiten …
> Die ungezeugten Lenker aber geben nicht verloren
> Was je ihr Fühlen schon als reif erfühlte, –
> Auch wenn sich, was aus Geist zum Licht geboren,
> In zähen, toten Erdenschlamm verwühlte.
> Wer ihrer Hilfe sich nicht toll entzieht,
> Erreicht das Ziel, – auch wenn er es noch flieht! –
> (Bô Yin Râ, 1934)

Ferdinand Klingenberg, München,
Ostersonntag, am 04. April 2021

***

Inzwischen ist es 10 Uhr. Ferdinand Klingenberg und sein Sohn Otto machen sich langsam auf den Weg in die Hauskapelle der Jesuiten in der Kaulbachstraße, um an der Ostersonntagliturgie teilzunehmen. Es komme nicht darauf an, ob die Vielen mit „der Auferstehung" etwas anfangen können oder nicht, sondern darauf, dass der Einzelne, der mit dem Geheimnis der Auferstehung in seinem Herzen etwas anfangen kann, schon jetzt, in dieser Weltzeit aufersteht aus seinem geistig schlafenden Zustand, sagt in der liturgischen Ansprache der alte Jesuit, Pater Johannes, der nach der Liturgie Ferdinand Klingenberg und seinen Sohn Otto zu einem feierlichen Mittagessen im Berchmanns-Kolleg einlädt. Bevor die Patres und die Gäste zu essen beginnen, wird noch ein spiritueller Text von Meister Eckhart vorgelesen:

„Wer sitzt, der ist bereiter, klare Dinge hervorzubringen, als wer geht oder steht. Sitzen bedeutet Ruhe. Darum soll der Mensch sitzen, das ist in Demut sich niederbeugend unter alle Geschöpfe; dann kommt er in einen stillen Frieden. Den Frieden erlangt er in einem Licht. Das Licht wird ihm gegeben in einer Stille, darin er sitzt und wohnt." –

Und der Jesuitenpater, der den Text vorliest, fügt noch hinzu: „Sitzen wir nun in stiller Heiterkeit und genießen wir, was uns der Auferstandene heute geschenkt hat. Ich wünsche uns allen einen guten Appetit!"

Die Anwesenden bedanken sich und applaudieren. Die Atmosphäre im Speisesaal ist heiter und bald genießen alle den Messwein, der heute, so sagt der polnische Jesuitenbruder, aus Siebenbürgen kommt. – –

Namenregister

336